JANE HELLER

Wie Feuer und Wasser

Buch

Deborah (43) und Sharon (45) Peltz sind Schwestern – das war's dann auch schon an Gemeinsamkeiten. Deborah ist eine mittelmäßig erfolgreiche Drehbuchautorin in New York mit zahlreichen gescheiterten Affären; Sharon besitzt ein sehr erfolgreiches Catering in Boca Raton mit Schwerpunkt Hochzeiten – von denen sie selbst bereits drei hinter sich gebracht hat. Die beiden Schwestern liegen sich seit Kindertagen in den Haaren.

Als die 75jährige Mutter der beiden einen leichten Herzinfarkt erleidet und ins Krankenhaus muß, haben Deborah und Sharon nichts Besseres zu tun, als sich um den gutaussehenden Arzt, Dr. Jeffrey Hirshon, zu streiten. Und selbst als offensichtlich ist, daß Hirshon die beiden reingelegt hat, kehrt nur für einen Sekundenbruchteil Frieden zwischen ihnen ein: beim Anblick Hirshons in einer Blutlache auf seinem Wohnzimmerteppich. Da sie beide kein anderes Alibi als die verhaßte Schwester haben, müssen sie sich wohl oder übel arrangieren. Doch als der dubiose Anwalt Barry Shiller sich bei Sharon einschmeichelt, obwohl es gar nichts zu verteidigen gibt, wird Deborah hellhörig. Sie kommt einem riesigen Komplott Barrys mit Jeffrey Hirshon auf die Schliche. Und sie hat die einmalige Chance, ihre giftspritzende Schwester Sharon für immer loszuwerden …

Autorin

Jane Heller arbeitete viele Jahre im Verlagsgeschäft, bevor sie sich dem Schreiben widmete. Sie lebt mit ihrem Ehemann, einem Fotografen, in Florida.

Bei Goldmann bereits erschienen:

Die Putzteufelin. Roman (44349) • Des Guten zuviel. Roman (45401) • Liebe in kleinen Dosen. Roman (45532) • Tödliche Verwechslung. Roman (44890) • Wer zuletzt lacht. Roman (44903) • Trau niemals einem Mann. Roman (43763) • Fahr zur Hölle, Liebling. Roman (43619) • Liebe im Preis inbegriffen. Roman (44243)

Jane Heller

Wie Feuer und Wasser

Roman

Aus dem Amerikanischen
von Ariane Böckler

GOLDMANN

Die Originalausgabe erschien 1999 unter dem Titel
»Sis Boom Bah«
bei St. Martin's Press, New York

Umwelthinweis:
Alle bedruckten Materialien dieses Taschenbuches
sind chlorfrei und umweltschonend.

Einmalige Sonderausgabe Mai 2004

Umschlaggestaltung: Design Team München
Umschlagmotiv: Zefa/Boddenberg
Druck: GGP Media, Pößneck
Made in Germany · Titelnummer: 45786

ISBN: 3-442-45786-6

www.goldmann-verlag.de

Für Susan Alexander,
meine Schwester

Erster Teil

1

»Wenn meine Schwester mein Mann wäre, würde ich mich von ihr scheiden lassen.«

»Du hast keinen Mann, Deborah«, erinnerte mich meine Mutter. »Dreiundvierzig Jahre alt und immer noch keinen Mann.« Ich spürte ihre Enttäuschung förmlich durch die Telefonleitung strömen.

»Ich habe über mein Verhältnis zu Sharon gesprochen, Mom«, sagte ich. »Darüber, daß man sich von seinem Ehemann scheiden lassen kann, wenn man nicht mit ihm auskommt, aber eine Schwester, mit der man nicht auskommt, hat man sein Leben lang am Hals. Irgendwie ist das nicht fair.«

»Was ist nicht fair, Liebes?«

Meine Mutter war nicht senil, sie verdrängte nur gern, wenn es um ihre beiden Töchter und deren endlose Streitereien ging. Sie sprach von ihren »Mädels«, als wären Sharon und ich die dicksten Freundinnen, als wäre ihr nicht klar, daß meine Schwester und mich nichts verband, außer daß wir zufälligerweise beide geboren wurden. Sie tat, als bemerke sie unsere Kabbeleien, unser Gezänk, unsere gegenseitigen Anschuldigungen gar nicht; sie überging die Seitenhiebe, die wir einander regelmäßig versetzten, und tat so, als gäbe es die Monate, ja sogar Jahre nicht, in denen wir nicht miteinander redeten.

»Keine Sorge«, sagte ich. »Wegen der Scheidung von Sharon, meine ich. Sich von ihr scheiden zu lassen wäre inzwischen ein Schlag ins Wasser. Das haben wir ja beide schon hinter uns.«

Na ja, *beide* eigentlich nicht. In Wirklichkeit hatten sich drei Männer von meiner Schwester scheiden lassen. Ehemann Nummer eins war ein TWA-Pilot, der sich während eines langen Aufenthalts in Paris in eine Flugbegleiterin verliebte und nie wieder nach Hause kam. Ehemann Nummer zwei war ein Polygamist, der mit vier anderen Frauen in vier anderen Bundesstaaten verheiratet war und derzeit eine lange Haftstrafe absitzt. Ehemann Nummer drei, ein richtiger Prachtkerl, beschloß, daß er kein Kerl mehr sein wollte, und verkündete an seinem fünfundvierzigsten Geburtstag, daß er eine »Geschlechtsanpassung« vornehmen lassen wolle. Jetzt frage ich Sie: Ist es da ein Wunder, daß Norman, Sharons achtzehnjähriger Sohn von dem Polygamisten, die Militärakademie der Syracuse University vorgezogen hat und einer der wenigen jüdischen Kadetten wurde, die je in die Kaserne eingezogen waren?

Nicht daß meine Errungenschaften so phänomenal wären. Sharon mag ja zwanghaft heiratswütig sein und mit fast jedem Mann vor den Altar treten, der sie fragt, aber ich hatte mich auch mit einem peinlichen Sammelsurium von Typen eingelassen. Da war zum Beispiel der Börsenspekulant, der die letzten sechs Monate unserer Beziehung damit verbrachte, die Aktienkurse mit meiner besten Freundin auf deren Wasserbett zu diskutieren. Oder der Computerprogrammierer, der mir einen Brillantring von Cartier kaufte, der in Wirklichkeit eine Fälschung aus würfelförmig geschliffenem Zirkonium war und von einem fliegenden Händler stammte. Oder der Handelsreisende, der beim Sex immer die Namen anderer Frauen rief und mir weismachen wollte, das läge daran, daß er am Tourette-Syndrom litt. Wie gesagt, mein Urteilsvermögen in bezug auf Männer war nicht gerade unfehlbar, aber wenigstens *heiratete* ich die Trottel nicht.

»Also, was die Feier anlangt«, fuhr meine Mutter fort und zog mich wieder ins Gespräch, »du kommst doch auch, oder, Liebes? Schließlich werde ich nicht alle Tage fünfundsiebzig.«

Der Zweck ihres Anrufs an diesem Sonntagnachmittag im Januar war gewesen, mir mitzuteilen, daß Sharon, meine gefürchtete Schwester, zu Ehren ihres Geburtstags nächsten Monat ein Mittagessen ausrichten würde und von mir erwartet wurde, daß ich alles stehen und liegen ließ und hinflog. Es spielte keine Rolle, daß ich fast zweitausend Kilometer weit weg in Manhattan lebte. Es spielte auch keine Rolle, daß ich einen überaus anspruchsvollen Job als Autorin für die angesehene Seifenoper *Von heute an* hatte, die Nachmittagsserie mit der längsten Laufzeit von allen. Es spielte auch keine Rolle, daß ich kurz davor stand, eine aufregende Affäre mit einem der attraktivsten Schauspieler der Serie anzufangen, und ich zu einem so entscheidenden Zeitpunkt der romantischen Annäherung nur höchst ungern die Stadt verlassen wollte. (Ja, ich war auch früher schon unglücklich verliebt gewesen, aber man soll die Hoffnung nie aufgeben.) Offenbar hatte Sharon – natürlich ohne mich zu fragen – beschlossen, daß die Feier in Florida stattfinden sollte, wo sie und meine Mutter wohnten.

»Bitte, Deborah. Ich fände es herrlich, wenn meine beiden Mädels da wären«, drängte meine Mutter.

»Aber deine Mädels haben seit zwei Jahren nicht mehr miteinander geredet, seit wir diesen Streit wegen Lester hatten.«

»Wessentwegen?«

»Lester. Sharons drittem Ehemann. Der, der in ihren Dessous besser aussah als sie.«

»Ach, der.«

»Ja. Nachdem sie und Lester sich getrennt hatten, riet ich ihr – aus reinem Mitgefühl –, sich nicht übereilt in eine neue Ehe zu stürzen, und sagte ihr, daß es wichtig sei, den Mann erst kennenzulernen. Und was hat sie erwidert? ›Du bist doch nur eifersüchtig, Deborah, weil du einen Mann nicht einmal dann dazu bringen könntest, dich zu heiraten, wenn du ihn dafür bezahlen würdest.‹ Dann habe ich etwas ähnlich Kindiches gesagt, und sie hat den Hörer aufgeknallt. Irgendwie war es erholsam, zwei Jahre nicht mit ihr zu sprechen, als hätte man eine Krankheit, die vorübergehend abgeklungen ist.«

»Unsinn. Du und Sharon, ihr seid Schwestern, und Schwestern sollten miteinander sprechen. Beispielsweise auf der Geburtstagsfeier ihrer Mutter.«

»Wenn ich auf die Feier komme, werden wir wohl miteinander sprechen, aber wir werden uns garantiert dieselben Gemeinheiten an den Kopf werfen wie immer. Ich sage: ›Hallo, Sharon, gut siehst du aus.‹ Und dann sagt sie: ›Du auch, Deborah, obwohl ich eigentlich dachte, Schulterpolster seien seit Joan Crawford ausgestorben.‹ Und dann bin ich gezwungen, zurückzugeben: ›Schon, aber zu deinem Glück, Sharon, sind ja gepolsterte BHs wieder in Mode gekommen.‹ Es wird unschön werden, Mom, das kann ich dir sagen.«

»Und ich sage *dir*, du wärst angenehm überrascht, wenn du kämst. Ich glaube, Sharon würde sich *freuen*, wenn du dabei wärst.«

»O Mom«, seufzte ich und wünschte, sie würde es kapieren. »Sharon würde sich *freuen*, wenn ich in Mogadischu wäre.«

»Deborah.«

»Was ich dir klarzumachen versuche, ist, daß sie froh ist, wenn ich weit weg bin, und das beruht auf Gegenseitigkeit.«

Es war traurig, ehrlich. Sharon war zwei Jahre älter als ich, also kein nennenswerter Unterschied. Wir hätten Kameradinnen, Freundinnen, Vertraute sein sollen. Doch aus irgendeinem Grund mochte sie mich nicht, hatte mich noch nie gemocht, und ich hatte wirklich keine Ahnung, was ich getan hatte, um ihren Haß zu schüren. Ja, sie war die Erstgeborene, und ja, Erstgeborene haben oft etwas gegen die kleinen Würmer, mit denen sie ihre Spielsachen, ihre Freunde und ihre Eltern teilen müssen. Wie viele ältere Schwestern bekam Sharon zu hören, daß sie nicht mit ins Kino, zum Hamburgeressen oder zum Schulausflug gehen durfte, wenn sie nicht ihre kleine Schwester mitschleppte, nur damit ich mich dann aufführte und ihr den Spaß verdarb. Aber ich liebte sie so, als wir noch Kinder waren, und ich liebte es, bei ihren Abenteuern mit von der Partie zu sein. Ich bewunderte sie, himmelte sie an und versuchte, ihre Sprache, ihren Gang und ihren Kleidungsstil zu imitieren. Ich war ihr dankbar dafür, daß sie auf mich aufpaßte, und es tat mir leid, daß ich offensichtlich so eine Last für sie war, und das habe ich ihr auch bei verschiedenen Anlässen gesagt. Warum zählte das alles nicht? Warum mußte sie ihre Bitterkeit mir gegenüber ins Erwachsenenleben hinübertragen? Warum mußte sie jedesmal, wenn wir uns begegneten, eine Spitze loslassen, mir einen Seitenhieb oder einen Schlag unter die Gürtellinie verpassen? Und, schlimmer noch, warum mußte ich so reagieren, wie ich es tat, indem ich es zuließ, daß sie mich auf die Palme brachte? Warum mußte ich ihr postwendend ebenfalls einen Seitenhieb versetzen und dann zurückweichen, mich entziehen und unter der Last ihres brodelnden Zorns leiden? War es nicht an der Zeit, sich von alledem freizumachen?

»Wo veranstaltet Sharon denn das Essen?« fragte ich meine Mutter, da ich wußte, daß ich vermutlich trotz all meiner Proteste nachgeben und zum Fest anreisen würde.

»In ihrem Haus. Sie hat darauf bestanden.«

Auf etwas zu bestehen war für meine Schwester so natürlich wie zu atmen. »Sie hat also die Kontrolle über deinen Geburtstag an sich gerissen, genau wie sie das bei allem macht.«

»Nun ja, es ist eben ihr Beruf, Partys zu geben, Deborah.«

Da konnte ich meiner Mutter nicht widersprechen. Sharon war Hochzeitsplanerin. (»Hochzeitsarchitektin« stand auf ihrer Visitenkarte.) Für jene Kunden, die sich ihre Dienste leisten konnten, organisierte sie praktisch jedes Detail der Hochzeit – kümmerte sich um den Floristen, den Partyservice, den Fotografen et cetera. Sie horchte sogar Braut und

Bräutigam nach ihren Gästen aus und stellte dann Sitzpläne auf, mit deren Hilfe die Art giftiger Bemerkungen verhindert werden sollte, die so bezeichnend für ihre Beziehung zu mir war. Obwohl sie an der gesamten Ostküste Südfloridas Kunden hatte, kam der Großteil ihrer Aufträge aus Boca Raton, alias »Boca«, einer Art Great Neck mit Palmen. Sharon feierte große Erfolge in Boca, nicht nur weil sie dort wohnte (in einer ummauerten Golfersiedlung mit riesigen Häusern, die quasi aufeinander stehen – »McVillas« nenne ich sie), sondern weil die Art von Hochzeit, die ihr Markenzeichen war – protzig, glamourös und verschwenderisch – so, na ja, typisch *Boca* war. In Boca, wo sogar die Dienstmädchen Rolex-Uhren tragen, leistete man sich entweder eine Sharon-Peltz-Hochzeit, oder man heiratete überhaupt nicht.

»Du könntest übers Wochenende runterfliegen und bei mir wohnen«, schlug meine Mutter vor. »Es ist schrecklich kalt da oben in New York, oder nicht?«

»Allerdings«, bestätigte ich und spähte auf meinen abgenutzten Flanell-Morgenmantel und die Wollsocken hinab, die ich trug. Obwohl es in meiner Wohnung reichlich heiß war – diese gräßliche, trockene Heizungsluft, von der die Haut runzlig wird, ganz zu schweigen davon, daß die Kopfhaut sich zu schuppen beginnt –, wurde mir nicht warm, taute ich nicht auf. Vielleicht war eine Reise nach Florida doch keine so schlechte Idee. »Du hast recht, Mom«, sagte ich schließlich. »Dein fünfundsiebzigster Geburtstag ist wirklich etwas Besonderes, und ich möchte ihn um nichts auf der Welt verpassen. Ich buche sofort einen Flug, wenn wir aufgelegt haben.«

Okay, sagte ich mir. Mußt du eben einen Nachmittag lang Sharon ertragen. Du bist ein großes Mädchen. Du wirst es überleben.

Meine Stimmung hob sich, als ich daran dachte, meine Mutter zu sehen und mich in ihrem Haus auf Sewall's Point entspannen zu können, einer tropischen Halbinsel mit üppiger

Vegetation, die durch eine Brücke mit der Stadt Stuart verbunden war und etwa eine Stunde nördlich von Palm Beach lag.

Sie und mein Vater hatten das schlichte, zweistöckige Holzgerüsthaus mit Blick auf den St. Lucie River als winterlichen Zufluchtsort für die Familie erstanden, als Sharon und ich noch auf die High-School gingen. Mein Vater, der Arzt in Westport, Connecticut, gewesen war, hatte davon geträumt, im Ruhestand das ganze Jahr über in Florida zu leben, doch er starb kurz vor seinem zweiundsechzigsten Geburtstag an Krebs und konnte seinen Traum nie verwirklichen. Auf den Tag genau ein Jahr nach seiner Beerdigung verwirklichte ihn meine Mutter an seiner Statt. Sie verkaufte unser Haus in Westport, räumte ihre Sachen in Kisten und zog mit Sack und Pack nach Sewall's Point. Schon bald fand sie Freunde in der ruhigen, eng zusammengewachsenen Gemeinde, leistete ehrenamtliche Arbeit für den Seniorenbeirat, die Historische Gesellschaft und andere gemeinnützige Verbände und nahm schließlich eine anspruchsvollere ehrenamtliche Tätigkeit auf, indem sie ausgerechnet Schlichterin am Bagatellgericht wurde. Ihre Aufgabe war es, Leute, die einander verklagt hatten, dazu zu bringen, ihre Differenzen beizulegen, ohne vor Gericht gehen zu müssen.

Ich fand es ziemlich absurd, daß sie sich mehrere Tage pro Monat damit beschäftigte, Kläger und Beklagte zu ermuntern, einen Kompromiß zu finden, sie aber ihre eigenen Kinder nicht dazu veranlassen konnte, sich überhaupt in irgend etwas einig zu werden. Wir waren uns nicht einmal in unserer Beurteilung von Stuart im Vergleich zu Boca einig. Während in meinen Augen Stuart mit seinem unauffälligen, gelassenen Lebensstil einen einzigartigen Charme besaß, betrachtete Sharon den Ort als sterbenslangweilig, provinziell und eine kulturelle Einöde. (Und das von einer Frau, für die »Kultur« darin bestand, Brautpaaren beim Macarenatanzen zuzusehen.) Infolgedessen ließ sich Sharon nach dem College in Boca nieder, was mir auch ganz recht war. Wenn ich meine Mutter besuchte, konnte ich das in dem sicheren Wissen tun, daß meine Schwester anderthalb Stunden weit weg war.

Ich verabschiedete mich von meiner Mutter, buchte Hin- und Rückflug und sprang eilig unter die Dusche. Philip Wiley, der attraktive Schauspieler, den ich bereits erwähnt habe, wollte mich um sieben Uhr abholen, und ich hatte zwar noch eine ganze Stunde Zeit bis dahin, wollte mich aber in Ruhe fertigmachen.

Wissen Sie, in den gesamten sechs Jahren, seit ich bei *Von heute an* arbeitete, hatte ich nie etwas mit einem Schauspieler aus der Serie, nicht einmal einen kleinen Flirt. Infolgedessen war ich ganz aufgeregt angesichts der ungewohnten Situation, aufgeregt bei dem Gedanken, daß ein Fang wie Philip Wiley, der mit den schönsten Frauen der Welt gearbeitet, ja sogar Liebesszenen gedreht hatte, an *mir* interessiert war.

Nicht, daß ich häßlich wäre oder so. Man würde mich zwar nie mit einer der umwerfenden Kreaturen verwechseln, die in Fernsehserien mitspielen, aber ich habe das, was meine Mutter »ein nettes Gesicht« nennt, was für mich heißt, daß ich weder schön noch reizlos, sondern einnehmend bin, vielleicht weil ich viel lächle – im Gegensatz zu meiner Schwester, die das nicht tut. (Jedenfalls nicht mir gegenüber.) Außerdem ist mein Haar zwar nicht speziell gestylt, abgesehen davon, daß es schulterlang und rechts gescheitelt ist, aber es ist dick, glänzend und von ziemlich strahlendem Rotbraun und macht nie schlapp, ganz egal, wie hoch die Luftfeuchtigkeit auch sein mag. Meine Figur ist in etwa das, was man bei einer dreiundvierzigjährigen Frau mit sitzender Beschäftigung und einer Schwäche für Schweinefleisch Mu-shu erwarten würde. Anders ausgedrückt pfeifen mir hin und wieder Bauarbeiter nach, aber ein paar Pfund abzunehmen würde mir auch nicht schaden.

Als es kurz nach sieben an meiner Tür klingelte, sprang ich förmlich durch die Wohnung, um aufzumachen.

»He, du siehst ja super aus«, bemerkte Philip, als ich öffnete. Er war ein hochgewachsener ehemaliger Dressman mit rotblondem Haar, der in London aufgewachsen war und ein scharf akzentuiertes, äußerst prononciertes British English sprach, und spielte in unserer Serie die Rolle des Holden Halsey. Seine Figur war die des lange verschollenen Bruders von Jenny Halsey Slater Peters Dyer Ruzetsky, einer Frau, die sogar noch häufiger verheiratet gewesen war als meine Schwester.

»Danke für die Blumen«, sagte ich. »Komm doch rein.«

»Gerne«, antwortete er. Und dann drehte er sich auf einmal um, packte mich bei den Schultern und küßte mich.

Mann, dieser Typ verschwendet keine Zeit, dachte ich mir, während der Kuß mehrere Sekunden lang anhielt, mehrere ausgesprochen erregende Sekunden.

»Hier wohnst du also, Deborah«, sagte er, als er endlich Luft holte. Er musterte mein Wohnzimmer, einen gewöhnlichen, rechteckigen Raum, den ich aus einem Pottery-Barn-Katalog eingerichtet hatte. Dem Buckingham-Palast konnte es nicht gerade Konkurrenz machen.

»Ja, das ist meine Wohnung. Gib mir doch deinen Mantel«, sagte ich und bot ihm einen Drink an.

»Ein Scotch wäre wunderbar. Mit einem Spritzer Soda und einem Zitronenschnitz, fallst du so was dahast.« Philip schlüpfte aus dem Mantel und reichte ihn mir. Dazu schenkte er mir sein Holden-Halsey-Grinsen, ein Bild von perfekt ausgerichteten weißen Zähnen. Ich war versucht zu fragen, ob sie gebleicht und/oder begradigt worden waren, doch ich kannte die Antwort bereits. Es gab niemanden aus dem Ensemble der Serie, dessen Körperteile nicht in irgendeiner Form »aufgemöbelt« worden waren.

Ich mixte ihm seinen Scotch und schenkte mir ein Glas Wein ein. Dann stellte ich beide Drinks zusammen mit Cocktail-Servietten und einem Schälchen gesalzener Erdnüsse auf ein Tablett und eilte ins Wohnzimmer zurück.

Philip war nicht da.

»Philip?« sagte ich und fragte mich schon, ob er sich das mit unserer Verabredung anders überlegt hatte. »Hallo?«

Als ich keine Antwort bekam, stellte ich das Tablett auf den Couchtisch und machte mich auf die Suche nach ihm. Schließlich fand ich ihn im Gästezimmer, das zugleich mein Arbeitszimmer war. Er stand vor meinem Schreibtisch und hatte den Kopf in einer Aktenmappe mit der Aufschrift »›Von heute an‹ #12.136« vergraben.

»Philip?« sagte ich. Er zuckte zusammen. Ich hatte ihn erschreckt. »Was machst du denn da?«

Er legte die Aktenmappe wieder auf meinen Schreibtisch und grinste verlegen wie ein Kind, das man mit der Hand in der Keksdose erwischt hat.

»Ich bin zufällig auf die Aktenmappe gestoßen«, erklärte er und klimperte mit seinen langen, goldenen Wimpern. »Ich hoffe, du bist mir nicht böse, Deborah.«

»Die Schauspieler sollen unsere Drehpläne nicht lesen«, rief ich ihm in Erinnerung. Drehpläne umreißen in groben Zügen die einzelnen Szenen einer Folge. »Da ist Woody unerbittlich.«

Woody Davenport, der Chefautor von *Von heute an,* war mein Boß. Er zeichnete verantwortlich für die Schöpfung der allgegenwärtigen »Bibeln« der Serie, die lange vorausgeplanten Handlungsstränge, die auf ein Jahr hinaus Wendepunkte, Entwicklung der Figuren, Spannungselemente und Auflösungen beinhalteten.

»Du wolltest herausfinden, was mit Holden passiert. Hast du den Drehplan deswegen gelesen?« fragte ich.

»Na ja, ich war neugierig, wohin Woody die Figur führt«, gestand er.

»Er bekäme einen Anfall, wenn ich ihm das erzählte«, sagte ich. »Bei dieser Regel kennt er wirklich keinen Pardon.«

Jeder in der Branche weiß: Laß die Schauspieler etwas über die Zukunft ihrer Figuren erfahren, und schon verlangen sie, daß die Bücher umgeschrieben werden, rufen jammernd ihre Agenten an, und die Serie wird zu einer Jauchegrube einander bekriegender Selbstdarsteller.

»Dann sag es ihm einfach nicht«, meinte Philip. »Es wird nicht noch einmal vorkommen, also warum willst du seinen Blutdruck in die Höhe treiben?«

Ich wußte nicht, was ich tun sollte. Ich wollte meinen Job nicht verlieren, aber ich wollte auch Philip nicht verlieren.

»Weißt du, ich habe noch nie zuvor einen Drehplan gesehen«, erklärte Philip. »Ich hatte ja keine Ahnung, wie hart du arbeiten mußt. Diese Unmengen von Seiten, die du dir jede Woche einfallen lassen mußt, die sorgfältig angelegten Szenen, die dramatischen Momente, die Anschlüsse von einer Folge zur nächsten. Du bist sehr gut, Deborah. Sehr begabt.«

»Oh. Na ja. Findest du?«

»Allerdings. *Ich* könnte jedenfalls keinen Drehplan schreiben. Man braucht ein besonderes Talent dazu, das ich nicht besitze. Du dagegen hast es – im Übermaß.«

Ich merkte, wie meine Miene milder wurde. »Es ist schön, wenn man eine positive Reaktion bekommt, Philip. Danke.«

Da er spürte, daß mein Ärger dahingeschmolzen war, und zwar dank seiner Schmeicheleien, ging er auf mich zu und nahm mich in den Arm. »Ich sehe wirklich ein, daß ich meine Nase nicht in Dinge stecken darf, die mich nichts angehen. Es wird nicht wieder vorkommen, Deborah. Verzeih mir.«

Er führte mein Gesicht an seines heran und küßte mich, diesmal noch ausdauernder. Ich verzieh ihm. Wer hätte das nicht getan?

Wir kehrten Arm in Arm ins Wohnzimmer zurück, schlürften unsere Drinks und gingen dann essen. Im Restaurant zeigte sich Philip mir gegenüber äußerst aufmerksam, ja fast ehrerbietig – sogar noch, während er Autogramme gab.

Er hielt meine Hand, führte sie an die Lippen und küßte sie – Handfläche, Finger, Knöchel, einfach alles. Als Nachtisch und Kaffee serviert wurden, hatte ich den Vorfall mit dem Drehplan in meiner Wohnung vergessen.

Sekunden, nachdem er mich nach Hause gebracht hatte, umfing mich Philip mit seinem Körper, murmelte mir zärtliche Worte ins Ohr und bedeckte meinen Mund mit kleinen Küssen. Ich brach die Sache kurzerhand ab, indem ich ihn daran erinnerte, daß ich früh aufstehen mußte, da am nächsten Morgen Woodys Montagssitzung bevorstand, eine anstrengende, den ganzen Tag dauernde Besprechung, die in seiner extravagant eingerichteten Wohnung in der Park Avenue abgehalten wurde und für die Autoren der Drehpläne Pflicht war.

»Wann kann ich dich wiedersehen?« fragte Philip, als wir an der Tür standen. »Nächstes Wochenende? Freitag abend? Je eher, desto besser.«

»Freitag abend wäre wunderbar«, antwortete ich, von der Intensität seiner und meiner eigenen Liebesglut ganz erhitzt.

Wir küßten uns ein letztes Mal, und dann ging er.

Ich lehnte mich eine Weile mit geschlossenen Augen und rasendem Herzen gegen die Tür und dachte an jedes Wort und jede Geste von Philip zurück. Ich hatte das Gefühl, daß es mir endlich gelungen war, einen Treffer zu landen. Ich gratulierte mir selbst.

2

Woody Davenport war eine Legende im Bereich des Nachmittagsfernsehens, eine imposante Erscheinung, und sein Hang zur Dramatik zeichnete sich in seinem Äußeren ebenso ab wie in seiner Arbeit. Mit seinen Einsachtundneunzig überragte er uns alle buchstäblich turmhoch, wobei sein blauschwarzes, zu einem voluminösen Schopf aufgebauschtes Toupet ihm weitere sechs oder acht Zentimeter an Höhe verlieh. Er trug wild gemusterte Krawatten, trank Unmengen von Alkohol und ging mit Frauen aller Altersstufen ins Bett. Er spielte eine Rolle in einer Rollenindustrie, doch in erster Linie war er ein Überlebender. Obwohl während seiner siebzehn Jahre bei *Von heute an* ein ganzer Reigen leitender Produzenten gekommen und gegangen war, war Woody geblieben. Kein Mensch konnte sich die Serie ohne ihn auch nur vorstellen. Ich jedenfalls nicht, genausowenig wie die anderen vier Autorinnen, die sich in seinem Wohnzimmer versammelt hatten, einem riesigen Raum mit hoher Decke und klassisch griechischen Ornamenten. (Ich fand seine Vorliebe für Säulen, Bogen und Stuck amüsant, da er auf einer Farm in Kansas aufgewachsen war, nicht im Parthenon.)

An jenem Montag lief alles wie gewohnt, bis wir Mittagspause machten. Helen Mincer, eine scharfzüngige Mittfünfzigerin, die nach befristeter Mitarbeit bei *Reich und Schön, Schatten der Leidenschaft* und *General Hospital* zu unserem Autorenteam gestoßen war, sprach mich am Buffet an und sagte, sie hätte gehört, daß ich ein Techtelmechtel mit Philip hätte. Da Helen in geradezu unglaublicher Weise ihre Nase in anderer Leute Angelegenheiten steckte, wunderte es mich nicht, daß sie von Philip und mir gehört hatte. Was mich allerdings nicht nur wunderte, sondern mir wirklich die Sprache verschlug, war das, was als nächstes kam.

»Laß die Finger von dem Kerl«, warnte sie mich. »Er macht sich an Autorinnen ran, damit er sich in ihre Arbeitszimmer schleichen und die Drehpläne lesen kann. Er bildet sich ein, wenn er im voraus einen Blick auf die Folgen werfen kann, hat er mehr Kontrolle über seine Handlungsstränge und kann sich besser in den Vordergrund spielen.«

Ich merkte, wie mir die Röte in die Wangen schoß,

während ich an den vergangenen Abend dachte, an dem ich Philip in meinem Arbeitszimmer dabei ertappt hatte, wie er *meinen* Drehplan gelesen hatte.

»Ich habe das von drei verschiedenen Autorinnen bei *General Hospital* gehört«, fügte sie zu allem Überfluß noch hinzu. »Dein Liebster hat diesen miesen Trick bei allen dreien durchgezogen.«

Ich war baff, wollte Helen aber keinen Glauben schenken. Nicht so ohne weiteres.

»Wenn Philip sich an Autorinnen ›ranmacht‹, wie du das nennst, warum hat er sich dann nicht an Nancy, Kiki oder Faith rangemacht?« wollte ich wissen, indem ich auf die anderen drei Drehplan-Autorinnen der Serie zu sprechen kam.

»Weil Nancy verheiratet ist. Kiki ist Woodys Mädchen. Und Faith ist lesbisch.«

»Faith ist lesbisch?«

»Mann. Du bist ja überhaupt nicht auf dem laufenden.«

Offensichtlich. »Und was ist mit dir, Helen? Warum hat sich Philip nicht um dich und deine Drehpläne bemüht?«

»Er weiß, daß ich ihn durchschaut habe«, erwiderte sie. »Er würde es nicht wagen, mir mit seiner miesen Tour zu kommen.«

»Aber mir schon, oder?«

Helen zuckte die Achseln. »Du bist diejenige, der er schöne Augen macht.«

Helens schockierende Enthüllung plagte mich, und ich wußte nicht, ob ich ihr Glauben schenken sollte oder Philip. Doch als ich am nächsten Tag vor meinem Computer saß und vergeblich versuchte, mir mein wöchentliches Schreibpensum aus den Fingern zu saugen, wurde mir klar, daß ich mir selbst aus meinem Elend heraushelfen und ergründen mußte, ob Philip Wiley ein Knüller oder eine Niete war.

Und so ersann ich einen Plan. Als er wegen unserer Verabredung am Freitag anrief, schlug ich vor, bei mir zu essen. Ich wollte einen gefälschten Drehplan verfassen, in dem seine Figur, Holden Halsey, in der Serie stirbt – ein Konzept, das ich in einer Aktenmappe auf meinem Schreibtisch liegenlassen würde, wo er es garantiert entdecken würde, falls er in mein Arbeitszimmer spazierte, während ich mit Kochen beschäftigt war.

So oder so – ich werde eine Antwort bekommen, schwor ich mir.

Leider nicht die Antwort, die ich mir wünschte. Am Freitag abend rührte ich gerade eine edle Vinaigrette zusammen, während Philip im Wohnzimmer sitzen und es sich gemütlich machen sollte, als er in die Küche gestürmt kam und die gefälschte Szene durch die Luft schwenkte, sein hübsches Jungengesicht wutverzerrt.

»Woody hat mich umgebracht!« brüllte er. »Er hat mich eiskalt umgelegt! Aber damit kommt er nicht durch, hörst du? Hörst du?«

»Das ganze Haus kann dich hören, Philip.« Also hat er den Köder geschluckt, dachte ich, und mir wurde ganz flau. Der Typ schlich sich tatsächlich in mein Arbeitszimmer, sowie ich ihm den Rücken zuwandte, und las den Drehplan, dieser Drecksack.

Ich merkte, daß ich enttäuscht, aber nicht am Boden zerstört war, während Philip über seinen Vertrag, seine Agentin und seine Fans geiferte. Vielleicht lag es daran, daß Helen mich auf diesen Ausgang der Geschichte vorbereitet hatte. Vielleicht auch daran, daß ich erst eine einzige richtige Verabredung mit Philip gehabt und noch nicht allzuviel Zeit und Energie in unsere Beziehung investiert hatte. Oder lag es womöglich daran, daß meine Affären regelmäßig übel endeten und es insofern nichts Neues war? Trotzdem gefiel es mir nicht, hintergangen zu werden.

»Du bist nicht aus der Serie hinausgeschrieben worden,

Philip«, erklärte ich ihm, während ich die Vinaigrette in die Spüle goß und das Rinderragout, das ich gekocht hatte, wegschüttete. »Der Drehplan, den du gelesen hast, war eine Falle. Ich habe ihn absichtlich auf meinen Schreibtisch gelegt, um herauszufinden, ob du wirklich eine solche Ratte bist, wie Helen Mincer gesagt hat. Wenn du den echten Drehplan gelesen hättest, den ich heute morgen abgegeben habe, hättest du erfahren, daß eine schillernde Handlung auf dich wartet. Holden wird zum Helden, Philip, und du wirst ein Star.«

Er starrte mich an. »Ein Star?«

»Ein großer Star.«

»Ein großer Star.« Er riß die Augen auf, und das Holden-Halsey-Grinsen kehrte zurück. Dann kam das Lachen. Hahaha! Als wäre sein abscheuliches Verhalten mir gegenüber nichts als ein derber Scherz gewesen. Mir dämmerte, daß von all den Widerlingen, mit denen ich im Lauf der Jahre etwas gehabt hatte, Philip Wiley der widerlichste war.

Ich schob ihn zur Tür hinaus und sperrte ab.

Ich wollte gerade ins Wohnzimmer laufen, mich aufs Sofa werfen und mich richtig ausheulen, als das Telefon klingelte. Es war Helen.

»Du hattest recht, was Philip betrifft, falls du deshalb anrufst«, sagte ich.

»Nein«, erwiderte sie. »Woody ist gefeuert worden. Der Sender gibt es morgen bekannt.«

Ich war platt. Woody an die Luft gesetzt? *Der* Woody Davenport? Nach fast zwanzig Jahren bei *Von heute an*? Wie sollte die Serie denn ohne ihn überleben? Wie sollte ich ohne ihn überleben? Warum wollte der Sender ihn loswerden?

Helen erklärte mir, daß er seinen Hut nehmen mußte, weil unsere Quoten gesunken waren – und weil er siebenundfünfzig war.

»Sie ziehen ein Team aus Chefautoren heran, das Woody ersetzen soll. Sie sind alle zwischen Dreißig und Vierzig«, fuhr sie fort. »Ihre Aufgabe ist es, die Serie für ein jüngeres Publikum attraktiv zu machen.«

»Na toll. Dann dürfen wir von jetzt an über Teenager schreiben.«

»Wenn wir überhaupt noch schreiben dürfen.«

»Du glaubst doch nicht –«

»Du weißt ja, was passiert, wenn umstrukturiert wird. Da ist kein Job sicher. Ich habe schon eine befreundete Produzentin angerufen, die bei *Another World* arbeitet. Wenn du willst, lege ich ein gutes Wort für dich ein, Deborah.«

Ich dankte Helen, doch im Moment erschien es mir überflüssig, für eine Seifenoper zu schreiben.

Das neue Chefautoren-Team bestand aus drei Frauen, die das Nachmittagsprogramm im Fernsehen noch nie gesehen, geschweige denn dafür geschrieben hatten. Eine kam direkt aus dem Lektorat von Harlequin Romances. Eine zweite hatte eine Folge von *Baywatch* produziert und dabei auch Regie geführt. Und die dritte hatte die Texte für jene Reihe von Werbespots verfaßt, in denen sich ein Mann und eine Frau ineinander verlieben, nachdem sie ihre gemeinsame Vorliebe für eine bestimmte Kaffeemarke entdeckt haben. Meine Güte, was hatte sich der Sender dabei bloß gedacht?

Nicht, daß ich keine brave Soldatin gewesen wäre. Ich nahm an den wöchentlichen Konzeptbesprechungen meiner neuen Chefinnen teil, ohne Woody je zu erwähnen, es sei denn, sie sprachen zuerst von ihm, rollte nicht einmal mit den Augen, wenn eine von ihnen (das Werbegenie) vorschlug, repräsentative Gruppen zu erfassen, um herauszufinden, ob die Serie bei den jüngeren Zuschauern ankam. Ich spielte mit, gab meine Drehpläne ab und reichte meine Schecks bei der Bank ein. Ich wappnete mich gegen das Chaos, das um mich herum tobte, die Intrigen, die Hinterlist und das Gift. Ich zuckte nicht einmal zusammen, als mir Helen mitteilte, daß die ehemalige Harlequin-Lektorin eine Affäre mit Philip hatte.

Ich schätzte mich glücklich, einen Job zu haben – noch dazu einen gutbezahlten –, aber tief in meinem Inneren war ich kreuzunglücklich. Ich sehnte mich nach den guten alten Zeiten, als allein schon die Vorstellung aufregend war, mit Schauspielern und Schauspielerinnen zusammenzuarbeiten. Damals hatte ich meinen Job geliebt, es geliebt, wenn meine Folgen auf Tausenden von Fernsehgeräten ausgestrahlt wurden, ja, ich hatte es sogar geliebt, unter Termindruck zu arbeiten. Es hatte mich nicht im geringsten gestört, daß ich nicht für *Masterpiece Theatre* schrieb und meine Figuren regelmäßig von Gedächtnisverlust befallen wurden, vom Tode wiederauferstanden und mit undurchsichtigen Monarchen aus entlegenen Zwergstaaten durchbrannten. Ich hatte das Melodrama spannend gefunden, das für Seifenopern typisch ist, ebenso wie die gewagten Handlungssprünge und die überhitzten Liebesszenen. Doch die Zeiten hatten sich gewandelt. Ich war nicht mehr die kuhäugige Naive, die sich vom vermeintlichen Glanz des Showgeschäfts blenden ließ. Ich war müde, ausgelaugt und angeödet. Ich war eine Drehplan-Autorin kurz vor dem Durchdrehen.

Was mir schließlich den Rest gab, war weder der Job noch der Verlust Woodys, ja nicht einmal die mißglückte Episode mit Philip. Es war der Einbruch.

Es geschah am ersten Montag im Februar, in der Woche, bevor ich zur Geburtstagsfeier meiner Mutter nach Florida flog. Ich war zur Besprechung mit den Chefautorinnen gegangen, und als ich abends gegen acht Uhr in meine Wohnung zurückkam und den Schlüssel ins Schloß steckte, stellte ich fest, daß die Tür bereits offen war. In der Annahme, ich hätte lediglich vergessen, sie zuzumachen, ging ich hinein und erwartete, alles so vorzufinden, wie es vorher gewesen war. Doch da täuschte ich mich.

Ich glaube, bis zu diesem Moment war ich naiv gewesen, was Kriminalität anging. Ja, ich lebte schon seit über zwanzig

Jahren in Manhattan, und mir war durchaus klar, daß es im Big Apple auch ein paar faule Äpfel gab. Aber ich war noch nie zum Opfer eines Verbrechens geworden, mir war noch nicht einmal die Handtasche weggerissen worden, und so hatte ich mich in der trügerischen Sicherheit gewiegt, daß schlimme Dinge immer nur *anderen* passierten.

Und dann betrat ich an diesem Abend meine Wohnung und sah, daß alles durchwühlt und meine Einrichtung von Pottery Barn demoliert worden war. Weg war mein Computer. Weg war mein Schmuck, einschließlich der goldenen Manschettenknöpfe, die meinem Vater gehört hatten und mir mehr bedeuteten als alles, was ich sonst besaß. Weg war mein Sicherheitsgefühl.

»Sieht aus, als wäre da jemand am Werk gewesen, der sich auskannte«, sagte der zuständige Polizeibeamte, ein abgeklärter Veteran, nach seinem zerfurchten Gesicht und der resignierten Miene zu schließen. »Jemand aus dem Haus. Einer der Portiers vielleicht.«

»Soll ich mit dem Hausmeister darüber sprechen?« fragte ich.

»Wollen Sie meinen Rat hören?« sagte der Cop. »Ziehen Sie um. Jetzt, wo diese Typen gemerkt haben, daß Ihre Wohnung leicht zu öffnen ist, warten sie nur darauf, daß Sie alles ersetzen, was sie mitgenommen haben, und dann brechen sie noch einmal ein und räumen Ihnen wieder alles aus.«

»Aber nicht, wenn Sie sie vorher erwischen.«

Er zuckte die Achseln.

»Es ist also unwahrscheinlich, daß Sie sie erwischen?«

»Wie gesagt, ich an Ihrer Stelle würde umziehen.«

Der Rest der Woche war ein einziges Chaos. Ich mußte meine verwüstete Wohnung in Ordnung bringen und neue Schlösser einbauen lassen. Ich mußte die Versicherungsgesellschaft anrufen, um dafür zu sorgen, daß mein Schaden schnell reguliert wurde. Ich mußte immer wieder ins Produktionsbüro fahren, um dort am Computer zu arbeiten. Ich mußte Stunden und Aberstunden in meinen Drehplan investieren, um ihn bis Freitag fertigzubekommen. Und ich mußte packen, da mein Flug am Freitag nachmittag um fünf von LaGuardia abging.

Doch ich schaffte alles, und am Freitag abend um halb acht war das Flugzeug auf dem International Airport von Palm Beach gelandet, wo meine Mutter mich vor dem Flugsteig erwartete.

»Huhu! Hier bin ich, Deborah!« rief sie, als sie mich am Eingang des Flughafengebäudes entdeckt hatte. Sie schwenkte ihre Handtasche durch die Luft, um mich auf sich aufmerksam zu machen, und schlug dabei versehentlich eine Schalterdame auf den Kopf.

Ich winkte zurück, achtete aber darauf, niemanden zu schlagen, und schon warf ich mich in die Arme meiner Mutter wie eine Sechsjährige, die sich weh getan hat.

»Deborah«, sagte sie beruhigend, während sie mir den Rücken tätschelte. »Mein kleines Mädchen.«

Sie war diejenige, die klein war, stellte ich erstaunt fest. Sie war im Lauf der letzten Jahre beträchtlich geschrumpft, doch diesmal wirkte sie besonders zart, fast schon zerbrechlich. Trotzdem war Lenore Peltz eine attraktive Frau, die jünger aussah als fünfundsiebzig, dachte ich bei mir. Sie hatte eine gute Figur, welliges silbergraues Haar und ein ausdrucksvolles Mienenspiel, das die Leute automatisch faszinierte. Doch das Glanzstück waren ihre Augen. »Tiffanyblau« hatte meine Schwester, die Kaufwütige, ihre Farbe genannt. Sie waren außergewöhnlich und aufsehenerregend und das erste, was einem an meiner Mutter auffiel, wenn man sie kennenlernte. Das einzig Negative an ihnen war, daß weder Sharon noch ich sie geerbt hatten.

»Ich bin ja so froh, daß ich zu deinem Geburtstag gekommen bin, Mom«, erklärte ich, während ich sie immer noch fest umschlungen hielt. »Ich mußte wirklich mal raus.«

»Zehrt die Arbeit an dir, Liebes?« fragte sie und streichelte mir die Wange, wie einem nur eine Mutter die Wange streicheln kann.

»Unter anderem«, sagte ich. »Das erzähle ich dir, wenn wir zu Hause sind, okay?«

Sie musterte mich. »Es ist aber nicht wegen Sharon, oder? Bitte sag, daß es nicht an ihr liegt.«

»Nein, Mom. Mit Sharon hat es nichts zu tun.«

Erleichtert atmete sie auf. »Dann werden wir – egal, was es ist – die Köpfe zusammenstecken und uns überlegen, was wir dagegen tun können, genau wie wir es schon immer gemacht haben, seit du klein warst.«

Ich lächelte. Meine Mutter, die Vermittlerin. Meine Mutter, die Problemlöserin. Meine Mutter, der Schatz. Wie konnte eine so nette, ausgeglichene Frau derart streitsüchtige Kinder in die Welt gesetzt haben? fragte ich mich. Und dann fiel mir wieder ein, daß ich ja zwei Elternteile gehabt hatte.

Vom Flughafen aus fuhren wir auf der I-95 in Richtung Norden, vorbei an den Ausfahrten nach Riviera Beach, Palm Beach Gardens, Jupiter und Hobe Sound, bevor wir nach Stuart abbogen. Die Fahrt dauerte etwas über eine Stunde. Wir hätten auch schneller sein können, aber meine Mutter mußte zum Tanken anhalten. Sie mußte immer zum Tanken anhalten. Ihr Oldsmobile Delta 88 hatte die Ausmaße der *Queen Elizabeth 2* und brauchte für hundert Kilometer über zwanzig Liter Sprit. Das zweite Problem mit dem Wagen war, daß sie kaum übers Lenkrad schauen konnte. Immer wieder fragte ich mich, warum sie sich kein neueres, kompakteres Auto kaufte, doch dann wurde mir klar, daß viele Leute in ihrem Alter in Florida diese dicken alten Schiffe fuhren und es wohl etwas Generationsspezifisches war.

Es war schon fast halb zehn, als wir endlich auf der Evans Crary Bridge den St. Lucie River überquerten und auf die Halbinsel Sewall's Point gelangten.

Meine Mutter hatte das Haus im Lauf der Jahre modernisiert – ein frischer Außenanstrich, neuer Teppichboden, neue Küchengeräte –, doch es war immer noch das einfache Ferienhaus aus den siebziger Jahren, das ich von früher kannte, der tropische Zufluchtsort, den mein Vater so geliebt hatte. Umgeben von drei Morgen fast dschungelartigen Blätterwerks, stand das Haus auf seinen Pfeilern und gab den Blick auf den St. Lucie River und die dahinterliegenden Anwesen am St. Lucie Boulevard frei.

Zwei Treppen führten zum Haus hinauf, und innen gab es eine weitere Treppe. Als ich sie hinaufstieg, fragte ich mich, wie lange meine Mutter das noch schaffen würde. Mit ihren fünfundsiebzig Jahren war sie zwar weiß Gott noch keine Invalidin, aber ich wußte, daß irgendwann die Zeit käme, da ihr das Haus zu schaffen machen würde, eine Zeit, in der Treppensteigen für sie mühsam, wenn nicht gar unmöglich werden würde.

Nachdem ich meine Sachen in einem der beiden Gästezimmer verstaut hatte, gesellte ich mich zu meiner Mutter in die Küche. Während ich ihr von meinen Sorgen erzählte, verspeisten wir das Hühnchen, das sie schon vorher gebraten hatte.

»Vielleicht ist es Zeit, daß du aus der Großstadt wegziehst«, meinte sie, als ich mit meiner traurigen Geschichte fertig war.

»Das hat der Polizist auch gesagt«, antwortete ich. »Aber wohin soll ich ziehen?«

»Vielleicht hierher? Du könntest bei mir unterschlüpfen. Du hast das Haus doch schon immer geliebt.«

»Ich weiß, aber mit Dreiundvierzig sollte ich nicht mehr bei meiner Mutter schmarotzen.«

»Dann suchst du dir eben selbst etwas in der Nähe, läßt dich häuslich nieder und lernst einen netten Mann kennen.«

»Nimm's mir nicht übel, Mom, aber sämtliche Männer hier in der Gegend sind in deinem Alter.«

»Ja, und die Frauen, für die sie sich interessieren, sind in *deinem.*«

Ich lachte. »Männer sind für mich momentan nicht so wichtig. Ich mache mir eher Gedanken über meinen ganzen Lebensstil. Ich sehne mich nach weniger Streß und mehr innerer Erfüllung.«

»Ich sage es noch einmal, Liebes. Zieh nach Stuart. Und vergiß meine Spitze gegen die alten Männer. Du würdest dich wundern, wie viele junge Leute inzwischen hier wohnen.«

»Offen gestanden würde ich mich nicht wundern. Ich habe einige Zeitschriftenartikel über Leute meines Alters gelesen, die aus der Großstadt fliehen und sich in kleine Orte wie Stuart zurückziehen. Sie geben die großen Karrieren auf, damit sie Köche werden, Pensionen aufmachen und malen lernen können.«

»Du hast doch selbst gemalt, als du noch in der Schule warst, Liebes. Selbstporträts, stimmt's?«

»Nein. Sharon war diejenige, die Selbstporträts gemalt hat, obwohl sie am Ende alle aussahen wie Natalie Wood.« (Die einzige Eigenschaft, die Sharon mit Natalie Wood gemeinsam hatte, war die Schwäche für Robert Wagner.) »Ich habe Obstschalen und Blumenvasen und dergleichen gemalt.«

»Tja, damit könntest du wieder anfangen, oder nicht? Dir einen Job suchen und in deiner Freizeit malen.«

»Was gibt es hier in der Gegend schon für Jobs? Stuart ist nicht gerade ein belebtes Industriezentrum.«

»Nein, aber mir ist gerade eingefallen, daß Melinda Carr, die Vorsitzende der Historischen Gesellschaft, neulich beim Mittagessen erwähnt hat, daß sie eine Stelle frei hat. Ich war früher mal ehrenamtliche Helferin bei der Gesellschaft, erinnerst du dich? Als ich im Elliot Museum drüben auf Hutchinson Island gearbeitet habe?«

Ich nickte. Hutchinson Island ist eine der Küste vorgelagerte Insel, die für ihre Strände berühmt ist. Von Sewall's Point aus über eine Brücke über den Indian River erreichbar, ist sie Stuarts Miami Beach. Die Eigentumswohnanlagen stehen dicht an dicht und ragen hoch über den Atlantik, und die Bevölkerung von fünftausend Einwohnern verdoppelt sich in den Wintermonaten. Als ich noch auf dem College war, habe ich viele Ferienwochenenden dort verbracht, Strandspaziergänge gemacht, Muscheln gesammelt und mich gefragt, was ich wohl werden würde, wenn ich erwachsen wäre. Nie hätte ich gedacht, daß ich mich das mit Dreiundvierzig immer noch fragen würde.

»Auf jeden Fall«, fuhr meine Mutter fort, »hat Melinda gesagt, daß sie einen Wächter bräuchten.«

»Brauchen wir den nicht alle?«

»So hat sie die Stelle bezeichnet, Deborah. Einen Wächter. So etwas wie einen Nachtwächter. Ich nehme an, sie meint einen Hausmeister, weißt du?«

»Hat sie gesagt, was genau bewacht werden muß?«

»Ja. Das Haus der Zuflucht drüben am MacArthur Boulevard.«

Ich spitzte die Ohren. Gilbert's Bar House of Refuge, so sein offizieller Name, ist ein erbsengrünes Haus mit hölzernem Balkengerüst, das vor über hundert Jahren als sicherer Hafen für schiffbrüchige Seeleute an einem felsigen Küstenstreifen auf Hutchinson Island errichtet wurde. Vom Bezirk restauriert und im Staatsregister historischer Stätten verzeichnet, steht es der Öffentlichkeit mit seinem rauhbeinigen nautischen Charme und einer umwerfenden Aussicht als Museum offen. »Die Historische Gesellschaft sucht also jemanden, der das Haus der Zuflucht leitet?« fragte ich nach.

Meine Mutter schüttelte den Kopf. »Nein, nur jemanden, der im Wächterhäuschen nebenan wohnt. Wahrscheinlich, um sich darum zu kümmern, daß das Haus der Zuflucht nicht verkommt. Ich bin nie in dem Häuschen gewesen, aber Melinda sagt, es hätte ein Schlaf- und ein Wohnzimmer, eine Küche, ein Arbeitszimmer und – das Allerbeste daran – eine Veranda mit Blick aufs Meer. Du würdest zwar nicht annähernd soviel verdienen wie bei deiner Seifenoper, aber immerhin etwas, und dazu könntest du mietfrei direkt am Wasser wohnen. Du könntest malen, lesen und darüber nachdenken, was du mit dem Rest deines Lebens anstellen willst. Es wäre vielleicht eine gute Übergangslösung, findest du nicht?«

»Doch, auf jeden Fall.« Die Vorstellung, ein halbes oder sogar ein ganzes Jahr am Meer zu leben, ganz allein, ohne allwöchentlich zu schreibende Drehpläne, ohne halsabschneiderische Portiers, denen man Trinkgelder geben, und egozentrische Schauspieler, die man abschütteln mußte, erschien mir mehr als verlockend. »Aber es muß doch ein Haken an der Sache sein. Das Ganze klingt einfach zu schön, um wahr zu sein.«

»Tja, vielleicht hast du nicht die richtige Qualifikation dafür.«

Ich lachte. »Du meinst, ich könnte dafür *über*qualifiziert sein, oder?«

»Nein. Ich meine, es könnte sein, daß sie jemanden haben wollen, der sich mit der Instandhaltung von Gebäuden auskennt, jemanden, der Dinge reparieren kann.«

»Ich kann Dinge reparieren«, erklärte ich meiner Mutter. »Ich nehme einfach den Telefonhörer ab und rufe jemanden an, der sie repariert. Das habe ich in meiner Wohnung immer so gemacht. Ich habe mich mit dem Hausmeister sehr gut verstanden.«

Lenore Peltz lächelte. »Laß es dir übers Wochenende durch den Kopf gehen. Wenn es dir wirklich Ernst damit ist, aus der Stadt wegzuziehen, dann rufe ich Melinda an und versuche, einen Termin für ein Vorstellungsgespräch zu vereinbaren.

Aber jetzt ist es spät, und ich habe morgen meinen großen Tag. Das Essen beginnt um zwölf Uhr mittags, aber Sharon möchte, daß wir schon um elf bei ihr in Boca sind.«

»Warum? Damit sie eine zusätzliche Stunde hat, in der sie mich angiften kann?«

»Deborah.«

Ich umarmte meine Mutter. »Geh du nur ins Bett. Ich räume die Küche auf.«

Sie nickte. »Der morgige Tag wird bestimmt angenehmer, als du glaubst. Ich habe das Gefühl, daß deine Schwester und du ein für allemal das Kriegsbeil begraben werdet.«

Ja. Ineinander, dachte ich, als ich meiner Mutter einen Gutenachtkuß gab.

3

Meine Mutter und ich fuhren nach Broken Sound hinein, die Golfersiedlung, in der Sharon lebte (ich witzelte immer, daß sie eigentlich »Broken Record«, also »Kaputte Schallplatte«, heißen müßte, da Sharon immer dieselbe Leier abließ), und kurvten durch das Labyrinth von Straßen bis zu ihrer gepflasterten, ringförmigen Einfahrt. Dort wurden wir von einem Mann mit einem Zweireiher, ölig zurückgekämmten dunklen Haaren und einem falschen Schnauzbart empfangen. Als er uns aus dem Wagen half, ließ er kurz die Pistole aufblitzen, die in seinem Hosenbund steckte. Ich habe ja ein paar reichlich beängstigende Verwandte, aber dieser Typ gehörte nicht dazu.

»Wer ist das?« fragte ich meine Mutter flüsternd. »Er sieht aus wie ein Gangster.«

»Das soll er ja«, flüsterte sie zurück. »Passend zu Sharons Motto für meine Party.«

»Ihr Motto?«

»Ja, Liebes. Du weißt schon – so, wie sie auch immer ein Motto für ihre Hochzeiten hat. Weil ich 1924 geboren bin, hat sie beschlossen, eine Geburtstagsparty im Stil der Roaring Twenties für mich zu geben. Und dieser Mann ist fürs Parken der Autos zuständig.«

Ich lächelte matt und begleitete meine Mutter zur Haustür.

Sie klingelte. Umgehend öffnete uns ein Charleston-Mädchen – eine junge Rothaarige in einem schwarzen Satinkleid mit dazu passender Federboa. Nein, auch sie gehörte nicht zur Familie.

»Sie müssen Mrs. Peltz sein«, sagte sie und schüttelte meiner Mutter die Hand. »Ich bin Paula, Sharons Assistentin. Ich habe schon viel von Ihnen gehört.«

»Hoffentlich nur Gutes«, erwiderte meine Mutter. Sie drehte sich zu mir. »Und das ist Deborah, meine andere Tochter.«

Paula schüttelte mir nicht die Hand. »Von Ihnen habe ich auch schon viel gehört«, erklärte sie statt dessen.

Paula führte uns in den Palast ihrer Arbeitgeberin mit seinen unvermeidlichen Gewölbedecken, Marmorfußböden und pseudoverputzten Wänden. Des besonderen Anlasses wegen war alles mit kleinen Erinnerungsstücken aus den zwanziger Jahren aufgemotzt worden – Musik aus der damaligen Zeit, Oldtimer-Modelle, Zeitschriftenartikel über Douglas Fairbanks und Mary Pickford. Das reizendste war, daß Sharon ein Dutzend grobkörnige, braunstichige Kinderfotos meiner Mutter vergrößert, gerahmt und im Wohnzimmer verteilt hatte, wo sie auch ein riesiges Transparent aufgehängt hatte, auf dem stand:

LENORE ZUM FÜNFUNDSIEBZIGSTEN DAS ALLERBESTE!
FEIERN SOLL SIE NOCH MAL SO VIELE FESTE!

Eine richtige Emily Dickinson, meine Schwester.

Meine Mutter schien von dem Aufwand zu ihren Ehren ganz gerührt. »Nicht zu fassen, wieviel Mühe sich Sharon gemacht hat«, staunte sie und schüttelte den Kopf. »Sie hat sich wirklich selbst übertroffen, findest du nicht, Deborah?«

»O ja«, antwortete ich und fühlte mich auf einmal entsetzlich unzulänglich. Das einzige, was ich für den fünfundsiebzigsten Geburtstag meiner Mutter getan hatte, war, daß ich erschienen war. Freilich, sie hatte ihr Geschenk bekommen – einen Kaschmirpullover von Saks –, aber ich kam mir im Vergleich zu Sie wissen schon wem immer noch schäbig vor. Es lag weniger daran, daß ich mich nicht an den Partyvorbereitungen beteiligt hatte – Sharon hatte mich nicht einmal angerufen, um mich einzuladen, geschweige denn, daß sie mich in die Planung einbezogen hätte. Mich wurmte, daß ich gar nicht auf die Idee gekommen wäre, meine Mutter könnte einen so imposanten Rahmen für ihren fünfundsiebzigsten Geburtstag brauchen oder wollen. Sie hatte stets damit zufrieden gewirkt, ihre Geburtstage in aller Stille, mit wenig Tamtam zu feiern, vor allem nach dem Tod meines Vaters. Doch da stand sie nun, offensichtlich beeindruckt von Sharons Mühen, Einfallsreichtum und Großzügigkeit, während das Ganze in mir den Drang auslöste, mir Paulas Federboa um den Hals zu schlingen und mich damit zu erwürgen.

»Ich wünschte *wirklich*, du könntest noch einmal fünfundsiebzig Jahre leben«, sagte ich zu meiner Mutter. »Ewig wäre mir auch recht.« Sie sollte unbedingt wissen, daß ich sie liebte, Transparent hin oder her. Und zwar nicht, weil ich mit Sharon in Konkurrenz trat. Ich fand tatsächlich, daß sie eine wunderbare Mutter war. Abgesehen von ihrer Unfähigkeit, sich der Antipathie zwischen ihren Töchtern zu stellen, abgesehen davon, daß es ihr oft schwerfiel, von ihren eigenen Kümmernissen zu sprechen, abgesehen von ihrer mangelnden Bereitschaft, einzusehen, daß sie überhaupt Probleme *hatte*, war Lenore Peltz die Sorte Mutter, auf die man stolz sein konnte. Sie war liebevoll, gerecht und unterstützte einen, ohne besitzergreifend zu sein. Sie gab Ratschläge, nörgelte aber nur selten. Sie erzählte sogar hin und wieder Witze, auch wenn ihr in den letzten Jahren öfter die Pointen entfielen. Als ich noch klein war, war mein Vater der Gott (es ist unmöglich, einen netten praktischen Arzt zu übertrumpfen, der Hausbesuche macht), aber meine Mutter war diejenige, die *da* war. Sie sorgte dafür, daß wir etwas zu essen und anzuziehen hatten, half uns bei den Hausaufgaben und war für die Erziehung zuständig. Sie war eine Ehefrau der fünfziger Jahre, aber sie war kein Heimchen am Herd, das es dem Gatten überließ, schwierige Entscheidungen zu fällen. Während mein Vater unterwegs war, um die Menschen von Westport von ihren mehr oder weniger schweren Leiden zu heilen, krempelte sie die Ärmel hoch und zog zwei Kinder auf.

Daß sich ihre zwei Kinder immer noch wie Kinder aufführten, war nicht ihre Schuld. Wie gesagt, wir hatten auch einen Vater.

Ich dachte gerade darüber nach, welchen Einfluß er auf meine Beziehung zu Sharon gehabt hatte, als diese im Laufschritt in den Raum gestürzt kam, außer Atem, gehetzt und auf ihre Pflichten als Gastgeberin konzentriert, und dabei Paula, der Assistentin im Charleston-Stil, eine Anweisung nach der anderen zurief.

Jetzt ist sie also blond, dachte ich bei mir, als ich bemerkte, daß ihr einst braunes, kinnlanges Haar nun in einem ziemlich grellen Rotgold gefärbt war.

Ansonsten sah sie genauso aus wie beim letzten Mal, als ich sie gesehen hatte: zierlich wie meine Mutter, hübsch, mit einem raffinierten, dick aufgetragenen Make-up, und verkniffen, ja geradezu verkrampft, als wären selbst für so eine dynamische Person wie sie zu viele Aufgaben zu erfüllen. Das war eine weitere Eigenschaft meiner Schwester: Sie war so tüchtig und doch so freudlos; Superfrau und Superopfer zugleich.

»Da bist du ja, Mom«, sagte sie und umarmte meine Mutter. Dann begann sie mit ihr über die Partydekoration zu sprechen, als wäre ich gar nicht da. Ich räusperte mich. Sie drehte sich um und konnte mich nicht länger ignorieren, wenn sie nicht als geistig umnachtet dastehen wollte. »Ach, und da ist ja auch Deborah. Es ist schon so lange her, daß ich dich fast nicht erkannt hätte.« Sie zögerte, trat dann einen Schritt vor und hauchte mit der Zärtlichkeit einer Python einen Kuß in die Luft, ohne meine Wange zu berühren.

»Schön, dich zu sehen, Sharon«, sagte ich, entschlossen, wenigstens einen positiven Anlauf zu nehmen, da ich wußte, wie schnell sich alles zum Schlechten wenden konnte. »Dein Kleid gefällt mir.« Sie war nicht im Stil der Roaring Twenties gekleidet – das galt offenbar nur für die Hilfskräfte –, sondern trug ein türkisfarbenes Leinenkleid mit großen Goldknöpfen von fast der gleichen Farbe wie ihr frisch vergoldetes Haar. Ganz Boca.

Sie dankte mir und musterte dann meine Garderobe, ein locker fallendes Baumwollkleid mit Blumenmuster. Ich wappnete mich.

»Dein Kleid ist auch hübsch«, erklärte sie. »Ich hatte mal eine alte Tischdecke, die genauso aussah.«

Schon geht's los, dachte ich. Alle Mann anschallen.

»Wie geht's Norman?« fragte ich, um auf ihren Sohn zu sprechen zu kommen, den Rekruten auf der Militärakademie. »Gefällt's ihm in der Kaserne?«

»Einigermaßen«, antwortete Sharon. »Er hat mir erzählt, daß er einen Brief von dir bekommen hat. Er hat sich gewundert.«

»Gewundert? Warum denn? Er ist doch mein Neffe«, wandte ich ein.

»Schon, aber nachdem du dich vor seiner Schul-Abschlußfeier gedrückt hast –«

»Ich war an dem Tag krank, Sharon. Ich hatte neununddreißig vier Fieber. Norman weiß, daß ich zu seiner Abschlußfeier gekommen wäre, wenn ich gekonnt hätte.«

»Was Norman weiß, ist, daß seine Tante in New York viel zu tun hat, da sie für eine« – sie grinste – »*Seifenoper* schreibt.«

»Hast du ein Problem mit meiner Serie, Sharon? Geht es darum?«

»Ach Gott, nein. Ich habe sie ja noch nie gesehen. Ich habe keine Zeit, mir solchen Schund anzuschauen.«

Ich warf meiner Mutter einen Blick zu und sagte: »Behaupte nicht, ich hätte es nicht versucht, ja?« Und dann stürmte ich hinauf auf die Terrasse und setzte mich wutschnaubend an den Pool.

Wenige Minuten später kam meine Mutter zu mir. Ich entschuldigte mich für Sharons und mein Benehmen. »Ich ruiniere dir den Geburtstag, weil ich mit meiner eigenen Schwester nicht auskomme.«

»Du ruinierst mir nicht den Geburtstag«, versicherte sie mir. »Ich werde mich trotz eures Gezänks amüsieren. Sharon hat mich gerade in die Küche geführt, um mir das ganze Essen zu zeigen. Meine Güte! So ein Aufwand!«

Ich betrachtete sie. War es denkbar, daß die Reibereien zwischen ihren Töchtern sie gar nicht so sehr störten, wie ich dachte? Oder tat sie nur das, was sie immer tat, wenn es um mein Verhältnis zu Sharon ging – ihre Gefühle im Zaum halten, den Schmerz und die Enttäuschung schlucken und eine lächelnde Miene aufsetzen, während sie innerlich kochte?

»Du wirst dich sicher auch wunderbar amüsieren«, fügte sie hinzu.

»Ach, komm, Mom. Du hast es doch gerade miterlebt.« Ich zeigte zum Haus. »Mein erster Wortwechsel mit Sharon seit zwei Jahren, und es war einfach wunderbar, was?«

»Ja, aber damit hat sich die Sache«, erklärte sie fröhlich. »Ihr beiden habt das Eis gebrochen. Von nun an müßte alles glattgehen.«

Um die Mittagszeit trafen nach und nach die Gäste ein – etwa vierzig Personen, über die Hälfte davon Verwandte. Wie ich waren sie extra wegen der Feier nach Südflorida geflogen. Im Gegensatz zu mir verbrachten sie aber eine ganze Woche hier in der Gegend und nutzten die Gelegenheit für einen Urlaub, indem sie am nächsten Morgen nach Orlando fuhren, um Disney World zu besuchen.

Da waren die drei Brüder meiner Mutter, Onkel Bill, Onkel Bob und Onkel Bernie (die Killer-Bs nannten sie sich) mitsamt ihren Frauen Tante Gloria, Tante Jean und Tante Harriet sowie ihre Kinder, *deren* Kinder und ein oder zwei Au-Pair-Mädchen. Auch Mitglieder der Familie meines Vaters waren erschienen, darunter sein Bruder Onkel Stanley mit seiner Frau Tante Lydia, seine geschiedene Schwester Tante Shirley und deren unverheiratete Tochter Jill.

Während der ersten Stunde der Party mischte ich mich unter die Leute.

Onkel Stanley erzählte mir Geschichten über meinen Vater, dieselben Geschichten, die er mir jedesmal erzählte, wenn wir uns trafen – die über ihr privates Baseballteam, über ihr erstes Auto und über den Tag, an dem mein Vater meine Mutter kennenlernte und auf der Stelle beschloß, sie zu heiraten. Ich lauschte aufmerksam, wie ich es immer tat, da es so nette Geschichten waren, Onkel Stanley sie gut erzählte und mein Vater mir fehlte, weshalb es mich aufheiterte, über ihn zu reden.

Ich führte wie üblich ein skurriles Gespräch mit meinem Cousin Keith, dem fünfzigjährigen Sohn von Onkel Bob und Tante Jean. Keith besaß ein Reisebüro und lebte allein in Philadelphia. Sein Berühmtheitsanspruch ging darauf zurück, daß er einmal Kandidat bei *Riskant!* gewesen war und die anderen beiden Kandidaten geschlagen hätte, wenn die Frage über den Jang-tse-kiang nicht gewesen wäre. Keith war ein großer Kenner alles Trivialen und ein großer Langweiler. Er versuchte einen mit seinem Wissen über unheimlich abseitige

Tatsachen zu blenden und fragte einen weder selbst je etwas Persönliches, noch gab er irgend etwas aus seinem eigenen Privatleben preis. Ich vermutete, daß die ganzen Banalitäten, die er hervorsprudelte, nur ein Deckmantel waren und er wahrscheinlich für CIA, FBI oder KGB arbeitete und nicht wollte, daß seine Familie davon erfuhr.

Keiths absolutes Gegenteil in puncto Persönlichkeit war seine jüngere Schwester Marcy, die ihr Leben lang eine abenteuerliche Psychotherapie nach der anderen gemacht hatte und sich für nichts anderes interessierte, als persönliche Angelegenheiten zu besprechen, in erster Linie ihre eigenen. Sie war außerstande, oberflächliche Konversation zu treiben, woran ich erneut erinnert wurde, als sie mich auf der Party ins Gespräch verwickelte. Die Frage »Na, wie ist es dir ergangen, Marcy?« zog eine lange, weitschweifige Antwort nach sich, Eßstörungen, Selbstverstümmelungen und sexuelle Erlebnisse mit Männern vom Fernsehdienst eingeschlossen.

Ich war gerade auf der Flucht vor Marcy, als ich von Onkel Bills Frau Tante Gloria bedrängt wurde, einem leidenschaftlichen Fan der Sendung *Von heute an.* Immer wenn wir uns begegneten, fragte sie mich begierig über die Serie aus und lechzte nach Insider-Informationen, damit sie ihren Freundinnen in Parsippany davon berichten konnte.

»Du mußt mir unbedingt alles über Holden Halsey erzählen«, flehte sie, indem sie mich auf die Figur ansprach, die mein lieber Freund Philip spielte. »Der Schauspieler ist phänomenal, Deborah. Absolut phänomenal.«

»Nicht im echten Leben«, erklärte ich ihr. »Er hat Aknenarben.«

»Wirklich? Aber die sieht man überhaupt nicht«, staunte sie. »Auf dem Bildschirm sieht er aus wie ein Engel.«

»Das macht das Make-up«, erwiderte ich. »Aus der Nähe wirkt er grotesk. Glaub mir.«

Nachdem ich Tante Glorias Illusionen zerstört hatte, unterhielt ich mich mit Tante Harriet, der Frau von Onkel Bernie. Sie nahm mich beiseite, um sich mißbilligend über meine Cousine Jill, die Tochter von Tante Shirley, zu äußern. Jill war in meinem Alter, hatte aber nicht mein Gewicht. Während ich lediglich ein paar Pölsterchen um Hüften und Po hatte, besaß Jill regelrechte Monsterschenkel, die durch die knappen, hautengen Kleider, die sie trug, noch monströser wirkten.

»Ihr Rock ist so kurz, daß sie eigentlich ein Haarnetz tragen müßte«, flüsterte Tante Harriet, während wir Jill beobachteten, die auf dem Sofa die Beine übereinander- und wieder auseinanderschlug. »Männer mögen diese Art von aufreizendem Verhalten nicht. Das ist auch der Grund, weshalb sie nie einen Mann gefunden hat, wenn du mich fragst.«

»Was habe *ich* dann für eine Ausrede?« fragte ich im Scherz und wies auf mein weites, knöchellanges Kleid, das ungefähr so freizügig war wie eine Nonnentracht.

»Ganz einfach«, erklärte Tante Harriet. »Du hast wegen deiner Schwester nie einen Mann gefunden.«

Ich lachte. »Du meinst, weil ich Angst habe, daß sie ihn verschreckt?« Ich nahm an, daß Tante Harriet Sharon von ihrer giftigsten Seite kannte.

»Nein«, erwiderte sie. »Weil du Angst hast, daß sie sauer reagiert.«

»Ich glaube, ich verstehe nicht ganz, was du –«

»Paß auf, Deborah. Du bist ein netter Mensch, und deshalb will ich offen mit dir sprechen.« Tante Harriet war eine überaus eigensinnige Frau. Ich hatte noch nie erlebt, daß sie mit irgend jemandem nicht offen gesprochen hätte. »Sharon hatte nichts als Mistkerle von Ehemännern. Und zwar drei davon, stimmt's?«

»Stimmt.«

»Jetzt stell dir mal vor, wie wütend sie wäre, wenn du einen Ehemann anbrächtest, der kein Mistkerl ist, sondern ein anständiger Mann, der dich aufrichtig liebt. Das ist doch das Problem, oder nicht?«

»Tja, ich –«

»Ich sag's dir, mein Herzchen. Genau das ist der Grund, warum du nicht verheiratet bist. Weil du Sharon nicht übertrumpfen willst. Ich war gegenüber meiner älteren Schwester in einer ähnlichen Situation, möge sie in Frieden ruhen.«

»Ehrlich?«

»Allerdings. Immer wenn Lottie in einer Prüfung in der Schule eine Zwei bekam, sorgte ich dafür, daß ich eine Drei oder eine noch schlechtere Note bekam. So lange ich konnte, machte ich allen vor, daß ich dümmer wäre als Lottie, aber ich habe nur mein Licht unter den Scheffel gestellt. Damit ich sie nicht übertrumpfte. Denk mal über das nach, was ich dir gesagt habe, okay?«

»Okay. Danke, Tante Harriet.«

Sie drückte mich und konzentrierte sich dann wieder auf meine Cousine Jill. »Es ist ein Jammer«, sagte sie pikiert. »Die Gute hat ein hübsches Gesicht. Sie sollte ihre überflüssigen Pfunde loswerden und anfangen, sich wie ein normaler Mensch zu kleiden.«

»Vielleicht stellt sie ihr Licht auch unter den Scheffel«, mutmaßte ich, »obwohl sie Einzelkind ist. Sie hat keine ältere Schwester, die sie übertrumpfen könnte.«

»Ja, aber sie hat eine Mutter.« Tante Harriet nickte in Richtung von Tante Shirley, die dünn und schön und geschmackvoll gekleidet war – all das, was ihre Tochter nicht war. »Manchmal ist das noch schlimmer.«

Um halb zwei verkündete Sharon, von der ich mich bis dahin erfolgreich ferngehalten hatte, daß das Mittagessen serviert sei. Ich ging ins Eßzimmer, wo ich meine Mutter vorfand, die gerade die üppigen Leckereien bewunderte, die Sharon nicht nur hübsch arrangiert, sondern auch ganz allein, mit ihren eigenen Händen, zubereitet hatte. Ja, sie hatte das gesamte Essen ohne Partyservice selbst gekocht. Sie machte einfach alles, meine Schwester.

»Deborah. Da bist du ja, Schätzchen«, sagte meine Mutter und bedeutete mir, an ihre Seite zu kommen.

Wir testeten das Buffet gemeinsam. Sie staunte lauthals über das riesige Angebot an Speisen (während ich an die hungernden Massen in China dachte) und dann noch einmal über den eindrucksvoll garnierten Schokoladenkuchen, den Sharon und Paula aus der Küche hereinbrachten. Sie stellten ihn auf den Tisch, und alle sangen *Happy Birthday to You.*

»Okay, Mom«, erklärte Sharon. »Jetzt mußt du die Kerzen ausblasen – alle fünfundsiebzig.«

Meine Mutter zögerte und sagte, sie könne gar nicht glauben, daß sie schon alt genug für fünfundsiebzig Kerzen sei, und bat ihre »zwei Mädels«, ihr beim Ausblasen zu helfen. Ich spähte zu Sharon hinüber. Ich sah ihr an, daß ihr die Vorstellung ein Greuel war, in einen Topf mit ihrer nichtsnutzigen jüngeren Schwester geworfen zu werden, die so sehr von ihrer Arbeit für eine Seifenoper in Anspruch genommen wurde, daß sie nicht einmal zur Abschlußfeier ihres Sohnes erschienen war. Trotzdem rang sie sich ein Lächeln ab, und wir bliesen alle drei gemeinsam. Es war wunderbar.

Die Feier dauerte noch gut zwei Stunden. Gegen halb fünf standen meine Mutter und ich draußen vor Sharons McVilla und warteten darauf, daß der Mann im Gangsterdreß, der die Autos parkte, unseres brächte. Sharon war auch dabei und kontrollierte die Einkaufstaschen meiner Mutter, um sicherzugehen, daß sie keines der Geschenke vergessen hatte, die die Gäste ihr mitgebracht hatten. Ich beobachtete meine Schwester, wie sie geschäftig tat – alles, nur um nichts mit mir zu tun haben zu müssen.

»Sharon«, begann ich, als ich es nicht mehr mit ansehen konnte. »Die Party war ein großer Erfolg. Und daß du das alles ganz allein gemacht hast!«

Sie funkelte mich an. »Was hatte ich schon für eine Wahl? Du warst doch viel zu beansprucht von deinem Leben in New York, um dich nützlich zu machen.«

Ich seufzte. »Ich wußte ja nicht einmal von der Party, bevor mir Mom davon erzählt hat.«

Wir sahen beide zu unserer Mutter hinüber, die inzwischen angeregt mit Sharons Assistentin plauderte und uns gar nicht beachtete.

»Und was ist passiert, nachdem sie dir davon erzählt hat?« wollte meine Schwester wissen. »Hast du den Telefonhörer abgenommen und mich angerufen? Hast du mir deine *Hilfe* angeboten?«

»Wie hätte ich dich anrufen können?« entgegnete ich, sofort in der Defensive. »Du hast ja nicht mehr mit mir geredet.«

»Ich habe nicht mit *dir* geredet? Du warst doch diejenige, die nicht mit *mir* geredet hat«, gab sie zurück. »Vor zwei Jahren hast du eine Bemerkung gemacht, die mich unglaublich gekränkt hat, und dann hast du den Hörer aufgeknallt.«

»Nein, Sharon. So war es ganz und gar nicht. *Du* hast eine Bemerkung gemacht, die *mich* unglaublich gekränkt hat, und dann hast du den Hörer aufgeknallt. Ich kann mich genau erinnern. Wort für Wort. Ich habe den Vorfall seither immer wieder vor meinem geistigen Auge ablaufen lassen.«

»Wort für Wort? Herrje, Deborah, das klingt, als ob dir der Lebensinhalt fehlt.«

»*Mir* fehlt der Lebensinhalt?« gab ich wütend zurück. »Ich bin schließlich nicht diejenige, die es keine fünfzehn Minuten aushält, ohne jemanden zu heiraten.«

»Nein. Du bist diejenige, die es fünfzehn *Jahre* ausgehalten hat, ohne irgend jemanden zu heiraten.«

»Da. Das ist die gleiche kränkende Bemerkung, die du vor zwei Jahren gemacht hast. Vielleicht brauchst du neuen Stoff, Sharon.«

Sie blähte die Nüstern und warf ihren kupferroten Schopf

nach hinten. Ich sah ihr an, daß sie Anlauf zur Bombastischen Beleidigung nahm, zum Tödlichen Tiefschlag, zum Finale Furioso. Ich wollte es nicht hören.

»Auszeit«, erklärte ich, bevor sie noch ein weiteres Wort verlieren konnte. »Die Party mag ja vielleicht vorüber sein, aber es ist trotzdem noch Moms Geburtstag. Wir sollten zumindest *versuchen*, miteinander auszukommen. Ihr zuliebe. Es spielt doch keine Rolle, wer von uns vor zwei Jahren im Unrecht war, wirklich nicht. Wichtig ist nur, daß wir beide erwachsen sind, und ganz egal, wer wem was angetan hat, wir sollten nach vorn blicken und Vergangenes vergessen. Was meinst du, Sharon?«

In diesem Moment fiel mein Blick auf den Delta 88 meiner Mutter, der in die Einfahrt gerumpelt kam. Erwartungsvoll sah ich zu meiner Schwester hinüber und hoffte, sie würde das Friedensangebot annehmen, das ich ihr gerade noch rechtzeitig gemacht hatte, um meiner Mutter zu zeigen, daß zwischen uns alles in Ordnung war, doch sie wandte sich eingeschnappt ab.

Ich zuckte die Achseln, ging auf den Wagen zu und wartete, bis sich meine Mutter mit einem Kuß von Sharon verabschiedet hatte. Als sie zum Gehen bereit war, erbot ich mich, sie nach Stuart zurückzufahren. Sie sagte, sie sei nicht müde und wolle selbst ans Steuer. Also stiegen wir ein.

Während sie sich auf ihrem Telefonbuch zurechtsetzte, streckte ich den Kopf aus dem Fenster, winkte Sharon zu und dankte ihr noch einmal für die Party. Sie antwortete, indem sie mit lautlosen Lippenbewegungen »Leck mich« formulierte.

»Kann ich dich was fragen, Mom?« sagte ich, als sie die Handbremse löste und aufs Gaspedal trat.

»Aber sicher, Liebes.«

»Hatte Sharon als Baby häufig Koliken?«

4

Sobald wir zum Haus zurückkamen, verzog sich meine Mutter in ihr Schlafzimmer, um ein Nickerchen zu machen. Als ich eine Stunde später auf Zehenspitzen hineinschlich, schlief sie immer noch fest und wachte bis zum nächsten Morgen nicht auf.

»Ich weiß nicht, was mich gepackt hat«, sagte sie, als ich zum Frühstück nach unten kam. »Ich habe dich doch nicht übers Wochenende zu mir eingeladen, damit ich dir etwas vorschlafen kann.«

»Fühlst du dich denn wohl?« fragte ich. Meine Mutter hatte nie einen Hang zu Nickerchen gehabt, erst recht nicht zu solchen, die zwölf Stunden dauerten.

»Mir geht's gut«, antwortete sie und tat meine Besorgnis ab. »Es muß die Aufregung wegen der Party gewesen sein. Was mich allerdings stört, ist, daß ich dir gestern abend keine gute Gesellschaft war. Ich habe dich ganz allein gelassen.«

»Ich bin das Alleinsein gewohnt«, beruhigte ich sie. »Als ich gesehen habe, daß du fest schläfst, bin ich auf die Veranda hinausgegangen, habe ein Buch gelesen, aufs Wasser hinausgeschaut und dem Wind gelauscht. Es war der erste entspannende Abend seit langer Zeit.«

»Du erinnerst mich ja so an deinen Vater«, lachte sie wehmütig. »Er hat diesen Flecken immer sein Shangri-La genannt, weißt du noch?«

»O ja«, sagte ich und sah meinen Vater vor mir, wie er vor dem Haus, unten am Fluß, in der Hängematte lag, die er zwischen zwei Palmen aufgespannt hatte, und an niemand Bestimmten gewandt erklärte: »*Das* ist mein Shangri-La.« Zurück in Connecticut war er wieder der eminent wichtige Dr. Henry Peltz, der stets bis spät abends arbeitete, regelmäßig mitten in der Nacht aufstand, um einen Patienten zu retten, und immer in Eile war – ein engagierter Arzt, der von den Kranken und Gebrechlichen verehrt wurde und kaum je zu Hause war. Aber in Florida wurde er zum einfachen, gelassenen Dad, der im Meer schwamm, Bananen, Mangos und Avocados von den Bäumen auf dem Grundstück pflückte, mit dem Mann von nebenan angeln ging und in der Hängematte schlummerte. Auf Sewall's Point fand er nun zu einer langsamen Gangart, einem gemächlichen, lockeren Schritttempo. Auf Sewall's Point hatten Sharon und ich endlich eine Chance, seine Aufmerksamkeit zu erringen.

»Würde es dir gefallen, wenn ich hierherzöge, Mom?« fragte ich und überlegte dabei, ob sie sich ohne meinen Vater einsam fühlte, obwohl sie fast nie über ihre wahren Gefühle sprach.

»Das wichtigste ist, ob es dich froh machen würde, wenn du hierherzögest. Würde es das denn?«

»Ich weiß es wirklich nicht. Ich habe schon so viel über den ganzen Streß gejammert, unter dem ich in New York stehe. Aber was ist, wenn meine Probleme gar nichts mit meinem geographischen Standort zu tun haben? Sharon lebt hier unten und ist auch nicht glücklich.«

»Sicher ist sie das, Liebes.«

»Woher willst du das wissen?«

»Deborah. Du siehst doch, daß sie sich hier ein erfülltes Leben aufgebaut hat. Sie hat einen Sohn, der sie liebt, eine Menge Freunde, ein schönes Heim und Erfolg im Beruf. Sie ist ja so tüchtig und so durchsetzungsfähig.«

So tüchtig. Und so durchsetzungsfähig. Meinte sie etwa im Gegensatz zu *mir?* Ich war bestimmt in niemandes Augen eine Versagerin. Ich hatte einen guten Job in der glitzernden Welt des Nachmittagsfernsehens und das entsprechende sechsstellige Einkommen. Und trotzdem – wenn ich so durchsetzungsfähig war, warum brachte ich es dann zu nichts? Ich arbeitete seit mehr als zehn Jahren bei *Von heute an* – die ersten vier in der Produktionsabteilung und die restlichen sechs als Autorin von Drehplänen. Warum wurde dann ich mit meiner umfassenden Erfahrung überhaupt gar nicht erst als Woodys Nachfolgerin in Erwägung gezogen, nachdem der Sender beschlossen hatte, ihn zu feuern? Warum ging man davon aus, daß Deborah Peltz mit dem zufrieden war, was sie hatte? Warum hatte ich das Gefühl, daß mein Stern nicht mehr im Aufsteigen begriffen war, daß mein Leben festgefahren war, daß es mit mir nicht mehr weiter bergauf ging?

Vielleicht hatte ich ja in beruflicher und in privater Hinsicht mein Licht unter den Scheffel gestellt, überlegte ich, wobei mir meine Unterhaltung mit Tante Harriet wieder einfiel. Vielleicht hatte ich wirklich Angst davor, Sharon zu übertrumpfen. Und vielleicht war es an der Zeit, mich davon freizumachen.

»Wenn du möchtest, Liebes, könnte ich versuchen, heute Melinda Carr zu erreichen und sie nach dem Job bei der Historischen Gesellschaft zu fragen«, sagte meine Mutter. »Wenn du gleich mit ihr redest, hättest du bereits Zeit gewonnen, fallst du tatsächlich beschließen solltest, irgendwann hierherzuziehen.«

»Warum nicht? Es wäre toll, wenn du sie anrufen könntest, Mom.«

Sie tätschelte mir die Schulter. »Jetzt frühstücke erst mal, und ich gehe ins Schlafzimmer und suche Melindas Nummer heraus. Das klappt schon alles, du wirst sehen.«

Ich lächelte meine Mutter an. »Du bist eindeutig der positivste Mensch, den ich kenne«, erklärte ich ihr. »Deprimiert dich eigentlich nie irgend etwas?«

Sie wollte gerade antworten, als sie innehielt, beinahe als hätte eine unsichtbare Hand nach ihr gegriffen und ihr den Mund zugehalten.

»Mom? Wolltest du etwas sagen?« fragte ich.

»Nur, daß man seine Zeit nicht sinnlos vergeuden sollte«, sagte sie schließlich und verließ hastig die Küche.

Melinda Carr wohnte mit ihrem Mann in einem geschmackvoll restaurierten, hundert Jahre alten Haus an der südlichen Gabelung des St. Lucie River. Das Anwesen war auf diese großmutterartige, spitzendeckchenhafte Weise, wie man sie von vielen historischen Gebäuden und Privatpensionen kennt, sehr einnehmend. Melinda selbst war so steif und humorlos wie die quietschenden Böden in ihrem Haus. Ich schätzte sie auf Mitte Fünfzig, eine große, dünne Brünette mit der untadeligsten Haltung und dem untadeligsten Wortschatz, den ich je erlebt habe. Als sie mir mit zurückgedrückten Schultern und erhobenem Haupt die Tür öffnete, um mich einzulassen, stachen ihr die Gartengeräte ins Auge, die ihr Mann versehentlich auf der Treppe hatte liegenlassen. Sie runzelte die Stirn und sagte entschuldigend: »Er war bestrebt, all seinen Pflichten nachzukommen, bevor er das Joch der Häuslichkeit abschütteln und den Golfplatz aufsuchen konnte. Entschuldigen Sie den Unrat.«

»Kein Problem«, sagte ich und dachte bei mir, daß Melinda beim Scrabble vermutlich alle schlug.

Wir setzten uns nebeneinander auf das weiße Zweiersofa aus Korbgeflecht in ihrem Wintergarten, nippten Tee und kamen schließlich auf den Job bei der Historischen Gesellschaft zu sprechen.

»Ihre Mutter hat angedeutet, daß Sie erwägen, eventuell in die Gegend von Stuart überzusiedeln«, begann Melinda, »und daß Sie Arbeit suchen, falls Sie tatsächlich hierherziehen. Sind Sie mit dem Haus der Zuflucht vertraut?«

»O ja«, antwortete ich. »Mein Vater ist immer mit mir dorthin gegangen, um mir die Schildkröten zu zeigen, die es dort damals im Aquarium gab. Danach sind wir zum Bathtub Reef Beach gegangen, damit ich den Surfern zuschauen konnte.«

»Wie nett«, sagte Melinda mit einem Hauch Herablassung. Vielleicht waren Surfer in ihren Augen auch Unrat? Oder eher die Schildkröten? »Offen gestanden wollte ich mich danach erkundigen, ob Sie mit der historischen Bedeutung des Gebäudes vertraut sind, seiner *Raison d'être,* wenn Sie so wollen.«

»Nun, ich weiß, daß es das älteste noch intakte Gebäude in Martin County ist«, wagte ich mich hervor, »und daß sein Zweck war, schiffbrüchigen Seeleuten Schutz vor schlechtem Wetter zu gewähren.«

»Ja. Nach jedem Sturm ging der Wächter zum Strand, um nach Überlebenden zu suchen.«

»Würden Sie das von mir als Wächterin erwarten? Daß ich nach einem Sturm nach Überlebenden suche?« Vielleicht war ich für den Job doch nicht geeignet. Im Sommercamp war ich beim Rettungsschwimmen für Jugendliche durchgefallen.

»Nein«, entgegnete Melinda. »Wenn wir den Begriff *Wächter* heute benutzen, meinen wir damit einen Aufseher oder Hausmeister. Jody Callahan leitet das Museum, Betty Newcombe engagiert die ehrenamtlichen Helfer und weist sie an, Linda Rubin führt den Souvenirladen, und Doreen Keefer geht die Verantwortlichen in Tallahassee um Subventionen an. Was wir von Ihnen erwarten würden, wäre, daß Sie in das Cottage neben dem Haus der Zuflucht ziehen, alles im Auge behalten und die zuständigen Instandhaltungskräfte verständigen, wenn es Probleme gibt. Es ist ein ruhiger, leichter Job. *Wenn* Sie ein Mensch sind, dem es nichts ausmacht, einen großen Teil seiner Zeit allein zu sein.«

»Es stört mich nicht, allein zu sein«, antwortete ich, nachdem ich erst vor kurzem meiner Mutter das gleiche erzählt hatte.

»Gehe ich recht in der Annahme, daß Sie ungebunden sind?«

»Ja.«

»Kein Verehrer im Hintergrund?«

»Kein Verehrer.«

»Kein verärgerter Ehegatte, der in die Stadt kommen und eine heikle Situation heraufbeschwören könnte?«

Ich lachte. »Nein. Warum fragen Sie das?«

»Weil die Historische Gesellschaft hier am Ort einen makellosen Ruf hat. Wenn die Hüterin des Hauses der Zuflucht unerwünschte Aufmerksamkeit auf das Gebäude oder unsere Organisation zöge, wäre das äußerst unangenehm.«

»Keine Sorge«, erklärte ich. »Ich führe ein sehr ruhiges Leben.«

»Ausgezeichnet. Ihre Mutter sagt, Sie seien in New York als Skribentin tätig gewesen.«

»Als was?«

»Als Prosaistin.«

»Ich weiß nicht –«

»Als *Autorin.*«

»Oh. Ja. Ich bin Autorin für *Von heute an.* Es ist eine Serie im Nachmittagsprogramm. Eine Seifenoper.«

Melinda fiel der Unterkiefer herunter.

Tja, da geht der Job dahin, dachte ich, da ich annahm, daß Melinda mich nun als jemanden abgestempelt hatte, der Schmach und Schande über die Historische Gesellschaft bringen würde, und zwar aufgrund all der anstößigen Handlungsstränge, die ich für eine geistlose Fernsehserie erdacht hatte. Ich war versucht, der prüden Dame zu erklären, daß *Von heute an* zahlreiche Emmys gewonnen hatte und einige unserer glühendsten Fans aus dem Klerus stammten. Doch bevor ich ein Wort sagen konnte, hob sie an: »Ihre Mutter hat gar nicht erwähnt, daß Sie speziell für diese Serie schreiben. Wissen Sie, ich schaue sie mir nämlich, seit ich zwanzig bin, regelmäßig an und zeichne jede Folge auf Video auf.«

Ich seufzte erleichtert auf. »Es ist schön, eine treue Zuschauerin kennenzulernen.«

Sie nickte und quetschte mich dann nach Informationen über die Schauspieler der Serie aus. Als sie auf Philip zu sprechen kam, fiel ich ihr ins Wort. »Was die Stelle als Wächterin betrifft. Ich bin auf jeden Fall interessiert. Das Problem ist nur, daß ich nicht weiß, wann ich nach Florida umziehen kann. Womöglich bekomme ich kalte Füße, wenn ich erst wieder in New York bin. Haben Sie einen Termin, zu dem Sie den Posten spätestens besetzen müssen?«

»Der derzeitige Wächter verläßt uns Ende dieser Woche, und wir hätten den neuen gern Anfang März im Haus, obwohl wir durchaus bereit wären, auf den richtigen Kandidaten zu warten.« Sie hielt inne. »Lassen Sie mich offen sprechen, Deborah. Sie sind genau die Art von reifer, zuverlässiger Person, die wir suchen. Das Haus der Zuflucht wäre in verantwortungsbewußten Händen, wenn Sie sich darum kümmerten, da bin ich mir sicher. Wenn Sie auf dem Gelände wohnten, müßten wir uns keine Sorgen wegen wüster Ausschweifungen machen.«

»Nein, Melinda, ich würde keine wilden Partys feiern«, versicherte ich ihr. »Auf jeden Fall bleibe ich in den nächsten Wochen mit Ihnen in Kontakt und lasse Sie wissen, ob ich tatsächlich in den Süden ziehe. Was halten Sie davon?«

»Wunderbar.«

Wir erhoben uns von dem Zweiersofa und gingen zur Tür.

»Danke, daß Sie so schnell einen Termin für mich frei hatten«, sagte ich, als wir uns die Hände schüttelten.

»Ich danke Ihnen für Ihr Kommen – und für den Klatsch aus der Fernsehwelt. Ich muß zugeben, daß die anderen Bewerber, mit denen ich wegen der Stelle gesprochen habe, nicht annähernd soviel Divertimento geboten haben wie Sie.«

»Divertimento?«

»Ja. Sie wissen schon. *Divertissement.*«

»Sie wollen sagen, daß Sie sich amüsiert haben, stimmt's?«

»So ist es.«

Ich manövrierte den Delta 88 meiner Mutter in ihre Einfahrt und sah, wie sie vor dem Haus im Garten Unkraut jätete. Sie trug eine Sonnenbrille, einen breitkrempigen Hut und weite Kleidung, um sich vor der Mittagssonne zu schützen, doch ihr Gesicht war gerötet und schweißnaß, und sie wirkte etwas außer Atem.

»Erzähl mir doch, wie es bei Melinda war«, drängte sie und wischte sich die Stirn. »Ich will alles ganz genau wissen.«

»Ich berichte dir alles haarklein, wenn wir Mittag essen und schwimmen gehen«, schlug ich vor. »Ich mache uns ein paar Sandwiches, und wir können Kühltasche, Liegestühle und einen Sonnenschirm ins Auto laden und rüber zum Bathtub Beach fahren. Und wenn wir schon in der Gegend sind, würde ich gern am Haus der Zuflucht vorbeifahren und einen Blick auf das Wächterhäuschen werfen. Was meinst du?«

»Oh, Deborah.« Sie strahlte. »Heißt das, daß Melinda dir den Job angeboten hat?«

»So ist es.«

Das Wächterhäuschen war, wie ich vom Autofenster aus sehen konnte, ein kleines weißes Puppenhaus, das auf einem felsigen Grundstück oberhalb des Atlantik stand. Es hatte schon bessere Tage gesehen und war nicht unbedingt der erste Punkt, den man ansteuern würde, wenn man bei einem Hurrikan der Gefahrenzone entkommen wollte, aber es entsprach in jeder Hinsicht dem Ideal eines romantischen Schlupfwinkels – ein pittoresker, ungemein reizvoller Strandbungalow, der Frieden, Ruhe und Abgeschiedenheit ausstrahlte, buchstäblich ein »Haus der Zuflucht« für eine streßgeplagte Städterin.

»Wenn du wirklich wieder anfangen willst zu malen, Liebes, dann kann ich mir keinen herrlicheren Ort vorstellen«, bemerkte meine Mutter.

»Ich auch nicht«, stimmte ich zu, während mir bei dem Gedanken an College-Jahre wieder einfiel, wie schön der Strand nachts aussah, wenn die Touristen weg waren und alles verlassen dalag. Sogar in stürmischen Nächten, ja *besonders* in stürmischen Nächten, hatte das Meer etwas Magisches.

»Allerdings könnte es einsam werden, wenn man ganz hier draußen lebt«, meinte meine Mutter.

»Einsam? Ach wo. Ich werde zur fröhlichen Einsiedlerin, genau wie Glenn Ford in dem Film *Die große Lüge.* Da hat er einen Leuchtturmwärter gespielt, weißt du noch?«

»Ich glaube nicht, daß ich den Film gesehen habe.«

»Aber klar, Mom. Bette Davis hat eineiige Zwillinge gespielt, eine Gute und eine Böse.«

»Deborah. Du willst doch nicht schon wieder eine Diskussion über dein Verhältnis zu Sharon vom Zaun brechen, oder?«

»Nein«, lachte ich. »Es war wirklich ein Film. Beide Schwestern waren in Glenn Ford verliebt.«

»Aha. Eine Dreiecksgeschichte. Und, mußte er sich schließlich zwischen den beiden entscheiden?«

Ich schüttelte den Kopf. »Im Laufe des Films wurde es immer komplizierter. Es gab einen schockierenden Todesfall, der die Geschichte in eine ganz andere Richtung lenkte.«

Sie kicherte. »Das wirkliche Leben ist nicht annähernd so aufregend wie ein Bette-Davis-Film, stimmt's?«

»Normalerweise nicht«, bestätigte ich, ohne zu ahnen, daß meines es bald werden würde.

Nach einem erholsamen Nachmittag am Strand kehrten wir ins Haus meiner Mutter zurück, damit ich packen konnte. Um vier Uhr kam ich mit meinem Koffer nach unten und schlug vor, daß ich ein Taxi zum Flughafen nähme, statt mich wie sonst immer von ihr chauffieren zu lassen. Ich staunte, als sie keine Einwände vorbrachte.

»Unser Ausflug muß mich doch mehr erschöpft haben, als

ich dachte«, sagte sie. »Normalerweise würde ich nur zu gern noch eine Stunde mit meinem kleinen Mädchen verbringen, bevor es wieder abfliegt.«

Auf einmal spürte ich einen Kloß im Hals. In ihrer Stimme schwang ein geradezu ergreifender, ja wehmütiger Unterton mit. »Ich komme ja wieder«, versicherte ich ihr. »Das weißt du doch, Mom.«

Als das Taxi eintraf, verabschiedeten wir uns unter Tränen voneinander. Ich versprach, sie sofort anzurufen, wenn mein Flugzeug in LaGuardia gelandet war, damit sie wußte, daß ich sicher angekommen war – ein festes Ritual in unserer Familie. Und dann reiste ich ab, nach Hause ins Land der Montagssitzungen.

5

Während Woody seine Montagssitzungen stets in seiner Wohnung abgehalten hatte, tagten die drei »Gruselhexen«, wie Helen unsere neuen Chefautorinnen getauft hatte, in einer Suite des sagenhaft teuren Four Seasons Hotels in der East 57th Street. Soviel zu den Etatkürzungen, die wir fortwährend zu schlucken hatten.

Diese spezielle Montagssitzung fiel zufällig auf den »Nimm-deine-Tochter-mit-zur-Arbeit«-Tag, an dem Karrierefrauen ihren Kindermädchen ein paar Stunden freigaben, um allen Ernstes ihre kleinen Mädchen an den Arbeitsplatz mitzubringen und so deren Selbstbewußtsein zu fördern.

Das hatte uns gerade noch gefehlt.

Keine der Drehplan-Autorinnen brachte ihre Kinder mit zur Sitzung – entweder, weil sie wie ich keine Kinder hatten oder weil ihnen wie den meisten vernünftigen Erwachsenen klar war, daß im Beisein von Kindern nichts gearbeitet wird.

Doch die drei Gruselhexen brachten ihre Töchter in die Sitzung mit, unter ihnen zwei gräßliche Gören. Sie rollten diese kleinen Barockengelchen in ihren Buggys in die Hotelsuite, schnallten sie los und ließen sie frei herumlaufen – und das für die nächsten acht Stunden. Glauben Sie mir, es war ein Alptraum.

»Ich frage mich, wie Philip mit der da fertig wird«, sagte Helen und nickte zum Kind der früheren Harlequin-Lektorin hinüber, die alleinerziehende Mutter, mit der er sich traf. Die Kleine bemalte gerade die Wände – in Rot.

»Du kennst doch Philip«, antwortete ich mit einem Achselzucken. »Für seine Karriere nimmt er alles auf sich, sogar die kleine Miss Picasso.«

Es waren nicht nur die Kinder, die mir an diesem Tag auf die Nerven gingen, oder Helens endloses Gequatsche. Es war die Distanz, die ich zu meinem Job empfand, die komplette Entfremdung. Inzwischen war ich wirklich weit weggedriftet und ins Abseits geraten. Der Sender hatte die drei Gruselhexen engagiert, weil er wollte, daß wir zugunsten jüngerer, hipperer Zuschauer das Publikum aufgaben, um dessen Sympathie wir uns jahrelang bemüht hatten. Doch ich selbst fühlte mich nun nicht mehr jung und hip. Ich meine, hatte ich je von Daft Punk gehört? Tja, meine Chefinnen schon. »Das ist unsere Lieblingsrockgruppe«, erklärte eine von ihnen, während ihre Tochter ihrer Barbie den Kopf abschnitt. »Aber uns gefallen auch Rusted Root und Nine Inch Nails.«

Daft Punk. Rusted Root. Nine Inch Nails. Ich frage Sie: Wie sollte ich zu *diesem* Gespräch etwas beitragen? Indem ich an meiner Vorliebe für James Taylor festhielt? Ich konnte mit meinen Chefinnen nicht mehr anfangen als mit den Teenagern, die wir für unsere Serie gewinnen wollten.

Zieh nach Florida um, sagte ich mir, während die drei Frauen über eine weitere Band namens Foo Fighters fachsimpelten. Unter all den Senioren dort fühlst du dich bestimmt jung.

Wenn die von Julio Iglesias schwärmen, weißt du wenigstens, von wem die Rede ist.

Ich war noch nicht dazugekommen, den Computer zu ersetzen, der aus meiner Wohnung gestohlen worden war, und so fuhr ich die ganze Woche immer wieder zum Produktionsbüro, wo ich auf dem dort vorhandenen Gerät meine Drehpläne schrieb. Als der Samstag nahte und ich endlich einen Moment lang zum Luftholen kam, wollte ich eigentlich losgehen und mir einen neuen Computer, einen Fernseher, einen Videorecorder und all die anderen Geräte besorgen, die gestohlen worden waren, doch irgend etwas hielt mich davon ab. Es waren aber nicht die Worte des Polizisten, der mich gewarnt hatte, daß die Typen wiederkommen und mich noch einmal ausrauben würden, sobald ich alles ersetzt hätte. Nein, es war das Gefühl, daß ich nicht mehr besonders lang in der Stadt bleiben würde – also warum sollte ich mir überhaupt die Mühe machen? Es war die Erkenntnis, daß ich definitiv aussteigen, ein neues Leben beginnen und hier meine Koffer packen würde. An diesem Samstag wurde mir klar, daß ich eine Entscheidung getroffen hatte: Ich würde in den Süden gehen. Mein Mietvertrag für die Wohnung lief ohnehin bald ab. Mein Vertrag mit der Serie stand ebenfalls zur Verlängerung an. Ich war durch nichts und niemanden an New York gebunden. Ich war frei. Der Zeitpunkt war genau richtig. Nur die Umstände waren die falschen, wie sich noch herausstellen sollte.

Samstag nacht schlief ich tief und fest, ja, ich war völlig weggetreten, als das Telefon klingelte. Ich brauchte ein paar Sekunden, bis ich zu mir kam, dann machte ich Licht und sah auf die Uhr auf dem Nachttisch: drei Uhr morgens.

Ich fragte mich, wer in aller Welt die Frechheit besaß, mich zu einer so unchristlichen Stunde anzurufen.

»Hier ist Sharon«, sagte meine Schwester.

Ich schoß im Bett auf. »Was ist denn los?« Es mußte etwas passiert sein, sonst hätte sie nie den Hörer in die Hand genommen und meine Nummer gewählt.

»Mom hatte einen Herzinfarkt«, sagte sie.

»*Was?*« Mir blieb selbst fast das Herz stehen.

»Sie hatte einen Herzinfarkt, aber ihr Zustand ist stabil«, erklärte Sharon und schneuzte sich. Sie ließ sich ein paar Sekunden Zeit, um sich zu fassen. »Ich habe gerade mit dem Kardiologen gesprochen. Wir haben sie vor etwa einer halben Stunde auf die Intensivstation bringen lassen.«

»Bist du gerade in der Klinik?«

»Mom hat gebeten, mich zu verständigen, nachdem sie in der Notaufnahme eingetroffen war. Ich bin ins Auto gestiegen und wie eine Verrückte losgerast.«

Ich nickte schweigend, während ich völlig benommen, ja wie betäubt in meinem mattbeleuchteten Schlafzimmer saß und gar nicht richtig zu begreifen vermochte, was Sharon mir da erzählte. Mein Vater war immer mein Held gewesen, doch meine Mutter war mein Fels in der Brandung. Zum ersten Mal in meinem Leben mußte ich mich mit ihrer Sterblichkeit auseinandersetzen.

Sharon sprach weiter und berichtete mir, daß meine Mutter schon seit Monaten Schmerzen in der Brust gehabt, aber niemandem etwas davon gesagt hatte; daß sie am Abend im Bett ferngesehen und sich auf einmal *richtig* miserabel gefühlt hatte und sie schließlich, als es nach zwanzig Minuten immer noch nicht besser geworden war, den Notarzt gerufen hatte.

»Als sie im Martin Memorial eintrafen, haben sie den diensthabenden Kardiologen geholt«, sagte Sharon, »einen Arzt namens Jeffrey Hirshon. Er hat eine Praxis in Stuart und wohnt auf Sewall's Point, gleich um die Ecke von Mom.«

»Hat er einen einigermaßen guten Ruf?« fragte ich, während sich meine Augen mit Tränen füllten.

»Gut? Er ist phantastisch. Er hat Mom das Leben gerettet«, gab Sharon zurück. »Er hat einen Blick auf Moms Kardiogramm geworfen, ihr tPa gegeben, dieses Mittel, das Blutgerinnsel auflöst, und eine Stunde später hat sie schon gefragt, wann sie nach Hause dürfte. Natürlich ist sie noch nicht über den Berg. Dr. Hirshon hat gesagt, sie muß genau beobachtet werden. Er will sie mindestens vier oder fünf Tage in der Klinik behalten.«

Nun fing ich ernsthaft zu weinen an und wischte mir die Augen mit dem Ärmel meines Nachthemds.

»Ein Herzinfarkt«, schluchzte ich. »Ich kann es nicht fassen. Sie wirkte völlig gesund, als ich sie letztes Wochenende gesehen habe.«

»Tja, du kennst doch Mom«, sagte Sharon. »Sie ist eben keine Jammerliese.«

»Trotzdem hätte sie –«

»Paß auf, Deborah«, fiel mir Sharon ins Wort. »Ich muß wieder zurück auf die Intensivstation und dort nach dem Rechten sehen. Warum drehst du dich nicht um und versuchst, noch ein wenig zu schlafen? Von dort oben aus kannst du sowieso nichts tun.«

Ihre Bemerkung brachte mich auf, doch ich zwang mich, weiterhin höflich zu ihr zu sein. »Ist Dr. Hirshon jetzt bei Mom?«

»Ja, und er überwacht sie noch den Rest der Nacht. Ich bleibe natürlich auch hier.«

»Natürlich, aber du mußt ja von den ganzen Sorgen und der Warterei schon ganz erschöpft sein.«

»Das bin ich allerdings, aber *irgend jemand* von der Familie muß schließlich für Mom da sein. Ihre andere Tochter hat ja in New York zuviel zu tun, um –«

»Ach, halt doch dein gottverdammtes Maul!« schnaubte ich wütend. Und schon war's mit der Höflichkeit vorbei. »Sag Mom einfach, daß ich sie liebhabe, daß ich für morgen einen

Flug buche und daß ich den Job bei der Historischen Gesellschaft annehme.«

»Job? Welchen Job?«

»Geht dich nichts an. Richte Mom das von mir aus, schaffst du das, Sharon? *Schaffst du das?*«

Sie seufzte. »Ich bin diejenige, die alles schafft, Deborah. Das ist ja wohl nichts Neues, oder?«

Am Sonntag morgen rief ich eine meiner drei Chefinnen an (nicht die, die etwas mit Philip hatte; das hätte mir gerade noch gefehlt, daß *er* ans Telefon gegangen wäre) und teilte ihr mit, daß ich meinen Vertrag mit dem Sender nicht verlängern würde, da ich nach Florida umzöge. Dann rief ich bei der Heilsarmee an und vereinbarte, daß sie mein abgenutztes Mobiliar und alles weitere abholten, was nicht in die zwei Koffer und die Reisetasche paßte, die ich mitnehmen wollte. Außerdem verständigte ich den Hausmeister und bat ihn, mir die Post an die Adresse meiner Mutter nachzusenden, bis ich wieder eine feste Anschrift hatte.

»Sie waren ganz schön lästig – andauernd haben Sie mich gerufen, damit ich irgendwas repariere, aber Sie werden mir fehlen«, sagte er.

»Sie waren ganz schön griesgrämig – andauernd haben Sie sich darüber beklagt, daß Sie irgendwas reparieren müssen, aber Sie werden mir auch fehlen«, sagte ich.

Ich sicherte mir den letzten Platz für einen Nachmittagsflug von LaGuardia, und schon war ich weg.

Nach meiner Ankunft auf dem Palm Beach International Airport um halb vier holte ich mein Gepäck ab, stieg in ein Taxi und nannte dem Fahrer die Adresse meiner Mutter. Ich hatte noch den Nachschlüssel zum Haus, den sie mir vor einer Woche hatte machen lassen (hatte sie etwa geahnt, daß ich ihn brauchen würde?), und so schloß ich selbst auf, lief nach oben ins Gästezimmer, zog die dicken Klamotten aus, die ich im Flugzeug getragen hatte, und legte sie zu meinem Gepäck auf den Fußboden. Als ich wieder nach unten stürmte, fiel mir auf, daß das zweite Gästezimmer ebenfalls belegt war. Drei Louis-Vuitton-Taschen standen akkurat ausgerichtet in einer Ecke des Raumes; Kamm, Haarbürste und Schminkzeug lagen auf der Kommode; ein zartrosa Nachthemd mit passendem Negligé war über das Fußende des Betts drapiert, und ein paar goldfarbene Satinpantoffeln standen darunter.

Super. Sharon und ich werden Hausgenossinnen, dachte ich und malte mir aus, wie wir beide gemeinsam Frühstück machten. Ich würde ihr Komplimente für ihre lockeren pochierten Eier machen, während sie mir erklärte, daß meine Würstchen im Schlafrock wie überfahrene Kleintiere aussähen.

Rasch rief ich mir in Erinnerung, daß ich nicht meiner Schwester wegen gekommen war, und ging schnurstracks zur Garage, wo der Delta 88 stand, dessen Schlüssel meine Mutter immer im Zündschloß steckenließ. Ich ließ das alte Schiff an und tuckerte aus Sewall's Point hinaus. Als ich die Brücke zum East Ocean Boulevard überquerte, wurde ich mir schaudernd darüber klar, daß der Krankenwagen, der meine Mutter abgeholt hatte, erst vor wenigen Stunden dieselbe Strecke gefahren war.

Bitte mach, daß sie wieder gesund wird, betete ich. Bitte laß diesen Dr. Hirshon all das sein, was Sharon von ihm behauptet.

Das Martin Memorial Medical Center, der zweitgrößte Arbeitgeber in Martin County, ist ein nicht gewinnorientiertes Krankenhaus unter kommunaler Leitung, dessen Mitarbeiter fachliche Kompetenz ausstrahlen, gleichzeitig aber einen jovialen Umgang pflegen. Wie in den meisten Kleinstadtkliniken kommt es häufig vor, daß sich Personal und Patienten kennen, Tür an Tür wohnen und miteinander Golf spielen oder angeln gehen. Doch im Gegensatz zu den meisten anderen Kleinstadtkliniken liegt es direkt am St. Lucie River und bietet vielen seiner Patienten einen sensationellen Blick aufs Wasser.

Natürlich gehörte meine Mutter, die Patientin der Intensivstation war, nicht zu ihnen. Das Fenster in ihrer kleinen Kabine im ersten Stock ging aufs Dach hinaus. Trotzdem konnte sie von Glück sagen, daß sie überhaupt ein Bett bekommen hatte. Im Februar herrscht in Florida Hochsaison, und zwar nicht nur in Hotels und Restaurants, sondern auch in den Krankenhäusern.

Eine der Schwestern auf der Intensivstation – sie hieß Vicky – führte mich den Flur entlang, wo wir an einem halben Dutzend »Zimmern« vorbeikamen, die zum Schwesternzimmer hin offen und untereinander durch Vorhänge abgetrennt waren. Ich hatte erwartet, daß dort angesichts der schwerkranken Patienten gedämpfte Stille herrschen würde, doch bei dem Plärren der Fernseher, dem Piepsen der elektronischen Monitore und den zahlreichen Besuchern herrschte eher eine Art undefinierbares Brummen als Stille.

»Hier ist unsere Mrs. Peltz«, sagte Vicky lächelnd und blieb stehen, als wir im letzten Zimmer angekommen waren.

Zuerst hörte uns meine Mutter gar nicht. Offenbar machte sie ein Nickerchen. Sharon saß rechts vom Bett auf einem Stuhl und blätterte eine Ausgabe von *Modern Bride* durch. Sie sah zu mir auf und verzog das Gesicht zu einem künstlichen Lächeln, einer dieser eckigen Grimassen mit zusammengebissenen Zähnen, deren Zweck es ist, daß sich das Gegenüber wie der – na ja – letzte Unrat fühlt. Ich nahm keine Notiz von ihr und wandte mich meiner Mutter zu, deren Körper an ein halbes Dutzend Apparaturen angeschlossen war und deren Gesicht erschreckend blaß wirkte.

Ich hatte mich innerlich auf diesen Moment vorbereitet. Während des gesamten zweieinhalbstündigen Fluges nach

Florida hatte ich mir selbst gut zugeredet. *Brich nicht zusammen, wenn du sie siehst. Sag nichts, was sie aufregen könnte. Sei fröhlich.* Doch als ich tatsächlich vor meiner armen kleinen Mommy in diesem riesigen Krankenhausbett stand, verlor ich komplett die Beherrschung.

»Mom!« stieß ich hervor und stürzte hilflos gestikulierend auf sie zu, wobei mir die Tränen über die Wangen liefen. »O Mom!«

Offenbar hatte ich sie geweckt, doch das schien ihr nichts auszumachen.

»Deborah«, sagte sie und tätschelte mir den Kopf, als ich mich hinabbeugte, um sie zu küssen. »Du hättest nicht zu kommen brauchen, Liebes. Es muß ein wahnsinniger Aufwand für dich gewesen sein.«

»Ich möchte nirgends anders sein, Mom«, erwiderte ich. »Wie fühlst du dich denn? Hast du noch Schmerzen in der Brust?«

»Nein«, antwortete sie zögernd, als traute sie ihrem Glück nicht. »Dr. Hirshon kümmert sich ausgezeichnet um mich. Er hat einen sehr guten Ruf, habe ich gehört.«

»Das hat mir Sharon schon erzählt«, sagte ich. »Ich würde ihn gerne kennenlernen.«

»Er kommt heute abend vorbei«, erklärte Sharon und wurde sichtlich munterer. »Innerhalb der nächsten Stunde, nehme ich an.«

»Ich bleibe hier«, sagte ich, da ich unbedingt dem Mann die Hand schütteln wollte, der meiner Mutter das Leben gerettet hatte.

Ich setzte mich auf den Besucherstuhl auf der anderen Seite des Bettes und fragte meine Mutter nach ihrem Befinden aus – was für Medikamente sie nahm, was für Ernährungsvorschriften man ihr gemacht hatte, was für Untersuchungen sie in den nächsten Tagen über sich ergehen lassen müßte und ob sie Angst hatte.

»Ein bißchen schon«, gestand sie. »Auch wenn ich diesen Herzinfarkt überlebe, kann es jederzeit passieren, daß ich einen zweiten bekomme. Onkel Bernie hat einen dreifachen Bypass gelegt bekommen, weißt du noch, Liebes? Unsere Familie neigt zu Herzkrankheiten. Ich fühle mich wie verurteilt.«

»Du wirst bald wieder gesund«, versicherte ich ihr, vom Pessimismus meiner Mutter beunruhigt. Lenore Peltz hatte noch nie gejammert, aufgegeben oder die Hoffnung verloren, sich noch nie von den Wechselfällen des Lebens entmutigen lassen, nicht einmal nach dem Tod meines Vaters. Doch nun *klang* sie entmutigt, klang, als hätte ihr der Herzinfarkt jeglichen Kampfgeist geraubt. »Es wäre mir allerdings lieber gewesen, wenn du mir von den Schmerzen in der Brust erzählt hättest, als wir letztes Wochenende zusammen waren. Vielleicht hätte ich etwas tun können.«

»Was denn zum Beispiel?« wollte Sharon wissen.

»Zum Beispiel Mom zum Arzt bringen«, sagte ich. »Zum Beispiel ihr *helfen.*«

»Ihr helfen?« spottete Sharon. »So wie du ihr geholfen hast, indem du laut heulend in ihr Krankenzimmer gestürmt bist?«

»Ich habe nicht laut geheult, sondern lediglich meine Gefühle gezeigt«, verteidigte ich mich.

»Du warst hysterisch«, erklärte Sharon.

»Ich war *menschlich*«, entgegnete ich. »Weißt du eigentlich, was das heißt, menschlich zu sein? Gefühle zu haben?«

»Oh, ich habe jede Menge Gefühle. Du willst nur nichts davon wissen.«

»Das kannst du laut sagen. Das letzte, was ich –«

»Haltet endlich die Klappe! Alle beide!«

Sharon und ich erstarrten.

»Ich habe genug von eurem dämlichen Gezänk! Ge-nug!«

Wir wandten uns um, um unsere Mutter anzusehen, sie zu beruhigen, uns zu vergewissern, daß es ihr gutging, und uns zu entschuldigen, doch auf einmal kam Vicky, die Krankenschwester hereingerast.

»Raus! Raus! Raus!« rief sie und scheuchte uns auf den Flur. »Sie regen meine Patientin auf, und das dulde ich nicht. Gehen Sie in den Warteraum, und beruhigen Sie sich. Ich hole Sie, wenn sich Ihre Mutter wieder wohler fühlt.«

Unwillig ließen wir Mom in Vickys Obhut zurück und marschierten wortlos den Flur hinab zu dem hoffnungslos überfüllten Warteraum. Als wir in der Tür standen, sahen wir, daß es zwei freie Stühle gab, aber nicht nebeneinander.

»Hier. Sie können meinen haben«, erklärte ein Mann, der neben einem der freien Stühle saß.

Da er glaubte, uns einen Gefallen zu tun, machte er Anstalten, aufzustehen, damit Sharon und ich in dieser schweren Stunde nebeneinander sitzen konnten.

»Nein! Bleiben Sie!« erwiderten wir wie aus einem Munde, da wir so weit voneinander weg sein wollten, wie es in diesem Raum nur irgend möglich war.

Der Mann zuckte die Achseln und setzte sich wieder. Sharon nahm neben ihm Platz. Ich setzte mich auf die andere Seite des Raums, neben eine Frau, deren Mann bei einem Streit mit seiner Geliebten einen Messerstich in den Bauch abbekommen hatte.

»Sie müssen ihn sehr lieben, wenn Sie so zu ihm stehen«, sagte ich zu ihr. »Manche Frauen würden das nicht so ohne weiteres verzeihen.«

»Was gibt's da zu verzeihen?« fragte sie. »Er hat ja schließlich nicht mit meiner Schwester geschlafen oder etwas in der Art. Ich kenne das Mädchen nicht einmal.«

Ich nickte und fragte mich, ob wir hierzulande in puncto Moral einen neuen Tiefpunkt erreicht hatten. Dieser Frau zufolge war es in Ordnung, wenn ein verheirateter Mann eine Geliebte hatte, solange es nicht seine Schwägerin war. Also wirklich.

Ich mußte innerlich lachen. Und dann versuchte ich mir auszumalen, wie ich mich fühlen würde, wenn ich einen Ehemann hätte, der mit seiner Schwägerin ins Bett ginge, also logischerweise mit Sharon. Da verging mir das Lachen.

Etwa fünfzehn Minuten, nachdem uns Vicky aus der Intensivstation geworfen hatte, steckte sie den Kopf in den Warteraum und winkte uns wieder zurück.

»Der Blutdruck Ihrer Mutter ist rasant in die Höhe geschossen«, schimpfte sie uns. »Jetzt geht es ihr wieder gut, aber das dauert nicht an, wenn Sie so weitermachen. Ihre Zänkereien belasten sie massiv.«

»Aber das hat sie uns gegenüber nie zuvor erwähnt«, wandte Sharon ein.

»Sie hat immer so getan, als wären wir ein Herz und eine Seele«, fügte ich hinzu.

»Ihre Mutter hat eine lebensbedrohliche Situation durchlitten«, erklärte Vicky. »Das kann einen Menschen von Grund auf verändern. Womöglich bemüht sie sich nicht mehr so wie bisher darum, es allen recht zu machen. Eventuell besinnt sie sich mehr auf sich selbst und ihr eigenes Wohlbefinden. An Ihrer Stelle würde ich mich auf ein paar deutliche Worte von ihr gefaßt machen.«

Sharon und ich dankten Vicky für ihre Offenheit und eilten geläutert ins Zimmer unserer Mutter zurück.

Wir setzten uns jede an eine Seite ihres Betts.

»Wir waren schrecklich gefühllos, Mom«, erklärte Sharon.

»Es tut uns leid, daß wir uns vor dir so gestritten haben«, stimmte ich ihr zu.

»Gut«, sagte meine Mutter. »Dann könnt ihr euch ja hierhersetzen, die Klappe halten und zur Abwechslung mal mir zuhören.«

Alle Wetter! Die neue Lenore Peltz nahm kein Blatt vor den Mund.

»Ich will, daß sich meine beiden Mädels versöhnen«, erklärte sie. »Ein für allemal. Wenn ihr das nicht tut, bekomme ich noch einen Herzinfarkt und muß sterben, und meine letzte Erinnerung wird sein, wie ihr zwei euch gegenseitig beleidigt. Wünscht ihr mir das? Ja?«

»Natürlich nicht«, erwiderten Sharon und ich unisono.

»Gut«, sagte meine Mutter. »Dann legt eure Meinungsverschiedenheiten bei, und benehmt euch wie Schwestern. Mir zuliebe. Meiner *Gesundheit* zuliebe.«

Ihrer Gesundheit zuliebe. Tja. Dann gab es nur noch eines zu tun.

Ich erhob mich von meinem Stuhl, ging zur anderen Seite des Bettes, wo Sharon saß, und streckte ihr meine Hand entgegen. »Frieden?«

Sie erhob sich ebenfalls von ihrem Stuhl, starrte aber nur eine Zeitlang meine Hand an. Ich bekam von der Anspannung schon langsam einen Krampf, als sie endlich auch ihre Hand ausstreckte und meine ergriff. »Frieden«, sagte sie etwas unwillig.

»Das darf ja wohl nicht wahr sein«, fauchte meine Mutter. »Ich will eine richtige Versöhnung mit Küssen sehen, keinen geschäftsmäßigen Händedruck. Wollt ihr Mädels, daß ich am Leben bleibe, oder nicht?«

Diesmal gingen Sharon und ich aufs Ganze. Es gab kurze Küsse auf die Wangen, gefolgt von einer richtigen Umarmung und wiederholtem Schultertätscheln. Meine Mutter strahlte übers ganze Gesicht. Es war eine Szene fürs Familienalbum.

Und dann, wie auf ein Stichwort, klatschte jemand Beifall.

Wir drehten uns alle drei zum Schwesternzimmer um, von woher das Klatschen kam. Ein hochgewachsener, dunkler, bärtiger Mann in einem weißen Kittel lehnte am Tresen, klatschte in die Hände und grinste breit – ein Mann, dessen freundliches Gesicht mich an meinen Vater erinnerte.

»Dr. Hirshon!« rief Sharon und machte sich hastig von mir

los, damit sie beide Hände frei hatte, um ihr Haar aufzubauschen.

Das also ist Dr. Hirshon, dachte ich, und da ich den Kardiologen meiner Mutter auf den ersten Blick ganz unerhört attraktiv fand, bauschte ich mein Haar auch ein- oder zweimal auf.

6

Jeffrey Hirshon war nicht attraktiv im herkömmlichen Sinne, jedenfalls nicht so wie Philip. Er war zwar über einsachtzig groß wie Philip und hatte ein ähnlich perfektes Zahnpastalächeln, aber seine Gesichtszüge entsprachen nicht ganz den idealen Proportionen – die Nase war zu groß, die Lippen zu schmal, und die Augenlider hingen ein wenig herab. Trotzdem wirkte dieser Arzt, den ich auf Mitte Fünfzig schätzte, außergewöhnlich anziehend auf mich, vielleicht aufgrund seines dunklen, lockigen Barts mit den grauen Stellen, der breiten Schultern und des mächtigen Brustkorbs oder des herzlichen Hohoho-Lachens. All das zusammen verlieh ihm eine heitere, onkelhafte Ausstrahlung, als wäre er jemand, den ich schon seit Jahren kannte, als wäre er ein Mensch, auf den ich mich verlassen, ein Mensch, dem ich vertrauen konnte. Selbstverständlich trug die Tatsache, daß er nicht braungebrannt war, zu dieser Wahrnehmung bei. Ich hatte eigentlich vermutet, daß Kardiologen in Florida mehr Zeit damit verbrachten, auf Golfbälle einzudreschen, als damit, Herzinfarkte zu diagnostizieren.

»Ist das nicht wunderbar?« sagte er beim Hereinkommen, das Stethoskop um den Hals, Hemd und Krawatte unter dem Kittel. »Ein Krankenzimmer, in dem alle lächeln.«

»Das kommt daher, weil meine zwei Mädels bei mir sind

und mir helfen, wieder gesund zu werden«, erklärte meine Mutter stolz.

»Das hört man aber gern«, sagte Dr. Hirshon. »Liebe Verwandte, die kommen, um die Genesung der Patientin zu fördern. Meiner Meinung nach ganz wichtig. Ärzte können noch so viele Medikamente verordnen und eine Operation nach der anderen durchführen, aber ausschlaggebend für den Umschwung von Krankheit zu Gesundheit ist die Heilkraft, die ein Patient von den Menschen, die er liebt, empfängt.«

Aha, er ist also einer von der einfühlsamen, ganzheitlichen Sorte, dachte ich bei mir, beeindruckt, daß eine Kleinstadt wie Stuart einen so fortschrittlich denkenden Arzt besaß, einen Mann der Wissenschaft, der außerdem spirituell, seelenvoll und sensibel war.

»Apropos liebe Verwandte – meine ältere Tochter Sharon haben Sie ja schon kennengelernt«, sagte meine Mutter und nickte zu meiner Schwester hinüber.

»*Älter?*« Sharon kicherte, sah aber tödlich gekränkt drein. »Das klingt ja, als wäre ich uralt, Mom.«

Meine Mutter fuhr ungerührt fort. »Und das ist meine jüngere Tochter Deborah.«

»Sehr angenehm«, sagte Dr. Hirshon, als wir uns die Hände schüttelten. Er hatte einen warmen und festen Händedruck, und seine welpenhaften Augen mit den hängenden Lidern waren von einem sehr einnehmenden Braunton.

»Ganz meinerseits«, sagte ich. »Soweit ich gehört habe, waren Sie gestern abend der Held. Ich bin Ihnen wirklich sehr dankbar.«

»*Ich* mußte Deborah die ganze Geschichte per Ferngespräch am Telefon erzählen«, erklärte Sharon dem Arzt und mischte sich damit in unsere Unterhaltung ein. Ich rechnete schon damit, daß sie ihren Satz mit »weil sie in New York lebt, wo sie für eine Seifenoper schreibt« fortführen würde, doch nach einem Blick auf den Herzmonitor unserer Mutter sagte sie: »Wir stehen uns sehr nahe, meine Schwester und ich. Wir erzählen einander alles.«

»So sollte es auch sein«, erklärte Dr. Hirshon. »Ich habe schon so viele Geschwister erlebt, deren Beziehung von unbedeutenden Mißverständnissen getrübt wird. Sie klammern sich an diese Ärgernisse, und ehe sie sich versehen, reden sie schon nicht mehr miteinander. Eine derartige Borniertheit kann man sich kaum vorstellen, was?«

Sharon und ich waren uns darin einig, daß man sich das wirklich kaum vorstellen konnte.

Dr. Hirshon lächelte und trat näher ans Bett heran. »Und, wie fühlen Sie sich heute abend, Mrs. Peltz? Schmerzen? Kurzatmigkeit? Engegefühle im Brustraum?«

»Nein, nichts von dem, was ich gestern abend verspürt habe«, antwortete sie. »Ich glaube, mir ist nur etwas mulmig, wissen Sie, daß ich einen zweiten Herzinfarkt haben könnte. Ich fühle mich auf einmal ziemlich schwach.«

»Das ist völlig normal«, erklärte Dr. Hirshon, tätschelte meiner Mutter den Arm und sprach dann von den psychischen Nachwehen, unter denen sie wahrscheinlich leiden würde, von den Selbsthilfegruppen, die sie besuchen könnte, und der Tatsache, daß er ihr zur Verfügung stünde. Schließlich bat er Sharon und mich, den Raum zu verlassen, damit er sie untersuchen konnte.

»Dr. Hirshon macht einen engagierten Eindruck«, bemerkte ich, als meine Schwester und ich nebeneinander im Warteraum saßen.

»Sehr engagiert«, bestätigte Sharon. »Du hättest sehen sollen, wie er Mom die ganze Nacht hindurch überwacht hat. Er war so kompetent und doch so sanft. Er hatte die Situation eindeutig im Griff, aber er überfiel einen nicht mit diesem schwachsinnigen Autoritätsgehabe eines Halbgotts in Weiß.«

»Ich hatte den gleichen Eindruck, sowie ich ihn sah«, gestand ich. »Wie Daddy mit Bart.«

Sharon kam ins Überlegen. »Ich habe keinen Ehering gesehen, du etwa?«

Erstaunt schüttelte ich den Kopf. »Du bist unverbesserlich, Sharon. Mom liegt im Krankenhaus, und das einzige, woran du denkst, ist heiraten. Männer auf Eheringe zu taxieren ist bei dir mittlerweile anscheinend zu einem Reflex geworden.«

»Ach, erspar mir die Heiratsleier. Ich mache mir genauso große Sorgen um Mom wie du – schließlich war ich diejenige, die die ganze Nacht hier drinnen verbracht hat –, aber deswegen bin ich nicht völlig abgestumpft. Wenn ein attraktiver Mann – noch dazu ein jüdischer Arzt – in mein Leben tritt, dann werde ich eben aufmerksam. Erzähl mir bloß nicht, du hättest nicht darauf geachtet, ob er einen Ring trägt, Deborah.«

»Nein.«

»Aber klar doch.«

»Nein. Ehrlich.«

»Aber du findest ihn attraktiv. Du bist ganz rot geworden, als er in Moms Zimmer kam. Und noch röter bist du angelaufen, als er dir die Hand geschüttelt hat.«

»Ja?«

»Jede Wette.«

Jede Wette? Na ja, mein Puls war schneller geworden, als ich Jeffrey Hirshon vorgestellt worden war, aber ich hatte gedacht, ich sei lediglich überwältigt von dem, was meine Mutter mitgemacht hatte, und meine Gefühle seien eben außer Kontrolle geraten aus Erleichterung darüber, daß sie außer Gefahr war, und infolgedessen war ich bereit, den Mann zu verklären, der sie gerettet hatte.

»Komm, wechseln wir das Thema«, sagte ich schnell. »Wir haben Mom versprochen, uns nicht zu streiten.«

»Du hast recht«, willigte sie ein. »Reden wir über etwas anderes.«

Etwas anderes. Verlegenes Schweigen war die Folge. Wir hatten so viele Jahre damit verbracht, uns zu streiten, daß wir nun keine Ahnung hatten, wie wir miteinander reden sollten, *ohne* zu streiten.

Schließlich fragte ich Sharon, wie das Geschäft mit ihrem Hochzeits-Service liefe. »Prima«, antwortete sie. »Wir sind den ganzen Sommer ausgebucht.« Ich fragte sie, ob es ihr immer noch gefiel, in Boca zu leben. Sie sagte: »Natürlich. Es ist mein Zuhause.« Ich fragte sie, ob sie kürzlich irgendwelche guten Bücher gelesen hätte. Sic antwortete: »Nein. Wer hat dazu schon Zeit?« Sie überschlug sich nicht gerade vor Redseligkeit, aber zumindest beschimpfte sie mich nicht. Erst als ich sie fragte, wie Norman auf der Militärschule zurechtkam, schaffte sie es, mehrere zusammenhängende Sätze von sich zu geben.

Ich hätte gleich daran denken sollen, daß er der Schlüssel zu ihrem Herzen war, das Geheimnis, wie man sie dazu bringen konnte, sich zu öffnen. Trotz all ihrer neurotischen Marotten – ihres Märtyrerkomplexes, ihres Perfektionismus und ihres impulsiven, selbstzerstörerischen Verhaltens in bezug auf Männer – war sie eine erstaunlich gute Mutter, eine engagierte Alleinerziehende, die ihrem Sohn die Zuneigung schenkte, die sie mir gegenüber nicht aufbrachte. Immer wenn sie über Norman sprach, wurden ihre Züge weich, und der verkniffene, bedrückte Gesichtsausdruck verschwand.

Und so war es auch diesmal wieder. Ihre gewohnte Strenge schmolz sofort dahin, als sie mir lachend erzählte, daß die Neuankömmlinge in der Kaserne ›Knöpfe‹ und ihre gräßlichen Haarschnitte ›Knopfköpfe‹ genannt wurden; daß Norman ihr schrecklich fehlte, seit er aus dem Haus war, ob mit oder ohne geschorenem Kopf; und daß es sie für die Hölle, die sie mit seinem polygamen Vater durchgemacht hatte, mehr als entschädigte, einen Sohn wie ihn zu haben.

Sie war eine andere Sharon, wenn sie von ihrem Sohn

sprach, eine mitteilsame Sharon, eine Frau, mit der ich etwas anfangen konnte. Einige wenige Momente lang vergaß ich in diesem Krankenhaus-Warteraum, daß wir den größten Teil unseres Lebens Krieg gegeneinander geführt hatten. Einige wenige Momente lang hatte ich meine Schwester richtig gern.

Doch schließlich brachte sie erneut Dr. Hirshon aufs Tapet.

»Weißt du«, begann sie, »selbst wenn er ledig und ungebunden ist, verzichte ich darauf, meine Schwärmerei für ihn auszuleben. Wenn du ihn willst.«

»Sharon«, sagte ich, während ich um einen wohlwollenden, gelassenen Tonfall rang. »Es ist wirklich voreilig –«

»Sieh's ein, Deborah. Das Thema kommt sowieso früher oder später zur Sprache. Wie du vorhin bereits erwähnt hast, haben wir Mom versprochen, nicht mehr irgend etwas oder irgend jemandes wegen miteinander zu streiten, deshalb sage ich nur, daß ich für den Fall, daß Dr. Hirshon weder verheiratet noch schwul noch sonst irgendwie vergeben ist und er ebenso an uns interessiert ist wie wir an ihm, verzichte und ihn dir überlasse. Um des lieben Friedens willen.«

»Du *überläßt* ihn mir?« lachte ich.

»Ja. Ich bin deine große Schwester. Es sollte meine Entscheidung sein, ob ich beiseite trete und ihn dir überlasse.«

Ich schüttelte erneut den Kopf. »Das ist sehr großzügig von dir, Sharon, aber da du diejenige bist, die offensichtlich besessen von ihm ist, finde ich, du solltest ihn nehmen.«

»Besessen? Du bist doch fast in Ohnmacht gefallen, als er in Moms Zimmer gekommen ist. Nein, Deborah. Du nimmst ihn.«

Guter Gott. Jetzt zankten wir uns darüber, wie wir das Zanken vermeiden konnten.

»Gehen wir es doch einfach gelassen an und warten ab, was sich ergibt«, schlug ich vor. »Ich wette, wir werden Dr. Hirshon im Lauf der nächsten Wochen öfter begegnen, da wir ja Mom auch immer wieder zur Nachuntersuchung in seine Praxis bringen müssen, wenn sie aus dem Krankenhaus entlassen worden ist, und ihn konsultieren müssen, wenn sie irgendwelche Probleme bekommt. Vielleicht stellen wir beide fest, daß er gar nicht der Typ ist, den wir uns wünschen, wenn wir ihn besser kennen.«

»Was meinst du damit, daß wir ihm im Lauf der nächsten Wochen öfter begegnen werden?« wollte Sharon wissen. »Ich bin diejenige, die ihm öfter begegnen wird. Du fährst doch, sobald es Mom bessergeht, wieder nach New York zurück, zu der Seifenoper, für die du schreibst.«

»Falsch. Ich bleibe in Florida. Ich habe beim Fernsehen gekündigt und nehme demnächst einen Job in Stuart an – bei der Historischen Gesellschaft. Ich bin diejenige, die Dr. Hirshon öfter begegnen wird, Sharon. Er wird nämlich mein Nachbar.«

Als er meine Mutter fertig untersucht hatte, kam Dr. Hirshon am Warteraum vorbei, um uns über ihr Befinden zu unterrichten.

»Angesichts dessen, was sie durchgemacht hat, geht es Ihrer Mutter recht gut«, begann er und strich sich über den Bart. »Das tPa scheint den Blutpfropfen aufgelöst zu haben, der den Herzinfarkt verursacht hat. Morgen früh schicken wir sie zur Angiographie, damit wir herausfinden können, welche der Koronararterien verstopft oder verengt ist. Wenn alles gutgeht, muß sie noch ein oder zwei Nächte auf der Intensivstation bleiben, und dann bringen wir sie zur Telemetrie.«

»Was ist das?« fragte ich.

»Telemetrie? Die ist im fünften Stock«, antwortete er. »Dort befindet sich ein kleiner Raum – wir nennen ihn die ›Herzschlagzentrale‹ – in dem technische Mitarbeiter vor Computern sitzen, die die Herzschläge jedes einzelnen Patienten auf der Etage aufzeichnen, ob er nun gerade spazierengeht, zum Röntgen gebracht wird oder im Aufenthaltsraum sitzt. Sie können es sich vorstellen wie bei Fluglotsen, die startende und landende Flugzeuge überwachen.« Er lachte wieder sein Hohoho-Lachen. »Ihre Mutter darf sich völlig frei bewegen, und trotzdem können unsere Spezialisten von überallher auf dem Klinikgelände die Signale der Elektroden auffangen, an die sie angeschlossen ist.«

»Und wie lange muß sie dort bleiben?« wollte Sharon wissen.

»Zwei oder drei Tage«, erwiderte er. »Wir fangen ein Rehabilitationsprogramm für Herzpatienten mit ihr an, welches Übungen, spezielle Ernährung und neue Medikamente umfaßt. Am fünften Tag setzen wir sie zum Belastungstest auf ein Trainingsfahrrad. Falls weder Schmerzen noch Atemnot auftreten, schicken wir sie nach Hause.«

»Einfach so«, sagte ich und staunte, wie schnell eine lebensbedrohliche Krankheit kuriert werden konnte.

»Auf kurze Sicht betrachtet, ist es im Grunde reine Routine«, bestätigte er. »Die Arterie ist wie ein Rohr, und wenn man das entfernt, was das Rohr verstopft, wirkt das, wie wenn Sie Rohrfrei in Ihre Spüle schütten. Das Problem ist nur, daß Menschen mit verstopften Arterien zu Rückfällen neigen. Das habe ich Ihrer Mutter bereits erklärt.«

»Und wie hat sie reagiert?« fragte ich. »Sie ist es nicht gewohnt, gehandikapt zu sein. Sie ist immer sehr selbständig gewesen.«

»Das wird sie auch wieder sein«, versicherte Dr. Hirshon. »Aber zunächst leidet sie bestimmt in gewissem Maße unter Depressionen. Sie muß sich ihrer eigenen Sterblichkeit stellen. Vermutlich wird sie wütend werden – das ›Warum ich?‹-Syndrom. Sie wird sich fragen, warum sie mit einer ungünstigen familiären Veranlagung geschlagen ist. Womöglich macht sie sich sogar selbst Vorwürfe, weil sie ihre Gefühle so viele Jahre lang unter Verschluß gehalten hat. Und natürlich muß sie lernen, frei zu leben, ohne daß ständig eine dunkle Wolke über ihr hängt. Aber ich bin für sie da. Wir sind alle drei für sie da, oder nicht?«

Dr. Hirshon streckte die Hände aus und legte die linke mir und die rechte Sharon auf die Schulter, wie ein Trainer, der mit seinen Starspielern die Köpfe zusammensteckt, um sie zu motivieren.

»Auf jeden Fall«, bestätigten Sharon und ich dem Arzt, der nun fortfuhr, uns zu berühren, uns gut zuzureden und uns aufzumuntern, während er uns einschärfte, daß wir ein Team seien und gemeinsam Lenore Peltz helfen würden, wieder gesund zu werden.

Mann, dieser Typ ist ganz anders als die Ärzte, bei denen *ich* bisher gewesen bin, dachte ich. Keine kurz angebundenen Auskünfte an der Bettkante. Kein großkotziges Auftreten. Keine Fluchtversuche, um der Familie der Patientin zu entkommen. Er war alles, was man sich von einem Arzt wünschen konnte, vielleicht sogar alles, was man sich von einem Mann wünschen konnte.

Hör auf! schalt ich mich selbst. Du tust nichts, was den Waffenstillstand gefährden könnte, den du mit Sharon geschlossen hast, egal, wie herrlich sich Jeffrey Hirshons Hand auch auf deiner Schulter anfühlt.

»So, Sie können jetzt wieder zu Ihrer Mutter hineingehen«, sagte er zu uns. »Ich fahre jetzt nach Hause, aber ich sehe morgen früh wieder nach ihr.«

»Was, wenn sie sich in der Nacht wieder schlechter fühlt?« fragte ich.

»Keine Sorge. Dann werde ich von der Klinik verständigt«, erwiderte er.

»Sie könnten uns doch auch Ihre Privatnummer geben, dann könnten wir Sie direkt anrufen«, sagte Sharon frech. »Obwohl wir nicht im Traum daran denken würden, Ihre Frau und Ihre Kinder zu stören.«

Dr. Hirshon schüttelte lächelnd den Kopf. »Keine Frau.

Keine Kinder. Nur ein großes Haus auf Sewall's Point, das ich nach der Scheidung behalten durfte. Meine Frau hat das Haus in Aspen bekommen.«

Ich vermied es, Sharon anzusehen.

»Trotzdem«, fuhr er fort, »ist es am besten, wenn die Klinik mich verständigt. Außerdem rechne ich nicht damit, daß Ihre Mutter heute nacht größere Probleme bekommt. Und Ihnen beiden« – er nickte Sharon und zu mir zu – »verordne ich ausgiebige Nachtruhe. Sie hatten in den letzten vierundzwanzig Stunden alle zwei viel um die Ohren. Der große Vorteil ist allerdings, daß sie einander haben.«

»Wie wahr«, sagte ich und tätschelte meiner lieben Schwester den Rücken.

»Unbedingt«, stimmte sie ein und stieß mir den Ellbogen in die Rippen.

»Ihre Mutter kann sich glücklich schätzen, solche Töchter zu haben«, erklärte er und musterte uns eingehend. »Liebevoll – und reizend zugleich, wenn ich das mal so anmerken darf.«

7

Sharon und ich blieben noch eine Stunde bei Mom. Irgendwann kam Vicky, die Schwester, die uns wegen unseres schlechten Benehmens aus dem Zimmer geworfen hatte, herein, um uns mitzuteilen, daß ihre Schicht zu Ende sei, sie nun nach Hause ginge und die Nachtschwester übernehmen würde. Wir dankten ihr überschwenglich dafür, daß sie sich um unsere Mutter gekümmert hatte, und verabschiedeten uns bis Montag morgen von ihr.

Nicht lange danach fanden wir, daß es an der Zeit sei, Mom ein wenig Ruhe zu gönnen. Wir gaben ihr jede einen Gutenachtkuß und verließen die Klinik. Da wir beide erschöpft, ausgelaugt und dem Verhungern nahe waren, machten wir auf dem Nachhauseweg beim Prawnbroker halt, einem beliebten Lokal auf Sewall's Point.

Das Lokal war bis auf den letzten Platz besetzt – typisch für Florida im Februar –, aber nach zwanzig Minuten bekamen wir einen Platz, und nach weiteren zwanzig Minuten stand unser Essen auf dem Tisch. Da wir zum Reden viel zu erschöpft waren, aßen wir praktisch schweigend, den heftigen Wortwechsel über meinen Umzug nach Stuart einmal ausgenommen. Ich erzählte Sharon von dem Job, den mir Melinda Carr angeboten hatte. Sie war entsetzt darüber, daß ich eine Fernsehkarriere aufgab, um »eine abgewrackte Bruchbude am Strand« zu hüten, wie sie das Haus der Zuflucht nannte. Ich erklärte ihr, daß ich einen Tapetenwechsel nötig hätte, daß mir der Job als Wächterin in den Schoß gefallen war und ich mich darauf freute, mich in Stuart niederzulassen, weil ich da näher bei Mom wäre, falls sie wieder krank würde. Tja! Die Bemerkung, daß ich dann näher bei Mom wäre, löste einen kleinen Tobsuchtsanfall aus. Sharon erklärte, daß sie diejenige sei, die sich immer um Mom gekümmert hätte, während ich mich immer nur um mich selbst gekümmert hätte, und was wüßte ich schon davon, wie man sich um jemanden kümmert? Was sie im Grunde meinte, war, daß ich eine Bedrohung für sie war, indem ich einfach in die Stadt geplatzt kam und ihr ihre angestammte Rolle als brave Tochter streitig machte.

Die Frau hat Angst, dachte ich bei mir, während ich zuhörte, wie sie ihre Märtyrernummer abzog. Man hätte doch annehmen sollen, daß sie froh darüber war, die Last der Fürsorge für unsere Mutter teilen zu können, aber sie hatte tödliche Angst, daß nach all den Jahren, in denen sie Mom praktisch für sich allein gehabt hatte, ich mich nun aufdrängen würde.

Mein Gott, dachte ich. Es ist wieder wie beim Konkurrenzkampf um Daddy.

Es war schon fast neun Uhr, als wir die Rechnung bezahlten und uns vom Tisch erhoben. Wir gingen gerade in Richtung Ausgang, an der gutsortierten Bar des Lokals vorbei, als mich Sharon anstupste.

»Was ist?« fragte ich.

»Da drüben«, sagte sie und zeigte auf zwei Personen, die am Ende der Bar saßen, einen Mann und eine Frau, die allem Anschein nach in eine hitzige Auseinandersetzung vertieft waren. Der Mann gestikulierte wild herum, die Frau tupfte sich die Augen mit einer Cocktailserviette, und keiner von beiden trank den Champagner, der vor ihnen stand.

Ich blinzelte. »Ich verstehe nicht –«

»Das ist Dr. Hirshon«, erklärte sie und stupste mich noch einmal.

Tatsächlich – vor uns saß der Kardiologe unserer Mutter, allerdings ohne Arztkittel. Und neben ihm saß Vicky, die Krankenschwester meiner Mutter, in einem ziemlich schicken roten Kleid.

»Und uns hat er erzählt, er führe nach Hause«, sagte Sharon, während wir vor der Tür standen und die beiden beobachteten.

»Sieht aus, als hätten er und Florence Nightingale etwas miteinander«, sagte ich.

Sharon beäugte das Pärchen. »Aber nicht mehr lange. Ich kann zwar nicht von den Lippen ablesen, aber ich könnte schwören, er macht gerade mit ihr Schluß.«

»Vicky wirkt ziemlich verzweifelt«, sagte ich. Sie hatte soeben Dr. Hirshon ihre feuchte Cocktailserviette ins Gesicht geworfen, wo sie an seinem Bart hängenblieb und dann zu Boden fiel. »Komm schon, lassen wir ihnen ihre Privatsphäre, Sharon. Eine Beziehung zu beenden ist schon so schwer genug, da braucht man nicht auch noch Publikum.«

Ich wandte mich zum Gehen, doch sie regte sich nicht.

»Findest du nicht, daß wir hinübergehen und guten Tag sagen sollten?« fragte sie. »Es könnte Dr. Hirshon moralisch aufbauen, wenn er weiß, daß wir scharf auf ihn sind. Ich meine, daß wir für ihn *da* sind.«

»Wir können ja morgen für ihn da sein, im Krankenhaus«, schlug ich vor.

»Na gut.« Sie warf einen letzten Blick zur Bar, bevor sie sich von mir zur Tür hinauszerren ließ.

Als wir Dr. Hirshon am nächsten Morgen im Krankenhaus trafen, wirkte er genauso munter wie am Tag zuvor.

Vicky dagegen sah entsetzlich aus.

Meiner Mutter ging es den Kurven der zahlreichen Meßgeräte nach zu urteilen körperlich bedeutend besser. In emotionaler Hinsicht war sie allerdings völlig zermürbt. Sie war überzeugt davon, daß jedes Muskelzucken, jede Blähung, jedes kleine Zwicken und Stechen einen weiteren Herzinfarkt ankündigte.

Dr. Hirshon zeigte sich äußerst verständnisvoll. Er setzte sich neben sie aufs Bett, streichelte ihr die Hand und erklärte ihr in sanftem, beruhigendem Tonfall, daß sie jederzeit nach der Schwester klingeln sollte, wenn sie sich unwohl fühlte – auch beim kleinsten Unbehagen. Er war freundlich und geduldig mit ihr, was mich ungemein rührte und zu der Überzeugung brachte, daß er kein herzloser Schuft war, weil er im Prawnbroker mit Vicky Schluß gemacht hatte, sondern ein Ehrenmann, der eine Beziehung, die zu nichts führte, zartfühlend beendete.

Wow, jetzt ist er wirklich zu haben, dachte ich, während ich seine Bemühungen verfolgte, meine Mutter aus ihrer ängstlichen Beklommenheit zu locken. Jetzt ist er sicher offen für eine *neue* Freundin.

Als hätte er meine Gedanken gelesen, zwinkerte Dr. Hirshon mir zu.

Das Angiogramm meiner Mutter zeigte, daß sie nur geringfügige Schäden von ihrem Herzinfarkt zurückbehalten hatte und keine weiteren Maßnahmen erforderlich waren. Am Dienstag nachmittag wurde sie in die Telemetrie-Abteilung der Klinik verlegt, wo sie drei Tage in einem Einzelzimmer mit Blick auf den St. Lucie River verbrachte und gebackenen Kabeljau futterte, bis er ihr zu den Ohren herauskam. Dr. Hirshon schaute jeden Tag bei ihr vorbei, einmal morgens und einmal abends. Nicht ganz zufällig waren meine Schwester und ich bei dieser Gelegenheit stets anwesend.

Am Donnerstag abend, nachdem er Mom untersucht hatte, sagte er, er wolle seine Visite unterbrechen und kurz in der Klinik-Cafeteria etwas essen. Er fragte Sharon und mich, ob wir Lust hätten mitzukommen. Und man höre und staune: Wir sagten zu. Bei Thunfisch-Sandwiches und Eistee erzählte er uns die reichlich rührselige Geschichte, wie er Kardiologe geworden war. Am Ende angelangt, bot er uns an, ihn Jeffrey zu nennen.

Am Freitag morgen erklärte er meine Mutter für gesund genug, um die Klinik zu verlassen. Während sie sich anzog, schrieb er ihr Rezepte aus – für Tenormin, Lipitor und Nitroglycerin – und wies uns an, daß sie tagtäglich eine Aspirin Junior und eine Kapsel Vitamin E nehmen sollte.

»Das Aspirin können Sie natürlich einfach in der Apotheke holen, aber die Vitamine bekommen Sie nur in meiner Praxis«, erklärte er. »Sie werden unter dem Markennamen Heartily Hirshon speziell für mich hergestellt.«

»Heartily Hirshon?« wiederholte ich.

»Der Name ist nicht sehr einfallsreich, ich weiß.« Er lachte leise. »Aber die Vitamine selbst sind einwandfrei – mein Vorstoß in die Welt des Arztes als Unternehmer. Ich habe mit einem Partner eine kleine Firma gegründet, nachdem mir meine Patienten immer wieder erzählt haben, wie verwirrt sie von den vielen verschiedenen Sorten von Vitaminen in den

Reformhäusern waren. Ich wollte ihnen reines, unverfälschtes Vitamin E anbieten – ohne synthetische Zusätze, ohne Konservierungsstoffe, ohne Schnickschnack.«

»Wie zupackend Sie sind, *Jeffrey*«, sagte Sharon bewundernd. »Aber weshalb Vitamin E und keins von den anderen?«

»Vitamin E ist ein aktives Antioxydans. Das heißt, daß es Blutpfropfen verhindert und auflöst, den Blutdruck senkt und den kardiovaskulären Zustand im allgemeinen verbessert. Außerdem trägt es zu einem jugendlicheren Aussehen bei, aber nicht daß eine von Ihnen beiden sich darüber den Kopf zerbrechen müßte.«

Dann kritzelte er noch etwas auf den Rezeptblock. »Ach, da fällt mir ein: Ich glaube, es ist an der Zeit, Ihnen beiden meine Privatnummer zu geben. Rufen Sie mich ruhig an, wenn irgend etwas ist.«

»Aber Sie haben doch gesagt, es sei Ihnen lieber, wenn Sie von Ihrem Auftragsdienst verständigt werden«, erinnerte ich ihn.

Er lächelte. »Ich hab's mir anders überlegt.«

Er hielt uns den Zettel hin. Sharon und ich stürzten uns gleichsam darauf, allerdings war sie schneller. Sie faltete ihn zu einem winzigen Viereck zusammen und steckte ihn in ihre Tasche.

Mom wieder zu Hause zu haben brachte neue Herausforderungen mit sich. Sharon und ich hatten erwartet, daß sie wieder aufleben würde, wenn sie erst einmal in ihre vertraute Umgebung zurückgekehrt wäre, und sie, wenn sie sich ein oder zwei Tage ausgeruht hätte, wieder völlig selbständig sein und kein besonderes Aufheben um sich selbst machen würde, ja sogar, daß sie ihre Tätigkeit als Schlichterin wieder aufnehmen würde. Doch obwohl sie widerstandslos ihre Medikamente einnahm, sich mit der fett-, cholesterin- und salzarmen

Diät abfand, die Dr. Hirshon ihr verordnet hatte, und brav auf dem Laufband marschierte, das wir ihr gekauft hatten, war sie nicht mehr die alte. Sie hatte sich in ein verängstigtes Kind verwandelt, eine Fünfundsiebzigjährige, die sich benahm, als hätte man die Todesstrafe über sie verhängt, nicht sie für geheilt erklärt.

»Vielleicht sollten wir Dr. Hirshon anrufen«, schlug Sharon am ersten Wochenende vor, als meine Mutter über Schmerzen im Brustkorb klagte.

Und das taten wir. Oder vielmehr Sharon tat es. Sie wählte seine Privatnummer, und als er sich meldete, beschrieb sie ihm die Symptome. Er erklärte ihr, daß vermutlich kein Grund zur Sorge bestünde, sie aber Mum in die Ambulanz bringen sollte und er sie dort erwarten würde. Ich wäre ja mitgekommen, wenn ich nicht mit Melinda verabredet gewesen wäre, um meinen Umzug ins Wächterhäuschen zu besprechen. Außerdem hatten Sharon und ich vereinbart, daß wir uns dabei abwechseln würden, Mom zum Arzt, in die Klinik und zum Einkaufen zu fahren, und daß Sharon, wenn sie ihr gewohntes Leben in Boca wiederaufgenommen hätte, zweimal unter der Woche nach Stuart kommen würde (an den Wochenenden war sie mit ihren Hochzeiten beschäftigt) und ich einspringen würde, wenn sie nicht da war. Für unsere Verhältnisse war dies ein außergewöhnlich vernünftiges Arrangement, fand ich – die Art und Weise, wie wir uns die Verantwortung für die Pflege unserer Mutter teilten. Oder war es etwas anderes, was wir uns teilten? *Jemand* anders?

Die Fahrt in die Klinikambulanz an diesem Sonntag erwies sich Gott sei Dank als nicht der Rede wert, zumindest in bezug auf das Herz meiner Mutter. Was das Herz meiner Schwester betraf – nun, das war etwas anderes.

»Er hat mich gefragt, ob ich mit ihm ausgehe!« erzählte sie, während meine Mutter ein Nickerchen machte.

»Wer?« fragte ich und mimte die Ahnungslose.

»Jeffrey natürlich. Ich saß im Wartezimmer im Krankenhaus, und er kam und setzte sich neben mich, um mir zu erklären, daß Mom psychisch eine schwere Phase durchmacht. Er sah übrigens göttlich aus. Kein weißer Kittel, sondern nur khakifarbene Hosen und ein waldgrünes Polohemd. Richtig lässige Sonntagsklamotten, weißt du?«

Ich nickte und verspürte ein flaues Gefühl in der Magengrube.

»Auf jeden Fall«, zwitscherte sie weiter, »hat er erwähnt, daß er zwei Eintrittskarten für irgendeine Oper im Lyric Theatre in Stuart hätte, und wollte wissen, ob ich Lust hätte, ihn zu begleiten.«

»Und was hast du gesagt?« stieß ich hervor, während ich versuchte, interessiert statt gierig dreinzusehen.

»Ich habe ihm geantwortet, daß ich nicht kann«, erwiderte Sharon mit reuevollem Seufzen. »Zum einen ist die Veranstaltung nächsten Samstag abend, und da habe ich eine Hochzeit in Delray Beach, die um halb acht beginnt. Und außerdem verzichte ich und überlasse Jeffrey *dir*, das habe ich doch gesagt.«

»Sharon«, begann ich, »es klingt eher danach, als wäre er hinter *dir* her. Ich möchte nicht im Weg stehen, wenn –«

»Ich tue es für Mom«, fiel sie mir ins Wort, »damit wir sie nicht aufregen. Wenn kein Mann zwischen ihren ›Mädels‹ steht, gibt es schon einen Grund weniger, aus dem wir uns streiten könnten, stimmt's?«

Ich musterte meine Schwester. Diesmal bewies sie wirklich Edelmut. Ich fragte mich, ob ich so großherzig gewesen wäre, wenn *ich* die glückliche Adressatin von Jeffrey Hirshons Einladung gewesen wäre.

Am Montag nachmittag, ein paar Stunden nachdem Sharon ihre Louis-Vuitton-Taschen zusammengepackt hatte und nach Boca zurückgefahren war, war meine Mutter erneut der Überzeugung, sie hätte einen zweiten Herzinfarkt. Ich war im Zwiespalt. Einerseits wollte ich den Arzt nicht belästigen, da er Mom ja schließlich erst am Tag zuvor untersucht hatte, aber andererseits wollte ich auf keinen Fall ihre Gesundheit aufs Spiel setzen. Also rief ich in seiner Praxis an. Die Empfangsdame ließ mich eine Ewigkeit in der Leitung warten. Schließlich kam eine Frau an den Apparat, die sich als Dr. Hirshons Assistentin vorstellte, mich fragte, worum es ginge, und mich anwies, Mom in die Praxis zu bringen. Meine Mutter und ich setzten uns in den Delta 88 und fuhren los. Ich wußte, daß sie nicht die alte war, da sie mich ans Steuer ließ.

Dr. Hirshons Praxis lag in der Osceola Street, einer malerischen, einladenden, von Bäumen gesäumten Straße mitten in Stuart, in der Nähe der Klinik. Leider war die Praxis selbst weder malerisch noch einladend. Sie befand sich in einem riesigen, unpersönlichen Gebäude, da Dr. Hirshon, genau wie viele andere Ärzte, die versuchen, im Zeitalter der organisierten Pflege finanziell über die Runden zu kommen, keine Einzelpraxis hatte, sondern innerhalb einer Gruppe von sechzig Fachärzten arbeitete: Urologen, Dermatologen, Gastroenterologen – alles, was man sich nur vorstellen kann. Als wir durch die Tür traten, kam ich mir vor, als wäre ich in einem Zwischenlager für Hypochonder gelandet.

Während Dr. Hirshon meine Mutter untersuchte, plauderte ich vor dem Sprechzimmer mit seiner Assistentin, mit der ich ja bereits telefoniert hatte. Sie hieß Joan, war Mitte Fünfzig und hatte stumpfes hellbraunes Haar, das sie in einem reichlich strengen Knoten aus dem Gesicht gekämmt trug. Sie arbeitete, so vertraute sie mir an, schon seit zehn Jahren für Dr. Hirshon.

»Dann kannten Sie ja auch seine Frau«, warf ich irgendwann ins Gespräch ein, da Joan ohnehin bereits persönliche Themen angeschnitten hatte. »Oder vielmehr seine *Ex*frau.«

»Francine?« Sie verdrehte die Augen. »Allerdings. Die Ärmste. Sie ist süchtig.«

»Oh. Das tut mir leid. Wonach ist sie denn süchtig?«

»Nach Schuhen.«

»Wie bitte?«

»Sie kauft Schuhe, teure Schuhe. Kann es nicht lassen. Sie hat auch ein Problem mit Handtaschen. Ich denke, sie ist einfach süchtig nach Accessoires. Hätte den Doktor fast in den Ruin getrieben.«

»Das ist aber traurig.«

»Was wirklich traurig ist, ist die Art und Weise, wie sie ihn ständig um Geld angeht, obwohl er ihr alles gegeben hat – natürlich außer dem Porsche, der Jacht und dem Haus hier in Stuart.«

Ein Sportwagen, ein Boot und ein Eine-Million-Dollar-Haus am Fluß. Dr. Hirshon mußte offenbar nicht darben.

»Tja«, meinte Joan, »jetzt mache ich mich lieber wieder an die Arbeit, sonst reißt mir der Doktor den Kopf ab. Er kann ganz schön aufbrausend sein.«

»Sie haben es immerhin schon zehn Jahre bei ihm ausgehalten. Ist er wirklich so ein schrecklicher Choleriker?«

»Ziemlich schrecklich«, antwortete sie. »Aber der Job hat andere Vorzüge.«

Ich wollte schon fragen, welche, als Dr. Hirshon selbst erschien. Joan ging eilig an ihren Platz hinter dem Tresen zurück.

»Unsere Patientin ist gleich fertig«, erklärte er mir. »Sie zieht sich gerade an.«

»Danke, daß Sie heute nachmittag Zeit für sie hatten«, sagte ich und spürte, wie mir das Blut in die Wangen schoß, genau wie bei unserer ersten Begegnung. Vielleicht war es seine Ähnlichkeit mit meinem Vater, die mich überwältigte. Vielleicht ließ ihn aber auch die Tatsache, daß wir das Leben unserer Mutter in seine Hände legten, göttergleich erscheinen. Vielleicht hatte es sogar damit zu tun, daß Sharon ihn von vornherein attraktiv gefunden hatte und ich ihn infolgedessen aus reiner Gewohnheit als Trophäe betrachtete. Oder vielleicht lag es daran, daß ich seit Philip, der ja eigentlich nicht richtig zählte, keinen Freund mehr gehabt hatte; daß ich mich nach männlicher Gesellschaft und nach einem geliebten Menschen sehnte.

Was auch immer der Grund für mein heißes, gerötetes Gesicht war, ich konnte jedenfalls nicht bestreiten, daß ich mich in Jeffrey Hirshons Gesellschaft sehr lebendig fühlte.

Und so lauschte ich aufmerksam, als er mir seine Diagnose der Beschwerden meiner Mutter darlegte. »Wie ich schon vermutet habe, ist es kein körperliches Problem; es ist die Sache mit der Sterblichkeit«, sagte er. Und dann fragte ich ihn, ob ich irgend etwas tun könnte, um sie von ihren schwarzen Gedanken abzulenken. »Es wäre wunderbar, wenn Sie eine Zeitlang hierbleiben könnten, Deborah«, antwortete er. »Ich weiß, daß Sharon in Boca wohnt, aber ich glaube, Ihre Mutter könnte wirklich jemanden ganz in der Nähe gebrauchen. Jemanden, mit dem sie reden und etwas unternehmen kann.« Ich lächelte und erzählte ihm, daß ich in nächster Zeit in Stuart bleiben würde, da ich in ein oder zwei Wochen in das Wächterhäuschen beim Haus der Zuflucht ziehen würde. »Das ist ja phantastisch«, freute er sich. »Da bin ich wirklich froh.« Er hielt inne, als wäre ihm gerade etwas eingefallen. »Deborah«, sagte er, »ich habe zwei Karten für ein hiesiges Opernensemble, das am Samstag abend im Lyric auftritt. Hätten Sie Lust, mit mir hinzugehen? Falls Sie nicht schon vergeben sind.«

Vergeben. Wie könnte ich.

Ich wünschte mir nichts sehnlicher, als mit Jeffrey auszugehen. Es störte mich nicht, daß er Sharon als erste gefragt hatte. Es störte mich auch nicht, daß er zu erwähnen vergaß, daß er Sharon als erste gefragt hatte. Es störte mich nicht einmal, daß ich Opern haßte. Aber selbstverständlich lehnte ich seine Einladung ab.

Wenn meine Schwester ihm unserer Mutter zuliebe widerstehen konnte, dann konnte ich es verdammt noch mal auch.

8

Am Montag abend rief ich Sharon an, um ihr von dem dringenden Besuch in Dr. Hirshons Praxis zu berichten (daß er mich gefragt hatte, ob ich mit ihm ausgehen wollte, verschwieg ich allerdings). Ich erklärte ihr, daß ich mir wegen der seelischen Verfassung unserer Mutter Sorgen machte und der Meinung sei, wir bräuchten einen besser strukturierten Plan, um sie zu versorgen – jedenfalls solange, bis sie wieder mit beiden Beinen auf dem Boden stand. Sharon war einverstanden. Also überredeten wir Rose, die jeden Dienstag bei Mom putzte, auch freitags zu kommen. Sharon versprach, jeden Mittwoch hochzufahren und bis Donnerstag bei Mom zu bleiben. Und ich wäre von Samstag bis Montag im Einsatz.

Der Plan funktionierte. Gegen Ende der Woche war meine Mutter nicht mehr so ängstlich, weil sie immer jemanden um sich hatte. Sie aß mehr und schlief besser, besuchte Freundinnen und kümmerte sich sogar wieder um ihren Garten. Rose freute sich, weil sie einen Tageslohn zusätzlich verdiente. Und Sharon war erleichtert, weil sie sich wieder ihrer Arbeit zuwenden konnte, ohne sich Sorgen um Mom machen zu müssen. Das einzige Problem war ich. Ich vermißte New York. Ich vermißte die Serie. Ich war entsetzlich einsam.

Ich war so einsam, daß ich Woody anrief. Sein »Butler« erklärte, er hätte eine Villa in der Toskana gemietet und käme erst in einem Monat wieder nach Manhattan.

Ich war so einsam, daß ich Helen anrief. Sie erzählte mir, daß Philip bei der ehemaligen Lektorin von Harlequin eingezogen sei und sie erwogen, ein Baby aus Rumänien zu adoptieren. »Aber ich bin doch erst zwei Wochen weg«, jammerte ich. »Wie konnte das alles so schnell passieren?« »Philip ist von der schnellen Truppe, weißt du das nicht mehr?« gackerte sie und verbreitete noch mehr Mist, den ich nicht unbedingt hören wollte.

Ich war so einsam, daß ich sogar den Hausmeister meines alten Hauses anrief, um ihn zu fragen, ob er mir auch die Post nachsandte, wie er es versprochen hatte, da ich noch nichts bekommen hatte. »Lästig wie immer«, schnaubte er in seiner gewohnt griesgrämigen Art. »Vielleicht schreibt Ihnen niemand. Haben Sie *das* schon mal in Erwägung gezogen?«

Ich war so einsam, daß ich am nächsten Montag abend, nachdem meine Mutter erwähnt hatte, daß sie beim Unkrautjäten ihren Arm überanstrengt hatte, Dr. Hirshon anrief. Zu Hause. Um sicherzugehen, daß sie keinen zweiten Herzinfarkt hatte. »Mir ist gerade wieder eingefallen, daß der Schmerz in den linken Arm ausstrahlen kann«, sagte ich – der reine Schwachsinn natürlich. »Ich wollte kein Risiko eingehen.« Er erwiderte, nachdem wir ja Nachbarn seien, käme er gleich vorbei.

Ich kam mir vor wie die intrigante Heldin in einem alten Film, die Sorte zickige Frau, die schwere Leiden vortäuscht, damit der Mann auf sie aufmerksam wird – nur daß es in diesem Fall die Leiden meiner Mutter waren, die ich vortäuschte. Trotzdem hatte ich mein Ziel erreicht: Jeffrey Hirshon war auf dem Weg zum Haus meiner Mutter, und Sharon war anderthalb Stunden weit weg in Boca.

Während ich auf ihn wartete, fragte ich mich, was er wohl von dem Haus halten würde, dem Shangri-La meines Vaters. Es wirkte ziemlich primitiv im Vergleich zu seinem Anwesen, an dem ich schon öfter vorbeigegangen war, in der Hoffnung, ihn draußen beim Rasenmähen oder dergleichen anzutreffen. Er wohnte in Highpoint an der Südspitze von Sewall's Point in einem zweistöckigen apricotfarbenen Haus mit Blechdach, das von Veranden und Wintergärten umgeben war und dessen Blumenkästen von Springkraut überquollen. Soweit ich es durch die Bäume erkennen konnte, gab es außerdem einen Swimmingpool, einen Whirlpool im Freien und ein Bootshaus. Nicht schlecht für einen Mann, dessen Exfrau ihn seiner Assistentin zufolge fast in den Ruin getrieben hätte.

»Tolles Haus«, sagte er, als ich ihm die Tür öffnete. »Eine Art privates Shangri-La.«

Ich starrte ihn an.

»Stimmt was nicht?« fragte er.

»Nein, nein.« Dieser Mann und ich sind füreinander bestimmt, dachte ich. Zum Teufel mit Sharon.

Ich führte ihn nach oben, ins Schlafzimmer meiner Mutter. Er sprach mehr mit ihr, als er sie wirklich untersuchte, fragte sie, wo es weh tat, ob sie an Atemnot litte und ob sie die Medikamente nähme, die er ihr verschrieben hatte. Nach wenigen Minuten kam er zu dem Schluß, daß die Schmerzen in ihrem Arm auf einen Muskelkater zurückzuführen waren und nicht auf einen Herzinfarkt, aber er sagte, er sei froh, daß wir so besonnen gewesen seien, uns gleich an ihn zu wenden.

Als ich mit ihm allein war, lobte er mich dafür, daß ich so besorgt um meine Mutter war und mich so liebevoll um sie kümmerte. »Sie sind eine phantastische Frau, Deborah«, erklärte er. »Sharon auch, wie mir bei den langen Telefongesprächen klar wurde, die ich im Lauf der vergangenen Woche mit ihr geführt habe.« Lange Telefongespräche? Komisch, daß sie nie ein Wort davon erwähnt hatte. »Es ist ja bekannt, daß sich Patientinnen immer wieder in ihre Ärzte verlieben, aber ich glaube, mir geht es umgekehrt: *Ich* habe eine Schwäche für die *Töchter* meiner Patientin entwickelt.«

Guter Gott. Er baggert uns beide an, dachte ich und war leicht betreten.

»Es ist noch früh«, sagte er, während er erst auf seine Uhr und dann auf seinen Piepser sah. »Haben Sie Lust, ins Kino zu gehen? Oder zum Essen? Ich schwärme für das Essen im Flagler Grill. Ich könnte fragen, ob sie noch einen Tisch frei haben. Oder vielleicht hätten Sie Lust, mit zu mir zu kommen?« Er grinste. »Wir könnten es uns gemütlich machen, etwas trinken und über meine blödsinnige Schwärmerei plaudern.« Er stand jetzt neben mir, ja eigentlich über mir. Seine Bartspitze kitzelte mich oben am Kopf.

Ach, geh doch mit ihm aus, dachte ich. Wann bekommst du noch einmal eine solche Gelegenheit? Ein netter Mann. Ein gutaussehender Mann. Ein Arzt, der deiner Mutter das Leben gerettet hat. Ein Arzt, der das Shangri-La deines Vaters Shangri-La genannt hat.

Nein! schalt ich mich selbst. Abgemacht ist abgemacht. Du hast mit Sharon vereinbart, daß keine von euch mit Jeffrey ausgeht. Du mußt stark sein. Du darfst seinen Schmeicheleien nicht erliegen. Du darfst die Gesundheit deiner Mutter nicht aufs Spiel setzen, indem du mit deiner Schwester streitest.

»Ich würde ja gern, Jeffrey, aber ich muß morgen früh aufstehen«, antwortete ich. »Ich ziehe auf Hutchinson Island, um den Job anzutreten, von dem ich Ihnen erzählt habe.«

»Stimmt. Bei der Historischen Gesellschaft«, sagte er. »Klingt romantisch, in so einem Strandhäuschen zu leben. Lassen Sie's mich wissen, wenn Sie Lust auf Gesellschaft haben.«

Jetzt! hätte ich am liebsten geschrien. *Nimm mich!* Doch statt dessen dankte ich ihm für sein Kommen und sah ihm nach, wie er in seinem Porsche davonfuhr.

Am Dienstag morgen, kurz nachdem Rose eingetroffen war, lud ich mein Gepäck in den 82er Pontiac, den ich bei einem Gebrauchtwagenhändler am Federal Highway gekauft hatte. Das Ding hatte über hundertfünfzigtausend Kilometer auf dem Buckel und war nicht gerade in bestem Zustand, aber es war billig gewesen – erstaunlich billig –, und ich ging davon aus, daß es fürs Herumkutschieren in Stuart reichen würde.

Ich gab meiner Mutter einen Abschiedskuß, erinnerte sie daran, daß ich ja nur auf der anderen Seite der Brücke war, falls sie mich brauchte, und fuhr los. So sehr ich sie auch liebte, ich konnte es kaum erwarten, wieder allein zu sein.

Ich tuckerte mit meinem Pontiac nach Hutchinson Island hinüber. Es war ein herrlicher Tag – strahlend blauer Himmel, ein leichtes Lüftchen und um die fünfundzwanzig Grad –, und als ich an der Indian River Plantation, dem einzig größeren Hotel- und Golfkomplex in der Gegend, rechts abbog und den MacArthur Boulevard zum Haus der Zuflucht entlangfuhr, fühlte ich mich wieder richtig jung – als sei ich eine Studentin in den Frühjahrs-Semesterferien, unterwegs zum Strand in meiner alten Karre, während das Radio plärrt und der Wind mir durchs Haar weht und, und, und. Fehlte nur noch ein Surfbrett.

Melinda Carr wartete am Tor auf mich, um mich zu empfangen, da es noch früh war und weder das Haus der Zuflucht noch der Souvenirladen daneben schon geöffnet hatten.

»Es freut mich sehr, daß Sie die Stelle angenommen haben«, erklärte sie, nachdem sie sich erkundigt hatte, wie es meiner Mutter ginge. »Ich bin überglücklich.«

»Ich bin auch überglücklich«, sagte ich, als wir auf das kleine weiße Cottage zutrotteten, das mein neues Zuhause sein sollte. Dabei blickte ich auf den Strand hinunter und merkte, wie sich ein Lächeln auf meinem Gesicht ausbreitete. Der Sand war von einem sanften, cremigen Beige, die steinigen Hügel ringsum ein zerklüfteter Irrgarten höhlenartiger Felsen und die See von einem tiefen Blau, ja fast marineblau. Dazu kam natürlich noch dieser herrliche Duft – der würzige, salzige Meeresduft, der den Geist ebenso reinigt wie die Nebenhöhlen. Nicht zu fassen, daß die Historische Gesellschaft mir allen Ernstes etwas dafür bezahlt, daß ich jeden

Morgen vor *dieser* Kulisse aufwachen darf, dachte ich und vermißte New York auf einmal überhaupt nicht mehr.

Am Häuschen angekommen, hielt Melinda kurz inne, bevor sie die Tür aufschloß.

»Ich habe Sie gewarnt, Deborah. Es ist nicht Mar-a-Lago«, sagte sie, womit sie auf Donald Trumps Riesenvilla mit Privatclub in Palm Beach anspielte. »Außerdem hat der letzte Wächter nicht besonders gut auf die Möbel geachtet. Es ist leider alles ein wenig schäbig.«

»Das macht nichts«, beruhigte ich Melinda und fühlte mich wie eine Braut, die ungeduldig darauf wartet, über die Schwelle getragen zu werden. »Schauen wir's uns doch einfach mal an.«

Endlich machte Melinda die Tür auf.

Wir traten durch die Küche des Häuschens ein, die etwa so groß wie meine schmale Küche in New York und mit ähnlich winzigen Geräten eingerichtet war, und gingen weiter ins Wohnzimmer, wo ein reichlich abgenutztes Schlafsofa stand, ein Couchtisch aus Treibholz und zwei Futons. Darunter lag ein übel verfleckter Teppichboden in einem Farbton, den ich Senfgelb nennen würde. Über dem Sofa waren drei große Fenster, durch die man aufs Meer hinaussah – das Schönste am ganzen Raum. Das Schlafzimmer war klein, ging aber nach Westen hinaus, in Richtung des Intracoastal Waterway, daher nahm ich an, daß die Sonnenuntergänge auf dieser Seite des Häuschens ebenso spektakulär wären wie die Sonnenaufgänge im Wohnzimmer. Neben einem Badezimmer und einem Arbeits- und Lagerraum gab es eine Veranda, die sich vorn und hinten am Häuschen entlangzog und einen wirklich spektakulären Blick auf das offene Meer, den Strand und den Intracoastal Waterway bot.

Ich wußte sofort, daß ich dort viel Zeit mit Lesen, Nachdenken über meine Zukunft und Träumen vom Kardiologen meiner Mutter verbringen würde.

»Wie wir bereits besprochen haben«, sagte Melinda nach dem Rundgang, »werden Sie hier als unser Hausmeister fungieren, unser *Kastellan* sozusagen. Falls es mit irgendeinem der Gebäude auf dem Gelände Probleme gibt, rufen Sie Ray Scalley an, den Leiter des Bezirkbauamtes, und sagen ihm, er soll die Rechnungen für sämtliche durchgeführten Arbeiten an mich schicken.« Sie reichte mir seine Visitenkarte. »Falls es irgendwelche Probleme mit Unbefugten gibt, rufen Sie natürlich die Polizei.«

»Unbefugte?«

»Ja. Eindringlinge.«

»Ich kannte das Wort durchaus, Melinda. Ich habe mich nur gewundert, daß es Leute gibt, die hier eindringen. Wie Sie schon erwähnt haben, ist es nicht gerade Mar-a-Lago.« Ich sah auf den fleckigen Teppich hinab.

»Ach, ich habe nicht Ihr kleines Häuschen gemeint, sondern die anderen Gebäude. Viele Leute haben einen Schlüssel zum Tor – die von der Putzkolonne, die ehrenamtlichen Helfer und so weiter –, und hin und wieder kommen sie auf die Idee, ihn einfach mitten in der Nacht zu benutzen. Zum Spaß vermutlich. Ab und zu taucht ein Betrunkener auf, der über den Zaun steigt und in die Gebäude späht. Oder Teenager im Hormonrausch, die unbedingt oben im Aussichtsturm Geschlechtsverkehr haben wollen. Aber nichts, wovor man sich fürchten müßte, glauben Sie mir.«

Ich glaubte Melinda, doch ich war gerade erst aus New York geflüchtet, nachdem man in meine Wohnung eingebrochen war und sie verwüstet hatte. Ich hatte geglaubt, Mord und Totschlag gegen Ruhe und Frieden eingetauscht zu haben.

»Also, falls Sie keine Fragen mehr haben, lasse ich Sie jetzt allein, damit Sie sich einrichten können«, sagte Melinda, reichte mir die Schlüssel für das Tor und die einzelnen Gebäude und ging auf die Tür des Häuschens zu. »Die ehrenamtlichen Mitarbeiter treffen bald ein. Sie werden sicher feststellen, daß sie sehr hilfsbereit und freundlich sind.«

Wir schüttelten uns die Hände. »Ich bin froh, daß ich diesen Job gefunden habe«, erklärte ich ihr. »Der Zeitpunkt ist ideal.«

»Für mich auch«, erwiderte sie. »Wie ich Ihnen bei unserer ersten Begegnung bereits angedeutet habe, war die Historische Gesellschaft auf der Suche nach jemandem wie Ihnen, jemandem, der weiß, wie man sich vernünftig und verantwortungsvoll benimmt.«

»Ich werde mein Bestes tun, um die hohen Ansprüche der Organisation zu erfüllen«, versicherte ich und kam mir vor, als wäre ich gerade bei den Elitetruppen angetreten.

Nachdem ich meine Sachen ausgepackt hatte, inspizierte ich das Häuschen genauer. Es mußte gründlich geputzt und an manchen Stellen frisch gestrichen werden, aber meine Mutter hatte mich mit Küchenkrepp, Fensterreiniger und anderen nützlichen Dingen versorgt, und so war ich bestens ausgerüstet, um die Sache in Angriff zu nehmen. Wichtig war nur, daß ich mein kleines Heim am Meer liebte und mich dort zu Hause fühlte, sowie ich zur Tür hereingekommen war.

Also, dachte ich, wenn ich es jetzt noch hinkriege, daß der Gasherd brennt, die Toilettenspülung funktioniert und das Fenster im Schlafzimmer aufgeht, dann bin ich ein glücklicher Mensch.

Ich nahm die Visitenkarte zur Hand, die mir Melinda gegeben hatte und wählte die Nummer von Ray Scalley, dem Leiter des Bezirksbauamtes, der für Reparaturen zuständig war. Ich hoffte, daß er weniger griesgrämig war als mein Hausmeister in New York.

Es lief lediglich der Anrufbeantworter.

»Hallo«, sagte ich. »Mein Name ist Deborah Peltz, und ich bin die neue Wächterin im Haus der Zuflucht. Ich bin erst kürzlich von Manhattan nach Stuart gezogen. Melinda Carr von der Historischen Gesellschaft hat mich gebeten, Mr. Scalley anzurufen, falls irgendwelche Probleme mit den Gebäuden hier auftreten sollten. Bitte rufen Sie mich zurück.« Ich hinterließ meine Nummer, ja, ich wiederholte sie sogar zweimal.

Während ich auf den Rückruf wartete, schrubbte ich die Küche, staubte die Möbel ab, saugte den Teppich, machte das Bett, verspeiste das Lunchpaket, das mir meine Mutter mitgegeben hatte, setzte mich auf die Veranda und sah mir das Meer an. Mit anderen Worten, Ray Scalley ließ sich Zeit mit dem Rückruf. Im Grunde rief er überhaupt nicht zurück; er tauchte nämlich einfach auf.

»Ray Scalley. Tag«, sagte er und marschierte an mir vorbei ins Häuschen. »Ich war gerade unten im Elliott Museum, als ich im Büro nach Anrufen gefragt habe. Dort hat man mir ausgerichtet, daß Sie angerufen haben. Was gibt's denn für ein Problem?«

»Freut mich, Sie kennenzulernen«, sagte ich trocken. Na ja, er war zwar nicht ganz so mißmutig wie mein alter Hausmeister, aber ein großer Charmeur war er auch nicht gerade. »Ich bin Deborah Peltz.«

»Genau. Aus New York. Das sagten Sie bereits auf Band.«

Er sprach mit Südstaaten-Akzent, ganz im Gegensatz zu meinem New Yorker Hausmeister, dessen Akzent serbisch war. Außerdem war er jünger als »Iwan der Schreckliche«, wie ich den Hausmeister immer nannte, also schätzungsweise Ende Dreißig oder Anfang Vierzig. Sein rotbraunes Haar, das etwa den gleichen Farbton hatte wie meines, hing gerade herab und reichte bis zum Kragen seines hellblauen Button-down-Hemdes, das in abgetragenen Blue jeans steckte. Er war mittelgroß und mittelkräftig gebaut und sah sagenhaft aus, wenn man auf den Typ Marlboro-Mann steht. Nein, er trug keinen Cowboyhut, aber er hatte das großspurige Auftreten eines Cowboys, eines Einzelgängers, eines markigen Naturburschen, was eine drei oder vier Zentimeter lange Narbe an seinem Kinn, direkt unterhalb seiner Unterlippe, noch unterstrich.

»Ich würde Ihnen ja gerne ein kaltes Getränk anbieten, aber ich bin erst vor ein paar Stunden eingezogen und war noch nicht einkaufen.«

»Leitungswasser tut's auch«, erwiderte er. »Wir haben keine Angst davor, das Wasser hier zu trinken.«

Ah, jetzt hab' ich's kapiert, dachte ich bei mir. Er haßt Leute aus New York. Vermutlich ist er ein Provinzler, der noch nie aus Martin County herausgekommen ist.

Ich brachte ihm ein Glas Wasser. Er bedankte sich.

»Und vielleicht erzählen Sie mir jetzt mal, was repariert werden muß«, sagte er. »Diane.«

»Deborah«, verbesserte ich ihn. »Hier im Häuschen liegt einiges im argen. Da ist zunächst einmal der Herd. Wenn man das Gas aufdreht, passiert überhaupt nichts. Und die Toilette hört erst auf zu spülen, wenn man am Drücker rüttelt. Dazu kommt noch, daß das Fenster im Schlafzimmer nicht aufgeht. Es klemmt oder so was.«

Ray Scalley starrte mich an, als hätte ich zwei Köpfe. »Sie haben mich deswegen hierherbeordert, Diane?«

»Ich heiße *Deborah*«, erwiderte ich und wurde langsam wütend. »Sie tun sich wohl schwer mit Namen.«

»Nein. Ich kann mir Namen ziemlich gut merken«, entgegnete er. »Ich tue mich nur mit Ihrem schwer.«

»Wie schmeichelhaft. Was die Toilette –«

»Rufen Sie einen Installateur.«

»Und der Herd?«

»Rufen Sie die Stadtwerke an.«

»Und was ist mit dem Fenster? Oder sollte ich das nicht fragen?« Gegen diesen Typen erschien mir mein alter Hausmeister auf einmal wie eine Lichtgestalt.

»Hören Sie, Deborah –«

»Na also. Es war doch gar nicht so schwer, oder?«

Er rang sich tatsächlich ein Lächeln ab. Ich hätte gern eine Flasche Champagner aufgemacht. Auf seinem Schädel.

»Deborah«, sagte er noch einmal. »Es ist Ihr erster Tag in Ihrem neuen Job, daher peilen Sie die Lage noch nicht so ganz, wie man so schön zu sagen pflegt. Ich sehe nach sämtlichen öffentlichen Gebäuden im Bezirk, einschließlich des Hauses der Zuflucht, das über hundert Jahre alt und von Zeit zu Zeit reparaturbedürftig ist. Als Melinda Carr Ihnen meine Nummer gegeben hat, meinte sie nicht, daß sie mich wegen der Toilette in Ihrem Häuschen anrufen sollen. Sie meinte, daß Sie mich anrufen sollen, wenn das Dach des Museums ein Leck hat oder eine der Säulen faulig wird oder die Verkleidung infolge eines Sturms beschädigt ist. Ich bin kein billiger Hausknecht, der Tabak kaut und mit seinen Kunden Witze reißt. Ich kann nicht nur mit Messer und Gabel essen, sondern ich dusche auch hin und wieder. Darüber hinaus habe ich ein Diplom der University of Florida als Hochbauingenieur mit den Spezialgebieten Konservierung historischer Gebäude, Baukostenkalkulation, Geländeerschließung und Arbeitsrecht. Anders ausgedrückt, es ist mir ein Vergnügen, einen Blick auf Ihren Herd, Ihre Toilette und Ihr Fenster zu werfen, wo ich ohnehin schon da bin, aber beim nächsten Mal suchen Sie sich bitte jemanden aus den Gelben Seiten, ja?«

Puh! War dieser Typ vielleicht von sich eingenommen. Und dazu noch empfindlich.

Ich ging im Geiste noch einmal seine Tirade durch, um zu begreifen, was ich getan hatte, um ihn so in Rage zu bringen, bis ich lachen mußte. Als er mich fragte, was so lustig sei, antwortete ich: »Ich habe früher für eine Fernsehserie geschrieben, und der kleine Vortrag, den Sie mir gerade gehalten haben, hat mich an eine Szene erinnert, die ich vor ein paar Jahren verfaßt habe. Darin fragt die Frau den Mann, ob es ihm etwas ausmachen würde, ihr den kaputten Reifen zu wechseln. Er antwortet ihr, sie solle den verdammten Reifen selbst wechseln. Er sagt: ›Sehe ich etwa aus wie ein Automechaniker?‹ Erkennen Sie irgendwelche Parallelen?«

»Entfernt. Und was ist in Ihrer nächsten Szene passiert? Hat der Typ doch der Lady den Reifen gewechselt und ist anschließend mit ihr im Bett gelandet? So funktioniert es doch üblicherweise bei diesen Serien, oder?«

»Ja, aber nicht diesmal. Der Typ hat ihr den Reifen gewechselt und sie anschließend erschossen.«

»Warum in aller Welt hat er das denn getan?«

»Der Vertrag der Schauspielerin war nicht verlängert worden. Wir mußten sie aus der Serie rausschreiben.«

Er lachte. »Klingt ja, als hätten Sie da oben in New York einen tollen Job gehabt. Was hat Sie veranlaßt, alles hinzuwerfen und Hausmeisterin in unserem kleinen Nest zu werden?«

»Meine Mutter lebt hier«, sagte ich. »Sie hatte einen Herzinfarkt und erholt sich gerade davon. Ich wollte in ihrer Nähe sein.« Ich erwähnte nicht, daß ein weiterer Grund, warum ich New York verlassen hatte, meine heftige Midlife-Crisis war.

»Das mit Ihrer Mutter tut mir leid. Und entschuldigen Sie die Standpauke. Ich hatte kein Recht dazu, so auf Sie loszugehen. Woher hätten Sie denn wissen sollen, wer hier wofür zuständig ist?«

»Oder wer sich schnell angegriffen fühlt?«

Er lachte erneut. »Sie sind ganz schön direkt, was?«

»Ich versuch's.«

»Das bewundere ich.« Er schüttelte mir die Hand. »Ray Scalley. Erfreut, Sie kennenzulernen, Deborah. Wir könnten doch noch mal von vorn anfangen, oder?«

»Einverstanden.« Vielleicht ist er doch nicht eingebildet, dachte ich. Vielleicht ist er nur schüchtern.

»Sie sagten, Ihrer Mutter geht es schon besser?« fragte er nach.

»Viel besser, danke.«

»Bei welchem Arzt ist sie denn im Martin Memorial?«

»Jeffrey Hirshon.« Ich bemühte mich, nicht rot zu werden.

»Das habe ich befürchtet. Aber schließlich ist Hirshon hier am Ort ja dick im Geschäft.«

»Sie kennen Jeffrey?« fragte ich zögerlich, da ich es für unwahrscheinlich hielt, daß die beiden Männer in denselben Kreisen verkehrten.

»Oh, allerdings«, erwiderte Ray. »Nur zu gut.« Auf einmal sah er gequält drein, als hätte bereits die bloße Erwähnung Jeffreys einen wunden Punkt bei ihm berührt. »Mir ist klar, daß ich mich da vielleicht in Dinge einmische, die mich nichts angehen, aber ich würde Ihnen raten, Ihre Mutter von diesem Dreckskerl fernzuhalten.«

»Dreckskerl?« wiederholte ich, ganz verblüfft von seiner Reaktion. »Das ist aber ein bißchen hart, oder nicht? Ich habe zwar keine Ahnung, weshalb Sie dieser Meinung sind, aber Dr. Hirshon hat meiner Mutter das Leben gerettet. Er ist ein guter Arzt. Und ein guter Freund.«

Ray nickte. »Vergessen Sie, daß ich etwas gesagt habe.« Er stellte das Glas Wasser, das ich ihm gegeben hatte, auf die Arbeitsfläche. »Wie wär's, wenn Sie mir jetzt die Dinge zeigen würden, die repariert werden müssen?«

»Ach, das ist nicht nötig, Ray. Ich rufe die entsprechenden Leute an.«

»Ich helfe Ihnen gern«, erklärte er. »Und dann mache ich mich wieder auf die Socken.«

Ich zeigte ihm, was repariert werden mußte, und er reparierte es. Und dann machte er sich wieder auf die Socken.

9

Am späteren Nachmittag fuhr ich zu Stuart Fine Foods und kaufte Lebensmittel. Ich lud sie in den Kofferraum des Pontiac, stieg ein und steckte den Schlüssel ins Zündschloß. Leider wollte der Motor nicht anspringen, nicht einmal nach mehreren Versuchen. Ich begriff, daß die Batterie leer sein mußte. Toll. Ich saß da wie ein Vollidiot und überlegte krampfhaft, was ich tun sollte, bis ich Jeffrey Hirshons Porsche auf den Parkplatz rauschen sah. Mir klopfte das Herz bis zum Hals, als ich aus dem Auto sprang und ihn heranwinkte.

»Deborah. Stimmt was nicht?« fragte er und lehnte sich aus dem Porsche. Er trug immer noch seinen weißen Kittel. Vielleicht hatte er gerade etwas Zeit zwischen zwei Patienten.

»Nichts Ernstes«, antwortete ich. »Nur Ärger mit dem Auto. Könnten Sie mir vielleicht Starthilfe geben?«

»Aber gern«, erwiderte er mit seinem netten Lächeln.

»Danke. Sie werden langsam zum strahlenden Ritter. Zuerst retten Sie meine Mutter. Dann retten Sie mein Auto, obwohl ich mir gar nicht sicher bin, daß es die Rettung verdient hat. Ich habe es erst seit einer Woche, und es war schon dreimal in der Werkstatt.«

»Da haben Sie wohl eine Niete gezogen.«

»Oder ich habe eine neue Form dieser psychischen Störung.«

»Welche Störung meinen Sie?«

»Die, bei der die Mutter ihr Kind mit Absicht krank macht, damit sie es immer wieder ins Krankenhaus bringen muß.«

»Sie meinen Münchhausen by Proxy.«

»Genau. Ich glaube, ich habe Münchhausen by Pontiac.«

Er lachte. »Na, dann sehen wir mal zu, daß wir den Pontiac wieder zum Laufen bringen.«

Während wir darauf warteten, daß sich meine Batterie auflud, fragte mich Jeffrey, wie es Mom ginge, wie mir mein neues Heim auf Hutchinson Island gefiele und ob ich am Abend Zeit hätte, mit ihm essen zu gehen.

»Ich muß bis halb neun in der Klinik Patienten behandeln«, sagte er. »Aber danach stehe ich ganz zu Ihrer Verfügung.«

»Ich kann nicht ausgehen«, sagte ich widerstrebend. »Heute ist mein erster Tag im neuen Job. Ich glaube, ich sollte in der Nähe des Hauses bleiben.«

Er schüttelte den Kopf. »Ich verstehe Sie nicht, Deborah. Ich habe das untrügliche Gefühl, daß Sie mich mögen, und trotzdem lehnen Sie jedesmal ab, wenn ich Sie frage, ob Sie mit mir ausgehen.«

»Ich mag Sie auch, Jeffrey. Sehr sogar. Es ist nur –« Ich hielt inne. Wie konnte ich ihm meine Abmachung mit Sharon erklären, unseren fragilen Waffenstillstand nach Jahren massiver Geschwisterrivalität sowie Sharons Drang, sich den nächsten Ehemann schnappen zu wollen? Wie konnte ich ihm begreiflich machen, daß eine erneute Entfremdung zwischen Sharon und mir die Folge sein könnte, wenn ich mit ihm ausginge, und sich dann unsere Mutter wieder schrecklich aufregen würde? Wie konnte ich ihm erklären, daß ich schwach und verletztlich und einsam war und seine Einladungen nur ablehnte, indem ich jedes Gramm Beherrschung aufwandte, über das ich verfügte. Wie?

»Ah, langsam wird mir die Sache klar«, sagte er und musterte mich. »Es hat etwas mit Ihrer Schwester zu tun, stimmt's? Sie sind skeptisch, ob Sie mit mir ausgehen sollen, weil ich auch an ihr Interesse gezeigt habe. Sie haben Angst, ich würde mit Ihnen beiden spielen.«

»Sie haben ja selbst gesagt, daß Sie eine Schwäche für uns beide haben, und Sie haben Sharon in die Oper eingeladen, bevor Sie mich gefragt haben, also dachte ich –«

»Darf ich Sie kurz unterbrechen?« sagte er und legte mir seinen Zeigefinger auf die Lippen. »Ich möchte hier und jetzt feststellen, daß ich Sharon sehr gern mag, aber sie ist nicht Sie, Deborah. *Sie* sind diejenige, mit der ich ausgehen möchte. *Sie* sind diejenige, die ich gern besser kennenlernen möchte. Ich habe diese schnoddrige Bemerkung über meine Schwäche für Sie und Sharon gemacht, weil ich angesichts der Geschichte mit Ihrer Mutter fand, daß Sie alle beide eine Aufheiterung vertragen könnten. Und was die Oper betrifft, so habe ich Sharon deshalb als erste gefragt, weil sie mir eher –« Er hielt inne, als suchte er nach dem richtigen Wort.

»Eher was?«

»Eher bereit erschien. Oder vielleicht sollte ich sagen: eher *geneigt.*« Er zwinkerte mir zu: »Sie dagegen haben mir widersprüchliche Signale gesandt.«

Er mag mich also lieber als Sharon, dachte ich. Ein Pyrrhussieg.

»Ich möchte Sie nicht verwirren, Jeffrey. Aber aus Gründen, die ich nicht erläutern kann, kann ich die Verabredung zum Essen heute abend nicht annehmen«, erklärte ich.

»Wie wär's dann mit morgen abend? Das Wetter soll ganz genauso schön werden wie heute, und ich komme früher nach Hause, so gegen sieben. Wir könnten mit dem Boot rausfahren und im Mondschein herumschippern. Was meinen Sie?«

Gott, war das schwer. »Es tut mir leid«, antwortete ich. »Morgen abend kann ich auch nicht.«

Er zuckte die Achseln. »Ich begreife es zwar nicht, aber falls Sie es sich anders überlegen, ich bin zu Hause. Kommen Sie einfach vorbei.«

Ich dankte ihm erneut und verschwand in meinem Pontiac.

Als ich zum Häuschen zurückkam, schlossen die ehrenamtlichen Mitarbeiter gerade das Haus der Zuflucht und den Souvenirladen. Einer von ihnen, ein älterer Mann namens Fred Zimsky, erbot sich, mir meine Einkäufe in die Küche zu tragen. Zuerst lehnte ich seine Hilfe ab – er ging gebeugt und sah so zerbrechlich aus, daß ich fürchtete, das Heben schwerer Gegenstände würde ihn umbringen –, aber er war nicht nur voller Schwung, sondern auch eigenwillig und ließ sich nicht davon abbringen, daß er der Aufgabe gewachsen war.

Er stellte die Tüten in der Küche ab und erzählte mir dann die Geschichte, wie er dazu gekommen war, als ehrenamtlicher Helfer im Museum mitzuarbeiten.

»Meine geliebte Frau Ellie hatte Alzheimer, und ich mußte sie in ein Pflegeheim geben«, sagte er. »Ohne sie war ich verloren. Ein Häufchen Elend. Meine Nachbarn in der Wohnanlage fanden, ich bräuchte Ablenkung, weil ich Tag für Tag bei einer Frau, die mich nicht mehr erkannte, im Pflegeheim saß. Einer von ihnen hörte sich ein bißchen um und erfuhr, daß sie hier ehrenamtliche Mitarbeiter suchten. Tja, Geschichte habe ich schon immer geliebt – besonders die Geschichte der Seefahrt –, und es kann ja nicht schaden, so nah am Meer zu arbeiten, oder? Also habe ich angefangen, jeden Nachmittag drei Stunden ehrenamtlich hier mitzuarbeiten, und ehe ich mich versah, ging's mir blendend. Meine Ellie ist letztes Jahr gestorben, und sie fehlt mir natürlich, aber dieses Haus hat mich ins Leben zurückgeholt. Ich mache nämlich Führungen und erzähle den Touristen von den schiffbrüchigen Seeleuten und dergleichen mehr. Mit ihnen zu reden gibt mir unheimlich viel Auftrieb und erinnert mich immer daran, wie wichtig es ist, Kontakte zu anderen Menschen zu pflegen. Inzwischen trainiere ich zweimal die Woche in einem Fitneßstudio. Ich sehe mir die neuesten Filme an. In bin Mitglied einer Lesegruppe der Bücherei. Mit meinen vierundachtzig Jahren bin ich wieder richtig jung geworden.«

»Zweifellos«, bestätigte ich und wurde schon vom reinen Zuhören ganz unternehmungslustig. »Ich hoffe nur, daß das Haus der Zuflucht auch auf mich so erfrischend wirkt.«

»Ganz bestimmt, wenn Sie es zulassen.« Er wandte sich zum Gehen.

»Fred?«

»Ja?«

»Haben Sie eine Beziehung? Eine feste Freundin, meine ich?«

Er lachte. »Sie wollen mir doch wohl keine Avancen machen, oder, Debbie?«

»Nein. Aber ich habe eine Mutter mit ganz außerordentlich blauen Augen. Möchten Sie sie kennenlernen?«

»Klar. Geben Sie mir ihre Nummer«, sagte Fred. »Ich bin gerade ungebunden.«

Nachdem Fred gegangen war, rief ich meine Mutter an, um mich zu vergewissern, daß es ihr nichts ausmachte, zum ersten Mal, seit sie die Klinik verlassen hatte, eine Nacht allein zu verbringen. Sie erklärte, ihr ginge es bestens. Dann erzählte ich ihr, daß sie vielleicht von einem Mann namens Fred Zimsky hören würde. »Weswegen?« fragte sie.

»Wegen eines Rendezvous unter Unbekannten«, antwortete ich. »Ich fände es gut, wenn wenigstens eine von uns ein Privatleben hätte.«

Meine erste Nacht im Cottage war zauberhaft. Keine Betrunkenen. Keine hormongeplagten Teenager. Keine mitternächtlichen Eindringlinge. Nur Wellen, die gegen die Felsen schwappten, ein gelegentliches Plätschern, wenn ein Fisch übers Wasser sprang, und der weite, wolkenlose und von Sternen übersäte Himmel. Die Szenerie vor dem Häuschen war so herrlich und die Nachtluft so mild, daß ich die Daunendecke vom Bett nahm, sie zu der Chaiselongue auf der Veranda mitnahm, mich hineinwickelte und dort schlief.

Am Mittwoch traf Sharon zu ihrem zweitägigen Aufenthalt in Stuart ein. Gegen halb drei kam sie bei mir vorbei, um zu sehen, »was ich mir da eingebrockt hatte« – so ihr Kommentar. Nachdem sie mein neues Zuhause flüchtig inspiziert hatte, gab sie zu, daß der Blick göttlich war, fügte aber hinzu, daß das Häuschen schon vor Jahren niedergewalzt worden wäre, wenn es in Boca stünde. »Ja, um Platz für mehr McVillas zu machen«, bemerkte ich kaum vernehmlich.

»Ich habe Jeffrey heute morgen gesehen«, berichtete sie mir, als wir auf der Veranda saßen. »Ich bin an seiner Praxis vorbeigefahren, um einen Dankesbrief abzugeben. Ich wollte meine Anerkennung für alles ausdrücken, was er für Mom getan hat.«

»Einen Dankesbrief?« sagte ich trocken. »Ganz nach Etikette.«

»Eigentlich war es ein Dankesgedicht. Ein Dankes*limerick*. ›Es war mal ein Arzt namens Jeff –‹«

»Es war bestimmt sehr geistreich«, unterbrach ich sie.

»Jeffrey fand schon. Er sagte, daß ihm noch nie jemand einen Limerick geschrieben hätte. Kannst du dir das vorstellen?«

»Lebhaft.«

»Jedenfalls sind wir dann endlos ins Plaudern gekommen. Ich sage das ja nicht gerne, da ich weiß, was du für ihn empfindest, aber ich glaube, ich bin diejenige, für die er sich interessiert, Deborah.«

Ich erwiderte nichts. Wie konnte ich, nach allem, was mir Jeffrey am Tag zuvor gesagt hatte?

»Zum Beispiel«, fuhr Sharon fort, »habe ich erwähnt, daß ich einen Sohn habe, und er wollte unbedingt alles über Norman wissen, obwohl er so viele Patienten in seinem Wartezimmer sitzen hatte. Ich sagte mir: Würde dieser Mann nicht einen fabelhaften Vater für mein Kind abgeben? Ich muß zugeben, Deborah, daß es mir zunehmend schwerer fällt, mich an unsere kleine Abmachung zu halten und nicht schnurstracks zu seinem Haus zu marschieren und die Dinge ihren natürlichen Lauf nehmen zu lassen.«

Wem sagte sie das.

Meine Mutter rief an und fragte, ob ich Lust hätte, mit ihr und Sharon zu Abend zu essen, doch ich lehnte mit der Begründung ab, daß ich noch mit dem Einrichten des Häuschens beschäftigt sei und einiges auszupacken hätte. In Wirklichkeit fand gerade ein sensationeller Sonnenuntergang über dem Intracoastal Waterway statt. Der Himmel stellte sich als erlesenes Gemälde in Gelb, Gold und Pink dar, und ich wollte nichts als auf meiner Veranda sitzen, ein Glas Wein trinken und den Anblick genießen. Außerdem war mir der Gedanke unerträglich, es einen ganzen Abend lang mit Sharon aushalten und meiner Mutter zuliebe so tun zu müssen, als seien wir ein Herz und eine Seele. Ich wußte, daß die Sprache auf Jeffrey kommen würde – *sie* würde das Thema unweigerlich anschneiden –, und dann wäre ich gezwungen, so zu tun, als läge mir nichts an ihm, als hätte er mir nicht in aller Deutlichkeit erklärt, daß er mich mochte, und als fühlte ich mich durch das Friedensabkommen mit meiner Schwester nicht massiv in meiner Handlungsfreiheit beschränkt.

Und so saß ich mit meinem Wein auf der Veranda. Als ich das Glas geleert hatte, schenkte ich mir ein zweites ein. Und dann noch eines. Ich saß da, trank und sah aufs Meer hinaus. Ich saß da und sah die Sonne unter- und den Mond aufgehen. Ich saß da und dachte an Jeffrey und sein Boot und an die Fahrt im Mondschein, zu der er mich eingeladen hatte.

Und auf einmal fiel mir wieder ein, was Tante Harriet auf der Geburtstagsparty meiner Mutter gesagt hatte: daß ich mein Licht unter den Scheffel stellen würde, um Sharon nicht auszustechen; und daß ich mich nicht traute, mir den Richtigen zu angeln, weil ich Angst hatte, meine gefürchtete Schwester zu verärgern.

Und dann reichte es mir.

Nicht daß ich Tante Harriet für das verantwortlich machen möchte, was an diesem Abend passiert ist – ebensowenig wie den Wein, den ich getrunken hatte. Ich weiß nur, daß ich im einen Moment noch auf der Veranda saß, den unglaublich romantischen Sonnenuntergang vor mir, und daran dachte, daß Jeffrey nur einen Katzensprung weit weg war, und ich Sekunden später schon in mein Schlafzimmer raste, mich umzog, schminkte und Parfüm auftrug sowie einen Spritzer Mundspray nahm. Und schon war ich auf und davon.

Eine Frau muß eben tun, was sie tun muß, dachte ich, als ich in den Pontiac stieg und flehte, daß er ansprang. Warum soll ich mir ein wenig Vergnügen versagen, ein wenig Trost in dieser turbulenten Phase meines Lebens? Was schadet das schon? Wem schadet es schon? Sharon erfährt nichts davon, das heißt, meine Mutter erfährt auch nichts. *Niemand* erfährt etwas, weil es nur ein einziger Abend ist, ein vertraulicher Abend zwischen zwei reifen Erwachsenen, die wissen, was sie tun. Ein Abend. Was machte das schon?

Meine Hände zitterten, als ich den MacArthur Boulevard hinab zu der Brücke fuhr, die Hutchinson Island mit Sewall's Point verbindet. An der Ampel bog ich links auf die South Sewall's Point Road ab und blieb auf ihr, statt auf die South River Road zu wechseln, wo meine Mutter wohnte. (Es hätte mir gerade noch gefehlt, wenn sie oder Sharon aus dem Fenster geguckt und mein Auto gesehen hätten.)

Ich fuhr weiter, bis ich vor Jeffreys Haus angelangt war. Dann bremste ich ab. Meine Hände waren so feucht, daß sie praktisch vom Lenkrad rutschten. Auf einmal war mir eingefallen, daß Jeffrey, nachdem ich seine Einladung abgelehnt hatte, ja womöglich eine andere gefragt hatte. Es war durchaus denkbar, daß er nicht allein war.

Ich hielt vor seinem Haus an, steckte den Kopf aus dem Fenster des Pontiac und sah mich um. Trotz des Mondscheins war es dunkel in der Straße, aber ich erkannte, daß in der Einfahrt ein Auto stand. Ich nahm an, daß die Luft rein war, und parkte dahinter.

Jeffreys Außenbeleuchtung brannte nicht, wie ich erleichtert feststellte. Ich schloß daraus, daß er niemanden erwartete. Doch die Finsternis machte es schwer, etwas zu erkennen, und ich hoffte, daß ich auf dem Weg zum Haus nicht gegen eine Palme lief.

Vielleicht ist er gar nicht zu Hause, überlegte ich beim Näherkommen. Ich bebte schon am ganzen Körper vor Aufregung – und weil ich *Schuldgefühle* hatte. Ja, ich fühlte mich nun schuldig, maßlos schuldig, weil *ich* diejenige war, die die Vereinbarung mit Sharon nicht einhielt.

Du solltest dich was schämen, sagte ich zu mir selbst. Böses Mädchen.

Und dann hörte ich etwas neben der Haustür. Ein Rascheln in den Bäumen.

Ich zuckte zusammen, denn der Schreck von damals, als die Einbrecher mir die Wohnung ausgeräumt hatten, saß mir immer noch in den Knochen. Nach wenigen Sekunden wurde mir klar, daß es wahrscheinlich nur ein Waschbär war, eine Beutelratte oder irgendein anderes nachtaktives Tierchen, das die Bewohner von Sewall's Point traktiert, indem es ihre gepflegten Gärten aufwühlt und in ihre Swimmingpools kackt.

Ich trat näher an die Tür heran und hatte die Hand bereits zu dem Türklopfer aus Messing erhoben, als das Rascheln lauter wurde.

Diesmal schnappte ich wirklich nach Luft, vor allem, als ich erkannte, daß das Tierchen in den Büschen kein Waschbär war – sondern Sharon.

»Was zum Teufel machst *du* hier?« zischte sie, als sie aus dem Dickicht trat und sich die abgestorbenen Palmwedel von ihrem extrem enganliegenden Pullover zupfte. Ihrem Dekolleté nach zu urteilen, war sie nicht für die Gartenarbeit gekleidet.

»Was zum Teufel *ich* hier tue?« sagte ich, wobei ich – vergeblich – versuchte, leise zu sprechen. »*Du* bist doch diejenige, die sich in den Büschen herumdrückt wie ein nächtlicher Dieb.«

»Ich habe mich nicht herumgedrückt. Ich bin spazierengegangen«, verteidigte sie sich. »Ja, genau. Ich habe einen Verdauungsspaziergang durchs Viertel gemacht und bin zufällig bei Jeffrey vorbeigekommen. Als ich jemanden herfahren hörte, dachte ich, er bekäme Besuch. Also bin ich, äh, in Deckung gegangen.«

»Du hast dich *versteckt*«, sagte ich vorwurfsvoll. »Als du gesehen hast, daß ich es bin, hast du dich versteckt. Weil du wußtest, daß du unsere Abmachung gebrochen hast.«

»Ich habe unsere Abmachung gebrochen?« Sie sah mich finster an. »Und was ist mit dir? Du hast Mom erzählt, daß du heute abend nicht kommen könntest, weil du ja noch *sooo* viel auspacken müßtest. Auspacken – von wegen! Du hast getrunken. Du riechst wie ein Weinfaß von innen.«

Das Mundspray konnte man also vergessen. »Hör mal, Sharon, ich kann dir genausogut die Wahrheit sagen. Ich bin hierhergekommen, weil mich Jeffrey darum *gebeten* hat. Er hat mich auf sein Boot eingeladen. Um im Mondschein hinauszufahren. Ich sage dir das ja nur ungern, aber er ist an *mir* interessiert.«

Sie lachte. Oder besser gesagt, sie gackerte. »Ich sage es dir ja nur ungern, aber Jeffrey hat mir heute nachmittag eröffnet, daß *ich* diejenige bin, für die er sich interessiert. Er hat gesagt, er sei nur Mom zuliebe nett zu dir. Und weil du so –«

»Was?«

»Bereit zu sein schienst. Nein. *Geneigt* war das Wort, das er benutzt hat.«

Ich wich schwankend zurück. Das konnte doch nicht wahr sein. Was Sharon da sagte, konnte einfach nicht stimmen. Jeffrey würde doch nie uns beiden denselben Schwindel auftischen. Oder doch?

»Du hast seit Jahren etwas gegen mich«, sagte ich, während wir dicht nebeneinander vor seiner Haustür standen. »Du würdest alles mögliche tun oder sagen, um mich zu verletzen.«

»Und was ist mit deiner Abneigung mir gegenüber?« fragte sie. »Du bist die einzige aus der ganzen Familie, die nicht zu Normans Abschlußfeier gekommen ist, das wollen wir doch mal festhalten.«

»Ich hatte an dem Tag die Grippe«, schrie ich. Inzwischen schrien wir beide. »Ich hatte neununddreißig drei Fieber.«

»Ach, wirklich?« Sie grinste höhnisch. »Das letzte Mal, als du dein berühmtes Fieber angeführt hast, hast du noch von neununddreißig vier gesprochen.«

»Ist doch egal. Auf jeden Fall kritisierst du mich ständig und nörgelst andauernd an mir herum. Ich kann keinen Finger rühren, ohne mir von dir einen Haufen Blödsinn anhören zu müssen. Wenn es nicht Normans Abschlußfeier ist, dann ist es mein Lebensstil oder mein Job oder deine schwachsinnige Einbildung, daß du eine bessere Tochter seist als ich.«

»Ich bin also schwachsinnig. Das ist ja ein starkes Stück«, sagte sie. »Es ist ganz offensichtlich, daß *du* diejenige bist, die ständig *mich* angreift. Hast du dir je selbst zugehört, wenn du über meine Exmänner geredet hast? Ich habe eben zwei mißglückte Ehen hinter mir. Na und?«

»Keine zwei. Drei.«

»Ganz egal. Du bist es doch, die mich ständig deswegen niedermacht. Und jetzt machst du mich wegen Jeffrey nieder. Der liebe, nette Jeffrey. Du fragst dich, ob ich ihn auch heiraten werde, was?«

»Nein, Sharon. Ich frage mich, ob du immer noch am Konkurrenzkampf um Daddy festhältst.«

»Daddy? Was hat der denn damit zu tun?«

»Du hast einmal zu mir gesagt, daß er seit meiner Geburt nicht mehr für dich da war. Weißt du das noch, Sharon?«

»Nein.«

»Hast du aber. Du hast gesagt, sowie ich auf die Welt gekommen sei, hätte er dir keinerlei Aufmerksamkeit mehr geschenkt. Und das nimmst du mir seither übel. Also, zuerst einmal ist es nicht meine Schuld, daß ich geboren bin. Zweitens ist es nicht meine Schuld, daß Dad das bemerkt hat. Und drittens war er immer seltener zu Hause, je älter ich wurde, und nach einiger Zeit hat er mich auch nicht mehr beachtet.«

Sie schwieg eine Weile. Dann schüttelte sie den Kopf. »Woran ich mich erinnere, ist die Sache mit den Cheerleadern.«

»Den Cheerleadern? Wie kommst du denn von Daddy auf die Cheerleader?«

»Ich kann mich erinnern, daß ich mich als Schülerin beworben habe und nicht ins Team aufgenommen wurde. Und ich weiß noch, daß du dich beworben hast und aufgenommen wurdest. Und als ob dieser Tiefschlag noch nicht gereicht hätte, hast du auch noch andauernd zu Hause Saltos, Radschlagen und Spagat geübt, ganz zu schweigen von diesen bescheuerten Anfeuerungsrufen. *Rah rah rah! Sis boom bah!* Mein Gott, mir wurde ganz übel davon.«

»Und das hast du mir bis heute nicht verziehen?«

»Ich weiß nicht! Ich weiß nicht! Mir ist zu kalt für ein Psychodrama.« Sie schlang sich die Arme um den Körper und schauderte.

»Logisch, daß es dich friert«, sagte ich. »Der windige Pulli, den du da anhast, bedeckt ja nicht gerade viel.«

»Das stört Jeffrey nicht.« Sie klimperte mit den Wimpern.

»Sharon, Jeffrey hat wirklich *mich* für heute abend zu sich eingeladen. Er sagte, er wolle mich gern besser kennenlernen.«

»Zu *mir* hat er das gleiche gesagt«, behauptete sie. »Sonst wäre ich doch nicht hier.«

»Dann war er zu uns beiden unaufrichtig«, sagte ich, als mir klar wurde, daß wir an der Nase herumgeführt worden waren. Dabei hatte Jeffrey so nett gewirkt, so anders als die anderen.

»Unaufrichtig? Jeffrey?«

»Ich glaube, wir haben uns in ihm getäuscht, Sharon. Ich finde, wir sollten reingehen und ihn zur Rede stellen.«

»Du meinst, ihn eiskalt fragen, ob er mit unseren Gefühlen gespielt hat?«

»Ja. Oder hast du Angst vor der Wahrheit?«

Sie blähte ihre Nüstern. »Ich bin dazu bereit, wenn du es auch bist«, sagte sie und griff nach dem Messing-Türklopfer.

Sie klopfte gegen die Tür. Wir warteten. Keine Reaktion.

»Laß mich mal probieren«, sagte ich und schubste sie ein wenig beiseite, bevor ich meinerseits den Türklopfer betätigte. Wieder warteten wir. Und wieder passierte nichts.

»Du hast nicht fest genug geklopft«, erklärte Sharon, schob mich zur Seite und schlug dreimal mit dem Türklopfer gegen die Tür.

Als der Klopfer zum dritten Mal gegen die Tür schlug, gab sie durch die Wucht des Schlages – und dadurch, daß wir uns gegen sie lehnten – nach und schwang auf. Bevor wir uns besinnen konnten, stolperten wir ins Haus.

»Sicher ist er weggegangen und hat vergessen abzuschließen«, sagte ich, als wir in die Diele spähten, die zwar nicht so grandios war wie die Sharons, aber trotzdem noch grandios genug.

»Nein. Er hat zu mir gesagt, daß er heute abend zu Hause wäre«, widersprach Sharon. »Vielleicht sieht er fern oder hört Musik und kriegt nichts mit.« Sie rief ins Haus hinein. *»Jeffrey? Hallo! Hier ist Sharon Peltz!«*

»Und Deborah Peltz!« fügte ich hinzu, für den Fall, daß doch ich diejenige war, von der er etwas wollte.

Wir vernahmen nur Stille, abgesehen von einer Reihe ganz schwacher Piepser.

»Das könnte sein Anrufbeantworter sein«, sagte ich. »Vielleicht hat er Nachrichten bekommen.«

Da wir annahmen, daß Jeffrey tatsächlich weggegangen war, schalteten wir ein paar Lampen an und folgten dem

Piepston durchs Erdgeschoß des Hauses, durchs Wohnzimmer, am Eßzimmer vorbei und ins Fernsehzimmer. Wir standen auf der Schwelle eines Zimmers, das ein Hobbyraum oder Arbeitszimmer zu sein schien, des Raumes, aus dem das Piepsen kam, als ich etwas sah.

»Sharon«, sagte ich und stieß sie an. »Was liegt denn da auf dem Boden? Neben dem Schreibtisch?«

Sie machte Licht – und dann stieß sie einen Schrei aus.

Ich wollte eigentlich auch schreien, doch es kam nichts heraus.

»Deborah! Er ist erschossen worden!« kreischte Sharon und zeigte auf die Leiche, die mit ausgestreckten Gliedmaßen auf dem Sisalteppich lag – die Leiche von Dr. med. Jeffrey Hirshon.

Er lag in einer Blutlache, das Gesicht nach oben und ein Einschußloch in der Brust. Ironischerweise war er mitten ins *Herz* getroffen worden, doch es war nirgends eine Waffe zu sehen, zumindest konnten wir keine entdecken. Was wir allerdings erkennen konnten, war, daß er geisterhaft bleich war – selbst sein Bart wirkte verwelkt – und völlig regungslos dalag.

Wir schüttelten Entsetzen, Angst und Übelkeit ab und knieten uns neben ihn auf den Boden. Keine von uns kannte sich mit Wiederbelebungsmaßnahmen aus, daher improvisierten wir. Sharon atmete in seinen Mund, und ich drückte immer wieder auf seinen Brustkorb. Ich hatte viele solcher Szenen für *Von heute an* verfaßt, mir aber nie ausgemalt, daß ich einmal selbst in einer mitspielen würde.

Als unsere Bemühungen, Jeffrey wiederzubeleben, fehlschlugen, ging ich im Arbeitszimmer ans Telefon. Ich wollte gerade die Polizei rufen, doch stellte sich heraus, daß das gar nicht nötig war. Wundersamerweise war sie nämlich bereits eingetroffen.

»Oh, Gott sei Dank. Ich wollte Sie gerade rufen«, stieß ich

erleichtert hervor, als ein Beamter der Polizeitruppe von Sewall's Point ins Arbeitszimmer gestürmt kam.

»Keine Bewegung!« brüllte er und zielte mit einer Pistole auf Sharon und mich. »Lassen Sie das Telefon los! Hände hoch! Niemand rührt sich!«

Ich reckte die Hände in die Luft und setzte eine gehorsame Miene auf. Sharon stemmte die Hände in die Hüften und schmollte.

»Warum brüllen Sie *uns* denn an?« fauchte sie den Polizisten an. »Wir haben versucht, dem armen Mann zu helfen.«

»Ich sagte: ›Keine Bewegung!‹« bellte er.

»Ich kann mich vor Kälte sowieso bald nicht mehr rühren«, brachte sie mit klappernden Zähnen hervor. »Es sollte mal einer die Klimaanlage hier drinnen runterdrehen.«

Der kläffende Polizist fand das nicht witzig. Er hielt seine Waffe weiterhin auf uns gerichtet, selbst als ein zweiter Kollege mit gezückter Pistole ins Arbeitszimmer gestürmt kam. Ich fühlte mich wie eine abgebrühte Verbrecherin – bis mir wieder einfiel, daß das einzige Verbrechen, das ich begangen hatte, darin bestand, auf einen Mann hereinzufallen, der sich offenbar nichts dabei gedacht hatte, gleichzeitig mit mir und mit meiner Schwester zu flirten.

»Schau mal nach, ob noch ein Puls vorhanden ist«, wies der erste Polizist den zweiten an, womit er zweifellos Jeffrey meinte.

Der zweite Bulle steckte die Waffe wieder ins Halfter und kniete sich neben den Toten. »Erste Hilfe kannst du vergessen«, erklärte er, als er keinen Puls fand. »Der Typ ist reif für den Leichensack.«

Von da an wurde die Situation immer unangenehmer. Der erste Polizist rief über Funk noch mehr Polizisten – wie mir schien, einen Stab von tausend Leuten. Ehe ich mich versah, waren da Hilfssheriffs aus dem Sheriffbüro von Martin County, zwei Kriminalbeamte, der Polizeichef von Sewall's

Point, der Gerichtsmediziner des Bezirks und eine Wagenladung Mitarbeiter der Spurensicherung. Den Tatort überschwemmten außerdem Leute von den lokalen Medien, die das Ereignis über den Polizeifunk mitgehört hatten, und dazu Nachbarn, jede Menge Nachbarn, manche von ihnen im Schlafanzug.

Irgendwann im Laufe dieses Alptraums wurde einer der Polizisten angewiesen, Sharon und mich nach draußen zu bringen und in einen Streifenwagen zu verfrachten. Als Sharon sich mit der Begründung weigern wollte, sie hätte schreckliche Kopfschmerzen und wolle zu meiner Mutter zurück, befahl sein Vorgesetzter: »Legen Sie ihr Handschellen an.«

Diese Vorstellung behagte Sharon auch nicht gerade. »Handschellen!« fauchte sie. »Ist Ihnen bewußt, daß mein Tennisarmband verkratzt werden könnte?« Sie hielt ihren rechten Arm in die Höhe.

Der Polizist legte ihr die Handschellen an. Und mir auch.

»Hören Sie. Sie glauben doch nicht etwa, *wir* hätten Dr. Hirshon erschossen?« protestierte ich.

»Wenn Sie ihn nicht erschossen haben, was machen Sie dann hier, voller Blut und streitlustig wie zwei Hähne?« fragte der Mann mit den Handschellen.

»Streitlustig wie zwei Hähne?« wiederholte ich.

»Ja«, sagte er. »Ein Nachbar hat eine Ruhestörung gemeldet – zwei Frauen, die sich vor dem Haus des Arztes gestritten haben. Die Polizisten da drüben sind gekommen, um nach dem Rechten zu sehen. Als sie bemerkten, daß die Haustür offenstand, nahmen sie an, es mit einem Einbruch zu tun zu haben, nicht mit einem Mord.«

Ein Mord, dachte ich, als mir langsam alles bewußt wurde. Ein Mord. Jeffrey Hirshon war umgebracht worden. Jeffrey, der Kardiologe. Jeffrey, der Charmeur. Jeffrey, der verlogene, hinterhältige Mistkerl.

Ja, ich war verletzt und wütend darüber, daß er sich als solche Ratte entpuppt hatte, aber ich wünschte ihm nicht den Tod! Und ganz gewiß wollte ich nicht neben seiner Leiche erwischt werden!

Mann, wird Melinda Carr begeistert sein, wenn sie davon erfährt, dachte ich mir, als ich wieder an ihren kleinen Vortrag über die Historische Gesellschaft und den untadeligen Ruf dachte, den sie von ihren Angestellten erwartete.

Am meisten Sorgen bereitete mir allerdings nicht mein Job, sondern meine Mutter. Ich hoffte, ihr würde nichts davon zu Ohren kommen – zumindest nicht, bevor Sharon und ich Gelegenheit hätten, mit ihr darüber zu sprechen.

»Schaff die beiden raus, damit wir den Tatort sichern können«, befahl der Polizist, der offenbar das Sagen hatte, demjenigen, der uns zur Haustür hinausschob. »Sie sollen erst mal eine Weile warten, bevor wir sie zum Verhör aufs Revier bringen.«

Zum Verhör. Über den Mord an Jeffrey Hirshon.

Sharon und ich sahen einander an, zunächst hilflos, dann argwöhnisch.

Als wir auf den Rücksitz eines Streifenwagens geschubst wurden, fiel uns plötzlich ein, daß wir es uns – egal, wie miserabel unser Verhältnis auch gewesen war, egal, was sich in der Vergangenheit zwischen uns abgespielt hatte – nicht mehr leisten konnten, einander feindselig zu begegnen: Jede von uns war jetzt das Alibi für die andere.

Zweiter Teil

10

Während Sharon und ich scheinbar eine Ewigkeit auf dem Rücksitz des Streifenwagens saßen, schob unser freundlicher Bulle draußen Wache, verfolgte jede unserer Bewegungen und nahm – ohne unser Wissen – jedes einzelne Wort auf, das wir sprachen.

»Ich kann es nicht glauben«, sagte ich zu meiner Schwester. »Es ist eine Katastrophe.«

Sie nickte teilnahmslos. »Jetzt werden wir nie erfahren, welche von uns Jeffrey wollte.«

Ich starrte sie erstaunt an. Sie stand zweifellos noch unter Schock. Ich hätte sie am liebsten an den Schultern gepackt und geschüttelt, doch die Handschellen machten das ein bißchen mühsam. »Er wollte *keine* von uns«, schärfte ich ihr ein. »Der Typ war ein Lügner, Sharon. Er hat nichts von alledem ernst gemeint, was er zu uns gesagt hat.«

»Ja, ein Lügner«, wiederholte sie. »Das hatte ich vergessen. Es sind diese verdammten Kopfschmerzen. Prämenstruelle Kopfschmerzen. Das sind die schlimmsten, findest du nicht auch? Vor allem in Verbindung mit Blähungen?«

Guter Gott. »Hör mal, Sharon. Ich komme mir ja blöd vor, daß ich das frage, aber wie lange warst du schon im Gebüsch, bevor du mich auf Jeffreys Haus zugehen sahst?«

Sie zuckte die Achseln. »Ein oder zwei Minuten. Wer weiß?«

»Hast du irgend jemand anders ins Haus gehen oder herauskommen sehen?«

»Nein.«

»Etwas gehört?«

»Nein.«

»Bist du irgendwann, bevor ich kam, ins Haus gegangen?«

»Nein.«

»Du hattest also keine Ahnung, daß Jeffrey –«

»*Nein!*«

»Okay. Okay. Ich frage ja nur.«

»Du tust mehr als das. Du unterstellst, daß ich Jeffrey umgebracht hätte, bevor du aufgetaucht bist. Gib's zu.«

»Sharon, ich versuche nur, Zusammenhänge herzustellen. Weiter nichts.«

»Tja, dann sieh mal folgende Zusammenhänge: Ich habe um halb acht mit Mom zu Abend gegessen. Um halb neun ist sie in ihr Schlafzimmer gegangen, um fernzusehen. Ich habe mich umgezogen und bin gegen neun hier herüberspaziert. Den Rest weißt du. Und außerdem finde ich es unfaßbar, daß mich meine eigene Schwester verdächtigt, ihn ermordet zu haben.«

»Nicht so laut«, mahnte ich sie und nickte dem Polizisten zu, der vor dem Wagen Wache hielt. »Ich verdächtige dich nicht, Jeffrey umgebracht zu haben. Ehrlich.«

»Vielen Dank.« Sie sah mich scharf an. »Und warum erzählst du mir nicht *deine* Geschichte?«

»Meine Geschichte?«

»Ja. Es war etwa Viertel vor neun, als du in Jeffreys Einfahrt eingebogen bist, stimmt's?«

»Ich schätze schon.«

»War das heute abend deine erste Fahrt hierher?«

»Was möchtest du damit andeuten?«

»Tja, vielleicht warst du ja vorher schon einmal hier. Um Jeffrey bezüglich seiner Gefühle für dich zur Rede zu stellen. Vielleicht hat er dir ja einen Korb gegeben, und du bist wütend geworden und hast ihn erschossen. Du bist aus dem Haus gelaufen, und dann ist dir wieder eingefallen, daß du die

Pistole neben der Leiche hast liegenlassen. Also bist du wieder zurückgefahren, um sie zu holen. Dann hast du mich gesehen. Vielleicht bist *du* diejenige, die ihn umgebracht hat, Deborah. Wie gefällt dir *das?*«

Ich schüttelte den Kopf. Die Lage war ernster, als ich gedacht hatte. »Sehe ich etwa aus wie jemand, der herumläuft und Leute erschießt? Ich habe keine Pistole. Ich weiß nicht einmal, wie man eine Pistole bedient.«

Sie dachte einen Moment lang nach. »Ich glaube dir«, sagte sie schließlich. »Leute, die andere Leute erschießen, sagen vermutlich nicht ›eine Pistole bedienen‹. Das klingt amateurhaft.«

»Herzlichen Dank. Hör mal, Sharon. Wir hatten unsere Probleme miteinander, aber laß uns wenigstens darin übereinkommen, daß keine von uns Jeffrey umgebracht hat.«

»Einverstanden.«

Ich seufzte erleichtert auf. »Und außerdem sollten wir uns darin einig sein, daß wir dieses Schlamassel am besten überstehen, wenn wir die Wahrheit sagen.«

»Nein. Wir überstehen dieses Schlamassel am besten, wenn wir uns einen Anwalt besorgen. Mom arbeitet bei der Justiz. Sie muß ein paar Anwälte kennen.«

»Die Anwälte, die sie kennt, sind Anwälte für geringfügige Schadensforderungen, Sharon. Deren Mandanten sind Inhaber von Reinigungen, die verklagt werden, weil sie die Lieblingsklamotten von irgend jemandem ruiniert haben. Sie verteidigen keine Leute, die unter Mordverdacht stehen.«

»Dann suchen wir uns eben einen Anwalt, der das macht. Vielleicht gibt es ja in diesem Kaff keinen, aber ich wette, in Boca sitzen jede Menge.«

Bevor ich etwas erwidern konnte, öffnete der Polizist die Tür auf der Fahrerseite, stieg ein und verkündete, daß er uns jetzt ins Sheriffbüro von Martin County brächte, wo wir in der Mordsache verhört werden würden.

»Aber es ist schon spät, und ich fühle mich nicht wohl«, jammerte Sharon. »Können wir das nicht morgen erledigen?«
Er lachte verächtlich und fuhr los.

Es hatte auf Sewall's Point noch nie einen Mord gegeben. In dem kleinen vornehmen Ort, in dem meine Mutter lebte, zählten zu den »Verbrechen« – abgesehen von einem gelegentlichen Einbruch – Dinge wie das Übertreten der Geschwindigkeitsbegrenzung von fünfundfünfzig Stundenkilometer, einen Hund ohne Leine spazieren zu führen und vor acht Uhr morgens den Rasen zu mähen. Infolgedessen entstand gewisse Verwirrung darüber, welcher Zweig der hiesigen Polizeibehörden die Ermittlungen durchführen sollte. Theoretisch leitete der Polizeichef von Sewall's Point die Angelegenheit, doch besaß das Sheriffbüro von Martin County Erfahrung mit Mördern, und so übernahmen sie den Fall. Daher fuhren wir über die Brücke nach Stuart, zum Sheriffbüro in der Monterey Road, wo bereits ein Kriminalbeamter auf uns wartete, um uns zu verhören.

»Dann mal rein ins Vergnügen«, sagte ich zu Sharon, nachdem sie darum gebeten hatte, daß uns die Handschellen abgenommen würden, damit sie ihre schmerzenden Schläfen massieren konnte. (Man kam der Bitte nach.)

Während ein Cop uns die Fingerabdrücke abnahm, überprüfte ein anderer unsere Daten, um herauszufinden, ob wir bereits eine »Vorgeschichte« hatten, sprich aktenkundig waren.

»Warum interessieren die sich denn für meine Exmänner?« fragte Sharon flüsternd.

»Das ist doch mit ›Vorgeschichte‹ hier gar nicht gemeint«, sagte ich nachsichtig.

Außerdem unterzogen sie uns einem sogenannten GSR-Test, um festzustellen, ob wir Schmauchspuren an den Händen hatten.

Dann klärten sie uns über unsere Rechte während des Verhörs auf, insbesondere über das Recht, zu schweigen oder einen Anwalt zu nehmen – was Sharon in helle Aufregung versetzte.

»Ich sage kein Wort ohne meinen Anwalt«, erklärte sie.

»Dann rufen Sie eben Ihren Anwalt an«, sagte der Kriminalbeamte, der Frank Gillby hieß und ein kleiner, stämmiger Mann mit einem üppigen Schopf karottenroter Haare war.

»Ich habe keinen«, erwiderte sie. »Noch nicht.«

»Sharon«, sagte ich, »wir sind unschuldig. Wir haben nichts zu verbergen. Wir sollten, so gut wir können, mit der Polizei zusammenarbeiten, damit derjenige, der Jeffrey ermordet hat, gefaßt wird. Das letzte, was wir wollen, ist doch, daß irgendein Irrer frei auf Sewall's Point herumläuft, oder? Wo doch Mom ganz allein hier lebt.«

»Gut«, meinte sie. »Ich sage aus. Und dann suche ich mir einen Anwalt. Falls alle damit *einverstanden* sind.«

»Klar«, sagte Detective Gillby. »Also. Wer von Ihnen möchte den Anfang machen?«

»Ich«, sagte ich, da ich die ganze Sache möglichst schnell hinter mich bringen wollte.

Man brachte mich in einen Vernehmungsraum und wies mich an, gegenüber dem Kriminalbeamten Platz zu nehmen. Der Oberboß von Sewall's Point, Chief Avery Armstrong, war auch anwesend, da der Mord in seinem Zuständigkeitsbereich passiert war. Doch es war Gillby, der die Fragen stellte, die die ganze Bandbreite von »Seit wann kannten Sie Jeffrey Hirshon?« bis zu »Hatten Sie eine Affäre mit ihm?« und »Weswegen haben Sie und Ihre Schwester sich vor seiner Haustür gestritten?« abdeckten.

Die letzte Frage zu beantworten war natürlich nicht ganz einfach. Wie konnte ich dem Detective die Sache mit Normans Abschlußfeier begreiflich machen? Die Sache mit Daddy? Die mit den Cheerleadern?

Ich konnte es nicht, aber ich versuchte es. Und in meinem Bemühen, in bezug auf mein Verhältnis zu Sharon möglichst offen zu sein, muß ich den armen Beamten zu Tode gelangweilt haben, da er allen Ernstes einnickte. Genau wie Chief Armstrong.

»He, Leute«, munterte ich sie auf, nachdem ich gerade mit der Schilderung des hohen Fiebers fertig geworden war, das mich davon abgehalten hatte, zum großen Tag meines Neffen zu erscheinen. »Wollen Sie meine Schwester und mich nun verhaften oder nicht?«

Detective Gillby schlug die Augen auf. »Wie bitte?«

Ich wiederholte meine Frage.

»Das weiß ich noch nicht«, antwortete er. »Setzen Sie sich draußen hin, dann hole ich Ihre Schwester herein. Ich muß erst hören, was sie zu alledem zu sagen hat.«

Dann saß also Sharon im Vernehmungsraum. Sie blieb wesentlich länger drinnen als ich. Ich führte das darauf zurück, daß sie ein besseres Gedächtnis als ich hat, wenn es darum geht, Beleidigungen aus der Vergangenheit auszugraben.

Schließlich wurden wir wieder zusammengeführt, und man erklärte uns, daß wir nicht verhaftet würden – fürs erste.

»Ich lasse Sie erst einmal gehen«, sagte Detective Gillby. »Es wird ein paar Tage dauern, bis wir die Ergebnisse des GSR-Tests bekommen, der uns Aufschluß darüber geben wird, ob eine von Ihnen den Abzug gedrückt und den Arzt erschossen hat. Ansonsten liegen keine offenen Haftbefehle oder Vorstrafen gegen Sie vor. Und Sie beide erscheinen mir auch nicht als eine Gefahr für die Allgemeinheit – allenfalls füreinander.« Er stieß Chief Armstrong mit dem Ellbogen an. »Das Problem ist, daß wir ganz vieles noch nicht wissen. Wie zum Beispiel, wann etwa Dr. Hirshon umgekommen ist und wo Sie beide zu diesem genauen Zeitpunkt waren. Oder warum es keinerlei Hinweise auf gewaltsames Eindringen ins Haus gibt. Oder wie Sie sich wirklich gefühlt haben, als Ihnen klar wurde, daß er Ihnen beiden Avancen macht. Oder ob Sie wütend genug geworden sind, um jemanden zu engagieren, der den Arzt umbringt.«

»Jemanden engagieren?« fragte Sharon, bereits von der Vorstellung völlig pikiert.

»Also jetzt machen Sie einen Punkt, Detective. Wir kannten Jeffrey Hirshon kaum«, wandte ich ein.

»Warum hat dann Ihre Schwester zu Protokoll gegeben, daß sie darauf hoffte, ihn zu heiraten?« wollte er wissen.

»Weil es weit und breit keinen Mann gibt, bei dem meine Schwester *nicht* darauf hofft, ihn zu heiraten«, erklärte ich, mittlerweile restlos erschöpft.

Sharon muß ebenfalls erschöpft gewesen sein, da ihre einzige Reaktion darin bestand, mich anzufunkeln.

Detective Gillby sorgte dafür, daß wir nach Hause gefahren wurden – Sharon zu meiner Mutter und ich in mein Häuschen. Er versprach, auch den Pontiac vorbeibringen zu lassen, sobald die Leute von der Spurensicherung ihn nach Blut, Haaren und anderen Feinheiten abgesucht hatten.

»Vielleicht könnten Sie bei der Gelegenheit gleich die Batterie austauschen«, sagte ich seufzend. Und dann fiel mir wieder ein, daß Jeffrey mir Starthilfe gegeben hatte, als ich ihn das letzte Mal gesehen hatte. Als ich ihn das letzte Mal *lebend* gesehen hatte.

Wir beschlossen, daß der Polizist uns beide zu meiner Mutter fahren sollte, damit wir ihr gemeinsam von Jeffreys Tod – und unserer Verwicklung in die Sache – berichten konnten.

Als wir das Haus betraten, machten wir uns auf etwas gefaßt, da wir annahmen, sie wäre außer sich, weil Sharon so lange weggewesen war. Aber sie war bei laufendem Fernseher in ihrem Schlafzimmer eingenickt und hatte nicht einmal gemerkt, daß meine Schwester das Haus verlassen hatte.

Wir weckten sie.

»Ach. Es sind meine zwei Mädels«, sagte sie und rieb sich die Augen, immer noch ein bißchen matt. »Was macht ihr denn beide hier? Sharon, der Pulli, den du da anhast, ist ein bißchen knapp. Und Flecken hat er auch.«

»Mom, wir müssen dir etwas sagen«, begann ich und half ihr, sich im Bett aufzusetzen.

»Ja. Wegen Dr. Hirshon«, ergänzte Sharon. »Er ist –« Sie hielt inne und sah mich an. Ich erwiderte ihren Blick. He, sie war die ältere. Sollte sie doch die Bombe platzen lassen. »Er ist tot«, sagte sie schließlich.

Meine Mutter schnappte nach Luft. »Tot? Aber weshalb denn? Hat er einen Unfall gehabt?«

Ich griff nach ihrer Hand und überlegte, wo das Nitroglycerin war, falls sie einen Herzinfarkt bekäme.

»Er wurde ermordet, Mom«, erklärte Sharon. »In seinem Haus.«

»Nein! Nicht auf Sewall's Point! Hier wird niemand ermordet.«

»Es stimmt aber«, bekräftigte Sharon. »Man hat ihn in seinem Arbeitszimmer gefunden. Na ja, genauer gesagt, *wir* haben ihn in seinem Arbeitszimmer gefunden.«

»Wer ist ›wir‹?«

»Deborah und ich haben ihn gefunden, Mom. Er ist erschossen worden.« Sharon hielt inne und schilderte dann die ganze Geschichte, ohne irgend etwas auszulassen, nicht einmal die Sache mit den Cheerleadern.

Meine Mutter schnappte erneut nach Luft. Diesmal lauter. Ich fragte sie, ob sie ein Glas Wasser wolle, ihre Pillen oder sonst etwas. Sie wehrte ab.

»Es gibt bestimmt noch andere Kardiologen hier«, versuchte ich sie zu beruhigen. »Wir könnten uns im Martin Memorial erkundigen. Oder vielleicht kann einer der Internisten aus Jeffreys Praxisgemeinschaft jemanden empfehlen. Wir finden einen anderen Arzt für dich, Mom. Keine Sorge.«

»Du liebe Güte, Deborah, ich mache mir keine Sorgen um mich«, sagte sie. »Ich mache mir Sorgen um meine Mädels.«

»Du meinst, weil wir unter Mordverdacht stehen?« fragte Sharon.

»Nein, weil ihr beide einen Dachschaden habt«, fauchte sie verärgert. »Warum ihr zwei euch nicht benehmen könnt, werde ich nie verstehen.«

Sharon und ich starrten zu Boden. Wir taten uns immer noch schwer mit der neuen Angewohnheit unserer Mutter, unverblümt ihre Meinung zu sagen.

»Haben die Polizisten euch eröffnet, was sie als nächstes vorhaben?« wollte sie wissen.

»Sharon und ich sollen morgen noch einmal ins Sheriffbüro kommen und weitere Fragen beantworten«, sagte ich.

»Was natürlich komplette Zeitverschwendung ist«, meinte Sharon. »Sie sollten lieber etwas unternehmen, um den wahren Mörder zu finden. Außerdem muß ich morgen nach Boca zurück. Ich habe schließlich eine Firma zu leiten.«

»Hoffentlich *hast* du noch eine Firma«, sagte meine Mutter. »Der erste Mord auf Sewall's Point macht garantiert in sämtlichen Zeitungen Südfloridas Schlagzeilen. Der Medienrummel könnte deine Brautpaare abschrecken.«

»Ausgeschlossen. Sowie ich zu Hause bin, suche ich mir einen Strafverteidiger«, erklärte Sharon. »Jemanden, der mich berät und beschützt und meinen Namen reinwäscht.«

»Und was ist mit dir, Deborah?« fragte meine Mutter.

»Ich bin kein Fan von Anwälten«, sagte ich.

»Ja gut, aber was ist mit *deinem* Job? Glaubst du, Melinda erlaubt, daß du im Häuschen bleibst? Die Historische Gesellschaft ist nicht gerade eine freigeistige Organisation.«

»Ich weiß, aber ich habe vor, Melinda ein Angebot zu machen, das sie nicht ablehnen kann«, sagte ich, da mir eine Idee gekommen war. »Und dann werde ich herausfinden, wer Dr. Hirshon umgebracht hat.«

»Du?« spottete Sharon.

»Allerdings«, erklärte ich. »Schließlich habe ich die letzten zehn Jahre nicht umsonst in der Fernsehbranche zugebracht. Vielleicht fallen mir ja ein paar Szenarien ein, auf die die Polizei nie kommen würde.«

11

Die Donnerstagsausgaben der *Stuart News* und der *Palm Beach Post*, die beide von den Leuten in Stuart und Umgebung gelesen werden, brachten die Geschichte über den Mord an Jeffrey auf der ersten Seite, zusammen mit einem Foto von ihm im Arztkittel, mit Stethoskop. Halb Kriminalbericht, halb Nachruf, führten beide Artikel die nackten Tatsachen des Falles an: daß Jeffrey tot in seinem Haus auf Sewall's Point aufgefunden worden und offenbar einer Schußverletzung zum Opfer gefallen war, daß die Ergebnisse der Autopsie sowie weiterer Untersuchungen noch ausstünden; daß die Polizei die Leiche entdeckt hatte, nachdem sie von einem Nachbarn wegen Ruhestörung gerufen worden war; und daß es sich bei den zwei Frauen, die am Tatort angetroffen worden waren, um Deborah Peltz aus Hutchinson Island und Sharon Peltz aus Boca Raton handelte, die einzigen Töchter von Lenore Peltz und dem verstorbenen Dr. Henry Peltz aus Sewall's Point.

Nett von ihnen, daß sie meine Eltern eingeschlossen haben, dachte ich, und fragte mich, warum sie nicht auch noch Tante Harriet, Cousine Jill und sonstige Mitglieder unserer weitverzweigten Sippe in der Geschichte untergebracht hatten.

Beide Artikel lieferten außerdem einen Abriß von Jeffreys Berufs- und Privatleben, da er ein Lokalmatador war und sein Tod angeblich einen schrecklichen Verlust für die Allgemeinheit bedeutete. Sie berichteten, wann und wo er geboren worden war, wann und wo er College und Medizinstudium absolviert hatte, wann und wohin er nach Florida gezogen war und seine Praxis eröffnet hatte sowie wann und wo er seine Frau, die gebürtige Francine Fink, mittlerweile wohnhaft in Aspen, Colorado, geheiratet und wann und wo er sich wieder von ihr hatte scheiden lassen. (Francines Schuh- und Handtaschentick ließen sie allerdings unerwähnt.)

Es war die Rede von Jeffreys philanthropischer Ader, seinem jahrelangen Dienst an den Menschen von Martin County, seiner Begeisterung fürs Segeln und Fischen sowie seiner umgänglichen Art und seiner Freundlichkeit.

»Dr. Hirshons Tod ist ein tragischer Verlust«, wurde ein Leiter der Klinik zitiert. »Er war ein erfahrener Arzt, ein einfühlsamer, fürsorglicher Mensch und ein guter Freund. Er wird uns fehlen.«

Mir nicht, dachte ich insgeheim, als ich an diesem Morgen um halb zwölf im Sheriffbüro saß und die Artikel immer wieder las, während ich auf meine Vernehmung wartete. Da ich ja kein Auto hatte, hatte Sharon mich abgeholt und war mit mir zu unserer zweiten und – wie ich schwer hoffte – letzten Sitzung bei Detective Gillby und Co. herübergefahren.

Diesmal lungerte vor dem Sheriffbüro die Journaille herum, so daß wir gezwungen waren, uns mit gebeugten Köpfen hindurchzudrängen und immer wieder »Kein Kommentar!« zu murmeln. Die kleinstädtische Version eines Alptraums von der Boulevardpresse.

Der zweite Unterschied zwischen dieser Vernehmung und der vom Vorabend bestand darin, daß Sharon sich einen Anwalt besorgt hatte, der ihr beistehen würde.

»Ich habe einen Anwalt gefunden«, erklärte sie mir auf dem Weg zum Sheriffbüro.

»Wie hast du denn das so schnell geschafft?«

»Es ist phantastisch, was? In Wirklichkeit mußte ich ihn nicht einmal suchen. *Er* hat nämlich *mich* gefunden.«

»Was redest du denn da, Sharon?«

»Er hat mich ganz früh heute morgen bei Mom ausfindig gemacht und mir seine Dienste angeboten. Er ist ein Strafverteidiger aus Boca und hat in der heutigen *Post* von dem Fall gelesen.«

»Du meinst, er hat einfach zum Telefon gegriffen und dich angerufen? Wie irgend so ein Aasgeier? Wie kannst du diesem Kerl vertrauen? Du bist ihm doch völlig fremd.«

»Nein, stimmt nicht. Das ist nämlich das Beste daran«, freute sie sich. »Er ist der Bruder einer Frau, die mich vor ein paar Jahren engagiert hat, um die Hochzeit ihrer Tochter zu organisieren. Er war auch auf der Hochzeit. Ich kann mich noch an ihn erinnern. Er ist übrigens ein sagenhafter Typ. Und *alleinstehend.*«

Ich fing gar nicht erst an zu diskutieren. Dafür hatten wir nun wirklich beide keine Energien mehr übrig.

»Hat dieser Mensch auch einen Namen?« fragte ich statt dessen.

»Barry Shiller. Von seiner Schwester weiß ich, daß er zweimal geschieden ist, aber nur, weil er so ehrgeizig und so leidenschaftlich seiner Arbeit nachgeht. Manche Frauen können mit so einem Mann einfach nicht umgehen, weißt du?«

Barry Shiller erschien um zehn Uhr im Sheriffbüro, genau rechtzeitig, um Sharon in den Vernehmungsraum zu begleiten. Er war geschniegelt und gebügelt – Armani-Anzug, tief gebräunt, massenhaft Schaumfestiger in den schuhcremefarbenen Haaren, jede Menge Ringe an den manikürten Fingern – und er war derart in Eau de Cologne eingehüllt, daß man damit eine Lammkeule hätte marinieren können. Er entsprach vielleicht Sharons Begriff von »sagenhaft«, aber nicht meinem, Gott sei Dank. Ein zweiter Mann, um den wir uns streiten könnten, hätte uns gerade noch gefehlt.

Als er und Sharon aus dem Vernehmungszimmer kamen, fragte er mich, ob er mich auch vertreten solle, jetzt, wo er über die Einzelheiten des Falles »auf dem laufenden« sei. Ich dankte ihm für sein Angebot, erklärte jedoch, daß ich bestens allein zurechtkäme.

»Rufen Sie mich an«, sagte er mit einem schmierigen Lächeln. »Ich stehe jedenfalls zur Verfügung, falls Sie es sich anders überlegen.« Er wandte sich an Sharon. »Solange Ihre Schwester verhört wird, könnten wir vielleicht Mittag essen gehen. Es gibt doch bestimmt ein paar anständige Restaurants in Stuart, oder?« Er lachte, weil er aus Boca war und die Leute aus Boca die Leute aus Stuart für Provinzler halten, die ein anständiges Restaurant nicht von einem Schweinetrog unterscheiden können.

»Geh doch ins Jolly Sailor mit ihm«, empfahl ich Sharon. »Die haben mittags geöffnet, und es gibt sogar Sanitäranlagen im Haus, für den Fall, daß er mal den Spargel abgießen muß.«

Grollend sah sie mich an. »Sollen wir dir etwas mitbringen, Deborah? Du weißt doch, wie unleidlich du wirst, wenn du Hunger hast.«

Unleidlich. Das sagte gerade die Richtige. »Nein danke. Euch beiden ein angenehmes Mittagessen.«

Und so zogen sie davon.

Meine Vernehmung durch Detective Gillby war im Grunde ein zweiter Aufguß dessen, was wir bereits durchgekaut hatten. Nein, ich hatte keine Affäre mit Jeffrey Hirshon. Nein, ich hegte keinen Groll gegen ihn. Nein, ich hatte ihn nicht umgebracht. Blablabla.

Danach unterzogen sie mich einer Art Lügendetektor-Test, nur daß man den hier CVSA nannte und das Gerät eine Computeranalyse des Streßniveaus in der Stimme vornahm. Sie stellen einem Fragen und messen den Streßgehalt in den Antworten. Ich versuchte, während der ganzen Prozedur die Ruhe zu bewahren, aber es war, als versuchte man, nicht zu zwinkern. Je intensiver man darüber nachdachte, desto schwieriger wurde es.

Schließlich sagte man mir, ich könne nach Hause gehen.

»Sie wissen ganz genau, daß meine Schwester und ich Dr. Hirshon nicht umgebracht haben«, sagte ich zu Detective Gillby, während wir darauf warteten, daß Sharon und ihr neuer Anwalt vom Mittagessen zurückkämen.

»Vielleicht waren Sie es. Vielleicht auch nicht«, erklärte er. »Außer Zweifel steht jedenfalls, daß es *irgend jemand* getan haben muß – und zwar mit einer Kugel vom Kaliber zweiundzwanzig.«

»Jeffrey kam durch eine einzige Kugel ums Leben?«

»Sieht danach aus. Warum?«

»Dann muß der Täter ein ziemlich guter Schütze sein, womit Sharon und ich nicht mehr in Frage kommen. Keine von uns besitzt auch nur eine Pistole.«

»Das behaupten *Sie.* Aber wir werden Ihre Wohnung, die Ihrer Schwester und die Ihrer Mutter durchsuchen.«

»Die Wohnung meiner Mutter?«

»Sicher. Sie könnten ja die Waffe dort versteckt haben. Wir unterhalten uns auch mit dem Sohn Ihrer Schwester.«

»Norman?«

»Genau. Sie hat gesagt, er besucht eine Militärakademie. Da muß er sich ja mit Schußwaffen auskennen.«

»Schon, aber die Akademie ist in South Carolina. Er war nicht einmal in der Nähe von Stuart, als Jeffrey ermordet wurde.«

»Dann braucht er sich auch keine Sorgen zu machen. Das gehört alles zu unseren Ermittlungen, Ms. Peltz. Wir haben Sie und Ihre Schwester befragt, und jetzt befragen wir noch Ihre Mutter, Ihren Neffen, Dr. Hirshons Nachbarn, seine Geschäftspartner, seine Freunde, einfach jeden.«

»Ich wäre Ihnen gerne behilflich«, sagte ich ernst. »Bei Jeffreys Nachbarn, Geschäftspartnern und Freunden, meine ich. Ich habe keinen besonders anspruchsvollen Job. Ich könnte ein bißchen herumschnüffeln.«

Er lachte, als wäre ich meschugge. Eine meschugge Mörderin. »Hören Sie zu: Wenn Ihnen etwas einfällt, das etwas Licht in diesen Fall bringen könnte, rufen Sie mich an«, sagte er. Und dann lachte er wieder.

Nach einem – ihren Worten zufolge – sehr »erfolgreichen« Mittagessen mit Barry Shiller holte mich Sharon am Sheriffbüro ab.

»Er kennt sich wirklich mit dem Justizsystem aus«, erklärte sie, während sie mich zu meinem Häuschen zurückfuhr. »Ich bin ja so dankbar, daß er eingewilligt hat, meinen Fall zu übernehmen.«

»Du mußtest ihn nicht gerade darum anbetteln, Sharon. Er hat dich angesprochen. Findest du das nicht ein bißchen seltsam, ein bißchen zwielichtig?«

»Nein. Ich finde es beruhigend. Jetzt habe ich zur Abwechslung mal jemanden, auf den ich mich stützen kann. Hast du gehört, daß die Polizei vorhat, meinen Norman zu vernehmen? Der Junge war gestern abend in seiner Kaserne, Herrgott noch mal. Er kommt erst in einigen Wochen nach Hause, wenn er Urlaub hat – oder wie auch immer man das bei der Army nennt.«

»Es ist sicher nur eine reine Formsache«, sagte ich. »Du brauchst keinen Barry Shiller, um Norman zu verteidigen. Er kann selbst auf sich aufpassen.«

»Trotzdem bin ich froh, daß Barry auf unserer Seite steht. Habe ich dir eigentlich erzählt, daß er im Sanctuary wohnt – das ist eines von Bocas ultramodernen Nobelvierteln – und daß wir morgen abend zusammen essen gehen?«

»Wann ist die Hochzeit?« fragte ich sarkastisch.

»Zu deiner Information: Ich interessiere mich wegen seiner juristischen Fähigkeiten für Barry. Natürlich *ist* er eine gute Partie. Man könnte einen schlechteren Griff tun.«

Da war ich mir nicht so sicher, aber ich hielt den Mund.

Sowie ich zu meinem Häuschen zurückkam, rief ich Melinda an. Wie zu erwarten, war sie zutiefst bestürzt von dem Medienrummel, der durch meine Verwicklung in den Mord an einem der prominentesten Bürger Stuarts entstanden war. »Verschnupft«, war das Wort, das sie gebrauchte.

»Ich mag Sie, Deborah«, erklärte sie. »Und ich mag auch Ihre Mutter. Aber angesichts der Umstände weiß ich nicht, wie ich Sie als Angestellte der Historischen Gesellschaft behalten kann.«

»Gilt denn der Grundsatz der Unschuldsvermutung bis zum Schuldspruch nicht mehr?« fragte ich. »Ich hatte nichts mit Jeffrey Hirshons Tod zu tun. Und meine Schwester auch nicht.«

»Trotzdem – es ist alles so schmutzig. So ungebührlich. So unschicklich.«

»Nicht vielleicht auch degoutant?« fügte ich hinzu.

»Doch, doch. Dann verstehen Sie ja mein Dilemma.«

»Schon, aber mein Standpunkt ist folgender, Melinda: Ich bin gerade erst in das Häuschen eingezogen. Mir gefällt es hier. Ich bleibe.«

»Nicht, wenn ich Sie anweise, das Gelände zu räumen.«

»Das tun Sie nicht.«

»Ach? Und warum nicht, bitte schön?«

»Wissen Sie noch, als wir uns zum ersten Mal getroffen haben? Als Sie sich wegen der Stelle mit mir unterhalten haben?«

»Natürlich.«

»Wissen Sie auch noch, wie ich Ihnen erzählt habe, daß ich für *Von heute an* geschrieben habe und Sie gleich geschwärmt haben, daß Sie die Serie regelmäßig sehen, seit Sie zwanzig sind und sich keine einzige Folge entgehen lassen?«

»Geschwärmt? Ich weiß ja nicht, ob ich – na gut. Ich weiß es noch.«

»Also, wenn Sie mir meinen Job im Haus der Zuflucht lassen, dann richte ich es ein, daß Sie einen Tag bei den Dreharbeiten verbringen dürfen. Sie können miterleben, wie die Sendung aufgezeichnet wird, und die Schauspieler kennenlernen.«

Melinda sagte nichts, doch sie atmete schwer. »Ich habe das Gefühl, als würde ich gerade erpreßt«, erwiderte sie schließlich.

»Wie auch immer – ich brauche nur einen Anruf zu tätigen, und schon dürfen Sie hinter die Kulissen Ihrer Lieblingsserie schauen.«

»Heißt das, daß ich beispielsweise Holden Halsey kennenlernen würde? Oder vielmehr diesen englischen Schauspieler, der Holden Halsey spielt?«

»Genau das heißt es.«

Sie seufzte. »Und was ist, wenn die Vorstandsmitglieder der Historischen Gesellschaft etwas dagegen einzuwenden haben, daß Sie bleiben?«

»Sie sind die Chefin, Melinda. Ich vertraue auf Ihre Überredungskünste.«

Mein nächster Tagesordnungspunkt war, meine Mutter anzurufen, um zu hören, wie sie damit zurechtkam, daß ihr Name in der Presse besudelt worden war.

»Rüsten deine Nachbarn schon zu Protestaktionen vor deinem Haus?« fragte ich halb im Spaß.

»Nein, Liebes. Meine Freunde waren sehr verständnisvoll.«

»Dann bin ich ja erleichtert. Fühlst du dich wohl? Hast du Schmerzen in der Brust?«

»Nein. Offen gestanden hat mich die ganze Geschichte aufgemuntert. Natürlich bestürzt mich, was Dr. Hirshon zugestoßen ist, und es ärgert mich, daß die Polizei meine Mädels eines Verbrechens verdächtigt. Aber merkwürdigerweise hat mich der Mord gezwungen, meine eigenen Probleme zu vergessen und aufzuhören, mir über jedes kleine Zwicken und Zwacken den Kopf zu zerbrechen.«

»Das ist ja prima, Mom. Dann kannst du vielleicht bald deine Tätigkeit als Vermittlerin wieder aufnehmen.«

»Dazu werde ich keine Zeit mehr haben«, erwiderte meine Mutter.

»Weshalb nicht?« fragte ich.

»Weil ich dir dabei helfen will, wie du der Polizei hilfst, den Mord aufzuklären«, sagte sie leichthin. »Ich lebe schon lange hier und kenne eine Menge schwatzhafte Leute. Früher habe ich nie auf ihr Getratsche gehört, aber vielleicht sollte ich jetzt damit anfangen.«

Schwatzhaft. Getratsche. Auf einmal dachte ich an Helen. Wo war sie, wenn ich wirklich jemanden brauchte, der seine Nase in alles steckte?

»Ich möchte dich schützen, Mom. Ich glaube, du solltest dich aus diesem Schlamassel heraushalten.«

»Du hast mich nicht verstanden, Deborah«, widersprach sie. »Dieses ›Schlamassel‹ hat mich von meinem Herzinfarkt abgelenkt. Jetzt fühle ich mich nicht mehr wie eine herzkranke Invalidin.«

Nachdem ich das Telefonat mit meiner Mutter beendet hatte, setzte ich mich hin und erstellte eine Liste mit möglichen Verdächtigen, die Jeffrey ermordet haben konnten.

Da war zuerst einmal Vicky, die Schwester von der Intensivstation, die an der Bar im Prawnbroker mit Jeffrey gestritten hatte. Sie hatte meine Mutter vorbildlich gepflegt und war in den zwei Tagen, die ich sie im Krankenhaus erlebt hatte, als eine so ehrenwerte, vernünftige Person erschienen, daß mir allein der Gedanke daran, daß sie zu einem Mord imstande sein könnte, völlig gegen den Strich ging. Aber sie hatte ihre Cocktail-Serviette nach Jeffrey geworfen, was in meinen Augen auf einen gewissen Mangel an Selbstbeherrschung schließen ließ. Also notierte ich ihren Namen und nahm mir vor, mehr über ihre Beziehung zu dem Verstorbenen in Erfahrung zu bringen.

Dann war da Joan, die Assistentin in Jeffreys Praxis, die gesagt hatte, daß sie schon seit zehn Jahren für ihn arbeite, und die behauptete, daß er zum Jähzorn neige. Letztere Information hatte ich seinerzeit kaum glaubhaft gefunden, nachdem Jeffrey immer so nett und sanftmütig gewirkt hatte. Aber was ich noch verwirrender fand, war Joans Antwort gewesen, als ich nachhakte. Er sei zwar äußerst reizbar, »aber der Job hat andere Vorzüge«, hatte sie erklärt. Inwiefern? fragte ich mich jetzt. Geld? Zahlte Jeffrey Joan mehr als den üblichen Tarif für Arzthelferinnen? Zahlte er ihr so viel, daß sie bereit war, sich mit seinen häufigen und womöglich mit Gewalttaten einhergehenden Wutausbrüchen abzufinden? Oder hatte sie auf eine andere Art von Vorzügen angespielt? Vorzüge romantischer oder sexueller Natur? Sie war nicht besonders attraktiv und wirkte mit ihrem altmodischen Knoten, ihrer matronenhaften Figur und der entsprechenden Kinnpartie weiß Gott nicht wie eine Femme fatale. Aber woher wollte ich schon wissen, was Männer anzog? Vielleicht waren sie und Jeffrey ein Liebespaar gewesen, entweder vor, während oder nach seiner Ehe.

Apropos Ehe: Rasch schrieb ich Francine Fink Hirshons Namen auf meine Liste. Laut Joan hatte Jeffreys Exfrau ihn mit ihrem kostspieligen Schuh- und Handtaschentick angeblich fast in den Ruin getrieben, und sie ging ihn immer noch um Geld an. Verdroß es Francine, daß sich Jeffrey auf Sewall's Point ein schönes Leben machte, während sie in irgendeiner Eigentumswohnung in Aspen kaum über die Runden kam, die Ärmste? War sie wütend auf ihn, weil er sich weigerte, mehr Kohle auszuspucken? War sie wütend genug, um ein Flugzeug nach Florida zu besteigen und ihn zu erschießen? Es war durchaus vorstellbar, daß sie einen Schlüssel zum Haus behalten hatte, was erklären würde, warum es keinerlei Hinweise auf gewaltsames Eindringen gab. Aber wenn sie ihn umbrachte, könnte sie ihm nie wieder Geld abluchsen. Es sei denn, sie hätte herausgefunden, daß er vergessen hatte, sein Testament zu ändern, und sie immer noch seine Alleinerbin war.

Ich legte einen Augenblick meinen Stift beiseite und versuchte, auf weitere Verdächtige zu kommen, indem ich kreativ dachte, wie ich es früher immer getan hatte, wenn ich an meinem Computer saß und meine allwöchentlichen Drehpläne ausarbeitete. »Was wäre, wenn sie dies täten?« hätte ich mich in bezug auf die Figuren der Serie gefragt. »Oder das? Oder jenes?«

Denk nach, Deborah, trieb ich mich selbst an, während ich die Szene in Jeffreys Arbeitszimmer Revue passieren ließ, und mir den Anblick seines schlaffen, leblosen Körpers in Erinnerung rief. Krieg raus, wer es getan haben könnte. Wer?

Vielleicht war es einer der anderen Ärzte in Jeffreys Sechzig-Mann-Praxisgemeinschaft, überlegte ich und schrieb die Möglichkeit auf meinen Block. Womöglich hatte einer der anderen ein Hühnchen mit ihm zu rupfen – eine Art beruflicher Rivalität oder etwas in der Art.

Vielleicht ist der Mörder ja auch ein verärgerter Patient, mutmaßte ich. Jemand, dessen Sodbrennen Jeffrey irrtümlich als schwere Angina pectoris diagnostiziert hat.

Nein. Eines war Jeffrey gewiß, nämlich ein hervorragender Arzt. Meine Mutter war der Beweis dafür.

Ich überlegte weiter und versuchte, mich zu erinnern, ob mir irgend jemand begegnet war, der kein Mitglied von Jeffreys Fanclub war, irgend jemand, der schlecht von ihm gesprochen hatte, wenn auch nur beiläufig.

Und dann fiel es mir ein: Ray Scalley, der Leiter des Bezirksbauamtes, Mr. Ich-bin-kein-Faktotum.

Ray und ich hatten in der Küche gestanden und über den Herzinfarkt meiner Mutter gesprochen, als er mich gefragt hatte, bei welchem Arzt sie sei. Ich hatte ihm gesagt, daß Jeffrey Hirshon sie behandelte, und er hatte Jeffrey als Dreckskerl bezeichnet und mir geraten, meine Mutter von ihm fernzuhalten, aber nie erklärt, weshalb.

War Ray Scalley der Mörder? fragte ich mich. Haßte er Jeffrey so sehr, daß er ihn umgebracht hatte? War er am Mittwoch abend wenige Minuten vor Sharon und mir zu Jeffreys Haus gefahren, hatte mit einem seiner genialen Werkzeuge die Tür aufgehebelt und eine Kugel ins Herz des Arztes abgefeuert?

Könnte sein, fand ich, und schrieb Rays Namen auf meine Liste von Verdächtigen – genauer gesagt, ich setzte ihn *ganz oben* auf die Liste. Ich schrieb gerade das »Y« in Scalley aus und wünschte mir, Ray wiedersehen und über sein Verhältnis zu Jeffrey aushorchen zu können, als ich vor dem Häuschen Schritte hörte. Einen Moment lang war ich wie gelähmt, da ich fürchtete, mein Besucher könnte entweder ein Reporter sein, der auf eine Story aus war, oder ein Polizist mit einem Haftbefehl in der Tasche. Und dann klopfte es.

»He, Deborah. Sind Sie zu Hause?« ertönte eine Männerstimme.

»Wer ist da?« schrie ich, da ich die Stimme nicht erkannt hatte.

»Ray Scalley. Der Bob Vila von Stuart.«

Sei künftig etwas vorsichtiger mit deinen Wünschen, dachte ich, packte meinen Block und stopfte ihn in eine Küchenschublade.

»Komme schon«, sagte ich und eilte zur Tür, um ihn hereinzulassen.

12

»Ray. Das ist aber eine angenehme Überraschung«, sagte ich und versuchte, unbefangen zu klingen. »Ich habe gerade an Sie gedacht.«

»Warum? Ist Ihre Toilette schon wieder im Eimer?« fragte er, ging an mir vorbei und trat unaufgefordert in die Küche.

»Nein. Meine Toilette funktioniert bestens«, erwiderte ich. »Ich habe in einem ganz anderen Zusammenhang an Sie gedacht.«

Er sah erstaunt drein. »Und zwar in welchem?«

»Ach, nur etwas, was mit dem Haus der Zuflucht zu tun hat«, log ich. »Aber verraten Sie mir doch, weshalb Sie gekommen sind.«

»Na gut. Schließlich bin ich hier hereingeplatzt, ohne vorher anzurufen. Ich bin sogar aus zwei Gründen gekommen. Erstens: Ich habe von Hirshons Tod erfahren, und dabei ist mir eingefallen, daß Sie erwähnt haben, Sie seien mit ihm befreundet. Ich wollte Ihnen mein Beileid aussprechen.«

»Ihr Beileid«, sagte ich skeptisch.

»Genau.«

»Sie haben mich ein einziges Mal gesehen, Ray, und diese Begegnung hat maximal zwanzig Minuten gedauert. Darüber hinaus haben Sie mir geraten, meine Mutter von Jeffrey fernzuhalten, ja, Sie haben ihn sogar einen Dreckskerl genannt. Also probieren wir es doch mal mit dem zweiten Grund, okay?«

Er lächelte. »Grund Nummer zwei: In dem Artikel in der heutigen Zeitung stand, daß Sie und Ihre Schwester in Hirshons Haus waren, als die Polizei den Toten gefunden hat. Die Bullen müssen Sie gestern abend ganz schön in die Mangel genommen haben. Ich dachte, ich fahre mal vorbei und schaue, wie Sie es verkraftet haben.«

Jetzt war ich verwirrt. Entweder war Ray Scalley ein netter Mann, der mir aufrichtig seine Freundschaft anbot, oder er hatte Jeffrey umgebracht und war gekommen, um mich nach Informationen über den Fall auszuquetschen.

Die einzige Möglichkeit, das herauszufinden, ist, *ihn* nach Informationen auszuquetschen, dachte ich mir.

»Setzen wir uns doch auf die Veranda und plaudern ein bißchen«, schlug ich vor. »Natürlich nur, wenn Sie nicht allzusehr damit beschäftigt sind, die Gebäude im Landkreis vor Trockenfäule zu retten.« Auf der Veranda stand eine geschmacklose, aber große Stehlampe. Ich sagte mir, falls Ray ein Mörder wäre und auf einmal gewalttätig werden sollte, könnte ich ihm die über den Schädel schlagen.

»Ich bin nicht besonders in Eile«, bemerkte er. »Es ist halb sechs. Für heute bin ich mit meiner Arbeit fertig.«

Na prima, dachte ich. Jede Menge Zeit, um ihm ein Geständnis abzuringen. Wozu dieser schmierige Barry Shiller, wenn ich es selbst schaffte, Sharon und mich reinzuwaschen?

»Haben Sie Lust, mir zu erzählen, was sich in Hirshons Haus abgespielt hat?« fragte Ray, als wir auf der Veranda Platz genommen hatten. »Mir ist klar, daß es sich um ein heikles Thema handelt, und wir kennen uns auch kaum, aber Sie sind neu in der Stadt, und ich bin ein guter Zuhörer, also können Sie mich als Testpublikum benutzen, wenn Sie möchten.«

»Das ist sehr schlau – ich meine *nett* – von Ihnen, Ray«, sagte ich und dachte bei mir, daß er nur versuchte, mich zu veranlassen, ihn über den Stand der polizeilichen Ermittlungen aufzuklären. »Aber ehrlich gesagt würde ich lieber über Sie sprechen. Es wäre eine willkommene Abwechslung nach dem Trauma, das ich erlitten habe.« Ich legte mir den Handrücken auf die Stirn. Der dramatischen Wirkung halber.

»Na so was. Das kann ich verstehen. Was möchten Sie denn über unseren Jungen vom Land wissen?«

»Wie wär's mit ein bißchen Lebenslauf? Die Kurzversion der Ray-Scalley-Story.«

»Also, ich wohne hier in der Stadt, in der Seminole Street, in einem Haus, das 1925 erbaut wurde und von meiner Wenigkeit eigenhändig von unten bis oben renoviert worden ist.«

»Ich bin beeindruckt. Sind Sie hier in der Gegend geboren und aufgewachsen?«

»Mhm. Ich bin ein echter Einheimischer. Es laufen noch ein paar von uns herum, ob Sie's glauben oder nicht. Inzwischen haben wir uns zwar mit den Winterflüchtlingen vermischt, aber man kann uns immer noch erkennen, wenn man genau hinsieht.«

»Sind Ihre Eltern auch hier geboren?«

»In Florida schon, aber nicht in Stuart. Sie sind nach ihrer Heirat hierhergezogen, als mein Vater sein erstes Geschäft nördlich von hier, in Port St. Lucie, aufgemacht hat.«

»Sein *erstes* Geschäft?«

»Ja. Er hatte eine Kette von Eisenwarenläden in Südflorida. Hat auch einen Haufen Geld damit verdient. Zum Glück hat er klug investiert und das Geld beisammenhalten können, selbst nachdem ein überregionaler Baustoff- und Haushaltswarenhändler – Sie wissen schon, welcher – gekommen ist und ihn und die meisten anderen Familienbetriebe zur Geschäftsaufgabe gezwungen hat.«

»Dann ist er also im Ruhestand?«

»Nein, er ist tot. Meine Mutter auch.«

»Das tut mir leid.«

»Danke. Aber ich stehe nicht ganz allein auf der Welt. Ich habe einen älteren Bruder in Palm Beach Gardens, in Ballen-Isles, der Golfersiedlung für die Stars. Er heißt Doug. Oder vielmehr *Douglas,* wie er lieber genannt wird.«

Ich lächelte angesichts seines Tonfalles. Geschwisterrivalität erkannte ich auf den ersten Blick. »Und was macht Doug?«

»Er ist der ›Douglas‹ in Douglas' Herrenmode. Er besitzt sechs Läden zwischen Miami und Jupiter.«

»Klingt, als schlüge er ganz nach Ihrem Vater, dem großen Geschäftsmann. Wie sind Sie dazu gekommen, Experte für historische Gebäude zu werden?«

»Wie ich dazu gekommen bin, das schwarze Schaf der Familie zu werden, meinen Sie?«

»Sehen Sie sich so?«

»Nur in dem Sinne, daß ich im Gegensatz zu meinem Bruder für den Staat arbeite, nicht viel Geld verdiene und nicht Golf spiele.«

»Sie spielen nicht Golf?« Ich tat entsetzt.

»Nein. Ich bin ein Gators-Fan.«

»Wie bitte?«

»Die Gators. Das Football-Team meiner Alma mater, der Universität von Florida.«

»Ach so. Sie haben ja erwähnt, daß Sie dort studiert haben.«

»Und seither habe ich für die Gators Stimmung gemacht. College-Football läßt einen nicht mehr los, oder zumindest ist es bei mir so.«

Ich nickte, von dieser Mitteilung wenig beeindruckt. Rays Lebensgeschichte war zwar ganz interessant, aber jetzt mußte ich doch in die Zukunft vorspulen und herausfinden, warum er Jeffrey haßte und wo er sich am Abend des Mordes aufgehalten hatte. Die Frage war nur: Wie sollte ich vorgehen? »Wissen Sie, Ray, ich glaube, Jeffrey Hirshon war auch Gators-Fan«, improvisierte ich. »Haben Sie sich dadurch kennengelernt? Weil Sie eines Abends in einer Kneipe voller Sportfans nebeneinander gesessen und gemeinsam ›Gators vor!‹ gebrüllt haben?«

Ray setzte eine ernste Miene auf. »Ich habe Jeffrey Hirshon in der Notaufnahme des Martin Memorial kennengelernt.«

»Tatsächlich? Hatten Sie Probleme mit dem Herzen?«

»Nein. Aber meine Frau.«

Seine Frau. Es gab also eine *Mrs.* Scalley. Wenn Sharon die Fragen gestellt hätte, hätte sie dieses Detail als erstes zutage gefördert.

»Hören Sie«, sagte Ray, »der Typ hat Ihrer Mutter geholfen, und Ihre Schwester und Sie waren mit ihm befreundet, also wollen Sie sicher gar nicht wissen, warum ich –«

»Doch«, unterbrach ich ihn. »O doch.«

»Sicher?«

»Und ob.«

Er räusperte sich. »Meine Frau und ich haben seit unserer Heirat versucht, ein Kind zu bekommen«, sagte er und sprach nun langsamer als zuvor. »Vor sechs Jahren wurde sie schließlich schwanger.« Er verstummte abrupt.

»Was ist denn?«

Er stand auf. »Es ist doch albern, Deborah. Ich dürfte Ihnen das nicht aufbürden. Sie haben Ihre eigenen Probleme. Und außerdem kennen wir uns gar nicht richtig, wie schon gesagt.«

»Ja, aber irgendwo müssen wir doch anfangen, oder? Ich bin die Wächterin des Hauses der Zuflucht. Sie kümmern sich um die Gebäude hier. Wir werden regelmäßig zusammenarbeiten. Warum sollen wir uns nicht gegenseitig ins Vertrauen ziehen?«

»*Sie* haben mich bisher auch nicht ins Vertrauen gezogen.«

»Das liegt nur daran, daß wir uns diesmal auf Sie konzentrieren. Ich komme auch noch an die Reihe. Und jetzt erzählen Sie weiter. Ihre Frau wurde schwanger. Was ist dann passiert?«

Ray setzte sich wieder. »Die Schwangerschaft verlief komplikationslos. Wir haben uns auf unser neues Leben mit dem Baby vorbereitet. Sie bekam Wehen. Ich brachte sie wie geplant ins Martin Memorial. Der Gynäkologe kam. Alles war in Ordnung, völlig normal. Und dann, aus heiterem Himmel, hatte sie einen Herzinfarkt. Peng. Eine gesunde – das hatten wir jedenfalls gedacht – sechsunddreißigjährige Frau. Der Kardiologe, der an diesem Abend Dienst hatte, war Ihr Kumpel Hirshon, und bei dieser Gelegenheit habe ich ihn auch kennen und verachten gelernt. Kurz gesagt war es so, daß er meine Frau nicht retten konnte, was die Geburt des Babys erschwert und schließlich dazu geführt hat, daß sowohl meine

Frau als auch mein Baby gestorben sind. Alles in allem kein Happy-End.«

Ich war einen Augenblick lang sprachlos. Der Mann mir gegenüber hatte Frau und Kind zugleich verloren. Er mußte am Boden zerstört gewesen sein. Jeder wäre das gewesen. Aber war der Tod seiner Lieben tatsächlich Jeffreys Schuld? Hatte er Jeffrey umgebracht, um Rache zu üben? Und wenn ja, weshalb hatte er dann sechs Jahre gewartet, bis er es tat?

»Die Klinik hat eine gründliche Untersuchung durchgeführt«, fuhr er fort. »Ein erstklassiges Haus, das Martin Memorial. Keine Vertuschungen. Keine Hinhaltemanöver. Es stellte sich heraus, daß Beth – so hieß meine Frau – einen angeborenen Herzfehler hatte, der nie diagnostiziert worden war. Die Anstrengung durch die Wehen war einfach zuviel für sie. Was ich damit sagen will, ist, daß Hirshon von jeder Nachlässigkeit freigesprochen wurde.«

»Weshalb dann der Zorn und Groll ihm gegenüber?« fragte ich. »Als ich neulich seinen Namen erwähnt habe, sind Sie –«

»Wären Sie nicht voller Zorn und Groll ihm gegenüber?« unterbrach er mich. »Ich bin nicht blöd. Mir ist – zumindest vom Verstand her – klar, daß Hirshon vermutlich nichts hätte tun können, um meine Frau und mein Kind zu retten. Aber er war da. Er war derjenige, der gesagt hat: ›Ihre Frau hat es nicht geschafft.‹ Er war derjenige, der *da* war. Woher soll ich wissen, ob ein anderer Kardiologe nicht eine Möglichkeit gefunden hätte, um dieses Ende zu verhindern? Woher soll ich wissen, ob nicht alles anders ausgegangen wäre, wenn durch irgendeine Laune des Schicksals Hirshon an diesem Abend *nicht* im Dienst gewesen wäre?«

»Das können Sie nicht wissen«, sagte ich leise, während ich auf die Wasserstraße hinaussah, über der sich langsam die Sonne senkte. »Woher sollten Sie es auch wissen?«

Und wie in aller Welt soll ich nach dieser tragischen Geschichte mein kleines Verhör fortführen? fragte ich mich, da ich es angesichts der Umstände grausam gefunden hätte, Ray nach einem Alibi zu fragen.

Trotzdem würde ich nicht wegen eines Verbrechens, das ich nicht begangen hatte, ins Gefängnis marschieren.

Ich war drauf und dran, Ray nach dem Abend des Mordes zu fragen, als er von sich aus eine wichtige Einzelheit preisgab.

»Sie werden es wahrscheinlich nach der Geschichte, die ich Ihnen gerade aufgebürdet habe, kaum glauben«, begann er, »aber als dieser Cop gestern abend ins Black Marlin kam und allen Leuten erzählte, daß Hirshon ermordet worden war, war ich richtig betroffen. Betroffen! Ich hatte das Gefühl, als wäre ohne ihn niemand mehr da, dem ich Vorwürfe machen könnte, und keine Möglichkeit mehr, mich an der Vergangenheit festzuhalten. Ich fühlte mich irgendwie leer, als wäre alle Luft aus mir entwichen. Vielleicht bin ich deswegen hier, Deborah. Ich mußte mit jemandem sprechen, der den Typen kannte.«

»Ja. Natürlich«, sagte ich beschwichtigend. »Und ich bin froh, daß Sie beschlossen haben, sich mir anzuvertrauen. Aber hätten Sie etwas dagegen, kurz etwas in der Zeit zurückzugehen? Das Black Marlin ist doch dieses Restaurant mitten in Stuart, oder?«

»Genau. Direkt neben dem Ashley, in der Osceola Street.«

»Und Sie sagen, dort waren Sie gestern abend?«

»Spricht irgend etwas dagegen? Ich hatte eine Verabredung. Ich dachte, ich gehe mit ihr dorthin, falls Sie nichts dagegen haben.«

Er hatte also wieder mit einer Frau angebändelt. Warum auch nicht, nach sechs Jahren? »Ich war nur neugierig«, schwindelte ich. »Ich war noch nie im Black Marlin. Sie haben mit Ihrer Bekannten dort gegessen?«

»Ja. Schnappbarsch vom Grill. Bratkartoffeln. Und irgend so eine Art Kürbis, auf den ich gut hätte verzichten können. Aber vielleicht würden Sie mir mal verraten, warum Sie mich nach meinem Abendessen im Black Marlin fragen, nachdem ich Ihnen gerade mein Herz ausgeschüttet und von meiner Frau und meinem Kind erzählt habe?«

Jetzt war er sauer auf mich. Ich sah zu der großen, geschmacklosen Lampe hinüber. Nur für alle Fälle.

»Entschuldigen Sie«, sagte ich. »Das war total unsensibel von mir. Schreiben Sie es meinem Schlafmangel zu.«

Ich muß wohl nicht besonders überzeugend geklungen haben, weil mich Ray mit finsterer Miene und verkniffenem Mund ansah. Dann sagte er: »Ich glaube, so langsam habe ich es kapiert.«

»Was kapiert?«

»Ich habe kapiert, warum Sie sich so für mich und mein Abendessen interessieren. Sie fragen sich, ob ich Hirshon ermordet habe, weil ich neulich so abfällig über ihn gesprochen habe. Sie wollen wissen, ob ich ein Alibi habe.«

Ich zuckte ertappt die Achseln. »Der Gedanke ist mir in den Sinn gekommen. Also, erschießen Sie mich.« Ich biß mir auf die Lippen und wünschte, ich könnte Letzteres zurücknehmen.

»Schön. Zu Ihrer Information, ich *habe* ein Alibi«, fauchte er wütend. »Von sieben bis etwa halb zwölf Uhr war ich in Begleitung von Willow Janson.«

»Sie treffen sich allen Ernstes mit einer Frau namens Willow?« fragte ich.

»Sie hat gesagt, es sei ein Spitzname aus der Kindheit. Weil sie immer so gertenschlank wie eine Weide war.«

Wie schön für sie, dachte ich und zog den Bauch ein. »Hören Sie, Ray. Die Polizei glaubt, ich hätte etwas mit dem Mord an Jeffrey zu tun. Ich habe ein berechtigtes Interesse daran, den wahren Mörder zu finden, also müssen Sie bitte entschuldigen, wenn ich jeden hier in der Gegend verdächtige. Insbesondere jemanden, der negative Gefühle gegenüber Jeffrey geäußert hat. Es tut mir leid. Ehrlich.«

Nach und nach hellte sich seine Miene auf. »Entschuldigung angenommen.«

»Danke«, sagte ich und strich im Geiste Ray Scalleys Namen von meiner Verdächtigenliste – fürs erste. Ich meine, er hätte Jeffrey ja umbringen können, bevor er und Willow essen gegangen waren. »Ist das Wetter nicht wunderbar?«

Er lächelte. »Das Wetter ist prima. Und jetzt glaube ich, habe ich das Recht, *Ihnen* ein paar Fragen zu stellen. Was *wollten* Sie und Ihre Schwester denn eigentlich gestern abend bei Hirshon?«

Ich seufzte und erzählte Ray, was geschehen war.

»Ich war gar nicht in ihn verliebt«, fügte ich hinzu. »Vermutlich habe ich mich nur zu ihm hingezogen gefühlt, weil ich Angst hatte, meine Mutter zu verlieren, und er sich so zuversichtlich über ihre Heilungsaussichten geäußert hat. Außerdem hat er mich irgendwie an meinen Vater erinnert, der ebenfalls Arzt war, und meine Schwester mochte ihn auch, was wiederum unsere Rivalität begünstigt hat. Noch dazu war ich einsam.«

»Das kann ich verstehen. Es ist hart, wenn man an einen neuen Ort zieht. Dieser Teil der Welt muß einem im Vergleich zu New Yawk wie ein anderer Stern vorkommen.«

Ich lachte über den Versuch des Südstaatlers, den New Yorker Akzent nachzuahmen.

»Es ist wirklich anders hier, aber ich hatte Lust auf einen Tapetenwechsel«, antwortete ich. »Worauf ich allerdings keine Lust hatte, war ein Mord. Es geht mir ziemlich an die Nieren, daß meine Schwester und ich den Mörder vermutlich nur um ein oder zwei Stunden verpaßt haben – höchstens.«

»Wie kommen Sie darauf?«

»Ich bin keine Gerichtsmedizinerin, aber als ich bei *Von heute an* gearbeitet habe, habe ich genug Szenen mit Leichen geschrieben, um einiges über Leichenflecke, Totenstarre und dergleichen zu lernen. Gestern abend habe ich neben Jeffreys

Leiche gekniet, und ich schwöre Ihnen, es war jede Menge Blut zu sehen, aber keinerlei Leichenflecke oder Starresymptome. Tot war er eindeutig, aber noch nicht lange. Jemand hat ihn erschossen und das Haus verlassen, und dann sind Sharon und ich am Tatort erschienen und waren zu sehr damit beschäftigt, uns vor seiner Haustür zu streiten, um irgend etwas mitzubekommen.«

»Sie sprachen von einer Rivalität. Kommen Sie und Ihre Schwester nicht miteinander aus?«

»Das ist noch untertrieben. Und jetzt hat sich auch noch dieser schmierige Anwalt an sie gehängt. Weiß Gott, was der ihr für Ratschläge gibt.«

»Und Sie haben sich keinen Anwalt genommen?«

Ich schüttelte den Kopf. »Ich bin unschuldig. Ich brauche keinen. Außerdem werde ich den Mörder selbst dingfest machen.«

Ich erwartete eigentlich, daß Ray mir erklärte, daß das nicht meine Aufgabe sei, doch das tat er nicht. »Dürfte nicht allzu schwierig sein«, meinte er. »Sewall's Point ist wie Peyton Place. Jeder befaßt sich mit den Angelegenheiten der anderen, und niemand scheut davor zurück, sein Wissen mitzuteilen. Selbst die Leute, die nicht auf Sewall's Point leben, tratschen über das, was hier vorgeht. Also ist es durchaus vorstellbar, daß Sie ›den Mörder selbst dingfest machen‹ können.«

»Danke für Ihr Vertrauensvotum.«

»Keine Ursache. Hunger?«

»Was?«

»Haben Sie Hunger? Es ist eigentlich Zeit zum Abendessen.«

»Ach. Ja, jetzt, wo Sie es sagen.«

Er nickte. »Wir gehen ins Black Marlin. Da Sie sich so *brennend* für dieses Lokal interessieren.«

Ich lächelte. »Tut mir wirklich leid«, sagte ich, da ich mich gut mit ihm stellen wollte. »Vor allem das mit Ihrer Frau und Ihrem Baby tut mir leid, Ray. Ich hoffe, Sie glauben mir das.«

Er nickte. »Gehen wir was futtern«, sagte er und zog mich vom Stuhl in die Höhe.

»Keine Verabredung mit Willow heute abend?« fragte ich.

»Nee«, erwiderte er und beließ es dabei.

13

Mir war ein wenig mulmig bei dem Gedanken, essen zu gehen oder vielmehr, mich überhaupt in der *Öffentlichkeit* zu zeigen. Nein, die Zeitungen hatten in ihren Artikeln über Jeffrey weder von mir noch von Sharon ein Foto gebracht, aber in meinen Augen spielte das keine Rolle. Allein das Wissen, daß mein Name im Zusammenhang mit dem Mord an einem angesehenen Arzt abgedruckt wurde, gab mir schon das Gefühl, bloßgestellt und angreifbar zu sein, so als würden mich alle anstarren, auf mich zeigen und dabei denken: Das ist sie! Sie hat ihn umgebracht! Los Leute, wir lynchen sie!

Deshalb kämmte ich mir, bevor wir das Black Marlin betraten, die Haare nach vorn, bis sie buchstäblich den größten Teil meines Gesichts bedeckten.

»Was machen Sie denn da?« fragte Ray, während wir auf der Straße standen.

»Nichts«, sagte ich.

»Sie versuchen sich hinter Ihren Haaren zu verstecken«, erklärte er. »Entweder das oder der Frankensteins-Braut-Look ist in New Yawk gerade angesagt.«

»Okay. Ich *habe* wirklich versucht, mich zu verstecken«, gestand ich. »Mich überkam gerade die Panik bei dem Gedanken, daß die Leute im Lokal alle über mich tuscheln würden.«

»Wenn Sie Ihre Haare nicht in Ordnung bringen, werden

sie allerdings über Sie tuscheln. Das einzig Wichtige ist doch, daß Sie unschuldig sind, Deborah. Was kümmert es Sie schon, was ein Haufen Fremder über Sie redet?«

Ich strich meine Haare zurecht und war Ray für seine aufmunternden Worte dankbar. »Wahrscheinlich werden sie eher über Sie tuscheln. Zwei Abende hintereinander im Black Marlin mit zwei verschiedenen Frauen. Nicht zu fassen.«

»O ja. So bin ich eben. Der tolle Hengst«, sagte er voller Selbstironie.

»War Ihr gestriges Rendezvous mit Willow nett?« fragte ich.

»Nicht besonders. Ein Arbeitskollege von mir hat es arrangiert. Er versucht es immer wieder, meist mit mehr Erfolg.«

»Sie haben also ziemlich viele Dates? Irgendwie hatte ich mir vorgestellt, daß es schwer sein muß, hier unten ein erfülltes Privatleben zu führen, da die meisten Leute entweder verheiratet oder im Alter meiner Mutter sind.«

»Es ist tatsächlich schwer, aber ich bin ein Mann. Wir sind hier unheimlich gefragt. Vor allem, wenn wir enge Jeans und einen Werkzeuggürtel tragen.«

»Tatsächlich?« fragte ich sarkastisch.

»Klar. Ich glaube, es hat etwas mit dem Hammer, dem Maßband und den Nagelbeuteln zu tun, die wir mit uns herumtragen. Ungemein *männlich.*«

Ich mußte lachen, da mir klar war, daß er mich auf den Arm nahm. »Tja, dann nehme ich eben indirekt über Sie am Leben teil. Ich kann mir nicht vorstellen, daß ich mich selbst in nächster Zeit ins Getümmel stürze, jedenfalls nicht, solange der Mord an Jeffrey noch wie ein Damoklesschwert über mir schwebt.«

»Da wäre ich mir nicht so sicher. Vielleicht kann mein Arbeitskollege auch für Sie etwas arrangieren.«

»Ja, dann könnten wir vielleicht zu viert ausgehen.« Ich lächelte und dachte insgeheim, daß es anständig von Ray war, mich zum Essen zu schleppen und sich gegenüber jemandem, den er kaum kannte, so kameradschaftlich zu zeigen – vorausgesetzt, er hatte lautere Motive.

Das Black Marlin ist ein dunkles, gemütliches Lokal mit Seefahrerambiente, einer stark frequentierten Bar und überdurchschnittlich guter, bodenständiger Küche. Zu meiner großen Erleichterung wurde ich weder angestarrt, noch zeigte jemand mit dem Finger auf mich oder warf mir Anschuldigungen an den Kopf, als man uns einen Platz in einer Nische anwies. Ray dagegen wurde von mehreren Leuten erkannt, einschließlich unserer Kellnerin Kimmy, die ihm einen Kuß auf die Wange gab und uns dann die Speisekarten reichte.

»Sieht aus, als wären Sie hier Stammgast«, bemerkte ich.

»Ich komme ab und zu nach der Arbeit her«, sagte er. »Es gibt Fernseher hinter der Bar, wie Sie sehen, und wenn eine Sportsendung kommt und sie über die Gators berichten –«

»Sind Sie hier«, ergänzte ich.

»Da können Sie Gift drauf nehmen«, bekräftigte er.

Wir bestellten zu trinken und zu essen und redeten. Ray fragte mich nach meiner Arbeit beim Fernsehen; ich erkundigte mich nach seiner Tätigkeit für den Staat. Wir kamen auch kurz auf sein Verhältnis zu seinem Vater und seinem Bruder und meines zu meiner Mutter und meiner Schwester zu sprechen. Es war in gewisser Hinsicht neu für mich, mit einem Mann, den ich nur flüchtig kannte, dazusitzen und zu plaudern, einem Mann, der mir nicht das Gefühl gab, zu »Höchstform« auflaufen zu müssen, einem Mann, mit dem ich nicht ins Bett gehen würde. Ein weiterer Vorzug bestand darin, daß Ray nicht voller Grauen zurückwich, weil ich den Vorabend in Gesellschaft der Polizei verbracht hatte.

Nicht, daß wir nicht immer wieder während des Essens an den Mord erinnert worden wären. Wie gesagt, auf Sewall's Point hatte sich noch nie ein Mord ereignet, und Jeffrey war daher Tagesgespräch. Die Leute in der Nische hinter mir redeten zum Beispiel von nichts anderem. *Vielleicht war es ein Drogenmord. Vielleicht war es eine abgewiesene Frau. Vielleicht dies. Vielleicht das.*

»Ich glaube, ich muß nach Hause«, erklärte ich, als Ray vorschlug, noch eine Tasse Kaffee zu bestellen. »Ich habe letzte Nacht nicht geschlafen und muß jetzt unbedingt ins Bett und mich vom Rauschen des Meeres in den Schlaf wiegen lassen.«

»Keine schlechte Idee«, meinte er und winkte Kimmy, daß sie die Rechnung bringen solle. Sie reagierte sofort und legte diese vor Ray. Er überschlug den Betrag, reichte mir den Zettel und sagte: »Ich dachte, wir teilen uns die Rechnung. Ihre Hälfte beläuft sich auf zwanzig Dollar fünfzig.«

»Oh, natürlich«, sagte ich und griff nach meiner Geldbörse, erleichtert, daß Ray unseren Abend offenbar ebensowenig als romantisches Stelldichein betrachtete wie ich.

Er fuhr mich zu meinem Häuschen zurück. Wir blieben ein paar Minuten vor der Tür stehen, plauderten und bewunderten den Blick. »Was wollen Sie als nächstes tun?« fragte er, womit er meine kleinen, privaten Mordermittlungen meinte.

»Ich will mich mit einer der Schwestern aus der Klinik unterhalten«, antwortete ich.

»Mit welcher? Vielleicht kenne ich sie.«

»Sie heißt Vicky und arbeitet auf der Intensivstation.«

»Nee. Fehlanzeige.«

»Tja, Jeffrey kannte sie. Er hat sich kürzlich mit ihr gestritten, und jetzt ist er tot.«

»Haben Sie das der Polizei erzählt?«

»Ich hab's versucht, aber Detective Gillby scheint sich nicht besonders für meine Theorien zu dem Fall zu interessieren. Aber ich habe ihn noch nicht abgeschrieben. Er meinte, ich könne ihm mitteilen, was ich herausfände, und das habe ich auch vor.«

»Alle Achtung!« Ray klopfte mir auf die Schulter.

»Tja, Sie müssen ja wahrscheinlich morgen früh aufstehen«, sagte ich, da mir auf einmal beklommen zumute war, als ich merkte, daß ich keine Ahnung hatte, wie ich ihm gute Nacht sagen wollte, einem Mann, mit dem ich nicht verabredet gewesen war und der auch kein Arbeitskollege war, einem Mann, der sehr nett zu mir war, aber womöglich auch Jeffrey umgebracht haben konnte.

»Sie sind doch diejenige, die Schlaf braucht«, erwiderte er. »Ich sollte Sie jetzt lieber in Ruhe lassen.«

»Ja, stimmt. Daß ich Schlaf brauche, meine ich.«

»Okay. Dann sage ich gute Nacht.«

»Gute Nacht, Ray. Das Essen mit Ihnen war mir wirklich ein Vergnügen.«

»Mir auch. Das müssen wir mal wiederholen. Rufen Sie mich einfach an.«

»Mach' ich.«

»Freu' mich schon.«

Mein Gott, das muß man sich mal vorstellen. Als ob unser Wortwechsel nicht schon banal genug gewesen wäre, standen wir auch noch an der Tür zum Häuschen, nur wenige Zentimeter voneinander entfernt, die Hände an den Seiten wie zwei verklemmte Idioten.

Warum ist das so peinlich? fragte ich mich. Wenn ich einen Abend mit meiner Freundin Helen verbracht hatte, gaben wir uns immer einen Kuß auf die Wange, und damit hatte sich's. Und jetzt stand ich mit Ray da und war mehr oder weniger wie gelähmt.

Mit ihm ist es nichts anderes als mit Helen, sagte ich mir schließlich. Ich beugte mich hinüber und küßte ihn auf die Wange. Dann ging ich ins Haus.

Am nächsten Morgen, als ich gerade meinen Rundgang durchs Haus der Zuflucht und den Souvenirladen beendet und mich vergewissert hatte, daß sämtliche Gebäude intakt waren (etwas, das ich als Wächterin zweimal täglich tun mußte), tauchten Detective Gillby und seine Freunde mit einem Durchsuchungsbefehl auf. In der Hoffnung, die Mordwaffe zu finden, durchwühlten sie alle meine Sachen, fanden aber lediglich eine Dose Reizgas. »Was haben Sie denn damit vor?« fragte Gillby argwöhnisch. Ich erinnerte ihn daran, daß ich gerade erst aus New York City hierhergezogen und dort häufig im Central Park gejoggt hatte. Ich erklärte ihm, daß man sich beim Joggen im Central Park entweder mit einer Dose Reizgas oder einem Pitbull ausrüstete und ich mich eben für das Spray entschieden hätte.

Als die Polizisten die gesuchte Pistole nicht fanden, machten sie sich auf den Weg zum Haus meiner Mutter. Ich war besorgt, daß sie von der Belastung durch diesen Besuch Herzbeschwerden bekommen könnte, daß sie sich an die Brust fassen und zu Boden fallen würde und es alles meine Schuld wäre, meine und Sharons, doch meine Mutter klang recht munter, als sie mir den Vorfall schilderte. »Ich habe den Polizisten gesagt, daß sie keinen Grund dazu haben, meine Mädels irgendwelcher Vergehen zu beschuldigen«, berichtete sie. »Und dann habe ich ihnen Kaffee und cholesterinfreie Bagels angeboten.«

Sharon war alles andere als begeistert, als ihre McVilla in Boca durchsucht wurde. Aufgebracht rief sie Barry Shiller an, sowie die Polizisten auf ihrer Schwelle standen, und er verließ schnurstracks seine Kanzlei und kam herbeigeeilt, um das Vorgehen der Beamten zu überwachen. »Er legt sich wahnsinnig ins Zeug bei meiner Verteidigung«, erklärte sie. »Er hat gesagt, daß er mir Tag und Nacht zur Verfügung steht.« Ich konnte es mir nicht verkneifen, sie zu fragen, ob sie ihm auch Tag und Nacht zur Verfügung stand. Sie legte den Hörer auf.

Kurz nachdem die Polizisten aus dem Häuschen verschwunden waren, rief Melinda an.

»Hat die Historische Gesellschaft eine Entscheidung gefällt?« fragte ich.

»Ja. Sie können bleiben«, antwortete sie. »Nach einer reichlich unerquicklichen Sitzung haben sich die Vorstandsmitglieder darauf geeinigt, daß jeder unschuldig ist, solange seine Schuld nicht bewiesen ist.«

»Ihr Glück«, sagte ich. »Also, wann möchten Sie denn nach New York fliegen, um bei der Aufzeichnung einer Folge dabeizusein?«

»Sobald wie möglich!« erklärte sie, und ihre bisherige Strenge wich aufgeregter Vorfreude.

»Ich verständige meine Freundin Helen, damit sie es arrangiert«, versprach ich.

Ich duschte, zog mich an und rief ein Taxi, da die Polizei meinen Pontiac beschlagnahmt hatte. Als ich aus dem Cottage hinaustrat, traf ich auf Fred Zimsky, den achtzigjährigen Ehrenamtlichen. Ich rechnete schon damit, daß er mir angesichts der Situation aus dem Weg ginge, aber er kam herübergeschlurft und umarmte mich.

»Wenn eine so liebe Person wie Sie den Doktor ermordet hat, Debbie, dann muß er es verdient haben«, erklärte er und tätschelte mich.

»Danke, Fred, aber ich habe niemanden ermordet«, sagte ich, da ich spürte, daß er es gut meinte. »Dr. Hirshon war bereits tot, als meine Schwester und ich an seinem Haus ankamen.«

»Ich behaupte trotzdem, daß er es verdient hat«, wiederholte Fred.

»Warum?«

»Die Leute reden. Ich habe Gerüchte gehört.«

Das Taxi war eingetroffen. Jetzt hatte ich es eilig. »Wissen Sie etwas über Dr. Hirshon, Fred?« fragte ich. »Etwas, was mit dem Fall zusammenhängt?«

Er nickte.

»Verraten Sie es mir?« fragte ich, um das Gespräch am Laufen zu halten.

»Okay«, willigte er ein. »Aber es ist etwas Schreckliches. Vielleicht das Schlimmste, was man über einen Mann sagen kann.«

»Ja?«

Er beugte sich näher zu mir herüber. »Der Doktor hat so gut wie nie seine Mutter besucht.«

»Das ist wirklich schrecklich«, stimmte ich zu. Allerdings nicht »schrecklich« in dem Sinne, wie ich es mir erhofft hatte. »Offen gestanden wußte ich gar nicht, daß Dr. Hirshons Mutter hier lebt.«

»Seine Mutter hieß Minnie Hirshon«, erklärte Fred. »Bevor sie verstorben ist, hat sie im gleichen Pflegeheim gelebt wie meine Frau.«

»Dann haben Sie Dr. Hirshon also dort kennengelernt? Im Pflegeheim?«

»Nein. Eben nicht. Ich habe ihn nie im Pflegeheim gesehen, weil er so gut wie nie gekommen ist. Wenn Sie mich fragen, ist ein Sohn, der seine arme, kranke Mutter nicht besucht, keinen Pfifferling wert.«

Außerdem paßt das Bild von Jeffrey als einem lieblosen, gleichgültigen Sohn nicht zu dem Bild, das die meisten Leute von ihm zu haben scheinen, dachte ich bei mir – dem Bild des einfühlsamen Heilers, des großherzigen Philantropen, des rundum guten Menschen.

Natürlich wußte ich aufgrund dessen, wie er Sharon und mich behandelt hatte, daß Jeffrey Hirshon keineswegs besonders sensibel war, sondern daß er – wenn man danach urteilte, wie er uns gegeneinander ausgespielt hatte – achtlos mit den Gefühlen anderer Menschen umging. Die Frage war nur: wie achtlos und mit wessen Gefühlen?

Ich hatte nicht vorher im Krankenhaus angerufen, um mich zu erkundigen, ob Vicky Dienst hatte. Ich fürchtete nämlich, sie zu verschrecken, so daß sie sich womöglich weigerte, mit mir zu sprechen. Also fuhr ich auf gut Glück hin, ließ mich vom Taxi am Martin Memorial absetzen und suchte die Intensivstation im ersten Stock der Klinik auf.

»Hallo. Kann ich Ihnen helfen?« fragte die Oberschwester, als sie mich entdeckte.

»Hi. Ich wollte fragen, ob Vicky heute nachmittag hier ist«, sagte ich und wünschte, ich könnte mich an Vickys Familiennamen erinnern – für den Fall, daß es zwei Vickys auf der Station gab. »Sie hat vor kurzem meine Mutter gepflegt, und ich wollte schnell guten Tag sagen und mich bedanken.«

Glücklicherweise hatte die Oberschwester alle Hände voll zu tun, und so erkannte sie mich erstens nicht und quetschte mich zweitens nicht danach aus, wer meine Mutter war, wie es ihr ging und warum meine Schwester und ich an dem Abend, als er ins Gras beißen mußte, in Dr. Hirshons Haus gewesen waren. Sie sagte nur: »Vicky ist da drüben«, und wies auf einen der Räume. »Sie ist bei einer Patientin, die gerade einen Katheter bekommen hat.«

»Gut. Dann warte ich vor dem Zimmer«, sagte ich und ging auf Zehenspitzen den Flur entlang.

Schon bald kam Vicky heraus. Ihre Augen wurden bei meinem Anblick ganz weit. Als sie zurückweichen wollte, sagte ich leise: »Warten Sie. Bitte. Ich habe Jeffrey nicht umgebracht. Ehrenwort.«

»Was wollen Sie überhaupt hier?« fragte sie, von meiner Unschuldserklärung offenbar wenig beeindruckt.

»Ich wollte Sie fragen, ob ich Sie ein paar Minuten sprechen könnte«, sagte ich. »Ich weiß, daß Sie Jeffrey kannten und –«

»Natürlich kannte ich Dr. Hirshon!« sagte sie pikiert. »Wir waren Kollegen!«

»Sie kannten Jeffrey sehr gut«, sagte ich, um zu verdeutlichen, was ich meinte. »Meine Schwester und ich haben Sie unlängst abends im Prawnbroker gesehen, wie Sie sich ziemlich heftig mit ihm gestritten haben. Da ich großes Interesse an den Ereignissen habe, die zu seinem Tod geführt haben, würde ich Sie gern über Ihr Verhältnis zueinander befragen. Oder wäre es Ihnen lieber, wenn das jemand von der Polizei übernähme?«

Vicky wurde bleich. Sie war eine ziemlich attraktive Frau, wie ich bei näherem Hinsehen bemerkte. Mitte Dreißig, rotblondes Haar, grüne Augen, ein wenig mollig, aber doch wohlproportioniert. Es war nicht schwer, sich vorzustellen, daß sie bei Jeffrey – oder einem anderen Mann – lustvolle Gefühle ausgelöst hatte.

»Hören Sie. Ich habe gleich Pause«, sagte sie schließlich. »Wir treffen uns in fünf Minuten im Warteraum.«

»Ich dachte mir doch, daß Sie sich nicht sträuben würden«, erklärte ich und klang genau wie die knallharte Revolverheldin, als die ich in der Stadt auf gar keinen Fall gelten wollte.

Laut Vicky, deren Nachname übrigens Walters war, hatten sie und Jeffrey eine, wie sie es bezeichnete, kurze Affäre gehabt.

»Wie kurz?« wollte ich wissen.

»Drei Monate«, antwortete sie.

»Wußten es andere Kollegen in der Klinik?«

»Wahrscheinlich, obwohl wir uns bemüht haben, nichts nach außen dringen zu lassen.«

»Warum wollten Sie nicht, daß es publik wird?«

Sie zuckte die Achseln. »Die Heimlichtuerei war Jeffreys Idee. Ich versuchte, ihm klarzumachen, daß wir schließlich beide Erwachsene und unverheiratet seien und an der Beziehung nichts Ungehöriges sei. Aber er war der Ansicht, daß es nicht korrekt wäre, wenn wir in der Öffentlichkeit zusammen gesehen würden, da wir beide in der Klinik arbeiteten. Er sagte: ›Lassen wir uns Zeit, um herauszufinden, ob es etwas Ernstes ist. Wenn ja, dann hängen wir es an die große Glocke.‹«

»Apropos an die große Glocke hängen: Wenn Jeffrey so

darauf aus war, die Beziehung geheimzuhalten, warum haben Sie sich denn im Prawnbroker praktisch vor der ganzen Stadt angebrüllt?«

Vicky schossen die Tränen in die Augen. »Ich hatte Geburtstag. Ich fragte Jeffrey, ob wir gemeinsam essen gehen könnten – nur dieses eine Mal. Ich hatte es satt, mich so herumzudrücken, wie wir es sonst immer taten. Das können Sie doch nachvollziehen, oder?«

»Natürlich.«

»Also hat er sich bereit erklärt, mich auszuführen, aber er hat es nicht gern getan. Schließlich sind wir im Prawnbroker gelandet, weil das in der Nähe seines Hauses liegt. Beim Essen hat er kaum mit mir gesprochen. Als ich vorschlug, hinterher noch ein Glas Champagner an der Bar zu trinken, hat er eingewilligt, aber auch das hat er nicht gern getan. Er machte eine bissige Bemerkung, und ich gab ihm Kontra, und ehe ich mich versah, schrie ich ihn schon an. Ich habe gesagt: ›Heute ist mein Geburtstag, und du benimmst dich, als wäre ich gar nicht da!‹ Ich habe ihn gefragt, ob er sich schäme, wenn er mit mir gesehen würde, nach all den Affären mit Damen aus der High-Society.«

»Damen aus der High-Society?«

»Na ja, was in Stuart dafür gilt. Er hat sich nach seiner Scheidung mit vielen von ihnen getroffen.«

Ich nahm mir vor, Nachforschungen über Jeffrey und die High-Society-Damen anzustellen.

»Sie sind staatlich geprüfte Krankenschwester, Vicky«, sagte ich. »Sie arbeiten in einem sehr renommierten Krankenhaus. Sie sind eine hübsche, intelligente Frau. Warum sollte sich irgend jemand schämen, wenn er mit Ihnen gesehen wird?«

»Ich weiß es nicht, aber Jeffrey hat mir dieses Gefühl vermittelt. Er wollte nur bumsen. Man hätte denken können, ich wäre seine Hure, wo ich doch davon geträumt habe, seine Frau zu werden.«

»Sie wollten seine Frau werden?« sagte ich und fragte mich, ob Vicky ebenso verblendet war wie Sharon, wenn es darum ging, Ehemänner zu sammeln – die zweite, die einen nach dem anderen heiratete.

»Ja, das wollte ich«, gestand sie verlegen. »Ich war dumm. Jeffrey hat sich gar nichts aus mir gemacht. Er hat mich benutzt. Für seine persönliche Befriedigung. Das hat er mir an dem Abend im Prawnbroker auch mehr oder minder deutlich gesagt. Ich war ziemlich sauer deswegen, das haben Sie ja gesehen.«

»Niemand wird gern sitzengelassen«, sagte ich und versuchte, echtes Mitgefühl zu beweisen. »Aber, Vicky, wie sauer waren Sie? Ich meine, na ja, ich kann auch gleich ganz direkt fragen: Hat Ihnen Jeffrey je einen Schlüssel zu seinem Haus gegeben?«

»Ja, aber was hat das mit –«

»Dann muß ich Ihnen noch eine andere Frage stellen«, unterbrach ich sie, da ich immer aufgeregter wurde. »Wo waren Sie an dem Abend, als Jeffrey ermordet wurde?«

Sie senkte den Blick.

»Vicky? Sagen Sie's mir.«

»Ich kann nicht.«

»Doch, Vicky. Das können Sie schon.«

Sie schüttelte den Kopf.

»Sie können es, Vicky«, beschwor ich sie. »Geben Sie Ihrem Herzen einen Stoß. Mir können Sie vertrauen.« Ich weiß, ich machte ein bißchen sehr auf Oprah Winfrey. »Wenn Sie gestehen, faßt die Polizei Sie auch nicht so hart an. Ja, ich glaube sogar, in diesem Fall würden sie nicht einmal die Todesstrafe fordern.«

»Die Todesstrafe? Was reden Sie denn da?«

»Ich rede von der Tatsache, daß Sie kein Alibi für den Abend haben, an dem Jeffrey ermordet wurde.«

»Aber natürlich habe ich eines«, beharrte sie.

»Gut. Und das wäre?«

Sie holte tief Luft. »Ich war bei Peter Elkin.«

»Bei wem?«

»Bei Dr. Elkin, einem der Internisten aus Jeffreys Praxisgemeinschaft. Ich war den ganzen Abend mit ihm zusammen, in seinem Haus. Er und seine Frau haben sich vor kurzem getrennt.«

Ich nickte. Vicky war also kein Kind von Traurigkeit. »Warum haben Sie mir das nicht gleich gesagt?«

»Weil immer noch diese alberne, herabsetzende Vorstellung herrscht, daß Krankenschwestern ständig ihre Liebhaber wechseln«, erklärte Vicky. »Ich wollte auf keinen Fall diesem Klischee entsprechen.«

14

Sowie mich das Taxi vor dem Haus abgesetzt hatte, rief ich Detective Gillby an.

»Ich habe im Fall Jeffrey Hirshon eine Spur für Sie«, sagte ich.

»Sie meinen, Sie wollen ein Geständnis ablegen?« entgegnete er trocken.

»Natürlich nicht.«

»Wie steht's mit Ihrer Schwester?«

»Detective, Sie haben doch gesagt, ich dürfte Sie anrufen, wenn ich etwas in Erfahrung brächte. Wollen Sie es nun hören oder nicht?«

»Ich bin ganz Ohr.«

»Es gibt da eine Krankenschwester namens Vicky Walters, die auf der Intensivstation im Martin Memorial arbeitet«, begann ich. »Sie hatte in den drei Monaten vor seinem Tod eine Affäre mit Dr. Hirshon – eine heimliche Affäre, das sollte ich wohl dazusagen.« Ich zitierte ihm Vickys Erklärung dafür, warum sie ihre Beziehung vor der Öffentlichkeit verborgen gehalten hatten. Dann berichtete ich ihm von dem Streit im Prawnbroker, meinem Gespräch mit Vicky vom selben Tag, der Tatsache, daß sie zugegeben hatte, einen Schlüssel zu Jeffreys Haus zu besitzen, und von ihrem angeblichen Alibi. »Der Doktor hat sie sitzengelassen. Sie war wütend auf ihn. Sie könnte die Mörderin sein.«

»Sie haben gerade gesagt, daß sie am Abend des Mordes mit einem anderen Mann zusammen war«, wandte Gillby ein. »Einem Dr. Peter Elkin.«

»Ja, das hat sie *behauptet,* aber woher wollen Sie wissen, ob sie die Wahrheit gesagt hat? An Ihrer Stelle würde ich das überprüfen, Detective. Sie einem dieser Tests unterziehen, mit dem das Streßniveau in der Stimme gemessen wird. Reden Sie mit diesem Dr. Elkin, dann erfahren Sie, ob er Vickys Geschichte bestätigt. Vielleicht stellen Sie ja fest, daß er derjenige ist, der den Mord begangen hat – mit Vickys Hilfe. Vielleicht bestand zwischen ihm und Hirshon berufliche und/oder private Rivalität. Vielleicht wollte er seinen Kollegen ein für allemal aus dem Weg räumen.«

»Sie haben eine lebhafte Phantasie, Ms. Peltz.«

»Wenn ich mir das alles nur einbilde, warum machen Sie sich dann Notizen, Detective? Sie schreiben sich doch alles auf, oder nicht?«

Er bejahte murmelnd.

»Ach, das hätte ich fast vergessen. Da ist noch ein anderes Alibi, das Sie vielleicht überprüfen könnten, obwohl es mir ziemlich hieb- und stichfest vorkommt.«

»Aufgrund Ihrer umfassenden Erfahrung, meinen Sie.«

Ich tat, als bemerkte ich seinen Sarkasmus gar nicht. »Ein Mann namens Ray Scalley – das ist der Leiter des Bauamtes hier in Stuart – hegte eine Art Groll gegen Dr. Hirshon. Aber er ist ein netter Mann, kein Killertyp. Außerdem sagt er, er sei am Abend des Mordes mit einer Frau namens Willow Janson zusammengewesen. Normalerweise würde ich die beiden Ihnen gegenüber nicht einmal erwähnen, aber um Ihnen wirklich alles erschöpfend darzulegen …«

»Ray Scalley gehört nicht zu den Verdächtigen.«

»Da bin ich ganz Ihrer Meinung, aber woher wollen Sie –«

»Willow Janson ist meine Nichte.«

»Ihre Nichte?«

»Die Tochter meiner Schwester. Falls Sie fertig sind, Ms. Peltz, dann würde *ich* jetzt gerne mal etwas sagen.«

»Bitte sehr.«

»Die Ergebnisse des GSR-Tests, den Sie und Ihre Schwester gemacht haben, sind vor einer Stunde gekommen. Sie waren negativ.«

»Sehen Sie? Ich habe Ihnen doch gesagt, daß wir unschuldig sind.«

»Kann sein. Aber die andere Möglichkeit ist, daß Sie sich die Hände gewaschen haben, bevor wir den Test vorgenommen haben. Schmauchspuren kann man mit Wasser und Seife entfernen.«

»Kommen Sie, Detective. Sie glauben doch nicht ernsthaft, daß eine von uns Dr. Hirshon erschossen hat und dann durchs Haus spaziert ist und das Badezimmer gesucht hat?«

»Okay. Sie könnten auch Handschuhe getragen haben, als Sie die Pistole abgefeuert haben.«

»Haben Sie bei den Hausdurchsuchungen Handschuhe mit Schmauchspuren gefunden? Haben Sie überhaupt irgendwelche Handschuhe gefunden? Ich zum Beispiel habe meine in New York gelassen.«

»Ja, ja, ja.«

»Jetzt hätte ich aber noch eine wichtige Frage an Sie, Detective. Wann kann ich denn meinen alten Pontiac wiederhaben? Die Taxis hier kosten ein Vermögen.«

»Wahrscheinlich am Montag.«

»Dann muß ich also das ganze Wochenende ohne Auto auskommen?«

»Sie werden's schon überleben. Tun Sie so, als wären Sie ein Teenager und müßten sich das von Ihrer Mutter leihen.«

»Keine schlechte Idee«, sagte ich und dachte mir, daß ich den Delta 88 schon zum Laufen bringen würde.

Meine Mutter war so begeistert davon, daß ich mir ihr Auto leihen wollte – vor allem, als ich ihr erzählte, daß ich es brauchte, um ein bißchen herumzuschnüffeln –, daß sie darauf bestand, mich überall hinzufahren, wohin ich auch wollte.

»Wow, Mom. Du mußt dich ja so gut wie neu fühlen«, sagte ich, als mir wieder einfiel, wie sehr sie es liebte, hinter dem Lenkrad auf ihrem Telefonbuchthron zu sitzen.

»Noch nicht ganz, aber das wird schon.«

Auf dem Weg zu Jeffreys Praxis, wo ich mit Joan, seiner Assistentin, sprechen wollte, erklärte ich meiner Mutter den Zweck des Besuchs: Ich wollte Joan entlocken, was sie damit gemeint hatte, als sie sagte, ihr Job hätte »andere Vorzüge«.

»Ich glaube, diese Frau verbirgt etwas«, sagte ich.

»Was denn, Liebes?«

»Ich weiß es nicht. Mit ein bißchen Glück finden wir es heraus.«

Wie erwartet war Joan nicht gerade erfreut von meinem Erscheinen in der Praxis. Genausowenig wie die Polizisten, die gerade eifrig Jeffreys Unterlagen durchsuchten, seine Kollegen befragten und ihre Ermittlungen betrieben.

»Sie müssen verrückt sein, ausgerechnet jetzt hier hereinzuschneien«, zischte Joan, als meine Mutter und ich zu ihr an den Empfangstresen kamen. »Hier wimmelt es von Polizisten.«

»Ich habe den Doktor nicht umgebracht, Joan«, erklärte ich. »Ich darf völlig frei in den Straßen von Stuart herumlaufen.«

»Dann laufen Sie in einer anderen Straße herum«, fauchte sie.

»Bitte sprechen Sie nicht in diesem Ton mit meiner Tochter«, mischte sich meine Mutter ein. »Deborah ist nur in diese Praxis gekommen, weil ich sie darum gebeten habe. Mir sind die Vitamine ausgegangen, die mir Dr. Hirshon verschrieben hat, und Deborah war so nett, mich herzufahren, damit ich mir neue besorgen kann.«

Ich sah meine Mutter mit ehrfurchtsvoller Hochachtung an. Sie war ein Naturtalent im schnellen Erfinden von Ausreden.

»Na schön«, sagte Joan. Sie ging an einen Schrank, nahm ein Fläschchen Vitamin-E-Kapseln der Marke Heartily Hirshon heraus und reichte es meiner Mutter. »Wir nehmen Bargeld oder Schecks für die Vitamine. Wie möchten Sie bezahlen, Mrs. Peltz?«

»Ich stelle Ihnen einen Scheck aus«, sagte meine Mutter.

Während sie den geschäftlichen Teil abwickelten, spielte ich in Gedanken mehrere Szenen durch, die alle dazu angetan wären, Joans Vertrauen wiederzugewinnen. Schließlich beschloß ich, es mit der Beileidstour zu versuchen.

»Ich möchte Ihnen sagen, wie entsetzlich leid mir das mit dem Doktor tut«, begann ich. »Wie betroffen meine Mutter und ich sind. Wir können natürlich Ihren Schmerz kaum ermessen, nachdem Sie ja mehr als zehn Jahre für ihn gearbeitet haben.«

Joans Unterlippe bebte. »Ich wollte heute eigentlich gar nicht in die Praxis kommen«, sagte sie. »Aber es gibt soviel Schreibkram zu erledigen. Dr. Hirshon hatte eine florierende Praxis.«

»Warum auch nicht«, sagte ich. »Meine Mutter ist der lebende Beweis dafür, was für ein begnadeter Arzt er war.«

Joan musterte meine Mutter und nickte. Langsam taute sie etwas auf.

»Es muß ein Schock für Sie gewesen sein, als Sie gehört haben, daß er ermordet wurde«, sagte ich.

»›Schock‹ ist gar kein Ausdruck«, sagte Joan. »Wenn man jahrein, jahraus, Tag für Tag für jemanden gearbeitet hat und er dann auf einmal – puff! – verschwunden ist, kommt man sich vor, als sei einem der Boden unter den Füßen weggezogen worden. Ich kann immer noch nicht glauben, daß er tot ist.«

Ich tätschelte ihr die Hand. »Ich frage nur aus Neugier: Hatte Dr. Hirshon Ihres Wissens irgendwelche Feinde? Verärgerte Patienten? Irgendwelche übertrieben aggressiven Anwälte, die auf Kunstfehler spezialisiert sind?«

»Nein«, sagte sie pikiert. »Nicht Dr. Hirshon.«

»Obwohl er jähzornig war?« sagte ich und erinnerte sie damit an ihre eigene Äußerung.

»Er besaß weitaus mehr gute Eigenschaften als schlechte«, sagte sie. »Darunter war die Noblesse, mit der er dem ständigen Genörgel seiner Exfrau begegnet ist, nicht die geringste.«

»Francine?«

»Ja. Egal, wieviel Geld er ihr auch gab, es war nie genug.«

»Für die vielen Schuhe und Handtaschen, was?«

»Sie ist eine Blutsaugerin, diese Frau. Der Doktor konnte sie einfach nicht loswerden.«

Möglich, aber hatte *sie* es geschafft, *ihn* loszuwerden? fragte ich mich. »Wissen Sie vielleicht, ob Francine einen Schlüssel zum Haus des Doktors hat?« fragte ich.

»Ich nehme es an, da er sich nie die Mühe gemacht hat, die Schlösser auszuwechseln, nachdem sie ausgezogen ist. Ärzte sind dafür bekannt, daß sie in ihrem Privatleben schlampig sind.«

Ich nickte und überlegte, ob er sich wohl auch nie die Mühe gemacht hatte, sein Testament zu ändern. In erster Linie dachte ich allerdings darüber nach, warum Joan bei allen beiden Malen, die ich mit ihr gesprochen hatte, Francine aufs Tapet gebracht und Jeffreys Ex gegenüber einer Wildfremden schlechtgemacht hatte. Wurde sie von Francine bedroht? Betrachtete sie die frühere Mrs. Hirshon als Konkurrenz, sei es nun in finanzieller Hinsicht oder was die Liebe des Chefs betraf?

»Tja, nun haben wir Ihnen schon genug Zeit gestohlen, Joan«, sagte ich und schob meinen Arm unter den meiner Mutter. »Obwohl mich noch etwas anderes beschäftigt.«

»Und das wäre?«

»Als ich letztes Mal hier war, habe ich Sie gefragt, warum Sie zehn Jahre lang bei Dr. Hirshon geblieben sind, und Sie haben geantwortet, es sei deshalb, weil der Job ›andere Vorzüge‹ hätte. Was haben Sie eigentlich damit gemeint?«

Sie richtete sich auf. »Nicht daß Sie das etwas anginge, aber ich wurde für eine Arzthelferin außerordentlich gut bezahlt. Außerdem hatte ich mehr Verantwortung als die meisten Arzthelferinnen. Der Doktor hat mir vorbehaltlos vertraut, mir gestattet, persönliche Angelegenheiten für ihn zu regeln und ihm in seiner Praxis zu assistieren, und er hat mich behandelt wie ein Familienmitglied. Zwischen uns bestand etwas, das man wohl als –«

»Ja?«

»– ganz besondere Partnerschaft bezeichnen muß.«

Ich nickte. Ihre Wortwahl hatte mich neugierig gemacht, jedenfalls neugierig genug, um es mit einer weiteren Frage zu versuchen. »Sie haben wirklich unser Mitgefühl, Joan. Für jemanden, der dem Doktor so nahestand wie Sie, muß die Nachricht, daß er ermordet wurde, gewesen sein wie die Botschaft vom Mord an Kennedy – Sie wissen schon, eines dieser umwälzenden Ereignisse, bei denen man sich noch genau erinnert, wo man war und was man gerade gemacht hat, als man davon erfuhr.«

»Genauso war es«, bestätigte sie.

»Und wo waren Sie, als Sie es gehört haben?«

»Das mit Kennedy oder das mit Dr. Hirshon?«

»Das mit Dr. Hirshon.«
»Zu Hause.«
»Allein?«
»Nein. Mit meinem geliebten kleinen Sheldon.«
»Ihr Sohn?«
»Mein Kater.«
»Oh. Wie haben Sie denn von dem Mord erfahren?«
»Durch die Elf-Uhr-Nachrichten. Ich wäre fast in Ohnmacht gefallen, als dieses unvorteilhafte Bild des Doktors auf dem Bildschirm erschien. Ich habe zu Hause so viele herrliche Bilder von ihm, und sie mußten ausgerechnet das nehmen.«

Mein Gott, diese Joan war ihrem Chef ja mehr als ergeben. Offensichtlich betete sie den Mann an. Aber war es Jeffreys Charisma, das sie ein Jahrzehnt lang an ihn gebunden hatte, oder das hübsche Sümmchen, das er ihr regelmäßig zahlte?

Als meine Mutter und ich die Praxis verließen, hielt ich Joan für genauso verdächtig wie vor unserem Besuch. Vielleicht für noch verdächtiger.

Ich rief Detective Gillby vom Haus meiner Mutter aus an.

»Ich habe noch eine Spur für Sie«, erklärte ich. »Zwei sogar.«

»Wir kommen mit dem Fall bestens zurecht, Ms. Peltz«, sagte er.

»Zweifellos, aber ich habe heute mit Dr. Hirshons langjähriger Arzthelferin gesprochen, mit Joan ... Joan ... ihren Nachnamen habe ich vergessen.«

»Sheldon.«

»Nein, so heißt ihr Kater.«

»So hieß auch ihr verstorbener Mann.«

»Er hieß Sheldon Sheldon?«

»Nein«, erwiderte Gillby gereizt. »Er hieß Samuel Sheldon. Und Joan heißt Joan Sheldon. Wie Sie sehen, haben wir bereits mit der Dame gesprochen.«

»Ja, natürlich. Ich möchte Ihnen nicht zu nahe treten, Detective, aber wußten Sie, daß sie für den Abend, an dem Dr. Hirshon ermordet wurde, kein Alibi hat? Sie war allein zu Hause, mit Sheldon.«

»Wir haben sie nicht gefragt, was sie am Abend des Mordes gemacht hat, weil wir sie nicht verdächtigen, Ms. Peltz. Sie hatte kein Motiv. Sie war dem Doktor gegenüber äußerst loyal. Sie hat zehn Jahre für ihn gearbeitet.«

»Schon, aber hat sie Ihnen bei Ihrer Befragung auch gesagt, daß er ihr ein hübsches Sümmchen bezahlt hat, mehr als das übliche Gehalt einer Arzthelferin?«

»Nein. Also, das hat sie nicht.«

»Tja, mir gegenüber hatte sie da keine Hemmungen. Sie hat ihr Verhältnis zu ihm als ›ganz besondere Partnerschaft‹ bezeichnet. Das mag jetzt gewagt sein, aber ich glaube, die beiden hatten Sex miteinander.«

Er lachte. »Ms. Peltz, die einzigen Leute, die Sex haben, sind die Figuren in der Fernsehserie, für die Sie geschrieben haben. Im richtigen Leben hat kein Mensch Sex.«

»Sie sind bestimmt verheiratet.«

»Allerdings«, bestätigte er.

»Nehmen wir doch mal an, daß sie Sex miteinander hatten. Vielleicht hat Joan von Dr. Hirshons Techtelmechtel mit Vicky erfahren und ihn in einem Anfall von Eifersucht umgebracht. Oder eine andere Möglichkeit wäre, daß das viele Geld, das er ihr gezahlt hat, Schweigegeld war. Vielleicht hat sie bei irgendeiner zwielichtigen Geschichte mit ihm unter einer Decke gesteckt. Haben Sie schon in Erwägung gezogen, daß sie womöglich die Krankenversicherung betrogen haben, Detective?«

»Das war nicht unbedingt das erste, was mir in den Sinn kam, nein. Aber unsere Abteilung arbeitet sehr gründlich, Ms. Peltz. Falls ein Betrug stattgefunden hat, decken wir ihn auf. Zu gegebener Zeit. Solche Dinge brauchen *Zeit.*«

»Ich verstehe.«

»Da bin ich Ihnen dankbar. Also, Sie haben gesagt, Sie hätten zwei Spuren. Erzählen Sie mir von der anderen.«

»Tja, laut Joan hat Francine, Dr. Hirshons Exfrau, ihn andauernd um Geld angegangen.«

»Wozu sind Exfrauen denn sonst da?«

»Ich meine es ernst, Detective. Sie hat ihn genötigt, ihr Geld zu geben. Ganz egal, wieviel er ihr gegeben hat, es war nie genug. Was sagen Sie *dazu?*«

»Wir haben bereits mit der Exfrau des Doktors gesprochen, Ms. Peltz. Uns ist durchaus bekannt, daß es zwischen ihr und ihm Meinungsverschiedenheiten gab.«

»Okay, aber haben Sie sie gefragt, ob sie noch einen Schlüssel zum Haus ihres Exmanns hat? Sie könnte nämlich – aber das ist reine Theorie – so wütend auf ihn gewesen sein, daß sie einfach ins Haus gegangen ist und auf ihn geschossen hat.«

»Sie war am Abend des Mordes in Aspen, Ms. Peltz. Sie kommt für uns nicht in Frage.«

»Sie hätte den Schlüssel ja auch einem Auftragskiller gegeben haben können. Ziehen Sie diese Möglichkeit ebenfalls nicht in Erwägung?«

Er blieb mir die Antwort schuldig.

»Ach, und was ich noch gern wüßte«, bedrängte ich ihn weiter. »Haben Sie Dr. Hirshons Anwalt befragt?«

»Seinen Anwalt?«

»Ja. Denjenigen, der für seine Nachlaßregelung zuständig ist. Sie sollten ihn vielleicht fragen, ob Dr. Hirshon vergessen hat, nach der Scheidung sein Testament zu ändern, genau wie er vergessen hat, seine Schlösser auszuwechseln. Falls sich herausstellt, daß Francine nach wie vor Alleinerbin ist, würde das den Fall doch sicher in einem neuen Licht erscheinen lassen.«

»Ms. Peltz. Haben Sie etwas dagegen, wenn ich *Sie* etwas frage?«

»Nein.«

»Warum mischen Sie sich in die Ermittlungen ein?«

»Sie haben mich in die Ermittlungen *hineingezogen*, Detective Gillby, und zwar in dem Moment, als Sie mir meine Rechte vorgelesen haben.«

»Aber die meisten Mordverdächtigen legen größten Wert darauf, Gesprächen mit der Polizei aus dem Weg zu gehen. Sie dagegen scheinen meine Nummer in Ihren Kurzwahlspeicher eingegeben zu haben.«

»Wollen Sie damit sagen, daß keine meiner Informationen nützlich für Sie ist? Weder die Tatsache, daß Vicky Walters eine heimliche Affäre mit dem Doktor hatte, noch der Hinweis, daß Joan Sheldon eine ›ganz besondere Partnerschaft‹ mit ihm verband, noch der Punkt, daß Francine Hirshon ständig hinter seinem Geld her war und womöglich aus seinem Nachlaß einen Haufen erbt? Wollen Sie wirklich, daß ich mich ausklinke?«

Schweigen.

»Detective?«

»Rufen Sie mich an, wenn Sie mir etwas mitzuteilen haben, Ms. Peltz.«

Ich schmunzelte und wünschte ihm einen schönen Abend.

15

Meine Mutter bestand darauf, daß ich am Freitag abend zum Essen bei ihr blieb. Wir schlemmten Hühnerbrüste ohne Haut und Knochen, gebackene Kartoffeln mit salzloser, cholesterin- und fettfreier Käsecreme und Salat mit Ranch-Dressing, das statt saurer Sahne Joghurt enthielt. Gegen Ende der Mahlzeit packte mich ein Heißhunger auf Eigelb.

Beim Essen stellten wir Theorien auf, wer Sie-wissen-schon-wen umgebracht haben könnte.

»Vicky hat mir erzählt, daß Jeffrey nach seiner Scheidung mit einer ganzen Reihe von Damen aus den besseren Kreisen ausgegangen ist«, erwähnte ich. »Welche Damen gehören denn in Stuart zur Hautevolee?«

»Es sind nicht diese reichen Witwen, wie man sie aus Palm Beach kennt«, antwortete meine Mutter. »In erster Linie sind es hübsche junge Frauen, die aus den alteingesessenen, wohlhabenden Familien Stuarts stammen. Sie spielen Golf oder Tennis, sitzen in Komitees und organisieren Wohltätigkeitsbälle und fahren in teuren Cabrios herum. Manche von ihnen sehen aus, als seien sie direkt dem Talbot-Katalog entsprungen.«

»Ich kann's mir ungefähr vorstellen«, sagte ich. »Womöglich hat ja eine von ihnen Jeffrey ermordet. Aus Rache.«

»Wenn ich mir ansehe, wie er mit meinen Töchtern umgesprungen ist, könnte ich mir vorstellen, daß er viele Frauen verärgert hat.«

»Ganz bestimmt, aber die Frage ist, welche dieser Frauen hat er verärgert, und wo finde ich sie?«

Meine Mutter kicherte. »Das ist leicht, Liebes. Ich rufe einfach Celeste Tolliver an. Das ist die Gesellschaftsredakteurin der *Stuart News.* Sie schreibt schon seit Jahren über die Szene und weiß, wer wohin geht und mit wem. Wenn Dr. Hirshon wirklich ein solcher Philanthrop war, wie allgemein behauptet wird, hat er sicher die großen Wohltätigkeitsveranstaltungen hier besucht – und garantiert zu jeder Feierlichkeit weibliche Begleitung mitgebracht. Ich wette, Celeste kann uns nicht nur die Namen der Frauen nennen, sondern uns auch die Fotos zeigen, die sie von ihnen gemacht hat.«

Ich lächelte, da mir diese neue Seite an meiner Mutter gefiel. Sie hatte schon immer Talent dafür besessen, Probleme zu lösen, aber Verbrechen aufzuklären war ja noch einmal etwas anderes. »Woher kennst du denn Celeste, Mom? Ich wußte gar nicht, daß du Wohltätigkeitsgalas besucht hast.«

»Dies ist eine kleine Stadt, Deborah. Wenn du lang genug hier lebst, begegnest du fast jedem.«

Wir kamen überein, daß meine Mutter versuchen würde, Celeste Tolliver am Montag morgen bei der Zeitung zu erreichen. Ich wollte gerade gute Nacht sagen und zu meinem Häuschen zurückfahren, als das Telefon klingelte.

»Ich gehe ran«, erklärte ich, da ich sie vor einem aufdringlichen Reporter oder Vertreter schützen wollte. »Hallo?«

»Ach, du bist es, Deborah«, sagte Sharon und klang enttäuscht, als sie meine Stimme hörte. »Solltest du nicht auf Hutchinson Island sein und diese abbruchreifen Gebäude bewachen?«

»Ich bin Hausmeisterin, kein Wachmann, Sharon. Es ist mir durchaus gestattet, das Gelände zu verlassen.«

»Na, egal. Wie geht's Mom?«

»Recht gut. Wir haben gerade hier gesessen und den nächsten Schritt unserer Ermittlungen besprochen. Heute nachmittag hat sie mich zu Jeffreys Praxis gefahren, damit ich seine Assistentin befragen konnte. Und jetzt vereinbart sie für uns einen Termin bei einer Reporterin der *Stuart News.*«

»Ich kann es nicht fassen – kann einfach nicht fassen –, daß du unsere Mutter in diesen Wahnsinn hineinziehst, Deborah. Hast du völlig vergessen, daß sie schwer krank war?«

»Natürlich nicht. Sie hat mich *gebeten,* sie mit einzubeziehen. Sie meinte, mir zu helfen würde sie vom Grübeln über ihren Gesundheitszustand ablenken und ihr das Gefühl geben, nützlich zu sein.«

»Also, ich bin dagegen, daß sie wie eine Amateurdetektivin herumschnüffelt. Ich habe Sorge, daß der Streß einen zweiten Herzinfarkt auslösen könnte.«

»Nein, Sharon. Du sorgst dich, weil du nicht hier bist und den Ton angibst wie bisher.«

»Das ist eine Lüge.«

»Nein, ist es nicht.«

»O doch. Außerdem sind diese ›Ermittlungen‹, die du durchgeführt hast, laut Barry völlig unsinnig. Er hat mir geraten, jetzt am besten die Strategie zu verfolgen, daß wir mit überhaupt niemandem mehr über den Fall sprechen. Er meint, wir sollen warten, bis sich der Wirbel gelegt und der Rauch verzogen hat, und die Dinge einfach ihren Lauf nehmen lassen.«

»Bezahlst du ihn nach Stunden oder nach Klischees?«

»Sehr witzig. Worauf er hinauswollte, war, daß wir uns unauffällig benehmen sollen. Und was die Bezahlung angeht, so haben wir noch gar nicht über das Honorar gesprochen. Er hat mir bei seinem ersten Anruf erklärt, daß er einfach für mich dasein wolle, um mich durch das Labyrinth des Justizsystems zu geleiten.«

Ich kämpfte mit dem Brechreiz. »Wo ist denn Barry heute abend? Ich dachte, ihr wolltet zusammen essen gehen.«

»Machen wir ja. Ich bin an einem Münztelefon im La Vieille Maison. Wir sind gerade zwischen zwei Gängen.« Beim Gedanken an die feinen Sahnesaucen lief mir das Wasser im Mund zusammen. »Er hat mir faszinierende Geschichten über sein Leben erzählt. Zum Beispiel stammt er ursprünglich aus New Jersey, hat aber seinen B. A. 1963 an der Universität in Miami gemacht. Es hat ihm so gut gefallen, daß er dort auch sein Jurastudium absolviert hat. Und seitdem lebt er in Südflorida.«

»Mann, so ein Abenteurer. Jetzt verstehe ich, warum du so hin und weg bist.«

»Was ist nur mit dir los, Deborah? Seit du ihm das erste Mal begegnet bist, hast du nichts als gehässige Bemerkungen über Barry gemacht.«

»Du hast recht. Es tut mir leid«, sagte ich, als mir einfiel, daß es meine gehässige Bemerkung über Lester, Sharons letzten Exmann, gewesen war, die zu unserer zweijährigen Funkstille geführt hatte. Trotzdem hatte Barry Shiller etwas an sich, was in mir den Wunsch zu duschen weckte.

»Hör mal, ist Mom da?« fragte Sharon. »Ich rufe an, um ihr zu sagen, daß die Polizei mit Norman gesprochen und bestätigt hat, daß er am Abend des Mordes in der Kaserne war. Es beruhigt mich, daß er nicht unter Verdacht steht, aber ich finde, sie hätten ihn nicht mit diesem Unsinn behelligen sollen.«

»Da geb' ich dir recht. Richte ihm schöne Grüße aus, wenn du ihn das nächste Mal sprichst, ja?«

»Ich werd's versuchen, aber womöglich klingt es gezwungen.«

Ich biß mir auf die Zunge. »Ich hole Mom.« Ich legte den Hörer hin und sagte meiner Mutter, daß ihre andere Tochter, Miss Liebenswürdig, am Apparat sei. Dann gab ich ihr einen Gutenachtkuß und fuhr nach Hause.

Am Samstag war grauer Himmel, und über dem Strand hingen drohend die Regenwolken, doch das hielt die Touristen nicht davon ab, zu Dutzenden ins Haus der Zuflucht zu kommen und sich dort umzuschauen.

Ich erblickte Fred Zimsky, der gerade seinen Dienst antrat, und er stellte mich zwei anderen ehrenamtlichen Mitarbeitern vor, die mir alle beide erklärten, sie hätten in der Zeitung von mir gelesen, und es sei doch gräßlich, daß ein so netter Arzt in seinem eigenen Haus ermordet worden sei.

»Er war kein netter Arzt«, erklärte ihnen Fred. »Er hat seine Mutter so gut wie nie im Pflegeheim besucht.«

Da ich nicht dazu aufgelegt war, ihnen zuzuhören, wie sie das Thema diskutierten, floh ich in mein Häuschen, wo ich las, ein wenig fernsah und über meine Zukunft nachdachte – in erster Linie meine berufliche Zukunft. Im Grunde wußte ich, daß Gillby Sharon und mich irgendwann von der Angel lassen und den wahren Mörder rechtzeitig dingfest machen würde. Und so versuchte ich mir auszumalen, was ich anstellen würde, wenn der Mord erst einmal aufgeklärt war. Da ich mein Geld früher mit Schreiben verdient hatte, erwog ich, es erneut mit Schreiben zu versuchen: einen Roman, eine Kolumne für eine Lokalzeitung, Werbetexte für Golfersiedlungen. Nachdem mir keine dieser Möglichkeiten so recht zusagte, ging ich auf die Veranda und starrte aufs Meer hinaus, was ebenso unproduktiv wie schön war.

Gegen Nachmittag war die See aufgewühlt und übersät mit weißen Schaumkronen, und es war ein böiger Südostwind aufgekommen. Man mußte kein Meteorologe sein, um zu ahnen, daß uns ein Sturm bevorstand, vermutlich sogar ein schlimmer, und noch dazu mein erster, seit ich in das Häuschen gezogen war. Ich war dankbar, daß es nicht zu meinen Aufgaben gehörte, schiffbrüchige Seeleute zu retten.

Ich ging in die Küche und machte Bestandsaufnahme hinsichtlich meiner Vorräte für den Fall, daß der Strom ausfallen sollte. Ich hatte Brot, Thunfisch und Salatzutaten sowie zwei Flaschen Chianti. Eine geradezu überwältigende Fülle.

Gegen sieben Uhr abends, als es eben angefangen hatte, in Strömen zu regnen, durchsetzt von mehrmaligem Donnergrollen, hörte ich ein Klopfen an der Tür. Da ich seit dem Mord leicht paranoid war, erwog ich, nicht aufzumachen. Doch dann erkannte ich Ray Scalleys Stimme.

»He, Deborah!« brüllte er. »Ich sehe das Licht brennen. Ich weiß, daß Sie da sind.«

Ich öffnete die Tür.

»Was machen Sie denn bei diesem Regen da draußen? Sie sind ja patschnaß«, sagte ich und zog ihn herein.

Er schüttelte sich das Wasser vom Leib wie ein Hund nach dem Baden. »Ich war gerade auf dem Heimweg vom Jensen Beach und dachte mir, ich schaue mal rein und sehe nach Ihnen«, antwortete er. »Ich weiß, daß heute Samstag ist, aber nachdem Sie mir erzählt haben, daß Sie nicht an irgendwelchen Dates interessiert sind, war ich mir sicher, Sie hier mutterseelenallein anzutreffen.«

»Das ist wirklich nett von Ihnen, Ray. Ich freue mich über

die Gesellschaft, auch wenn Sie anscheinend eine Aversion dagegen haben, zum Telefonhörer zu greifen.«

»Ich neige dazu aufzutauchen, ohne vorher anzurufen, was?« Er lachte. »Tut mir leid. Das muß noch aus meiner Kindheit stammen. Als ich ein Junge war, hing mein Bruder ständig am Telefon. Vermutlich habe ich damals irgendwann beschlossen, daß ich auch überleben kann, ohne jemals eins zu benutzen.«

»Geschwister sind ja so eine Freude«, sagte ich. »Also, wie wär's mit etwas zu trinken? Es gibt Chianti und Wasser.«

»Normalerweise trinke ich Bier, aber Chianti tut's zur Not auch.«

Ich schenkte jedem von uns ein Glas ein, und wir nahmen unseren Wein mit ins Wohnzimmer.

»Mit dem Flutlicht da draußen ist das Sofa ein prima Aussichtsposten, um den Sturm zu beobachten«, sagte Ray. »Setzen Sie sich doch.« Er klopfte auf das Polster neben sich.

Ich setzte mich. Wir tranken den Wein und plauderten. Ich berichtete ihm von meinen Begegnungen im Zuge der Jeffrey-Ermittlungen und lieferte als krönenden Abschluß meiner Meinung nach brillante Imitationen von Detective Gillby, Vicky Walters, Joan Sheldon, Barry Shiller und meiner Schwester. Ray lachte, was wiederum mich zum Lachen brachte.

Nachdem wir das Thema Jeffrey erschöpfend durchgehechelt hatten, versprachen wir einander, ihn oder die Ermittlungen für den Rest des Abends nicht mehr zu erwähnen. (Zusätzlich schwor ich mir insgeheim, nicht mehr darauf zu warten, daß er sich als der Mörder zu erkennen gab, sondern einfach dankbar für seine Gesellschaft zu sein.)

Wir sahen zum Fenster hinaus auf den Regen, das Meer und die sich biegenden Palmen, lehnten uns zurück und ließen uns vom Feuerwerk der Natur unterhalten. Ich hatte ganz vergessen, daß Gewitter am Strand, vor allem in der Nacht, so dramatisch waren, und schätzte mich glücklich, über einen Platz in der ersten Reihe zu verfügen und es zugleich warm und trocken zu haben.

Außerdem war es nicht unangenehm, jemanden bei sich zu haben, mit dem man das Schauspiel teilen konnte. Ich war so daran gewöhnt, alles ohne Begleitung zu erleben, so daran gewöhnt, allein zu sein, daß ich es beruhigend fand, Ray dazuhaben, seinem sonoren Baß zu lauschen, während er den Sturm kommentierte und erklärte, daß das Wetter in Florida im Lauf der letzten Jahre immer unberechenbarer geworden sei und wie sehr Wasser, Salz und Wind Holzgerüsthäusern wie dem Haus der Zuflucht zusetzten.

Das klingt hoffentlich nicht so, als ob Ray eine Schlaftablette gewesen wäre, denn beruhigend im Sinne von *langweilig* war er weiß Gott nicht. Erst veralberte er mich, und dann veralberte ich ihn, und es gab Momente, in denen wir uns einen verbalen Schlagabtausch lieferten wie zwei Preisboxer. Wir plauderten über Gott und die Welt, aber unser Gespräch hatte etwas ungemein Lockeres und Selbstverständliches. Mir wurde klar, daß es auch eine Art von Vertrautheit bedeutete, jemanden zu haben, mit dem man einen Gewittersturm betrachten konnte, jemanden zu haben, der unangemeldet bei einem vorbeikam, einfach, weil ihm danach war.

»Ray. Wir haben noch nichts zu Abend gegessen«, sagte ich, als es acht Uhr war.

»Was haben Sie denn zu bieten?« wollte er wissen.

»Thunfisch auf Weizenvollkornbrot mit grünem Salat, Tomate und Mayo.«

»Nehm' ich, aber ohne Salat und Tomate.«

»Sie essen kein Gemüse?« fragte ich, da mir wieder einfiel, wie er über die Zucchini, die man ihm im Black Marlin serviert hatte, die Nase gerümpft hatte.

»Nein«, bestätigte er. »Es sei denn, Sie zählen Ketchup zu Gemüse. Das esse ich.«

Wir verputzten unsere Sandwiches und schlürften noch mehr Chianti, während wir darauf warteten, daß es aufhörte zu regnen.

»Erzählen Sie mir von Ihrer Frau«, sagte ich, nachdem er eine Geschichte von seiner Familie erzählt hatte. »Falls die Erinnerung nicht zu schmerzlich ist.«

»Die Erinnerung an Beths *Tod* ist schmerzlich. Die Erinnerung an ihr Leben ist eine meiner größten Freuden.«

Ich nickte. »War sie berufstätig?«

»Sie war Englischlehrerin an der High-School. Sie liebte Kinder, und sie liebte Bücher, also war es der ideale Beruf für sie.«

»Wie haben Sie sich kennengelernt?«

Er lächelte. Eigentlich über meinen Bruder. Ich probierte gerade in Dougs Laden in Palm Beach eine Hose an, als Beth hereinkam und eine Krawatte für ihren Vater kaufen wollte. Ich fand sie unheimlich attraktiv und hätte liebend gern ein Gespräch mit ihr angefangen, aber Sie kennen mich ja. Ich bin nicht der Gewandteste auf Erden, wenn ich jemanden zum ersten Mal sehe.«

Ich lachte und mußte an *unsere* erste Begegnung denken. »Ich würde Sie als gewöhnungsbedürftig bezeichnen«, bemerkte ich trocken. »Haben Sie Beth auch so einen Vortrag gehalten wie mir?«

»Nicht ganz. Der Vortrag, den ich ihr gehalten habe, hatte mit Krawatten zu tun – in erster Linie damit, wie sehr Männer es hassen, sie zu tragen, und warum sie ihrem Vater keine kaufen soll. Sie fragte mich, was sie ihrem Vater denn meiner Meinung nach kaufen solle, und ich forderte sie auf, mir von ihrem Vater zu erzählen. Und das tat sie. Beim Abendessen in Captain Charlie's Reef Grill in Juno Beach. Sechs Monate später waren wir verheiratet.«

»Wie romantisch.«

»Es war wirklich romantisch. Und es blieb romantisch. Ich

will damit nicht sagen, daß wir keine schwierigen Phasen durchgemacht hätten, aber die waren nie von Dauer. Wir hatten zuviel Spaß miteinander. Wir wollten unsere Energie nicht mit Streiten vergeuden, fast als hätten wir geahnt, daß unsere gemeinsame Zeit nur kurz sein würde.«

»Es tut mir ja so leid, Ray. Ich kann mir gar nicht vorstellen, wie es ist, eine solche Beziehung zu haben wie Sie und Beth und sie dann zu verlieren. Aber Sie haben es überlebt, womit bewiesen wäre, wie widerstandsfähig Menschen sind.«

»Ich weiß nicht, wie widerstandsfähig ich bin. Ich mache einfach weiter. Was habe ich schon für eine Wahl?«

Ray blieb fast bis halb elf, als der Regen endlich nachließ. Ich begleitete ihn zu seinem Auto, als wir vom Aussichtsturm zwischen dem Haus der Zuflucht und dem Souvenirladen Geräusche hörten.

»Ich glaube, da treiben sich irgendwelche Unbefugten auf Ihrem Gelände herum«, sagte Ray.

»Darauf hat mich Melinda Carr schon vorbereitet«, erwiderte ich. »Sie hat außerdem erklärt, daß es zu meinen Aufgaben gehört, sie vom Anwesen zu verjagen.«

»Na dann mal los.«

Wir gingen auf den Turm zu.

»He, Sie!« brüllte Ray. »Kommen Sie da runter, oder wir rufen die Polizei.«

»Krieg mal keinen Hirnschlag, Opa«, brüllte eine junge männliche Stimme zurück. »Wir sind schon fertig.«

Binnen weniger Minuten kamen zwei Teenager, ein Junge und ein Mädchen, die Stufen des Turms heruntergehüpft, schwangen sich übers Tor und flüchteten in ein Auto.

»Vielleicht sollten wir uns lieber mal umsehen und uns vergewissern, daß sie keinen Schaden verursacht haben«, meinte Ray. Er ging zu seinem Auto, holte eine Taschenlampe und stieg den Turm hinauf. Als er wieder herunterkam, hielt er etwas in der Hand. »Sie hat ihr Höschen vergessen«, sagte er und warf es in den Mülleimer auf dem Parkplatz. »Ach, einmal noch jung sein.«

Ich lachte. »Gute Nacht, Sie alter Knacker. Danke für den Besuch.« Ich küßte ihn auf die Wange – diesmal ohne mir darüber den Kopf zu zerbrechen.

»Bis bald«, sagte er. »Sehen Sie zu, daß Sie sich keinen Ärger einhandeln, ja?«

Ich versprach, mir Mühe zu geben.

16

Am Montag nachmittag um halb drei holte mich meine Mutter mit ihrem Delta 88 ab, und wir fuhren gemeinsam zu den *Stuart News*.

»Wir sind mit Celeste Tolliver verabredet«, erklärte sie der Empfangsdame, die in der Lobby des vornehmen weißen Bürogebäudes hinter dem Tresen saß.

»Würden Sie mir bitte Ihre beiden Namen nennen?« sagte die Rezeptionistin.

»Mrs. Lenore Peltz und ihre Tochter Deborah.«

Sie bat uns, Platz zu nehmen, bis »Miss Tolliver« uns abholen würde, was diese, nachdem wir zehn Minuten gewartet hatten, auch tat.

»Lenore«, sagte die Gesellschaftsredakteurin, nachdem sie eine Treppe herabgeschritten und zu uns herübergekommen war. »Wir haben uns viel zu lange nicht gesehen.«

Während sie und meine Mutter einander Küsse auf die Wangen hauchten, war mein erster Eindruck der etwa sechzigjährigen Celeste Tolliver, daß sie die pinkfarbenste Person war, die ich je gesehen hatte – pinkfarbenes Kleid, pinkfarbene Wangen, pinkfarbener Lippenstift, ja sogar eine pinkfarbene Tönung in den kleingelockten grauen Haaren. Mein zweiter Eindruck von ihr war, daß sie trotz des ganzen Pinks und der zuckersüßen Unschuld, die diese Farbe ausstrahlte, alles andere als zuckersüß und unschuldig war. Nachdem uns meine Mutter miteinander bekannt gemacht hatte, musterte mich die stark parfümierte Celeste, als wäre ich voller Läuse, und sagte: »Ich habe gehört, daß Sie den Toten gefunden haben. Sie und Ihre Schwester, die Hochzeitsplanerin aus Boca.«

»Ja, Miss Tolliver«, bestätigte ich. Das war das Dritte an ihr: Sie war eindeutig eine *Miss Tolliver.* »Aber es steckt noch wesentlich mehr hinter der Geschichte, und meine Mutter war der Meinung, daß Sie uns aufgrund Ihrer gesellschaftlichen Position und Ihrer Vertrautheit mit den renommiertesten Einwohnern Stuarts helfen könnten, die ungeklärten Fragen zu lösen.«

»Was Sie nicht sagen«, erwiderte sie und zog die Augenbrauen hoch. Ich spürte, daß sie sich geschmeichelt fühlte, weil wir ihr solche Bedeutung beimaßen. Sie war es gewohnt, daß andere vor ihr katzbuckelten, und das gefiel ihr offenbar. »Ihnen ist sicher bewußt, daß ich für die Zeitung nicht über Verbrechen berichte.«

»Ja, aber wenn wir Ihnen ein paar Fragen stellen dürften, könnten Sie vielleicht dazu beitragen, einen Mörder zu überführen«, sagte ich. »Das würde doch die Zahl Ihrer Leser erhöhen, oder nicht?«

»Wenn Sie nicht neu in Stuart wären, Deborah, wüßten Sie, daß ich bereits über eine äußerst treue Leserschaft verfüge«, erwiderte sie. »Allerdings muß ich zugeben, daß in all den Jahren, seit ich über die Gesellschaft von Martin County berichte, noch niemand auf die Idee gekommen ist, auf *meinen* unendlichen Erfahrungsschatz zurückzugreifen, um einen Mordfall aufzuklären. Ich bin recht angetan von der Idee, muß ich gestehen.«

Ich zwinkerte meiner Mutter zu, als sich Celeste umdrehte und uns die Treppe hinaufführte in einen Konferenzraum im

Obergeschoß, wobei sie eine Wolke von Parfüm hinter sich herzog.

Als wir alle saßen, erläuterte ich, warum wir – und nicht die Polizei – in Jeffreys Privatleben herumschnüffelten, und versicherte ihr mehr als einmal, daß Sharon und ich nichts mit dem Mord zu tun hatten. »Was wir von Ihnen gern wüßten«, sagte ich, »ist, bei welchen gesellschaftlichen Ereignissen Dr. Hirshon im vergangenen Jahr erschienen ist und welche Damen er jeweils mitgenommen hat.«

»Welche Damen.« Celeste verdrehte die Augen. »Da waren so viele. Jeffrey Hirshon ließ nichts anbrennen, wie man so schön sagt.«

»Ja, aber können Sie uns vielleicht die Namen dieser Frauen nennen?« fragte ich.

»Ich denke schon, allerdings nicht aus dem Gedächtnis«, antwortete Celeste. »Da müßte ich schon meine Unterlagen durchsehen, um Ihnen nichts Falsches zu sagen, aber wenn Sie hier warten, hole ich die entsprechenden Notizen.«

Sie blieb etwa zwanzig Minuten lang weg. Ich wünschte, ich hätte ein Kartenspiel mitgebracht oder wenigstens eine Zeitschrift.

»Also«, begann sie, als sie beladen mit mehreren Schachteln und Aktenordnern zurückkam und alles auf dem Tisch ablegte. »Unsere Ballsaison beginnt im Oktober mit Junkanoo.«

»Jew Canoe?« sagte ich und fragte mich, ob das eine von den hiesigen Cadillac-Händlern gesponserte Soirée war.

Celeste fiel angesichts meiner Ignoranz fast in Ohnmacht. »Beim *Junkanoo* – das Wort bedeutet ›bahamaisches Festival‹ – wird Geld für Hibiscus gesammelt.«

»Das Hibiscus-Center ist ein Heim für mißhandelte Kinder, Liebes«, sagte meine Mutter und klärte mich damit auf, bevor ich einen zweiten, noch peinlicheren Fauxpas beging.

»Zweifellos ein sehr ehrenwerter Zweck«, sagte Celeste.

»Die Feierlichkeit selbst findet jedes Jahr im Mariner Sands Country Club statt, steht unter einem heiteren tropischen Motto und stößt bei unseren Mitbürgern auf große Resonanz. Ich vermute, daß Jeffrey Hirshon anwesend war.«

Sie blätterte einen Aktenordner durch und las die Zeitungskolumne, die sie über die Veranstaltung verfaßt hatte. »Ja, hier steht sein Name«, sagte sie aufgeregt. »Und jetzt wollen wir mal sehen, ob ich ein Foto von ihm habe. Er war zwar in der Zeitung nicht abgebildet, aber ich hebe sämtliche Fotos auf, die ich mache, selbst die unbrauchbaren.« Sie kramte in einer der Schachteln. »Ah. Hab' ich mir's doch gedacht.« Sie zog einen Schnappschuß heraus und zeigte ihn uns stolz.

»Das ist Jeffrey«, sagte ich und betrachtete das Bild. Anstelle seines weißen Kittels trug er ein edles Hawaiihemd, aber er hatte dasselbe warme Lächeln aufgesetzt, das Sharon und mich betört hatte. Er hatte guten Grund zum Lächeln – oder vielmehr zwei Gründe. Auf der einen Seite hielt er ein hohes Cocktailglas mit Schirmchen. Und auf der anderen eine großgewachsene Blondine mit üppigen Kurven. »Wer ist denn die Mieze?«

»Na, das ist Didi Hornsby«, antwortete Celeste und klopfte mit dem Finger auf den Tisch. »Ich hatte ganz vergessen, daß sie was mit dem Doktor hatte.«

»Ist das die Tochter von Ted und Audra Hornsby?« wollte meine Mutter wissen, womit sie vermutlich die Eltern der Mieze meinte.

»Sie ist ihre Älteste«, bestätigte Celeste. »Geschieden. Zwei Kinder. Lebt in Snug Harbor.«

»Und sie war eine Zeitlang mit Jeffrey zusammen?« fragte ich nach.

»Ja, jetzt fällt es mir wieder ein«, sagte Celeste. »Obwohl gemunkelt wurde, daß es nur ein Sommerflirt war.«

»Ein Sommerflirt, der sich offenbar in den Herbst hineinzog«, sagte ich nachdenklich. »Er hat sich nicht vielleicht auch noch in den Winter hineingezogen, oder? Bis kurz vor dem Mord?«

Celeste schüttelte den Kopf. »Das bezweifle ich. Auf dem Chrysanthemenball Anfang November waren sie nicht mehr zusammen. Daran kann ich mich erinnern.«

Meine Mutter beugte sich herüber, um mich aufzuklären. »Der Chrysanthemenball ist ein Schwarzweißball zugunsten der Klinik, Liebes. Er wird alljährlich in einem Privathaus abgehalten.«

»Richtig. Und letztes Jahr fand er sogar in Jeffrey Hirshons Haus auf Sewall's Point statt«, sagte Celeste. »Wenn ich mich nicht irre, war er an diesem Abend mit Suzie Kendall zusammen.« Sie fischte aus einem anderen Ordner etwas heraus. »Ja. Hier sind sie. Ein attraktives Paar, finden Sie nicht?«

Sie legte die Zeitungskolumne auf den Tisch, damit wir sie anschauen konnten. Auf dem Foto war unverkennbar Jeffrey im Frack zu sehen, einen Arm um die Taille einer Frau gelegt, die ein blaues Paillettenkleid trug und reichlich Lidschatten aufgetragen sowie einen Berg schwarzes Haar im Ivana-Trump-Stil auf dem Kopf aufgetürmt hatte. »Und was gibt's über Suzie Kendall zu sagen?« wollte ich wissen. »Abgesehen davon, daß sie dringend einen Besuch beim Stilberater nötig hätte.«

»Alte Familie. Jede Menge stille Reserven. *Eisenbahn*aktien«, vertraute Celeste uns an.

»Geschieden?« fragte ich.

»Zweimal«, antwortete Celeste. »Sie und der Doktor waren auf der Party unzertrennlich, aber wenn mich mein Gedächtnis nicht trügt, verlief die Romanze noch schneller im Sande als die Liaison mit Didi.«

»Haben Sie eine Ahnung, weshalb?«

»Nein. Aber vielleicht findet sich ja die Antwort in einem meiner Ordner«, meinte sie. Ich merkte, daß ihr dieses Spielchen langsam Spaß zu machen begann. »Ja, hier steht Jeffrey Hirshons Name in Verbindung mit Lucinda Orwell, und zwar in meiner Kolumne über das River Dayz Festival.«

»Wir wollen den St. Lucie River vor Verschmutzung schützen«, erklärte meine Mutter wieder. »Jedes Jahr Ende November findet in Stuart ein Straßenfest statt, um auf das Problem aufmerksam zu machen.«

»Das ist ja sehr ehrenwert, Mom«, sagte ich. »Aber was mich wundert, ist, daß Jeffrey überall auftaucht, wie Forrest Gump. Langsam fragt man sich, wann er überhaupt noch Zeit hatte, seinen Beruf auszuüben.«

»Sehen Sie!« unterbrach uns Celeste. »Hier habe ich ein schönes Bild vom Doktor beim River Dayz. Er steht direkt neben Lucinda, die, wie Sie sehen können, eines der zauberhaftesten Geschöpfe Stuarts ist.«

Ich unterdrückte ein Lachen und konzentrierte mich auf das Bild. Lucinda Orwell war umwerfend, das mußte ich zugeben. Lange blonde Haare, grüne Augen, ein Riesenbusen.

»Ich nehme an, sie war der Grund, weshalb die Romanze mit Suzie Kendall zerbrochen ist«, warf Celeste verschmitzt ein. »Obwohl es mir ein Rätsel ist, was diese Frauen an Jeffrey Hirshon fanden. Er wirkte so *neureich*.«

»Im Gegensatz zu den Familien mit stillen Reserven, meinen Sie«, sagte ich.

»Ganz genau«, bestätigte Celeste und nickte.

»Was mich wundert, ist, wie viele junge, alleinstehende Frauen es hier gibt«, sagte ich. »Und da habe ich immer gedacht, in New York tobe der Konkurrenzkampf.«

Celeste sagte nichts. Sie hatte die Nase wieder in ihre Ordner gesteckt. »Was sagen Sie dazu?« rief sie triumphierend und zog zwei Zeitungsausschnitte hervor. »Dr. Hirshon hat Lucinda im Dezember zum Rotkreuzball in Willoughby mitgenommen, aber erst kürzlich ist er mit Roberta Ross auf dem Herzball in Sailfish erschienen.«

»Erst kürzlich?« wiederholte ich verblüfft. Und gleichzeitig hatte er Vicky flachgelegt *und* Sharon und mich angebaggert?

»Ja, wirklich. Hier ist der Beweis.« Sie schob beide Kolumnen vor mich hin. »Und das, wenn man bedenkt, daß die Tinte auf Robertas Scheidungspapieren noch kaum getrocknet war.«

Didi. Suzie. Lucinda. Roberta. Langsam schwirrte mir der Kopf von Jeffreys Frauen. Ich konnte mir nicht vorstellen, wie er das alles in einer so kleinen Stadt organisiert hatte, konnte mir nicht vorstellen, wie ein Kardiologe, ein Mann, dem die Menschen ihr Leben anvertrauten, es sich leisten konnte, als Casanova verrufen zu sein.

»Ironie des Schicksals, daß die letzte Veranstaltung, die der Doktor besucht hat, der Herzball war«, meinte Celeste. »Bei seinem Beruf.«

»Das stimmt«, sagte ich. »Aber um noch einmal auf Roberta zurückzukommen – Sie haben erwähnt, daß sie frisch geschieden war, als sie mit Jeffrey auf den Ball gegangen ist. Von wem war sie denn geschieden worden? Von einem Neureichen? Von jemandem mit stillen Reserven? Überhaupt jemandem mit Vermögen?«

»Interessant, daß Sie das fragen«, sagte Celeste. »Robertas Exmann hat in derselben Praxisgemeinschaft gearbeitet wie Dr. Hirshon. Er ist Internist und heißt Peter Elkin. Sie müssen ihn doch kennen, Lenore. Er lebt auch auf Sewall's Point.«

Diese kleine Einzelheit machte mich sprachlos. Dr. Elkin war der Mann, mit dem Schwester Vicky am Abend des Mordes zusammengewesen sein sollte.

»Oh. Sie wundern sich über Robertas Nachnamen«, sagte Celeste, die meine verblüffte Miene mißdeutete. »Sie ist hier am Ort eine erfolgreiche Immobilienmaklerin. Sie hat stets ihren Mädchennamen Ross benutzt, selbst während ihrer Ehe mit Dr. Elkin.«

Mein Gott, Ray hatte recht, dachte ich. Sewall's Point ist wirklich wie Peyton Place. Bäumchen-wechsle-dich war gar kein Ausdruck.

»Tja, Miss Tolliver, Sie haben uns mehr als genug Anhaltspunkte gegeben«, sagte ich. »Kann ich davon ausgehen, daß die vier Frauen, die Sie erwähnt haben, im Telefonbuch stehen, falls ich ihnen ein paar Fragen stellen will?«

»Ich gebe Ihnen ihre Nummern«, erbot sie sich. »Aber ich streite ab, daß Sie sie von mir haben, falls ich je gefragt werde.«

»Selbstverständlich.«

»Ich bezweifle aber, daß sie mit Ihnen sprechen werden«, fügte sie hinzu. »Sie gehören immerhin zu den Verdächtigen im Mord an einem Mann, den sie gern hatten.«

»Wenn sie Jeffrey wirklich gern hatten, wollen sie auch, daß sein Mörder gefaßt wird«, erklärte ich. »Ich habe das Gefühl, daß sie mir zwischen zwei Wohltätigkeitsbällen einen Termin geben werden.«

Meine Mutter und ich dankten Celeste für ihre Hilfe und verließen das Gebäude.

Eine Stunde, nachdem ich wieder in meinem Häuschen eingetroffen war, bekam ich einen Anruf von Detective Gillby.

»Sie können Ihr Auto wiederhaben«, sagte er. »Es ist sauber.«

»Oh, das ist sehr aufmerksam, Detective, aber Sie hätten es mir nicht zu waschen brauchen.«

»Nein, es ist *sauber* im Sinne von *frei von Beweismaterial.* Kein Blut, keine Pistole, kein gar nichts. Allerdings haben wir ein paar Haare gefunden, die mit den Haaren des Toten identisch sind – und zwar mit seinen Barthaaren. Sie lagen unten auf dem Boden, unter dem Lenkrad. Können Sie sich irgendwie erklären, wie sie dort hingeraten sind, Ms. Peltz?«

»Sicher. Am Tag bevor er ums Leben kam, hat mir Dr. Hirshon auf dem Parkplatz von Stuart Fine Foods Starthilfe gegeben. Nachdem er die Motorhaube aufgemacht und den Pontiac an sein Starthilfekabel angeschlossen hatte, ist er auf der Fahrerseite eingestiegen und hat ihn angelassen. Ich nehme an, daß er dabei ein paar Barthaare verloren hat.«

»Das war das absolut einzige Mal, daß er in Ihrem Auto war?«

»Er besaß einen Porsche, Detective. Unter anderen Umständen hätte er sich eher bei lebendigem Leib begraben lassen, als in meinen Pontiac einzusteigen.« Ich bereute die Wendung »bei lebendigem Leib« auf der Stelle, doch es war zu spät, um sie zurückzunehmen. »Wie steht's mit den anderen Ergebnissen aus dem Labor?« fragte ich. »Wissen wir schon mehr über den Tatort?«

Gillby lachte. »Selbst wenn, würden wir Ihnen das nicht mitteilen.«

»Warum denn nicht? *Ich* teile alle meine Informationen mit *Ihnen.*«

»Das stimmt.« Ich spürte, daß Detective Gillby, obwohl er sehr professionell vorging und mich daher als Mordverdächtige noch nicht ausschließen durfte, mir doch mit zunehmender Nachsicht, um nicht zu sagen Sympathie begegnete. »Na gut. Hier ist ein Brocken für Sie, da Sie so brennend interessiert sind«, sagte er unwillig. »Der Autopsiebericht nennt keine Hinweise auf Drogen oder Alkohol im Blutkreislauf des Doktors. Und die Analyse seines Mageninhalts – und seiner Küche – hat ergeben, daß er kurz vor seiner Ermordung zu Hause zu Abend gegessen hat: Pasta in einer Art Tomatensoße, dazu einen grünen Salat und –«

»Das können Sie sich schenken«, sagte ich, da es mir meinen eigenen Magen fast umdrehte. »Wie steht's mit Hautpartikeln unter seinen Fingernägeln? Untersuchen Sie die nicht routinemäßig? Um festzustellen, ob es einen Kampf gegeben hat?«

»Wir haben keine entdeckt«, antwortete Gillby. »Aber wir sind uns ohnehin ziemlich sicher, daß kein Kampf stattgefunden hat. Außerdem läßt der Tatort darauf schließen, daß der Mörder jemand war, den Hirshon kannte, weil seine Haustür offenstand, als Sie und Ihre Schwester den Toten fanden.«

»Dann glauben Sie also, daß der Mörder einen Schlüssel zum Haus gehabt hat.«

»Entweder das, oder der Doktor hat ihn bereitwillig hereingelassen. Darüber hinaus wissen wir anhand der Fotos des Tatorts, daß nichts im Haus in Unordnung gebracht oder verstellt worden ist, nicht einmal im Arbeitszimmer, wo der Doktor erschossen wurde. Derjenige, der abgedrückt hat, saß vermutlich in diesem Raum und hielt ein nettes Schwätzchen mit Hirshon, bis er ihn mit der Waffe überraschte, eine Kugel vom Kaliber zweiundzwanzig abfeuerte und das Haus auf demselben Weg verließ, wie er es betreten hatte – durch die Haustür.«

»Was ist mit Fingerabdrücken, Detective? Haben Sie welche gefunden?«

»Ja. Ihre und die von Ihrer Schwester.«

»Toll. Sonst keine?«

»Hören Sie, wir wissen beide ganz genau, daß ich mit Ihnen gar nicht über Details des Falls sprechen dürfte, Ms. Peltz. Sagen wir einfach, wir kommen mit unseren Ermittlungen voran, und auf Ihnen und Ihrer Schwester liegt momentan nicht unser Hauptaugenmerk.«

»Dann bin ich ja erleichtert. Ich habe aber trotzdem noch eine Frage. Halten Sie es für wichtig, daß Jeffrey in seinem Arbeitszimmer erschossen wurde?«

»Sagen Sie das noch mal.«

»Glauben Sie, man kann irgend etwas daraus schließen, daß er in seinem Arbeitszimmer erschossen wurde und nicht, sagen wir, im Schlafzimmer, im Badezimmer oder auf seinem Boot? Nach dem kurzen Blick, den ich auf den Raum werfen konnte, kam es mir so vor, als wäre es eine Art häusliches Büro. Und da ist mir eben eingefallen, daß ein Büro doch eine recht ungewöhliche Kulisse für einen Mord aus Leidenschaft wäre.«

»*Kulisse.*« Gillby kicherte. »Ich merke, daß Sie direkt aus der glamourösen Welt des Showbusineß zu uns gestoßen sind, Ms. Peltz, aber wir haben es hier nicht mit einem Drehort zu tun. Hier geht es um einen echten Mord.«

»Ich werd's mir merken«, sagte ich und versuchte, geläutert zu klingen. »Ich melde mich bald wieder.«

»Daran habe ich keinen Zweifel.«

17

Am Montag abend rief ich Didi Hornsby, Suzie Kendall, Lucinda Orwell und Roberta Ross an. Ich tat weder so, als betriebe ich Marktforschung, noch behauptete ich, Mitarbeiterin von AT & T oder MCI zu sein. Ich erklärte ihnen genau, wer ich war und warum ich mit ihnen sprechen wollte, und führte die Tatsache, daß meine Mutter schon lange auf Sewall's Point ansässig war (und für die wohltätigen Zwecke spendete, für die sich die Damen engagierten), ins Feld, um zu beweisen, daß ich kein unbefugter Eindringling in ihre Kreise war.

Zu meinem Erstaunen erklärten sich alle – selbst Roberta, die Immobilienmaklerin und frühere Mrs. Elkin, bereit, sich Zeit für mich zu nehmen. Langsam wurde mir klar, daß die Leute hier nur wenig Hemmungen hatten, wenn es darum ging, intime Details aus ihrem Leben preiszugeben, sogar gegenüber einer Wildfremden. Ich vermutete, daß es entweder an der heutigen Flut geständnisreicher Talkshows im Fernsehen lag oder an der freundlichen offenen Wesensart, die typisch für Kleinstädter ist. Natürlich konnte es auch daher rühren, daß bei einem Mordfall jeder gern seinen Senf dazugab.

Am nächsten Morgen fuhr mich meine Mutter zum Sheriffbüro, damit ich den Pontiac abholen konnte. Der Wagen sah genauso erbärmlich aus wie immer und roch noch schlimmer als sonst – dank der Chemikalien, mit denen ihn die Polizisten besprüht hatten, um Barthaare und sonstige Spuren von Jeffrey ausfindig zu machen.

»Bist du sicher, daß ich dich nicht begleiten soll, Liebes?« fragte meine Mutter, als ich mich auf den Weg zu meinen Verabredungen mit den »Sirenen von Stuart« machte, wie ich sie inzwischen getauft hatte.

»Hundertprozentig«, sagte ich. »Dich spare ich mir für eine andere Mission auf, Mom.«

»Ach ja?« Sie blinzelte mich aus ihren blauen Augen an.

»Jetzt, wo Jeffrey tot ist, wirst du einen neuen Arzt brauchen«, erklärte ich. »Ich denke an jemanden wie Peter Elkin zum Beispiel.«

»Verstehe.« Sie lächelte. »Du meinst, ich soll mich untersuchen lassen.«

»Genau. Und während du bei ihm bist, jubelst du ihm ein paar Fragen unter, die ich dir vorher aufschreibe.«

»Du bist ein kluges Kind, Deborah, aber Dr. Elkin ist Internist, kein Kardiologe. Er behandelt Leute mit allen möglichen Leiden.«

»Na und? Hast du nicht gesagt, daß dir dein Magen Probleme bereitet? Oder war es deine Arthritis?«

Sie lachte. »Schildere mir die Symptome, die ich haben soll, und ich habe sie, Liebes.«

Mein erster Termin war um zehn Uhr bei Didi Hornsby, die in einem malerischen Viertel von Stuart wohnte, das Snug Harbor hieß. Direkt am St. Lucie River gelegen, auf der anderen Seite der Brücke von Sewall's Point, konnte Snug Harbor mit schönen Häusern sowie Jachthafen und Tennisplatz für die Mitglieder seines Einwohnerverbands aufwarten. Rund um Didis Haus, eine Backsteinvilla in einem Stil, den man normalerweise weiter nördlich findet, verkündete alles unübersehbar: Achtung, *Kinder*. In der Einfahrt tummelten sich Frisbees, aufblasbare Bälle und Fahrräder, während der Rasen vor dem Haus von Spielsachen in allen Farben und Formen übersät war. Vorsichtig stieg ich aus dem Wagen, damit ich nicht auf einen Mighty Morphin Power Ranger trat und aufgespießt wurde.

Als ich klingelte, schlugen zu meiner Begrüßung große Hunde an. Ich erwog, wieder ins Auto zu steigen.

»Deborah?« fragte eine blonde Frau, nachdem sie die Tür einen Spalt weit geöffnet hatte.

»Didi?«

»Genau. Kommen Sie rein«, sagte sie, woraufhin vier deutsche Doggen von der Größe eines Pferdes Anstalten machten, mich zu überrennen. »Inga! Pippi! Sonja! Eva! Sitz!«

Didi mußte mehrmals »Sitz!« rufen, doch schließlich ließen die Hunde von mir ab.

»Sie kriegen irgendwie den Rappel bei neuen Leuten«, entschuldigte sich Didi. Sie sprach wie eine Mischung aus Südstaatenschönheit und Surfergirl. »Setzen wir uns doch ins Familienwohnzimmer.«

Während ich Didi folgte, musterte ich sie von hinten. Sie trug ein lila-schwarzes, ärmelloses Top und Stretch-Shorts, also die Art von Montur, wie man sie in Sporthallen und Fitneßstudios sieht. (Sie erklärte, sie sei gerade aus ihrem Studio zurückgekommen.) Sie war sagenhaft in Form, daran bestand kein Zweifel. Mit ihren blonden Haaren, ihrem leicht gebräunten Teint und den glänzenden Muskeln sah sie richtig sportlich aus – ein bißchen wie Meryl Streep in diesem Film, wo sie sich zwei geschlagene Stunden lang durch Wildwasser kämpft. Ja, Didi Hornsby war eine Frau, der es Spaß gemacht hätte, sich gemeinsam mit Jeffrey zu verausgaben, da war ich mir sicher, und das hatte bestimmt auf Gegenseitigkeit beruht.

»Evian?« fragte sie und blieb an der Hausbar stehen.

»Nein danke.«

Sie schenkte sich selbst ein Glas ein, tauchte die Fingerspitzen hinein und spritzte sich Wasser ins Gesicht.

»Es ist wichtig, die Haut feucht zu halten«, erklärte sie, während sie sich weiter mit Wassertröpfchen benetzte. »Das vergessen die Leute immer, weil Florida irgendwie so dampfig ist.«

Sie beäugte meinen Teint und bespritzte dann *mich* mit Evian.

»Da«, sagte sie. »Wie fühlt sich das an?«

»Naß«, antwortete ich und blinzelte, um das Wasser aus den Augen zu vertreiben.

Nachdem sie ein paar Spielsachen ihrer Kinder beiseite geräumt hatte, setzten wir uns auf ihr Sofa.

»Danke, daß Sie sich heute morgen Zeit für mich genommen haben«, begann ich.

»Keine Ursache. Die Kinder haben ein Au-pair-Mädchen. Ich bin um halb eins zum Mittagessen verabredet, aber den Rest des Vormittags habe ich irgendwie total frei. Oh, abgesehen von meiner Massage um elf.«

»Prima. Wie ich am Telefon schon sagte, möchte ich mit Ihnen über Jeffrey Hirshon sprechen. Meine Schwester und ich haben ihn kennengelernt, als unsere Mutter einen Herzinfarkt hatte, und im Laufe ihres Klinikaufenthalts und der Nachbehandlung haben wir uns mit ihm angefreundet. Kurz danach wurde er ermordet, und wir waren diejenigen, die seine Leiche gefunden haben, was ein entsetzlich traumatisches Erlebnis war, wie Sie sich vorstellen können. Seitdem habe ich es mir in den Kopf gesetzt, mehr über ihn herauszufinden und darüber, wer ihn so gehaßt haben könnte, daß er ihn umgebracht hat. Schließlich hat dieser Mann meiner geliebten Mutter das Leben gerettet! Das mindeste, was ich für ihn tun kann, ist zu ergründen, wer ihm *seines* genommen hat!« Es sei hinzugesagt, daß ich mir während dieser Rede die Hände gegen die Brust drückte und allen Ernstes so tat, als müsse ich weinen.

Didi wirkte betroffen. »Soll ich Ihnen einen Kräutertee machen, Deborah?«

Ich schüttelte den Kopf, da ich fürchtete, sie könnte mir die heiße Flüssigkeit ins Gesicht spritzen. »Ich erhole mich schon wieder, wenn Sie mir von Jeffrey erzählen – was Sie für ihn empfunden haben und ob Sie von irgend jemandem wissen, der wütend auf ihn war.«

»Wer könnte schon wütend auf Jeffrey gewesen sein? Er war ein Supertyp, ein richtiger Schatz. Das ist ja das Verrückte daran«, sagte sie. »Wir waren sechs Monate zusammen und hatten einen Mordsfez.«

»Wenn Sie so einen Fez hatten, warum haben Sie sich dann getrennt?«

»Weil es irgendwann kein Fez mehr war.«

»Ja, aber *warum*, Didi?« fragte ich, als mir klar wurde, daß sie nicht besonders tiefgründig veranlagt war.

Sie zuckte die Achseln. »Es war einfach so. Zuerst hatten wir Spaß und dann nicht mehr. Also haben wir uns anderen Menschen zugewandt.«

»Sie wollen damit sagen, daß der Funke erlosch, war es das?«

»Ja, gewissermaßen. Wissen Sie, manchmal hat man doch diese Phasen, wo man irgendwie nie genug Krabben essen kann. Und dann ist die Saison vorüber, und man denkt, nie wieder esse ich eines dieser Tierchen. Genau das ist zwischen mir und Jeffrey passiert. Wir haben eine Überdosis voneinander abgekriegt oder so was in der Richtung.«

»Es war also eine gemeinsame Entscheidung, die Beziehung zu beenden.«

»Ja, genau. Wir sind nach der Trennung Freunde geblieben. Ich habe ihm sogar letztes Jahr vorgeschlagen, mit Suzie Kendall auf den Chrysanthemenball zu gehen.«

»Tatsächlich. Und mit wem sind Sie gegangen?«

»Mit Suzies Exmann Chip.«

Ich seufzte und versuchte, mir derartige Querverbindungen in New York vorzustellen. »War das nicht für alle Beteiligten ein bißchen peinlich?«

»Überhaupt nicht«, entgegnete Didi. »Chip war Suzies erster Exmann. Wenn ich mit Hartley auf der Party aufgetaucht wäre, ihrem zweiten Exmann, das wäre etwas anderes gewesen. Unter *dieser* Trennung leidet sie heute noch.«

Ich versuchte den Faden nicht zu verlieren. »Sie haben also mit Jeffrey weiterhin auf freundschaftlichem Fuß verkehrt, nachdem Sie Ihre Beziehung beendet hatten.«

»O ja. Ich sagte doch, er war ein Supertyp.«

»Aber bei ihm zu bleiben wäre gewesen, als würde man zu viele Krabben essen.«

»Genau.«

Ich stellte ihr noch ein paar Fragen, doch es war die reine Zeitverschwendung. Didi Hornsby wußte absolut nichts – und ich meine wirklich absolut nichts. Außerdem roch es in ihrem Haus nach deutschen Doggen, und ich brauchte frische Luft. Ich dankte ihr für das Gespräch und ging.

Als nächstes fuhr ich nach Sewall's Point zurück, um Suzie Kendall einen Besuch abzustatten. Sie wohnte in einem riesigen pistazienfarbenen Haus mit Auffahrt in einer relativ neuen Siedlung, die passenderweise Castle Hill hieß. So sah also Suzies »stilles« Eisenbahngeld aus.

Bevor ich eingelassen wurde, mußte ich die Sprechanlage vor dem Tor bedienen.

»Ja?« ertönte eine weibliche Stimme.

»Hier ist Deborah Peltz.«

Das Tor schwang auf, und ich war mit meinem Pontiac auf dem Grundstück.

An der Tür erwartete mich Suzie höchstpersönlich, eine limonengrüne Erscheinung im Strandkleid. Sie war weder so lebhaft wie Didi, noch sah sie aus wie ein Titelmodell für ein Fitneßmagazin, aber sie war hübsch (oder wäre es ohne all den Lidschatten gewesen), und das aufgetürmte schwarze Haar auf dem Foto vom Chrysanthemenball war einem lässigeren (und vorteilhafteren) Pferdeschwanz gewichen.

Wir gaben uns die Hände, und sie bat mich herein. Wir setzten uns in ihr Wohnzimmer, das von der Einrichtung her den Gedanken an eine Afrika-Safari weckte, einschließlich toter Tiere, die über dem Kamin hingen und auf uns herabstarrten. Ich fragte mich sofort, ob Suzie Jägerin war und eine Pistole besaß. Also erkundigte ich mich. Sie antwortete, daß es ihr Exmann (Hartley, nicht Chip) war, der jagte, nicht sie, und sie sogar Angst vor Schußwaffen hätte.

Das Thema Waffen und Erschießen von Lebewesen schuf eine direkte Überleitung zu einem Gespräch über Jeffrey. Ich trug ihr das gleiche Rührstück vor, das ich Didi vorgesetzt hatte, aber Suzie war weiß Gott nicht so nachsichtig im Hinblick darauf, wie ihre Romanze mit ihm geendet hatte.

»Er hatte nicht einmal den Anstand, mir zu sagen, daß er mit einer anderen Frau etwas hatte«, sagte sie vorwurfsvoll. »Er hat einfach nicht mehr angerufen. Ich fühlte mich so einsam, genau wie damals, als Hartley mich verlassen hat. Inzwischen bin ich so weit, daß ich überhaupt kein Selbstwertgefühl mehr habe.« Ich versuchte, eine Frage einzuwerfen, doch sie redete weiter. »Ich weiß, daß ich mein Selbstbewußtsein und meine Identität nicht von Männern abhängig machen sollte; daß ich mich selbst lieben, aus mir selbst schöpfen und herausfinden sollte, was *ich* vom Leben will, um es dann anzustreben. Die Frage ist nur: Was *will* Suzie Kendall vom Leben? Wer *ist* Suzie Kendall?« Bevor ich sie fragen konnte, warum sie von sich selbst in der dritten Person sprach, fuhr sie schon fort. »Suzie Kendall hat keinen Beruf. Suzie Kendall hat keine Kinder. Das einzige, was Suzie Kendall hat, ist ein gewaltiges Treuhandvermögen.«

Gleich hole ich die Stradivari heraus, dachte ich insgeheim, während sie weiter über die Berge von Geld jammerte, die ihre Vorfahren ihr aufgebürdet hatten.

Irgendwann entstand eine kleine Pause, und ich sagte: »Um auf Jeffrey Hirshon zurückzukommen – wie lange waren Sie mit ihm liiert?«

»Drei Monate«, antwortete sie. »Drei Monate eitel Sonnenschein, und dann nichts mehr, als gäbe es mich überhaupt nicht. Ich rief bei ihm zu Hause an, und sein Anrufbeantworter lief. Ich rief in seiner Praxis an, und diese Hexe von Assistentin –«

»Joan.«

»– Joan erklärte mir, daß er mit seinen Patienten beschäftigt sei. Ich konnte ihn nicht erreichen. Er stellte mich einfach kalt, und ich hatte keine Ahnung, warum. Und dann, eines Sonntags, schlage ich die *Stuart News* auf und stoße auf Celeste Tollivers Kolumne, und was sehe ich? Jeffrey, Arm in Arm mit Lucinda Orwell, auf dem River Dayz Festival.«

»Sie müssen ja vor Wut gerast haben«, sagte ich und überlegte, ob ich diesen Ausdruck jemals schon verwendet hatte, und wenn nicht, warum dann ausgerechnet jetzt.

»Ich habe mich verletzt und gedemütigt gefühlt und bin zwei Wochen nicht mehr aus dem Haus gegangen.«

»Zwei Wochen? Mann, entweder haben Sie eine Menge Obstbäume auf Ihrem Grundstück, oder Sie haben sich Wagenladungen von Pizzas liefern lassen.«

»Ich habe eine wundervolle Köchin. Sie geht auch einkaufen.«

»Das ist wirklich ein Glück. Haben Sie Jeffrey nach allem, was zwischen Ihnen vorgefallen ist, noch einmal gesehen oder gesprochen?«

»Ich habe ihn neulich auf dem Herzball gesehen, ihn aber nicht zur Rede gestellt«, antwortete Suzie. »Er war viel zu *beschäftigt.*«

»Mit Roberta Ross, meinen Sie.«

»Ja.« Suzie sah mich an. »Wissen Sie, für jemanden, der neu hierhergezogen ist, sind Sie über das gesellschaftliche Leben ziemlich gut informiert, Deborah.«

»Meine Mutter schneidet Celeste Tollivers Kolumne immer aus«, erklärte ich. »So wie andere Leute Gutscheine ausschneiden. Ich habe sie neulich gelesen. Alle auf einmal.«

»Weil Sie Jeffrey so gern hatten.«

»Ja, und weil meine Mutter *People* nicht abonniert hat.«

»Tja, ich hatte gute und schlechte Zeiten mit ihm, aber ich war entsetzt, als ich gehört habe, daß er ermordet wurde.«

»Fällt Ihnen irgend jemand ein, der wütend auf ihn war? Außer Ihnen selbst, meine ich.«

»Sie wollen wissen, ob mir jemand einfällt, der ihn umgebracht haben könnte?«

»Ja.«

»Was ist mit Lucinda Orwell?« sagte Suzie. »Jeffrey hat sie wegen Roberta sitzenlassen. Vielleicht hat sie das nicht so gelassen hingenommen wie ich.«

»Kennen Sie Lucinda, Suzie? Ich meine, verkehren Sie gesellschaftlich miteinander?«

»Aber natürlich kenne ich Lucinda«, antwortete Suzie. »Sie ist die zweite Exfrau meines ersten Mannes.«

Nach meiner Unterhaltung mit Suzie war mir etwas flau, und so kaufte ich mir vor dem nächsten Besuch ein Sandwich und ein Cola light im Harbour Bay Gourmet und verputzte beides im Auto.

Gestärkt fuhr ich die South Sewall's Point Road entlang zu einer weiteren Nobelsiedlung, die den Namen Archipelago trägt. Vor über zwanzig Jahren erbaut, soll sie einer Inselkette im Südpazifik ähneln. Sie besteht aus drei schmalen Straßen, deren Häuser entweder auf den breiten Intracoastal Waterway oder auf eine pittoreske Lagune hinausgehen. Vom Rest von Sewall's Point durch zwei kleine Brücken getrennt, verfügt das Archipelago über eine ganz eigene Mystik, und seine Bewohner, von denen manche ein bißchen exzentrisch sind oder es gern wären, tragen zu dieser Mystik durchaus bei.

Lucinda Orwells Haus lag in der Simara Street. Zumindest für Bocaer Verhältnisse war es bescheiden und erinnerte an die polynesischen Strohdachhütten, wie man sie auf Tahiti, Bora Bora oder zumindest in dieser alten Fernsehserie namens *Abenteuer im Paradies* findet.

Trittsteine führten zum Haus, und eine Kuhglocke an einem Strick diente als Klingel. Ich zog daran.

Lucinda machte mir auf. Mit ihren schulterlangen, flachsblonden Haaren, den smaragdgrünen Augen und der hochgewachsenen, gut proportionierten Gestalt war sie ein erlesenes Geschöpf, das sah ich auf den ersten Blick. Sie war lässig aufgemacht: barfuß, mit abgeschnittenen Blue jeans und einem weißen T-Shirt ohne BH. Sie war nicht geschminkt, hatte nicht einmal Lip gloss aufgetragen.

»Willkommen«, sagte sie, als sie mich einließ. »Ich würde Ihnen ja die Hand geben, aber meine sind beide naß.« Sie zeigte mir ihre Handflächen, die mit verschiedenfarbigen Tupfern Ölfarbe befleckt waren.

»Sind Sie Künstlerin?« fragte ich, als sie in eine Nische trat und sich dort die Hände wusch.

»Ja«, rief sie. »Ich zeige Ihnen etwas, wenn Sie wollen.«

Sie führte mich nach oben in ihr Atelier, einen großen loftartigen Raum mit Oberlicht, der den gesamten ersten Stock des Hauses einnahm. »Viele meiner Sachen hängen in der Profile Gallery auf der Harbour Bay Plaza, aber ein paar sind noch hier. In erster Linie Szenen von den Bahamas.«

Ich war keine Kunstkritikerin, aber Lucindas Arbeiten waren schön – farbenfroh und voller Atmosphäre.

»Sie fahren sicher oft auf die Bahamas«, sagte ich. »Um sich inspirieren zu lassen.«

Sie nickte. »Jeffrey und ich sind ein paarmal zusammen dort gewesen. Sie sind doch gekommen, um mich nach ihm zu fragen, oder?«

»Ja«, bestätigte ich und servierte ihr das gleiche Rührstück wie den anderen.

»Wir waren drei oder vier Monate miteinander liiert, genau weiß ich es nicht mehr«, sagte sie. »Er fuhr gern an langen Wochenenden mit seinem Boot auf die Bahamas, wenn er keinen Bereitschaftsdienst hatte, und ich freute mich, wenn ich mitfahren konnte.«

»Warum haben Sie sich getrennt?« wollte ich wissen. »Suzie Kendall meinte, daß Roberta Ross der Grund gewesen sein könnte.«

Lucinda lachte. »Suzie Kendall ist ja sowas von daneben. Jeffrey und ich haben uns wegen Gwen Ladd getrennt.«

»Wessentwegen?« Celeste hat nie eine Frau *dieses* Namens erwähnt, dachte ich, sondern meiner Mutter und mir eindeutig vermittelt, daß Jeffrey seine Zuneigung nahtlos von Lucinda auf Roberta gelenkt hat.

»Sie kennen Gwen nicht?« sagte Lucinda und wirkte erstaunt.

»Nein. Müßte ich?« fragte ich.

»Schon, wenn Sie sich auch nur ein wenig für die hiesige Kunstszene interessieren. Sie hat gerade eine Ausstellung im Norton in Palm Beach. Sie macht Glasskulpturen.« Lucinda trat an einen Tisch und hielt vorsichtig ein großes Stück braunes Glas in die Höhe. Für mich sah es so ähnlich aus wie ein Steinpilz.

»Das stammt von Gwen Ladd?« fragte ich.

Lucinda nickte. »Unglaublich, was?«

»In Zukunft werde ich Pilze mit ganz anderen Augen sehen«, bestätigte ich. »Aber ich muß schon sagen, Lucinda, Sie sind ungemein anständig. Ganz abgesehen davon, daß Sie eines der Werke Ihrer Rivalin besitzen, stellen Sie es auch noch so auf, daß Sie es tagein, tagaus vor sich sehen.«

»Gwen und ich sind keine Rivalinnen. Sie macht ihre Kunst und ich meine.«

»Nein, ich habe Ihre Rivalität bezüglich Jeffrey gemeint. Sie haben mir doch gesagt, daß Sie sich getrennt haben, weil er Sie wegen Gwen verlassen hat.«

Lucinda lachte erneut. »Jeffrey und ich haben uns getrennt, weil *ich ihn* wegen Gwen verlassen habe.«

»Wie bitte?«

»Gwen und ich sind *zusammen*.«

»Oh.« Ich brauchte einen Moment, um mich zu fangen. »Hat sich Jeffrey auf den Schwanz – Verzeihung – auf den Schlips getreten gefühlt, weil Sie ihn wegen einer anderen Frau verlassen haben?«

»Nicht daß ich wüßte. Etwa eine Woche, nachdem Gwen und ich zusammengezogen sind, fing er an, mit Roberta anzubändeln. Ich bin ihnen eines Abends auf einem Empfang im Kulturhaus begegnet und hatte den Eindruck, daß sie sehr gut zusammenpassen.«

Interessant, dachte ich bei mir. Celeste Tolliver brüstete sich damit, zu wissen, wer mit wem zusammen war, aber vielleicht reichte ihr Horizont nur bis zu den heterosexuellen Paaren.

»Gut«, sagte ich. »Dann stelle ich Ihnen meine letzte Frage und lasse Sie wieder an Ihre Arbeit, Lucinda. Fällt Ihnen irgend jemand ein, der Jeffrey den Tod gewünscht haben könnte?«

Sie zuckte die Achseln. »Irgendwer. Jeder. Er war kein besonders netter Typ.«

»Warum sind Sie dann überhaupt mit ihm liiert gewesen?«

»He. Haben *Sie* sich noch nie in einem Mann getäuscht?«

Ich seufzte. »Doch, Lucinda, meine Liebe, sonst wäre ich ja gar nicht hier.«

Roberta Ross lebte in einem Einfamilienhaus mit vier Schlafzimmern in Sailfish Point, einer abgeschlossenen, bewachten und bekanntermaßen teuren Country-Club-Siedlung an der Südspitze von Hutchinson Island. Ein wildwuchernder Irrgarten aus Eigentumswohnanlagen, Einfamilienhäusern und wahrhaft riesigen Villen sowie einem direkt am Strand gelegenen Clubgebäude mit Restaurant, Tennisplätzen, einem Jachthafen und einem phänomenalen Golfplatz, kann Sailfish mit Aufsichtsratmitgliedern, Wall-Street-Maklern und anderen Neureichen aufwarten, von denen viele in ihren eigenen kleinen Luxusjets zu ihren Hauptwohnsitzen und wieder zurück fliegen.

Robertas Haus, ein Bauwerk in mediterranem Stil mit gepflastertem Innenhof, Schwimmbecken und Kamin, war nur ein vorübergehendes Zuhause, wie sie mir erklärte, als sie mich einließ.

»Ich wohne nur zur Miete, bis ich etwas Geeignetes zum Kaufen finde«, sagte Roberta, eine umwerfende Brünette in einem kanariengelben Karrierekostüm. »Der Immobilienmarkt hat dermaßen geboomt, daß wir kaum noch Objekte übrig haben. Apropos, ich muß in einer halben Stunde ein Haus am anderen Ende der Stadt zeigen. Dauert es lange?«

»Nein. Ich komme gleich zur Sache«, sagte ich. »Wie ich Ihnen bereits am Telefon erklärt habe, möchte ich mit Ihnen über Jeffrey Hirshon sprechen.« Ich zog meine kleine Show ab. »Da Sie und er, kurz bevor er ermordet wurde, miteinander liiert waren, dachte ich mir, daß Sie vielleicht ein paar Ideen hätten, wer ihn umgebracht haben könnte.«

»Ehrlich gesagt kannte ich Jeffrey gar nicht so gut. Warten

Sie – lassen Sie es mich anders formulieren. Oberflächlich kannte ich ihn seit Jahren, weil er und mein Exmann in derselben Praxisgemeinschaft gearbeitet haben. Aber erst als Peter und ich uns trennten, nahm meine Beziehung zu Jeffrey eine romantische Wendung. Sowie er hörte, daß ich Peter verlassen hatte, begann er, mich anzurufen.«

»Das zeugt aber nicht gerade von übertriebenem Feingefühl von seiten Jeffreys. Gegenüber Ihrem Exmann, meine ich. Immerhin waren sie Kollegen.«

»Ja, aber sie sind nie gut miteinander ausgekommen. Peter war zum Beispiel neidisch auf Jeffreys Erfolg. Was Jeffrey hatte, wollte Peter auch. Geld, Auto, Boot, Frauen. Peter ist in dieser Hinsicht entsetzlich unreif.«

»Haben Sie ihn deshalb verlassen? Weil er so unreif ist?«

»Ich habe ihn verlassen, weil ich ihn mit einer Krankenschwester im Bett erwischt habe. Aus der Intensivstation der Klinik, kaum zu glauben. Ich kam in unser Schlafzimmer, und da war sie und pflegte ihn ganz intensiv.«

Vicky Walters, aha. Was Jeffrey hatte, wollte Peter auch – und offenbar bekam er es.

»Das muß ein ganz schöner Schock gewesen sein«, sagte ich. »Der Alptraum einer jeden Frau.«

»Angenehm war es nicht«, gestand sie. »Vermutlich habe ich mich deshalb auch mit Jeffrey eingelassen, sozusagen aus Rache. Ich wußte, es würde Peter wahnsinnig machen. Der Grund dafür, daß Jeffrey überhaupt etwas mit mir angefangen hat, war natürlich, daß er Peter ärgern wollte.«

»Sie waren also nur kurz mit Jeffrey liiert?«

»Ja. Wir waren zusammen auf dem Herzball. Ein paarmal hat er mich zum Essen ausgeführt. Einmal haben wir auf seinem Boot übernachtet. Das war's in etwa. Wir waren nicht gerade das Liebespaar des Jahrhunderts. Offen gestanden verstehe ich auch nicht, warum Peter so neidisch auf ihn war. An dem Mann war meiner Meinung nach nicht viel dran.«

»Roberta«, sagte ich. »Das ist jetzt eine heikle Frage, aber ich stelle sie Ihnen einfach, okay?«

»Nur zu.«

»Halten Sie es aufgrund der Feindseligkeit zwischen den beiden Männern für möglich, daß es Peter war, der Jeffrey umgebracht hat?« Ja, ich weiß. Peter war laut Vicky am Abend des Mordes die ganze Zeit mit Vicky zusammengewesen. Aber sie war tagsüber eine hingebungsvolle Krankenschwester und abends ein leichtlebiges Flittchen, und ich wußte nicht, ob ich ihr trauen sollte.

»Das bezweifle ich«, erwiderte Roberta. »Peter neigt überhaupt nicht zu Gewalttaten. In den elf Jahren unserer Ehe habe ich ihn nicht einmal dazu gebracht, einen Palmenkäfer zu zertreten.«

»Irgendwelche anderen Vermutungen, wer es getan haben könnte?«

Sie schüttelte den Kopf. »Entschuldigen Sie meine Eile, aber ich muß jetzt wirklich ein Haus zeigen.«

»Ich verstehe.«

»Allerdings möchte ich Sie noch etwas fragen, Deborah.«

»Bitte.«

»Sie haben am Telefon gesagt, daß Ihre Mutter in der South River Road auf Sewall's Point lebt. Sie wohnt in diesem zweistöckigen blaugrauen Haus direkt am Wasser, stimmt's?«

»Ja.«

»Möchte sie es verkaufen?«

»Verkaufen? Bestimmt nicht. Sie hängt an dem Haus.«

Roberta reichte mir ihre Visitenkarte. »Falls sie es sich anders überlegt, sagen Sie ihr, sie soll mich anrufen, ja?«

»Sie wollen das Haus kaufen?«

»Nein, ich will es vermitteln. Wie gesagt, wir haben nur wenige Objekte an der Hand, und schon gar nicht direkt am Wasser gelegene Anwesen auf Sewall's Point.«

»Tja, das Haus meiner Mutter steht jedenfalls nicht zum

Verkauf«, sagte ich. »Aber es gibt ein anderes Haus in diesem Viertel, um das ich mich an Ihrer Stelle bemühen würde.«

»Wirklich? Wem gehört es?«

»Jeffrey. Sie und er waren vielleicht nicht das Liebespaar des Jahrhunderts, Roberta, aber soweit ich weiß, waren Sie seine letzte Freundin. Wenn überhaupt ein Makler hier am Ort das Objekt vermitteln darf, dann sind Sie das.«

18

Als ich am Dienstag nachmittag zum Cottage zurückkam, waren zwei Nachrichten auf meinem Anrufbeantworter. Eine stammte von meiner Mutter, welche mir mitteilte, daß sie es geschafft hatte, schon für den nächsten Tag einen Termin bei Peter Elkin zu bekommen.

»Ich habe so getan, als sei es dringend.« Ihr Kichern war auf dem Band zu hören. »Aber was mir eigentlich zu dem Termin verholfen hat, war, daß ich Patientin von Dr. Hirshon war und meine Unterlagen bereits in der Praxis vorliegen. Die Arzthelferin hat gesagt, sie würde Dr. Elkin fragen, ob er mich gleich drannehmen könnte, und eine Viertelstunde später hat sie zurückgerufen und gesagt, er würde mich morgen um halb drei einschieben. Mission erfolgreich ausgeführt, Liebes!«

Was Jeffrey hatte, wollte Peter auch, dachte ich, und mir fiel wieder ein, wie Roberta ihren Exmann charakterisiert hatte, so daß ich mich fragte, ob sich die Rivalität auch auf Patienten erstreckte.

Die zweite Nachricht war von Ray, was mich angesichts seiner Abneigung gegen Telefone erstaunte.

»Wie wär's mit Abendessen heute? Bei mir«, hieß es. »Letztes Mal haben Sie die Thunfischsandwiches gemacht. Diesmal mache ich sie. Meine Adresse ist Seminole Street neununddreißig. Um sieben. Geben Sie mir Bescheid.« Dann folgte seine Telefonnummer.

Ich mußte lächeln, als ich das Band zurückspulte. Ray Scalley wuchs mir ganz entschieden immer mehr ans Herz.

Sein Haus war ein zweistöckiger Bungalow mit weißer Holzverkleidung, den er liebevoll und sorgfältig in seiner Freizeit renoviert hatte. Er hatte das Haus zwei Jahre nach Beths Tod gekauft, da er befunden hatte, daß er sowohl einen Tapetenwechsel bräuchte als auch ein Projekt, das ihn von seinem Verlust ablenkte.

An einer schmalen, palmengesäumten Straße im Zentrum von Stuart gelegen, vorne und zu beiden Seiten von Geschäften und Bürogebäuden eingerahmt, stand dieses alte floridatypische Juwel inmitten eines dreißig Meter breiten Grundstücks am Ufer des St. Lucie River. Es war ausgestattet mit gelben Kiefernholzböden, Nut- und Federdecken mit sichtbaren Balken, hübschen Stuckornamenten und einem Kamin aus Muschelbruch. Außerdem befanden sich auf dem Grundstück noch ein kleiner Schuppen, den Ray als Werkstatt benutzte, und eine freistehende Garage.

»Das Haus ist phantastisch«, sagte ich, nachdem er mich herumgeführt hatte. Wir standen in seiner Küche, die nicht wesentlich größer war als meine im Cottage, aber mit glänzenden neuen Geräten und maßgefertigten Kirschholzschränken eingerichtet war. Ja, alles blitzte und blinkte nur so und zeugte von Rays hervorragendem schreinerischem Talent – ein derart überragendes Talent, daß ihm vermutlich die Flächen ausgegangen waren, die er noch hätte renovieren können, und er nicht mehr wußte, wie er seine einsamen Stunden füllen sollte.

»Danke. Ich bin ziemlich zufrieden mit dem Ergebnis«, sagte er, reichte mir ein Glas Weißwein und holte sich eine Flasche Heineken aus dem Kühlschrank. »Und ich lebe gern in der Stadt. Es ist zwar nicht wie in New Yawk, aber es ist immer etwas los, immer ein bißchen Trubel, ob nun ein Zug durchkommt, ein Konzert im Lyric stattfindet oder einfach nur die Leute zu den Restaurants fahren. Hier fühlt man sich nie allein.«

»Im Gegensatz zu meinem kleinen Cottage in der Einöde, meinen Sie.«

»He, verstehen Sie mich nicht falsch. Ich finde es herrlich am Strand. Aber es gibt Phasen im Leben, wo man lieber mitten am Puls des Geschehens sitzt. Das behaupten zumindest meine wohlmeinenden Freunde.«

Ray lächelte, doch der Schmerz über den Tod seiner Frau und seines Kindes war immer noch spürbar, selbst nach sechs Jahren.

»Erzählen Sie mir mal, wie Sie die Thunfisch-Sandwiches machen«, sagte ich, um die Stimmung etwas aufzulockern. »Schwören Sie auf Bumble Bee, oder gibt's heute abend Starkist?«

»Ach du lieber Gott. Ich habe vergessen, das Feuer anzuzünden.« Eilig verließ er die Küche und kam nach wenigen Minuten mit von Holzkohle verschmierten Händen zurück. »Wenn Sie mich nicht erinnert hätten, wären wir verhungert.«

»Wollen Sie etwas grillen?«

»Ja. Frischen Thunfisch. Ich habe ihn heute morgen gekauft und gehofft, daß Sie Zeit haben würden zu kommen. Dazu gibt's Nudeln, Knoblauchbrot und für Sie ein wenig Brokkoli, weil Sie so ein Gemüse-Fan sind. Sagt Ihnen das zu?«

Ich drohte ihm mit dem Finger. »Sie haben gesagt, es gäbe Thunfisch-*Sandwiches*, und jetzt muß ich erfahren, daß Sie sich einen Haufen Umstände machen.«

»Was für Umstände? Wir sind doch jetzt Freunde. Ich koche ein Abendessen für dich. Setz dich und freu dich einfach.«

Ich lachte und nahm meinen Wein mit ins Wohnzimmer, einen schönen Raum mit einer riesigen Fensterfront, die auf den Fluß hinausging. Ray hatte es mit weißen, lose bezogenen

Sesseln, aus Petroleumlaternen umgebauten Lampen und einem rechteckigen, dick lackierten Couchtisch aus Teakholz möbliert, den er vermutlich selbst entworfen und gebaut hatte. Ich fragte mich, ob die Möbel aus dem Haus stammten, das er mit Beth bewohnt hatte. Mir fiel auf, daß nirgends gerahmte Fotos von ihr standen. Keine Hochzeitsbilder. Kein Schnappschuß von den beiden, wie sie in der Sonne oder in der Brandung herumtollten. Kein Hinweis darauf, daß sie je gelebt hatte, soweit ich sehen konnte. Es gab nur Fotos von Rays Eltern und Bruder, was ich aus der starken Familienähnlichkeit schloß, und Souvenirs von Spielen der Gators sowie einen Stapel Zeitschriften namens *Gator Bait*. Überhaupt nichts, was »Beth« sagte. Aber schließlich wußte ich ja nicht, ob das Petit-point-Kissen mit dem Blumenmuster, das auf einem der Sessel lag, womöglich spezielle Erinnerungen an sie barg oder ob die Kunstbände, die auf dem Couchtisch lagen, in irgendeiner Form mit ihrer Beziehung zusammenhingen. Vielleicht war es tröstlich für Ray, die Erinnerungen an seine Frau ganz für sich zu behalten. Ich hatte nie eine solche Tragödie erlebt wie er; ich konnte mir nicht vorstellen, wie er es schaffte, gleichzeitig zu trauern *und* sein Leben weiterzuleben.

Nach wenigen Minuten kam er zu mir ins Wohnzimmer und hockte sich auf meine Sessellehne. Er fragte mich, was es Neues bei den Ermittlungen gäbe. Ich erzählte ihm von meinen Besuchen bei den Sirenen von Stuart.

»Heute morgen ist mir Frank Gillby begegnet«, sagte er, als ich meine Abenteuer ausführlich geschildert hatte. »Er weiß nicht, was er von dir halten soll.«

»Solange er mich nicht ins Gefängnis steckt, ist mir egal, was er von mir hält.«

»Er ist ein guter Mann, Deborah. Und Avery Armstrong auch, der Polizeichef von Sewall's Point. Sie müssen bei diesem Fall einen Drahtseilakt vollführen. Ganz Sewall's Point schreit nach einer Verhaftung – die Leute fürchten anscheinend, daß aufgrund des ganzen Wirbels der Wert ihrer Immobilien sinkt. Aber Frank und Avery wollen sich Zeit lassen, um Fehler auszuschließen und keine voreiligen Urteile zu fällen. Ich möchte nicht mit ihnen tauschen, glaub mir.«

»Hat Detective Gillby gesagt, ob er irgendeinen der Anhaltspunkte verfolgt, die ich ihm gegeben habe?«

Ray lächelte. »Er hat gesagt, er fände deine Angaben *interessant.*«

»Oh. Anders ausgedrückt soll ich die Klappe halten.«

»Nein. Anders ausgedrückt ist er dankbar für deine Hinweise.«

»Wirklich?«

»Das hat er zu mir gesagt.«

Jetzt war mir wohler, da ich wußte, daß ich mich nicht umsonst anderen Leuten aufdrängte und ihnen freche Fragen stellte.

Um acht verkündete Ray, daß das Essen fertig sei, und bedeutete mir, daß ich ihm in das kleine, aber gemütliche Eßzimmer folgen solle. Er servierte die Thunfischsteaks frisch vom Grill, während ich die Nudeln und das Knoblauchbrot verteilte und mir vom Brokkoli nahm.

»Du bist kein schlechter Koch«, bemerkte ich, nachdem ich einen Bissen von dem Fisch probiert hatte.

»Hab' ich mir selbst beigebracht. In unserer Ehe hat immer Beth gekocht. Nach ihrem Tod fand ich, daß es an der Zeit wäre, erwachsen zu werden, und ich habe gelernt, mich selbst durchzuschlagen.«

»Also, ich bin beeindruckt. Es schmeckt alles wunderbar.«

»Sogar der Brokkoli?« Er verzog das Gesicht.

»Vor allem der Brokkoli«, sagte ich und fühlte mich geschmeichelt, daß er mir zuliebe etwas gekocht hatte, das er selbst nicht mochte.

Wir aßen und plauderten, nicht über Jeffrey oder die Polizei, sondern über Rays Job und einige der Leute, mit denen er zusammenarbeitete, über die Historische Gesellschaft und die Politik, die dort verfolgt wurde, über die Stuart spaltende Debatte zwischen denen, die für Modernisierungsmaßnahmen waren, und jenen, die sich den Umwälzungen, die der »Fortschritt« mit sich brachte, entgegenstemmten.

Nachdem wir den Tisch abgeräumt und gespült hatten, fragte mich Ray, ob ich Lust auf ein kleines Abenteuer hätte.

»Kommt darauf an«, sagte ich. »Kannst du dich deutlicher ausdrücken?«

»Kein Problem.« Er nahm mich bei der Hand und führte mich nach draußen zu der freistehenden Garage, einem alten Gebäude, das er ebenfalls renoviert hatte.

Er machte die Türen auf und grinste. »Sie ist ziemlich flott, was?«

Ich folgte seinem bewundernden Blick zur rechten Bucht der Garage, wo ein Motorrad stand.

»Tja, wer hätte das gedacht«, sagte ich. »Ray Scalley ist ein Biker.«

»Nein, Ray Scalley ist ein Sammler«, korrigierte er mich. »Komm gucken.«

Er winkte mich zum Objekt seiner unübersehbaren Zuneigung herüber.

»Das ist eine 1948er Indian«, erklärte er stolz. »Eine ›Chief‹, das Spitzenmodell.«

»Was? Keine Harley?« spöttelte ich.

»Nee. Heutzutage haben doch sämtliche Yuppies und Konsorten eine Harley«, meinte er. »Indians sind Klassiker, sehr schwer zu bekommen. Die Firma hat in den zwanziger Jahren angefangen, sie zu bauen, und die Produktion in den Fünfzigern eingestellt. Ich habe eine lange, lange Zeit an diesem Baby herumgebastelt, vor allem am Motor, der 1200 Kubikzentimeter hat; es hat mich eine halbe Ewigkeit gekostet, bis er wieder in Schuß war. Natürlich ist sie wesentlich zuverlässiger als eine Harley.«

»Natürlich«, sagte ich und ließ mich von Rays Begeisterung anstecken.

»Die Indian selbst wiegt gut zweihundert Kilo, was bedeutet, daß sie zwar ziemlich stark, aber für so ein großes Motorrad relativ leicht ist. Bei aller Bescheidenheit möchte ich doch behaupten, daß sie die schönste Maschine weit und breit ist.«

»Sie sieht sagenhaft aus, das gebe ich zu. Ich habe noch nie so viel Chrom gesehen. Und diese Schutzbleche.« Ich stieß einen anerkennenden Pfiff aus.

»Man nennt sie eingelassene Schutzbleche, und sie sind die besonderen Merkmale der Indian, da das Metall seitlich an jedem Rad weit heruntergezogen ist.«

»Todschick.«

»Mhm. Und wie findest du das Leder? Fühl mal.«

Ich streckte die Hand aus und strich über den schwarzen Ledersitz des Motorrads. Er war so weich und glatt wie Samt. »Angenehm«, bestätigte ich.

»Gut. Dann drehen wir jetzt eine Runde.«

Ich schluckte, als Ray nach zwei Helmen griff. Motorräder hatte ich bisher immer mit einer Mischung aus »Mann, sind die cool« und »Huch, sind die gefährlich« betrachtet. Ich war noch nie auf einem mitgefahren, da ich mir zu bürgerlich vorkam und es lieber wüsten Weibern mit Tätowierungen und Nasenringen überließ, Motorrad zu fahren.

»Du siehst ja völlig verängstigt aus«, lachte Ray.

»Du hast es mir also angemerkt.«

»Es passiert dir nichts, ich versprech's.« Er reichte mir einen der Helme und half mir, ihn festzuzurren, bevor er seinen eigenen aufsetzte. Dann schwang er sich rittlings auf den Sitz der Indian und rollte die Maschine aus der Garage.

»Jetzt du.« Er tätschelte den Sitz hinter sich und wies mich an, Platz zu nehmen. Ich setzte mich – äußerst zögerlich. »Komm schon, Deborah. Ich beiße nicht.« Er zog mich näher heran. »Halt dich einfach an mir fest, dann geht's los.«

Ich befolgte seine Anweisungen, schlang ihm die Arme um die Taille und drückte meine Beine gegen seine. Dabei bemerkte ich, wie hart und warm sich sein Körper anfühlte, und kämpfte mit der brennenden Sehnsucht, selbst umarmt zu werden.

Ray betätigte den Kick-Starter des Motorrads, woraufhin der Sitz so heftig zu vibrieren begann, daß ich fürchtete, mir würden die Zähne ausfallen. »Festhalten«, sagte er noch einmal, und seine Stimme klang so überdreht wie die eines Kindes, das mit seinem Lieblingsspielzeug spielt.

Er manövrierte uns aus der Einfahrt, und wir brausten los, die Seminole Street entlang auf die Osceola und schließlich auf den Riverside Drive, an den üppig begrünten Anwesen am St. Lucie River vorbei. Zuerst klammerte ich mich dermaßen an Ray fest, daß er schimpfte, meine Fingernägel würden ihm Löcher in die Seiten bohren. »Wenn du ein bißchen lockerer läßt, macht es dir auch mehr Spaß«, rief er. »Schließlich nehme ich dich ja nicht mit auf die I-95. Ich fahre nur die ruhigeren Straßen. Langsam. Damit du ein bißchen reinkommst.«

»Da bin ich aber dankbar«, brüllte ich zurück und lockerte meinen Griff ein ganz klein wenig.

Es war ein milder, sternenklarer Abend, und nur hin und wieder wehte eine leichte Brise – die ideale Nacht, um in der Gegend herumzudüsen –, und während ich mich immer mehr damit anfreundete, daß ich auf dem Sitz eines Motorrads hockte und nicht, sagen wir mal, auf einem stinknormalen Fahrrad, begann ich den Ausflug zu genießen. Es war wirklich befreiend, die Straßen entlangzusausen und mir die duftende, weiche Luft ins Gesicht pusten zu lassen, während mein Körper dicht an Rays Körper anlag. Das gefiel mir nämlich am besten daran, muß ich zugeben – der Körperkontakt, das Gefühl, Ray buchstäblich zu umarmen, ohne dabei verlegen werden zu müssen.

»Juu-huh!« rief er, als wir einen Jaguar an der Ampel im Staub zurückließen, da der Luxuswagen mit der Indian nicht mithalten konnte.

»Du bist ein halbstarker Rowdy«, witzelte ich.

»Was?« brüllte er zurück.

»Vergiß es.« Ich lachte.

Rays aufrichtige Freude, sein geradezu kindliches Vergnügen daran, auf der klassischen Maschine herumzukurven, die er zu neuem Leben erweckt, an der er gebastelt und herumgetüftelt hatte, war ansteckend. Sein Fieber, der Spaß und das Freiheitsgefühl übertrugen sich auch auf mich. Ich amüsierte mich so gut, daß ich beinahe vergessen hätte, daß ein Mörder frei herumlief – genau hier, in der Stadt am Fluß.

Gegen zehn brachte Ray uns zu seinem Haus zurück.

»Na?« sagte er, als er mir vom Motorrad half. »Hat's dir gefallen? Nicht gefallen? Keines von beidem?«

»Gefallen«, antwortete ich, »obwohl ich glaube, daß es eine Zeitlang dauern wird, bis mein Herzschlag wieder auf Normalmaß absinkt.«

Als mir einfiel, daß Ray jeden Tag früh zur Arbeit mußte, erklärte ich, daß ich jetzt lieber ginge.

»Das war ein prima Abend«, sagte ich, als er mich zu meinem Auto begleitete. »Danke für die Einladung, Ray.«

»Du bist jederzeit wieder hier willkommen«, sagte er und beugte sich herüber, um diesmal *mich* auf die Wange zu küssen. »Sehen wir uns gegen Ende der Woche?«

»Klar.«

Auf dem Nachhauseweg wurde mir klar, daß sich zwischen Ray und mir langsam eine gewisse Routine einstellte. Zwischen uns entstand allmählich eine Freundschaft, die auf der simplen Tatsache zu beruhen schien, daß wir einander mochten. Wir hatten zwar weder viel gemeinsam, was unser Vorleben anging, noch ähnelten sich unsere Persönlichkeiten besonders. Aber er zog mich immer mehr in seinen Bann, das fühlte ich deutlich. Und ich wehrte mich nicht dagegen. Auch das fühlte ich.

Meine heitere, entspannte Stimmung schwand, sowie ich das Tor öffnete und hineinging. Mindestens ein Dutzend leere Bierflaschen lagen verstreut auf dem Weg, der zum Haus der Zuflucht führte, manche davon zerschlagen und zersplittert, und über die Fenster des Gebäudes war Rasierschaum gesprüht worden. Ins Museum selbst war zwar nicht eingebrochen worden, aber eine Horde betrunkener, zu Unfug aufgelegter Jugendlicher hatte sich offensichtlich nichts dabei gedacht, über ein verschlossenes Tor zu steigen und öffentliches Eigentum zu verwüsten.

Melinda hatte mich ja vor den Witzbolden, Eindringlingen und hormongeplagten Teenagern gewarnt, die wahrscheinlich hin und wieder Ärger machen würden, genau wie ein paar Abende zuvor oben auf dem Aussichtsturm, und so war ich von der Sauerei, welche diese Gruppe hinterlassen hatte, eher verärgert als erschüttert. Trotzdem war es meine Aufgabe, sämtliche vandalistischen Handlungen zu melden. Ich rief die Polizei und wartete, bis sie kam.

Da Hutchinson Island jenseits der Stadtgrenze von Stuart liegt, waren es zwei meiner Freunde vom Sheriffbüro Martin County, die erschienen. Binnen fünf Minuten waren sie da, sahen, daß es die berüchtigte Deborah Peltz war, die sie gerufen hatte, und machten ein paar Witze in Richtung »Ach, Sie schon wieder«, als verbrächte ich den größten Teil meiner wachen Momente damit, die Polizei zu rufen. Doch hielten sie ihren Besuch glücklicherweise kurz. Sie kontrollierten »das Anwesen«, stellten mir ein paar Fragen und schrieben einen Bericht. Dann machten sie sich wieder auf den Weg.

»Warten Sie«, sagte ich. »Was ist mit den Bierflaschen und dem Rasierschaum? Irgend jemand muß die Sauerei doch wegräumen.«

»Sie sind doch die Hausmeisterin hier, oder?« sagte einer der beiden.

»Stimmt«, erwiderte ich.

»Dann *kümmern* Sie sich darum.« Er grinste höhnisch.

Und schon waren sie weg.

Ich war durchaus in der Lage, die Bierflaschen aufzusammeln und in den Müll zu befördern, ebenso wie ich den Rasierschaum von den Fenstern wischen konnte, doch es war spät, und ich war müde und wollte nur noch ins Bett. Aber der Polizist hatte recht: Ich *war* die Hausmeisterin, und nachdem mir Melinda zu bleiben erlaubt hatte, sollte ich wenigstens meine Arbeit tun.

Ich hätte ja alles bis zum nächsten Morgen liegenlassen können, aber da ich fürchtete, ich könnte verschlafen, und die Ehrenamtlichen (oder schlimmer noch, Melinda!) würden vorher eintreffen, machte ich mich ans Werk. Nachdem ich die starke Taschenlampe, die Ray mir aufgedrängt hatte, sowie eine große Mülltüte aus Plastik, eine Rolle Küchenkrepp und einen Eimer Wasser zusammengesucht hatte, marschierte ich wieder nach draußen und begann mit dem Saubermachen. Ich fing am nördlichen Ende des Hauses an und arbeitete mich nach Süden vor. Gerade wollte ich das letzte Fenster abwischen, das, welches dem Cottage am nächsten lag, als mir auffiel, daß der Graffiti-Künstler seinen Rasierschaum nicht ziellos versprüht hatte. Er hatte mit dem schaumigen Zeug tatsächlich etwas geschrieben. Etwas in einer weiten, verschlungenen Schrift. Etwas, was bei näherer Betrachtung eindeutig dazu gedacht war, mich einzuschüchtern:

He, Fernseh-Tussi! Kümmre dich um deinen eigenen Kram,
sonst geht's dir demnächst an den Kragen!

Ich schnappte nach Luft und wich ein paar Schritte von der Botschaft zurück, während mir das Herz bis zum Hals schlug. Offenbar wußte derjenige, der das geschrieben hatte, daß ich bei einer Fernsehserie gearbeitet hatte. Ebenso schien der Verfasser zu wissen, daß ich in der Stadt herumgerannt war und eine Menge Fragen über Jeffrey gestellt hatte. Und am alleroffensichtlichsten war, daß der Schreiberling wußte, daß ich im Cottage wohnte, vermutlich sogar, daß ich allein dort wohnte.

Ich erwog, hineinzugehen und noch einmal die Polizei zu rufen.

Aber was, wenn jemand von der Polizei hinter dieser Drohung steckt? überlegte ich. Ein Cop, der mit dem Fall Jeffrey vertraut war und wußte, daß ich Leute ausgefragt und die Informationen an Detective Gillby weitergegeben hatte? Was, wenn es jemand war, der mich als Konkurrenz sah, jemand, der ein Held sein und den Mord allein aufklären wollte?

Ich packte den Wassereimer und spülte den Rasierschaum vom Fenster. Nachdem nicht alles auf Anhieb wegging, wischte ich den Rest mit Küchenkrepp ab.

Und dann ging ich hinein und rief jemanden an – und zwar Ray.

»'lo?« sagte er, und es klang, als hätte ich ihn geweckt.

Ich entschuldigte mich und erzählte ihm, was passiert war.

»Nee. Ich kann mir nicht vorstellen, daß ein Cop so was macht«, sagte er, nachdem er sich erkundigt hatte, ob mir auch nichts fehlte. »Vermutlich war es eine Horde Jugendlicher, die sich einen Spaß erlauben wollten.«

»Eine Horde Jugendlicher, die sich mit meinem beruflichen Hintergrund auskennen?« fragte ich. »Und was sollte das heißen, daß ich mich um meinen eigenen Kram kümmern soll?«

»Vielleicht haben sie in diesem Artikel in der Zeitung von deinem Job beim Fernsehen gelesen«, mutmaßte Ray. »Vielleicht haben ihre Eltern beim Abendessen über dich geredet. Oder womöglich haben sie von einer der Frauen, die du heute aufgesucht hast, von dir erfahren. Möglich ist alles. Das hier ist eine –«

»– kleine Stadt, ich weiß«, unterbrach ich ihn und dachte bei mir, daß sie von Minute zu Minute kleiner wurde. »Es könnte ein grober Scherz gewesen sein, ja, aber ich habe das Gefühl, daß eine echte Warnung dahintersteckt, Ray. Ich frage mich, ob mein Interesse an dem Fall Jeffreys Mörder nervös macht.«

»Herrgott, Deborah. Ich finde die Vorstellung angenehmer, daß es ein paar Lausebengel waren. Was willst du denn jetzt tun?«

»Das gleiche wie immer. Ich werde Fragen stellen, nach Anhaltspunkten suchen und sie an Gillby weiterleiten. Je eher der Mörder gefaßt wird, desto eher kann ich normal weiterleben.«

»Anders ausgedrückt ignorierst du die Warnung, falls es wirklich eine war.«

»Ich ignoriere sie nicht direkt. Ich lasse mich nur nicht davon irre machen. Nicht allzusehr.«

Er lachte. »Soll ich vorbeikommen? Auf deinem Sofa übernachten. Dir ein Schlaflied singen?«

»Das ist lieb. Nein, es geht schon. Ich mußte es nur jemandem erzählen. Nicht meiner Mutter, weil ich sie nicht aufregen wollte. Und nicht meiner Schwester, weil ich mich nicht von ihr aufregen lassen wollte. Damit warst nur noch du übrig, Ray. Entschuldigung.«

»Warum Entschuldigung? Ich bin froh, daß du angerufen hast. Dafür sind doch Freunde da.«

19

Am nächsten Morgen verfaßte ich eine Liste von Fragen, die meine Mutter während ihrer Untersuchung bei Peter Elkin stellen sollte. Sie deckten das ganze Spektrum ab, vom naiven

»Das mit Dr. Hirshon ist ja so ein Jammer, nicht wahr?« bis hin zum sanft drängenden »Waren Sie eigentlich auch privat befreundet oder nur Kollegen?« bis hin zu offener Neugier: »Wo waren Sie an dem Abend, als der Mord geschah?«

Ich wußte, daß meine Mutter vor der letzten Frage zurückschrecken würde, daher setzte ich ein Sternchen dahinter und fügte unten eine Fußnote an, in der ich ihr riet: Frag das in lässiger, nicht bedrohlich wirkender Art, nachdem du ihm erzählt hast, wo *du* an diesem Abend warst. Es soll so aussehen, als wolltest du mit ihm Geschichten über Jeffrey austauschen – das heißt, wenn du ihm *deine* Erinnerungen mitteilst, teilt Elkin dir vielleicht auch *seine* mit.

Außerdem schloß ich ein paar Fragen über Elkins Liebesleben mit ein, zum Beispiel: »Meine Töchter sind beide alleinstehend, Sie auch?« und: »Ach, Sie sind geschieden? Also, wenn Sie nicht in festen Händen sind, mache ich Sie gern mit meinen Mädels bekannt.« Der Zweck des Ganzen war, Elkin dazu zu bringen, daß er entweder zugab, mit Vicky liiert zu sein, oder es leugnete.

Natürlich bereitete ich meine Mutter darauf vor, daß der Internist sich genau überlegen würde, ob er ihr irgendwelche Auskünfte gab, die über ihre Temperatur und ihren Blutdruck hinausgingen, da ja ihre »Mädels« schließlich Verdächtige im Mordfall Jeffrey waren. Andererseits war aber auch denkbar, so mutmaßte ich, daß sich unsere traurige Berühmtheit im Zusammenhang mit dem Fall zu unseren Gunsten auswirkte: daß Elkin, falls er glaubte, die Polizei werde den Mord Sharon und mir anhängen, eher geneigt sein könnte, seine Zurückhaltung aufzugeben.

»Ich werde mein Bestes tun«, versprach meine Mutter, als ich sie zu ihrem Termin fuhr. »Ich habe mir Unmengen von Leiden und Zipperlein ausgedacht, damit ich mindestens eine halbe Stunde mit ihm im Untersuchungsraum bin.«

Während sie von Dr. Elkin untersucht wurde und eine der

Assistentinnen in der hektischen Großpraxis, wo ein Trubel wie im New Yorker Hauptbahnhof herrschte, versehentlich die Tür zwischen Wartezimmer und Sprechzimmern offenließ, schlich ich mich an allen vorbei und ging auf Zehenspitzen den Flur zu Jeffreys Praxisräumen entlang. Dort angekommen, schloß ich mich ein und betete darum, daß niemand nach mir suchen würde. (Diesen Teil der Unternehmung hatte ich nicht geplant, aber als ich die Gelegenheit kommen sah, konnte ich doch nicht einfach im Wartezimmer sitzen bleiben und eine sechs Monate alte Nummer von *Redbook* durchblättern, oder?

Glücklicherweise machte sich niemand auf die Suche nach mir, nicht einmal Joan Sheldon, Jeffreys langjährige Türhüterin, die sich, wie ich später erfuhr, an diesem Tag frei genommen hatte. Also atmete ich tief durch und begann, die Praxis nach allem abzuklopfen, was irgendwie von Bedeutung sein könnte.

Die Einrichtung war nichts Besonderes – ein großer Schreibtisch mit Lederauflage und passendem Lederdrehstuhl, zwei Besuchersessel, ein paar Aktenschränke und ein Vertiko, auf dem Jeffrey Fotos von sich selbst zur Schau gestellt hatte – auf seinem Boot, in seinem Porsche und in seinem weißen Kittel mit Latexhandschuhen.

An der Wand hing die übliche Kardiologen-Propaganda: ein großes Diagramm des Herzens und seiner Koronararterien sowie ein buntes Poster zum Thema »herzfreundliche Ernährung«, auf dem man versucht hatte, Gemüse, Obst und Salate so lecker wie Steaks, Käse und weiße Schokoladen-Mousse wirken zu lassen. Daneben hing eine Karte – vielleicht sogar eine Seekarte für Profis – von den Bahamas, offenbar Jeffreys Lieblingszufluchtsort.

Hinzu kamen die obligatorischen Urkunden. Sein College-Abschluß. Sein Medizindiplom. Die hart erarbeitete Facharzt-Urkunde. Das Übliche eben. Ich studierte sämtliche offiziellen Dokumente von Jeffrey und versuchte, ihn mir als jungen Mann vorzustellen und mir die verschlungenen Wege und Wendungen auszumalen, die sein Leben wohl genommen haben mußte, um so zu enden, wie es geendet hatte.

Ich besah mir gerade höchst interessiert seinen ersten Abschluß von der Universität Miami, als ich plötzlich hörte, wie sich jemand an der Tür zu schaffen machte, die Klinke drückte und hereinzukommen versuchte.

Ich tat keinen Mucks.

»Ich schätze, es ist abgesperrt«, ertönte eine weibliche Stimme. »Die heilige Johanna muß zugeschlossen haben.«

»Diese dumme Nuß«, sagte eine zweite Frau. »Das Gute ist nur, daß sie sich jetzt, wo Hirshon tot ist, vielleicht eine andere Stelle sucht.«

»Na, hoffentlich.«

»Was sollen wir jetzt machen? Die Unterlagen, die wir brauchen, sind da drin.«

»Morgen ist sie wieder da. Dann können wir sie holen.«

Die beiden Frauen – vermutlich Arzthelferinnen – ließen von der Tür ab und gingen davon.

Mann, das war knapp, dachte ich. Zu knapp. Vielleicht war es doch keine so tolle Idee, hier herumzuschnüffeln, vor allem, wenn mich jemand hier fand und die Polizei verständigte.

Ich preßte mein Ohr an die Tür, um mich zu vergewissern, daß die beiden Arzthelferinnen – oder sonst irgend jemand – nicht in der Nähe standen. Als ich zu dem Schluß kam, daß die Luft rein sein mußte, schloß ich rasch die Tür auf, huschte den Flur entlang und betrat so gelassen, wie ich konnte, wieder das Wartezimmer, als hätte ich nur kurz die Toilette aufgesucht.

Verdammt, fluchte ich im stillen und griff mir das grauenvolle *Redbook*-Heft mit den Eselsohren vom Zeitschriftenständer. Ich war tatsächlich allein in Jeffreys Sprechzimmer gewesen und hatte nichts gefunden. Wenn ich natürlich Zeit gehabt hätte, in seinen Unterlagen herumzustöbern …

Tja, es war zwecklos, sich deswegen Vorwürfe zu machen, sagte ich mir. Also las ich *Redbook*, ein *McCall's* und ein *Ladies' Home Journal* und studierte gerade ein Hackbraten-Rezept in *Better Homes and Gardens*, als meine Mutter erschien.

»Alles erledigt«, erklärte sie verschmitzt und winkte mir mit einem Büschel Rezepten zu. »Komm, wir verschwinden, Liebes.«

Laut meiner Mutter machte Peter Elkin seine Sache sehr gründlich. Er hatte ihr Herz abgehört, ihren Bauch abgetastet, mit diesem dämlichen kleinen Hämmerchen gegen ihre Kniescheiben geklopft – alles, was man sich nur vorstellen kann. Und während der Untersuchung hatte sie ihn ausgehorcht, indem sie mit dem Geschick einer professionellen Ermittlerin die Liste von Fragen loswurde, die ich ihr gegeben hatte.

»Was hat er denn gesagt, als du ihn gefragt hast, wo er an dem Abend war, als der Mord geschah?« bestürmte ich sie.

»Die Frage hat er mir zunächst gar nicht beantwortet«, erwiderte sie. »Da mußte ich mein weibliches Raffinement einsetzen.«

»Was meinst du denn damit?«

»*Meinen weiblichen Charme*«, erklärte sie. »Ich mag ja fünfundsiebzig Jahre alt sein, aber den habe ich immer noch, Deborah.«

Ich lächelte. »Aber sicher, Mom. Ich habe mich nur gefragt, wie du ihn eingesetzt hast. Um Elkin zum Reden zu bringen.«

»Oh. Na ja, ich habe ihm erklärt, daß er viel zu jung und gutaussehend sei, um sich nach seiner Scheidung so schnell wieder zu binden.«

»Moment mal. Willst du damit sagen, daß du ihn dazu gebracht hast, über seine Scheidung zu sprechen?«

»Ja, während er meine Lymphknoten untersucht hat.«

»Und du hast ihm entlockt, daß er mit Vicky liiert ist?«

»Genau.«

»Wie genau, Mom? Das könnte ausschlaggebend sein.«

»Er sagte, er sei mit einer Schwester aus dem Krankenhaus zusammen. Ausschließlich. Ich nahm an, daß er von Vicky sprach.«

»Das liegt ja nahe. Okay, und dann?«

»Dann kam das weibliche Raffinement zum Einsatz.«

»Ich höre.«

»Ich zupfte an seinem Stethoskop und sagte ganz kokett: ›Aber Sie sind doch viel zu jung und gutaussehend, um sich nach Ihrer Scheidung gleich wieder fest zu binden, Dr. Elkin.‹ ›Finden Sie?‹ fragte er. ›Allerdings‹, erwiderte ich. ›Sie sind doch jetzt einer der begehrtesten Junggesellen Stuarts, und anstatt loszuziehen und an dem Abend, als der arme Dr. Hirshon umkam, ordentlich einen draufzumachen, wette ich, daß Sie brav mit Ihrer Krankenschwester zu Hause gesessen haben.‹ Ich tat entrüstet, um meine Mißbilligung auszudrücken.«

»Was hat er dazu gesagt?«

»Er meinte, ich hätte recht – er *war* an dem Abend, als Dr. Hirshon ermordet wurde, mit ihr zu Hause. Das wolltest du doch wissen, Liebes, oder nicht? Ob er Vickys Alibi bestätigt oder nicht.«

Ich nickte. Offensichtlich war meine Mutter, die Schlichterin, ohne weiteres fähig, sich in meine Mutter, die Mata Hari, zu verwandeln.

Später kam Sharon zu ihrem allwöchentlichen Mittwochsbesuch angerauscht, allerdings nicht allein. Sie brachte Barry Shiller mit. Oder, genauer gesagt, *er* brachte *sie* mit – in seinem goldfarbenen Corniche. Anscheinend hatte Barry einen Mandanten in Vero Beach, eine Stunde nördlich von Stuart. Geplant war, daß er mit meiner Mutter, Sharon und mir zu Abend essen, danach nach Vero fahren, am Donnerstag seinen Mandanten treffen und auf dem Rückweg nach Boca in Stuart vorbeifahren sollte, damit er meine Schwester wieder abholen konnte. Ein toller Hecht.

»Ich habe heute abend zu tun«, erklärte ich meiner Mutter, als sie mir all das schilderte.

»Deborah.«

»Wirklich. Ich werde in meinem Wohnzimmer sitzen, auf den Strand hinausschauen und die Sandkörner zählen.«

»Unsinn. Du willst Sharon aus dem Weg gehen. Und das, nachdem ihr mir versprochen habt, miteinander auszukommen.«

»Dazu sag' ich jetzt nichts.«

»Ich möchte dich darauf hinweisen, daß heute abend der erste Abend seit meinem Herzinfarkt ist, den ich in einem Restaurant verbringe. Das ist doch Anlaß genug, um dich von deiner wichtigen Beschäftigung loszueisen, oder nicht, Liebes?«

Ich seufzte. »Wohin führt uns denn der Anwalt aus Boca?«

»Ich habe Guytano's vorgeschlagen, das ist ein nettes, gemütliches Lokal gleich neben Stuart Fine Foods. Du kannst entweder bei mir zu Hause vorbeischauen, dann fahren wir gemeinsam hin, oder du kommst direkt ins Restaurant, und wir treffen uns dort.«

»Ich komme direkt ins Restaurant, danke. Wann steigt denn die Party?«

»Der Tisch ist für halb acht reserviert. Auf den Namen Shiller.«

»Vermutlich gibt er uns beim Essen alle möglichen juristischen Ratschläge, damit er uns einladen und hinterher Sharon die Stunden in Rechnung stellen kann.«

»Nun verurteile ihn doch nicht schon im voraus, Deborah. Deine Schwester sagt, er sei ihr gegenüber äußerst aufmerksam gewesen.«

»Für dreihundert Dollar die Stunde wäre sogar *ich* aufmerksam ihr gegenüber.«

»Deborah.«
»Bis bald.«

Die drei saßen bereits am Tisch, als ich im Restaurant eintraf. Barry erhob sich von seinem Stuhl, um mich zu begrüßen. Er trug schon wieder einen neuen Armani-Anzug und war völlig overdressed, seine braunen Haare waren dank des neuesten »Styling-Produkts« über und über glitschig, die Haut war gebräunt und geglättet und mit einem aufdringlichen Moschusduft getränkt. Sharon war so perfekt zurechtgemacht wie immer, doch an diesem speziellen Abend wirkte sie besonders strahlend, wie eine junge Braut. Natürlich hätte *ich* auch strahlend ausgesehen, wenn ich den Tag im Schönheitssalon verbracht, mir Gesichtsbehandlung, Maniküre und Pediküre gegönnt und die Haarwurzeln hätte nachfärben lassen. Aber da ich das nicht getan hatte, wirkte meine Aufmachung eben so nachlässig wie immer. Was meine Mutter anging, so sah man ihr die Freude darüber an, noch am Leben zu sein. Sie hatte mich ja darauf aufmerksam gemacht, daß dies ihr erster Abend außer Haus war, und sie genoß die Aufmerksamkeit, die ihr zuteil wurde. Freunde, die sie eine Zeitlang nicht gesehen hatte, kamen an unseren Tisch, um sich nach ihrem gesundheitlichen Befinden zu erkundigen (und, wie ich vermutete, einen Blick auf ihre Töchter zu werfen, die am Abend des Mordes in Jeffreys Haus gewesen waren). Sie unterhielt sich so gut, daß es sie nicht einmal zu stören schien, daß sich Barry immer wieder entschuldigte, um hinauszugehen und seine dicke, fette Zigarre zu rauchen, oder daß Sharon und ich uns über den Unterschied zwischen Tortellini und Tagliatelle in die Haare bekamen.

In erster Linie drehten sich unsere Gespräche um Barrys Erfolge auf dem Golfplatz, Barrys Frust darüber, daß er keinen Automechaniker finden konnte, der seinen Rolls Royce wirklich durchschaute, Barrys Entschluß, sein Haus in den

Hamptons nach zahlreichen »unglaublich herrlichen« Sommern dort zu verkaufen und Barrys Freundschaften mit landesweit bekannten Anwälten von der Sorte, die regelmäßig in der Talk-Show *Geraldo* auftrat.

Nicht daß Sharon und ich nicht auch hin und wieder zu Wort gekommen wären.

»Übernächstes Wochenende organisiere ich die Traubman-Hochzeit«, verkündete sie mit großem Tamtam.

»Wer sind die Traubmans?« fragte ich.

Sie starrte mich an, als wäre ich geisteskrank. »Denen gehört halb Boca«, sagte sie.

»Tatsächlich? Und wem gehört die andere Hälfte?«

Sie wandte sich an Barry. »Siehst du jetzt, was ich mitmachen muß?«

Er tätschelte ihr den Arm. Der mit Diamanten und Saphiren besetzte Ring an seinem kleinen Finger war wirklich ein Bild für Götter.

Sharon erging sich in endlosen Ausführungen über die Speisen, die sie für die Traubman-Hochzeit bestellt hatte, die Blumen, die Musik und die Vorkehrungen »für alle Fälle«. (Dazu zählte, die Mutter der Braut und die Mutter des Bräutigams an die beiden einander entgegengesetzten Enden der Tafel zu plazieren, da sie beide darauf bestanden hatten, ein Kleid von Vera Wang zu tragen.)

Sie geriet regelrecht ins Schwärmen über das Gedicht, das sie für Braut und Bräutigam geschrieben hatte und das die beiden einander als Teil ihres Ehegelübdes vortragen würden, als ich mich kurz entschuldigte.

»Ich muß mir die Nase pudern«, erklärte ich.

»Da fällt mir ein, ich müßte meine auch pudern«, sagte Sharon hintergründig und musterte mich grollend.

Wir erhoben uns und steuerten auf die Damentoilette zu. Ich wappnete mich.

»Du bist Barry gegenüber respektlos«, fegte sie mich an, als wir vor der Toilettentür standen. »Meinst du, ich merke nicht, daß du ihn behandelst, als sei er Luft? Das dulde ich nicht. Er bedeutet mir sehr viel, Deborah.«

»Aber ich bitte dich«, erwiderte ich. »Du hast ihn doch erst kennengelernt.«

»Na und? Wir sind uns in kurzer Zeit unheimlich nahe gekommen. Es ist Schicksal.«

»Nein, es ist Schwachsinn. Du kennst ihn gar nicht. Du weißt überhaupt nichts über ihn.«

»Das ist nicht wahr.«

»Gut. Du weißt, wo er aufgewachsen ist und wo er studiert hat, aber was weißt du über ihn *persönlich*? Über seinen *Charakter*? Warum willst du dich schon wieder in ein Schlamassel stürzen, Sharon?«

»Weil ich gerade im Begriff bin, mich in ihn zu verlieben, darum«, entgegnete sie trotzig. »Wenn unsere Beziehung weiter so rasch enger wird wie bisher, heirate ich ihn vielleicht sogar.«

»Ihn heiraten? Sharon, er ist eine Schlange. Was ist nur mit dir los? Offensichtlich leidest du immer noch unter dem Eindruck, von Daddy vernachlässigt worden zu sein, und deine reflexhafte Reaktion ist seit jeher die gewesen, den erstbesten Mann zu heiraten, der dich *nicht* vernachlässigt. Aber muß es ausgerechnet Barry Shiller sein? Sogar *du* kannst etwas Besseres haben.«

»Geht das schon wieder los. Du kritisierst mich und meinen Männergeschmack. Als ob du groß reden müßtest.«

»Ich gebe zu, daß ich selbst in meinen Beziehungen Fehler gemacht habe, aber ich versuche, mich zu ändern, Sharon. Die Katastrophe mit Jeffrey hat mich in gewisser Weise wachgerüttelt. Ich weiß jetzt, wie wichtig es für mich ist, mir Zeit zu lassen, mich zu vergewissern, daß der Mann der Richtige für mich ist, und sicherzustellen, daß er ein Gewissen hat, Herrgott noch mal.«

»Tja, während *du* die Zeit mit Warten verbringst, genieße *ich* mein Leben. Mit Barry.«

Sie drehte sich abrupt um und stürmte in die Toilette. Ich beschloß, daß ich, auch ohne mir die Nase zu pudern, überleben würde. Ich war gerade auf dem Weg zurück zum Tisch, als Barry, der erneut vom Rauchen kam, auf mich zusteuerte.

»Deborah«, sagte er. »Hätten Sie einen Moment Zeit?«

»Schon. Was gibt's denn?«

Er hustete und hauchte mir seinen Stinkadores-Atem ins Gesicht. »Ich würde Ihnen gern einen kostenlosen juristischen Rat geben.«

»Einen kostenlosen juristischen Rat? Das ist ja ein Widerspruch in sich.«

»Sehr witzig. Das muß ich mir merken.«

»Nur zu. Hören Sie, Sie sind Sharons Anwalt, Barry. Ich brauche keine juristischen Ratschläge, weder kostenlose noch sonstige. Ich schlage mich allein durch.«

»Sehr unklug.«

»Haben Sie mich deshalb beiseite genommen? Um mich davon zu überzeugen, Sie zu engagieren, falls ich verhaftet werde?«

»Nein. Ich habe Sie beiseite genommen, weil ich finde, daß Sie aufhören sollten, mit anderen Leuten über den Fall zu sprechen.«

Ich musterte ihn, während er an einem seiner massiv goldenen Manschettenknöpfe herumspielte. »Aufhören, mit anderen Leuten zu reden? Mit welchen Leuten denn?«

»Den Leuten in Stuart. Sharon hat mir erzählt, daß Sie hier eine Menge Fragen gestellt haben. Das könnte sich rächen, Deborah. Ich habe das schon erlebt. An Ihrer Stelle würde ich den Mund halten. Lassen Sie die Polizei ihre Arbeit tun.«

»War das Ihr kostenloser juristischer Rat?«

»Ja. Und Sie sollten ihn annehmen.«

Ich lächelte. Er war ja eine solche Ratte. »Danke für Ihr Interesse«, sagte ich unverbindlich. »So. Wie wär's jetzt mit Nachtisch?«

Er zuckte die Achseln, als hielte er mich für dumm, weil ich nicht auf ihn hörte. »Nach Ihnen«, sagte er und verbeugte sich salbungsvoll.

Er folgte mir zurück an den Tisch. Erst als er mir den Stuhl zurechtrückte, fiel mir plötzlich wieder etwas ein, was mir Sharon erzählt hatte – nämlich, daß Barry sein Grundstudium an der Universität Miami abgeschlossen hatte, und zwar 1963, im selben Jahr, als Jeffrey an derselben Universität *sein* Grundstudium abschlossen hatte.

Ich sah Barry an, als er sich neben mich setzte. »Kannten Sie Jeffrey Hirshon?« fragte ich.

»Ob ich ihn kannte? Was meinen Sie damit?«

»Es ist eine einfache Frage, Barry. *Kannten* Sie Jeffrey? Waren Sie Freunde? In derselben Studentenverbindung? Bekannte?«

»Was – sind Sie verrückt? Wenn ich den Mann gekannt hätte, hätte ich das Ihrer Schwester gesagt, bevor ich sie als Mandantin angenommen habe.«

»Aber Sie und Jeffrey *waren* im gleichen Jahrgang am College. Der Jahrgang, der 1963 fertig wurde.«

»Tatsächlich? Die Universität Miami ist groß. Schon möglich, daß Hirshon dort war, aber falls ja, so ist mir das neu.«

»Trotzdem wäre es doch ein gewaltiger Zufall, wenn Sie beide dort studiert hätten, oder, Barry?«

Er wollte gerade antworten – zumindest vermutete ich das –, als Sharon an den Tisch zurückkam, nachdem sie frischen Lippenstift aufgelegt hatte und sich mit dem Kamm durch ihr schimmerndes Goldhaar gefahren war.

»Was habe ich verpaßt?« fragte sie und sah ihm in die Augen.

»Deine Schwester hätte gerne noch einen Nachtisch«, sagte er.

»Meine Schwester ist immer für einen Nachtisch zu haben.« Sie lächelte. »Ihrer Taille nach zu urteilen jedenfalls.«

20

Am Donnerstag morgen erhielt ich einen Anruf von Detective Gillby.

»Ich bin immer noch unschuldig«, erklärte ich.

»Deshalb rufe ich nicht an«, sagte er. »Ich wollte mich nach der Verwüstung des Anwesens erkundigen, die Sie am Dienstag abend gemeldet haben. Soweit ich gehört habe, ist am Haus der Zuflucht kein nennenswerter Schaden entstanden, nur eine Sauerei, die man beseitigen mußte. Stimmt das?«

Ich überlegte, ob ich Gillby von der Nachricht aus Rasierschaum erzählen sollte. Barry Shiller hatte mir geraten, mit niemandem über irgend etwas zu reden, aber sollte ich auf diesen Fiesling hören?

»Ehrlich gesagt ist noch etwas anderes passiert, von dem ich den beiden Beamten nichts gesagt habe«, gestand ich. »Derjenige, der das mit dem Rasierschaum und den Bierflaschen veranstaltet hat, hat auf einem der Fenster eine Drohung hinterlassen.« Ich schilderte ihm alles ausführlich. »Es könnte natürlich ein Jugendlicher gewesen sein, der sich einen schlechten Scherz mit mir erlaubt hat. Es könnte aber auch der Mörder gewesen sein, der mich damit ins Bockshorn jagen wollte.«

»Warum sollte der Mörder Sie ins Bockshorn jagen wollen, Ms. Peltz?«

»Ich weiß es nicht. Ich habe Nachforschungen angestellt, das wissen Sie ja. Dabei fällt mir ein: Ich kann Ihnen mit ziemlicher Sicherheit bestätigen, daß Peter Elkin, der Internist aus Dr. Hirshons Gemeinschaftspraxis, am Abend des

Mordes tatsächlich mit Vicky Walters, der ehemaligen Freundin von Dr. Hirshon, zusammen war. Ein wirklich rasanter Partnerwechsel.«

»Sie haben Dr. Elkin danach gefragt?«

»Nein. Meine Mutter hat ihn gefragt. Ich hoffe, daß jetzt niemand Rasierschaum auf ihre Fenster sprüht.«

»Hoffentlich nicht. Gibt es noch etwas anderes, was Sie mir mitteilen möchten, Ms. Peltz? Ich habe irgendwie das Gefühl, daß Sie noch nicht fertig waren.«

Ich mußte schmunzeln, als mir einfiel, was Ray mir verraten hatte: daß Frank Gillby dankbar für meine Hinweise war und ich mich von seiner barschen Art nicht abschrecken lassen sollte. »Tja, lassen Sie mich mal nachdenken. Ja richtig, ich habe mit einigen der anderen Frauen gesprochen, mit denen Dr. Hirshon vor seinem Tod liiert war. Eine von ihnen, Suzie Kendall, ist immer noch verärgert über die Art, wie er sie hat sitzenlassen. Sie war so wütend, als sie erfuhr, daß er sich mit einer anderen traf, daß sie zwei Wochen lang ihr Haus nicht verlassen hat. Das scheint mir doch ein bißchen extrem, oder was meinen Sie, Detective?«

»Wie sagten Sie, war ihr Name?«

»Suzie Kendall. Von den *Eisenbahn*-Kendalls. Sie wohnt auf Sewall's Point, in Castle Hill. Ich habe mich nach ihrer Trennung von Dr. Hirshon erkundigt, bin aber nicht mehr dazugekommen, sie zu fragen, ob sie ein Alibi für den fraglichen Abend hat. Tut mir leid.«

»Was? Das darf doch nicht wahr sein! Sie haben vergessen, sie nach einem Alibi zu fragen?« bemerkte er sarkastisch. »Zum Glück kann sich das Sheriffbüro um dieses Problem kümmern.«

»Zum Glück. Ach. Suzie hat mir allerdings anvertraut, daß sie Angst vor Schußwaffen hätte, womit es unwahrscheinlich wird, daß sie Dr. Hirshon erschossen hat. Andererseits hat sie aber vielleicht erst dann Angst vor Schußwaffen bekommen, als sie die Mordwaffe abgefeuert und erkannt hat, wieviel Ärger auf sie zukommt. Was meinen Sie?«

»Wer hat schon die Zeit, sich eine Meinung zu bilden?« entgegnete er. »Ich bin viel zu sehr damit beschäftigt, mir Ihre anzuhören, um mir eine eigene zu bilden, Ms. Peltz.«

»Ms. Peltz. Ms. Peltz. Finden Sie nicht, daß es an der Zeit wäre, mich Deborah zu nennen?«

Schweigen.

»Detective?«

»Ich bleibe bei Ms. Peltz, Ms. Peltz.«

»Wie Sie wollen. Wäre es Ihnen dann lieber, wenn ich Sie auch nicht Frank nenne?«

»Sie können mich nennen, wie Sie wollen. Das tun Sie ohnehin.«

»Danke. Einen wunderschönen Tag noch, Frank.«

»Ihnen auch, Ms. Peltz.«

Den Rest des Tages ereignete sich nichts Besonderes, abgesehen von einem kurzen Wortwechsel mit Sharon, als ich sie bei meiner Mutter am Telefon sprach, bevor sie wieder nach Boca abfuhr. Ich hatte sie erneut bedrängt, sich nicht in eine Affäre mit Barry zu stürzen, und sie hatte mir erneut vorgehalten, daß ich eine eifersüchtige, mißgünstige alte Jungfer sei.

Am späteren Nachmittag spazierte ich ins Museum hinüber, wo Fred Zimsky gerade seine Schicht beendet hatte und sich auf den Nachhauseweg machen wollte. Nachdem wir über dies und das geplaudert hatten, fragte ich ihn, ob er Kinder hätte und ob sie miteinander klarkämen.

»Ich habe vier Töchter«, antwortete er. »Schöne Mädchen, jede einzelne von ihnen.«

»Ja, aber kommen sie miteinander klar?« fragte ich noch einmal, da ich unbedingt wissen wollte, ob Sharon und ich völlig mißraten waren oder ob es ganz normal war, daß sich Schwestern so aufführten wie wir.

»Sie kommen bestens klar«, erklärte er. »Nur nicht miteinander.«

»Also streiten sie sich oft?«

»Ich weiß nicht, wie ich beschreiben soll, was sich da abspielt. Sie telefonieren miteinander, besuchen sich gegenseitig und passen auf die Kinder der anderen auf – als wären sie an der Hüfte zusammengewachsen. Und dann peng! Aus heiterem Himmel wird eine von ihnen wütend über etwas, was eine andere getan hat, und schon bricht der Dritte Weltkrieg aus. Zwei von ihnen reden nicht mehr mit den anderen beiden, oder drei rotten sich gegen eine zusammen; es wechselt. Irgendwann ist der Krieg plötzlich vorbei, und alle besuchen sich wieder gegenseitig. Wer vermag schon zu begreifen, was sich zwischen Schwestern abspielt?«

»Wissen Sie, was ich glaube?« sagte ich. »Ich glaube, eine Schwester zu haben heißt, ständig um Verzeihung bitten zu müssen.«

Fred drückte mich. »Sie sind ein liebes Mädchen, Debbie. Ich werde mal mit Ihrer Mutter ausgehen.«

Ich nickte zustimmend, selbst als mir einfiel, daß ich, falls Fred und meine Mutter sich kennenlernten, sich ineinander verliebten und heirateten, fünf Schwestern hätte anstatt einer einzigen – eine wirklich grauenhafte Vorstellung.

Am Freitag schaute Ray vorbei, aber ich war wohl gerade bei meiner Mutter, als er kam. Er schob mir einen Zettel unter der Tür durch, auf dem er mich fragte, ob ich Lust hätte, am Samstag abend zum Tanzen ins Conchy Joe's zu gehen. »Die haben guten Reggae, guten Barsch und gute Stimmung, und wir könnten uns um halb acht dort treffen. Kommst du mit?« lautete die handschriftliche Einladung. Ich hinterließ eine Nachricht auf seinem Anrufbeantworter, um ihm mitzuteilen, daß ich mit von der Partie wäre.

Conchy Joe's ist einer dieser riesigen Schuppen am Wasser,

die sich durch ihren rauhen Charme auszeichnen und für die die südlichen Küstenorte berühmt sind – ein Teil polynesische Bar, ein Teil Restaurant und ein Teil »Szene«, das Floridaer Gegenstück zu einem Hummerlokal in New England. Untergebracht in einem unscheinbaren Gebäude zwischen ein paar Geschäften für Anglerausrüstung am Indian River Drive in Jensen Beach, dem nächsten Ort nördlich von Stuart, ist Conchy Joe's einer von jenen Läden, in die man seine auswärtigen Besucher führt, um ihnen einen Eindruck vom »echten Florida« zu vermitteln. Anders ausgedrückt, wenn man hineingeht und sich die Gäste ansieht, findet man wahrscheinlich mehr Touristen als Einheimische. Ich hatte zum Beispiel all die Jahre, die ich schon nach Stuart kam, nie hier gegessen.

Ray erwartete mich schon vor der Tür.

»Mein Gott, ist das voll hier«, sagte ich, nachdem ich dreimal um den Parkplatz herumgefahren war, bis ich eine freie Lücke fand.

»Es ist Samstagabend und Hochsaison«, sagte er und erhob die Stimme, um sich bei dem Lärm verständlich zu machen. »Es hat geheißen, wir müßten dreißig bis vierzig Minuten warten. Wir können an der Bar etwas trinken, und sie rufen uns, wenn wir an den Tisch können. Ist das okay?«

»Klar.« Er sah süß aus, fand ich. Sexy. Er hatte sich beim Rasieren seitlich in den Hals geschnitten, und auch wenn das makaber klingt, der winzige Schnitt in seiner ansonsten glatten, leicht gebräunten Haut machte mich an – es war ein Hinweis auf den Teenager im ausgewachsenen Macho.

Ich folgte ihm am Kellnertisch vorbei, an den mit Conchy-Joe's-T-Shirts und Conchy-Joe's-Anglerhüten gefüllten Regalen in einen dunklen, lauten Barraum mit Großbildschirm-Fernsehern und einem riesigen Marlin an der Wand.

»Was darf ich euch denn bringen?« fragte eine Kellnerin, während sie den kleinen, runden Tisch abwischte, den Ray ergattert hatte, den einzigen, der nicht besetzt war.

»Ich möchte eine schöne, kühle Margarita«, sagte er. »Mit Cuervo Gold, ordentlich Limonensaft und einem Salzrand.«

Ich lächelte. »Hast du nicht gesagt, du seist Biertrinker?«

»Ja, aber ich passe mich meiner Umgebung an. Diese Kneipe schreit doch förmlich nach einem Drink, der ein bißchen mehr hermacht als simples Bier.«

»Da hast du allerdings recht.« Ich studierte die Getränkekarte. Darauf waren alkoholische Kreationen verzeichnet, mit Namen wie Guana Grabber, Goombay Smash, Latitude Adjustment und Hemingway Daiquiri (letzterer Drink angeblich genau nach »Papas Rezept, wie er in der Floridita Bar in Havanna gemixt wurde«).

»Haben Sie sich schon entschieden?« fragte die Kellnerin in einem Ton, der andeutete, daß ich sechzig Jahre statt sechzig Sekunden brauchte, um einen Entschluß zu fassen.

»Ich nehme eine Margarita«, erklärte ich.

»Oh, la, la!« sagte Ray. »Paß auf, daß dir davon keine Haare auf der Brust wachsen.«

»Das hab' ich mir schon immer gewünscht.«

»Wie wär's mit einer kleinen Vorspeise, während wir warten?« fragte Ray und studierte die kleine Barkarte. »Es gibt fritierte Muscheln, Riesengarnelen, Alligator-Häppchen ...«

»Alligator-Häppchen?«

»Erzähl mir bloß nicht, du hast noch nie Alligator gegessen, Deborah. Bei all den Luxuslokalen in New Yawk?«

»Die ›Luxuslokale in New Yawk‹ servieren Elch und Hirsch und Wildschwein, keinen Alligator. In New York tragen die Leute Alligatorschuhe, -handtaschen und -gürtel, aber sie essen keine Alligator-Häppchen.«

»Sie lassen sich etwas entgehen. Alligator ist was Feines.«

»O bitte. Jetzt erzählst du mir bestimmt gleich, daß er wie Hühnchen schmeckt.«

Er lachte. »Ehrlich gesagt habe ich noch nie welchen gegessen. Ich hatte vor, mir einen Krabbencocktail zu bestellen.«

»Bestell für mich auch einen mit«, sagte ich.

Die Margarita versetzte mich in äußerst angenehme Stimmung, wodurch wiederum die Krabben ausgesprochen frisch und die Cocktailsoße ausgesprochen würzig schmeckten. Dadurch gelang es mir auch, sowohl den Zigarettenrauch zu ignorieren, der vom Nebentisch herüberwehte, als auch die Tatsache, daß die Kellnerin jedesmal, wenn sie vorbeiging, von hinten gegen meinen Stuhl stieß.

»Jetzt sitzen wir also an einem Samstagabend hier«, sagte ich. »Zwei traurige Gestalten ohne Date.«

»*Ich* hätte heute abend ein Rendezvous haben können«, erklärte Ray. »Mein Arbeitskollege wollte mich mit einer Frau namens Laurel verkuppeln.«

»In puncto Namen ist ›Laurel‹ auf jeden Fall ein Fortschritt gegenüber ›Willow‹, sagte ich. »Lieber Lorbeer als Weide. Aber was ist eigentlich mit deinem Freund los? Sind sämtliche Frauen, mit denen er dich zu verkuppeln versucht, nach Bäumen benannt? Als nächstes triffst du dich noch mit jemandem namens ›Elm‹ – wie Ulme.«

»Das hab' ich schon hinter mir. Es war die Abkürzung von ›Elmira‹.«

»Das soll wohl ein Witz sein.«

»Es war ein Witz.«

Ich griff über den Tisch und fuhr ihm durch sein dickes, rotbraunes Haar. »Und warum bist du heute abend nicht mit dieser Laurel ausgegangen?«

»Ich dachte, daß es amüsanter wäre, mit dir loszuziehen: Kein Druck. Nichts von diesem Mag-sie-mich-denn-auch?-Streß.«

»Anders gesagt, du fragst dich nicht, ob ich dich mag?«

»Nee. Wenn du mich nicht mögen würdest, würdest du dich nicht immer wieder mit mir treffen.«

»Es sei denn, ich suchte verzweifelt Anschluß.«

»Wenn du verzweifelt Anschluß suchtest, würdest du nicht

außer Sichtweite vom nächsten Haus mutterseelenallein da draußen am Strand wohnen.«

»Eins zu null für dich. Mir geht's übrigens mit dir genauso. Nichts von diesem Mag-er-mich-denn?-Streß. Es ist ja offensichtlich, daß du verrückt nach mir bist.«

Er lachte. »Du mußt eine tolle Fernsehautorin gewesen sein. Bei dir klingt fast alles dramatisch.«

»Das liegt mir vermutlich im Blut. Ich bin erst ein paar Wochen von der Serie weg, und schon fehlt sie mir. Nicht das Geschacher hinter den Kulissen und auch nicht die Leute, die inzwischen das Sagen haben. Mir fehlt Woody Davenport, der frühere Chefautor, und Helen Mincer, eine der anderen Autorinnen, und in erster Linie fehlt mir die Arbeit selbst. Es ist ein seltsames Gefühl, sich nicht jede Woche eine Episode aus den Fingern saugen zu müssen.«

»Oh, oh. Da höre ich doch ein bißchen Wehmut heraus. Aber ich warne dich: Du kannst nicht wieder da raufziehen. Nicht nachdem ich soviel Zeit und Geld in dich investiert habe.«

»Was für Geld?« fragte ich. »Das einzige Mal, daß wir zusammen essen gegangen sind, haben wir uns die Rechnung geteilt.«

»Stimmt, aber ich denke schon voraus, an die heutige Rechnung. Ich lade dich ein, oder habe ich das auf meinem Zettel nicht erwähnt?«

»Hast du nicht, aber das spielt keine Rolle, Ray. Es stört mich überhaupt nicht, für mich selbst zu bezahlen.«

Er schüttelte den Kopf. »Ich habe Geburtstag, und ich zahle, weil ich es so will.« Er sang den Satz nach der Melodie eines alten Schlagers.

»Du hast Geburtstag?« fragte ich überrascht. »Heute?«

Er nickte. »Den fünfundvierzigsten. Das ist schließlich nicht irgendeiner.«

»Und den wolltest du mit *mir* feiern?« Ray hatte den größten Teil seines Lebens in Stuart verbracht. Er mußte doch Unmengen von Freunden hier in der Gegend haben, Unmengen von Kumpeln, mit denen er feiern konnte. Was habe ich dann hier zu suchen? fragte ich mich.

Nicht zum ersten Mal war mir sein Interesse an mir suspekt, und ich betrachtete es mit Argwohn. Doch dann rief ich mir in Erinnerung, daß seine alten Freunde ihn schon gekannt hatten, als er noch mit Beth verheiratet gewesen war, ihn *mit* Beth kannten, als Hälfte eines Paares. Vielleicht fühlte er sich mit mir genau deshalb wohl, weil ich neu in der Stadt war; weil ich kein Teil seiner Geschichte war; weil er spürte, daß ich, wenn ich ihn anschaute, *nicht* als erstes einen trauernden Menschen sah.

»Ihr Tisch ist bereit, Mr. Scalley«, verkündete die Kellnerin und reichte ihm die Rechnung für unsere Drinks und Vorspeisen.

»Fortsetzung folgt«, sagte er, zwinkerte mir zu und bezahlte.

Wir bekamen einen Tisch im »Band Room« zugewiesen, das heißt in dem Raum, wo die langjährige Hausband des Lokals, eine jamaikanische Gruppe namens Rainfall, die Gäste unterhielt.

Kurz nachdem wir Platz genommen hatten, erwähnte Ray, daß unser Tisch wackelte.

»Oh, Gott sei Dank«, sagte ich erleichtert. »Ich dachte schon, es ist die Margarita.«

»Nein, es ist der Tisch oder der Fußboden oder beides. Wenn man ins Conchy Joe's geht, weiß man von vornherein, daß man ein Streichholzheftchen mitbringen muß.«

Er zog Streichhölzer aus der Hosentasche, beugte sich hinab und klemmte sie unter ein Tischbein. Dann rüttelte er am Tisch, um festzustellen, ob er das Problem behoben hätte. Er hatte.

»Erledigt«, sagte er und lehnte sich auf seinem Stuhl

zurück. »Unter Zimmerleuten würde man das Streichholzheftchen als Unterlegscheibe bezeichnen.«

»Eine Unterlegscheibe«, wiederholte ich. »In Zukunft nehme ich immer eine mit, wenn ich hierherkomme.«

Wir bestellten Barsch-Sandwiches, ein Bier für Ray und Weißwein für mich. Während wir auf unser Essen warteten, stimmte die Band einen Song von Bob Marley an.

»Wie wär's?« fragte er und wies auf die kleine Tanzfläche.

»Du hast Geburtstag«, sagte ich. »Du willst tanzen? Dann tanzen wir.«

Ray führte mich auf die Tanzfläche, wohin uns rasch ein halbes Dutzend weiterer Paare folgten, von denen die meisten im Alter meiner Mutter waren. Auf Reggae kann man alles mögliche tanzen, das meiste davon, ohne seinen Partner zu berühren, aber Ray hatte andere Vorstellungen. Er nahm mich in die Arme und lenkte mich zur Seite und vor und zurück, als tanzten wir eine Kombination aus Walzer, Tango und Foxtrott. Ich hatte keine Ahnung, was er da machte oder wie ich ihm folgen sollte, doch ich tat mein Bestes und schaffte es, ihm nicht weniger als drei- oder viermal auf die Füße zu treten.

Während er mich festhielt, kam mir das Gefühl, das ich auf seinem Motorrad gehabt hatte, wieder in den Sinn, als sich unsere Körper auf dem schwarzen Ledersitz der Maschine aneinandergeschmiegt hatten. Das hier war noch angenehmer, dieses Gefühl, von ihm umfangen, von seinen Armen umschlungen zu werden und unsere Schritte den pulsierenden, baßlastigen Rhythmen der Musik anzupassen.

Es gab einen Augenblick beim Tanzen, in dem Rays Gesicht ganz nahe an meines herankam. Mein Herz begann zu klopfen und ich dachte, er werde sich tatsächlich vorbeugen und mich küssen, mich auf den Mund küssen.

Warte! hätte ich am liebsten laut gerufen. *Wir sind nur Freunde! Mach es nicht kaputt!*

Doch das war gar nicht nötig. Ray beugte sich zwar vor,

aber nur, um mir etwas ins Ohr zu brüllen. Die Musik war nämlich so laut, daß ich ihn sonst gar nicht verstanden hätte.

»Können's denn unsere Freunde mit ihren Dreadlocks mit den Bands in deinen New Yawker Clubs aufnehmen?« fragte er mit sardonischem Grinsen.

»Ich bin nicht oft in Clubs gegangen, als ich in New York gelebt habe«, antwortete ich. »Ich habe viel Zeit mit Arbeit vor dem Fernseher verbracht.«

Er nickte und wirbelte mich auf der Tanzfläche herum, wieder und wieder und wieder. Ich fühlte mich benommen, schwindlig, glücklich. Eine tanzende Närrin.

»Ich wollte dich schon länger mal etwas fragen«, sagte ich, während wir weitertanzten. »Woher hast du diese Narbe?« Ich ließ seine Hand los und fuhr mit dem Zeigefinger die Narbe nach, die etwa zweieinhalb Zentimeter lang war und direkt unter seiner Unterlippe verlief.

»Die habe ich mir tätowieren lassen«, witzelte er. »Ich dachte, wenn Harrison Ford mit dieser Masche an die Mädchen rankommt, könnte es bei mir auch funktionieren.«

»Ha ha. Also, woher stammt sie wirklich?«

»Ich habe mir ein Stück Holz aufs Kinn geschlagen.«

»Mit Absicht?«

»Nein, du Herzchen. Es war ein Unfall. Es ist passiert, als ich das Haus renoviert habe. Aber es hätte genausogut bei der Arbeit passieren können. Berufsrisiko.«

»Also, ich finde, sie verleiht dir Charakter.«

»So, so, findest du?«

»Ja. Charakter und einen rauhen Charme.«

Ray schien sich durch meine Bemerkung geschmeichelt zu fühlen. Er faßte mich fester um die Taille und rieb mir das Kreuz. Ich merkte, daß ich immer noch sein Gesicht streichelte, immer noch mit der Fingerspitze die Narbe entlangfuhr. Verlegen darüber, daß ich einen so vertraulichen Körperkontakt hergestellt hatte, zog ich schnell die Hand zurück.

»Also«, sagte ich und hoffte, er werde mein Unbehagen nicht bemerken. »Wie wär's mit Nachtisch?«

Und dann mußte ich lachen, als mir einfiel, daß ich vor wenigen Abenden dieselbe Bemerkung zu Barry Shiller gemacht hatte. *Meine Schwester ist immer für einen Nachtisch zu haben*, hatte Sharon gehöhnt. *Ihrer Taille nach zu urteilen jedenfalls.*

»Vielleicht hättest du Lust auf Geburtstagskuchen?« sagte ich. Zum Teufel mit meiner Taille. »Wir könnten darum bitten, daß sie Kerzen hineinstecken und die Band ›Happy Birthday‹ in einer Reggae-Version spielt.«

»Danke, aber ich bin noch nie ein Fan davon gewesen, wie ein Ölgötze dazusitzen, während ein Haufen Fremder einem ›Happy Birthday‹ vorsingt. Ich würde lieber weitertanzen.«

Und das taten wir.

Es war halb zwölf, als wir das Lokal verließen.

»Soll ich dir bis nach Hause nachfahren, falls die biersaufenden Rasierschaumvandalen wieder aufgetaucht sind?« fragte Ray, als wir auf dem Parkplatz standen und die Lichter von der anderen Seite der Brücke, aus den Hochhäusern auf Hutchinson Island, zu uns herüberblinkten.

»Nein. Keine Sorge«, versicherte ich ihm.

»Aber du rufst mich an, falls es bei dir irgendein Problem gibt, okay?«

Ich lächelte. »Du meinst mit ›Problem‹ nicht zufällig ein Problem mit meiner Toilette, meiner Klimaanlage oder irgend etwas in der Richtung?«

»Das wird mich wohl ewig verfolgen, oder?«

»Allerdings.«

»Also, ich sage es noch einmal: Du *rufst* mich an, wenn du mich brauchst? Abgemacht?«

»Ja, ja, ich rufe dich an«, bestätigte ich lachend.

»Gut. Danke, daß du mir an meinem Geburtstag Gesellschaft geleistet hast«, sagte er. »Schließlich ist nicht jeder bereit, einem dabei zuzusehen, wie man die nächste Stufe auf dem Weg ins Greisenalter nimmt.«

»Danke, daß du mich dabeihaben wolltest«, erwiderte ich.

Ray streckte die Arme nach mir aus und preßte mich ungestüm an sich. Wir hielten einander ein paar Sekunden lang fest und wiegten uns zur Musik, während die Band ihr letztes Stück spielte.

21

An einem sagenhaft strahlenden Sonntag morgen wachte ich auf. Der Sonnenaufgang über dem Meer war eine sensationelle Farbsymphonie aus Rot, Gelb und Pink. Ich frühstückte draußen auf der Veranda und verbrachte ein paar beschauliche Stunden damit, Kaffee zu trinken, zu lesen und den Möwen zuzusehen. Um elf klingelte das Telefon. Angesichts meiner Faulheit erwog ich, nicht dranzugehen, überlegte es mir dann aber wegen des Herzinfarkts meiner Mutter doch anders.

»Hi, Reggae-Lady«, sagte Ray.

»Selber hi«, gab ich zurück und freute mich, so schnell wieder von ihm zu hören.

»Ich bin heute abend mit meinem Bruder im Jetty's in Jupiter zum Essen verabredet, aber ich habe mir überlegt, heute nachmittag an den Strand zu gehen.«

»Es ist ein idealer Strandtag«, stimmte ich zu.

»Und nachdem du direkt vor deiner Haustür einen Strand hast, hatte ich gehofft, ich könnte mich bei dir einladen, und wir könnten gemeinsam einen auf Strand machen.«

»Prima Idee. Wann willst du denn ›einen auf Strand machen‹?«

»Gegen eins. Halb zwei. So um die Drehe. Ich bringe ein

paar Sandwiches vom Pantry drüben bei der Indian River Plantation mit. Ist Truthahn recht?«

»Sicher, aber ich kann uns auch Mittagessen machen, Ray.«

»Nichts da. Du lieferst den Strand. Ich das Essen. Bis dann.«

Nachdem er aufgelegt hatte, räumte ich eilig das Cottage auf, hüpfte unter die Dusche und durchwühlte meine Schubladen auf der Suche nach einem Badeanzug, in dem ich nicht aussehen würde wie ein gestrandeter Wal. Ich hatte sogar ein paar Pfund abgenommen, seit ich aus New York fortgezogen war, und das sah man mir durchaus an. Ich war zwar nicht direkt eine Elfe, aber eben auch kein Wal.

Als ich feststellte, daß mir bis zu Rays Besuch noch eine Stunde Zeit blieb, fiel mir ein, daß er ja am Tag zuvor Geburtstag gehabt hatte. Da ich ihm unbedingt ein Geschenk besorgen wollte, stieg ich in den Pontiac und fuhr zu »The Gate« hinüber, einem Geschäft auf Sewall's Point, das außergewöhnlich hübsche Wohnaccessoires und Geschenkartikel verkauft – fast für jeden Geschmack etwas.

Erleichtert, daß der Laden am Sonntag geöffnet hatte, ging ich hinein, sah mich um und versuchte, das passende Geschenk für Ray zu finden. Wir kannten uns noch nicht besonders lang, also wollte ich keine Unsummen ausgeben. Außerdem waren wir Freunde, kein Liebespaar, deshalb wollte ich nichts Ultraromantisches. Ich war auf der Suche nach einem Geschenk, das nützlich und doch ausgefallen war, hübsch, aber nicht zu überkandidelt, modern und doch klassisch – wie Rays Motorrad, wie Rays Haus, wie Ray selbst.

Ich wußte auf der Stelle, daß ich das ideale Geschenk gefunden hatte, als mein Blick auf die kleine Wetterfahne aus Messing fiel. Es war ein altes Stück oder sah zumindest so aus. Das Messing war mit einer sattdunklen Patina überzogen, kein schimmerndes Gold; die Arme, die nach Norden, Süden, Osten und Westen wiesen, waren allesamt ein wenig verbogen und verbeult, und der Windpfeil hatte die Form eines winzigen Segelboots. Es war ein herrliches Stück, das jeder voller Stolz hergezeigt hätte. Ich konnte mir gut vorstellen, wie Ray es in sein Wohnzimmer stellte, auf eines seiner schönen, maßgefertigten Bücherregale.

Ja, das gefällt ihm sicher, dachte ich, als ich bei der Dame an der Kasse bezahlte. Sie wickelte es ein, ich kritzelte »Alles Gute zum fünfundvierzigsten Geburtstag« auf eine Glückwunschkarte und kehrte zufrieden zum Cottage zurück.

Ray traf gegen halb zwei ein und hatte seinerseits einige Mitbringsel dabei: Truthahnsandwiches, ein paar Tüten Chips, einen Six-pack Pepsi und zwei große Badetücher.

»Wow, scharf«, sagte er, als er zur Tür hereinkam und mich in meinem Badeanzug sah – einem schwarzen Einteiler, der wirklich eine Menge Sünden kaschierte.

»Du siehst aber auch nicht schlecht aus«, erklärte ich. Er trug eine hellblaue Badehose, Gummilatschen und kein Hemd. An dieser Stelle muß ich ehrlich sein: Ich war noch nie ein großer Fan von Haaren auf der Brust, aber bei Ray wirkte es gar nicht übel. Ja, seine Behaarung war dermaßen dicht, daß sie eher einem Pelz ähnelte, doch mit seinen breiten Schultern, dem flachen Bauch und den muskulösen Armen war der Gesamteindruck unheimlich anziehend, und als ich ihn musterte, dachte ich nichts anderes mehr als »Mann, ist der umwerfend«. Und so platzte ich mit der Frage heraus, die mir im Kopf herumgegangen war, seit er mir von Beth erzählt hatte. »Warum hast du eigentlich nicht wieder geheiratet, Ray?«

Damit hatte er nicht gerechnet. »Wie kommst du denn darauf?«

»Keine Ahnung. Ich hab's mir nur überlegt. Beths Tod liegt sechs Jahre zurück. Das ist eine lange Zeit des Alleinseins.«

»Du mußt ja reden«, gab er zurück. »Du bist noch nie verheiratet gewesen, nicht ein einziges Mal.«

»Das hätte jetzt von meiner Schwester stammen können.«

»Ich habe es nicht als Kritik gemeint.«

»Es klang aber so. Nein, ich war nie verheiratet, aber ich habe über *dich* nachgedacht, darüber, daß du eine glückliche Ehe gehabt, aber nie wieder geheiratet hast. Irgendwo habe ich gelesen, daß Männer, die glücklich verheiratet waren, dazu neigen, nach dem Tod ihrer Frau ziemlich schnell wieder zu heiraten. Trotzdem bist du allein geblieben. Du gehst nicht einmal mit Frauen aus, außer wenn es dein Arbeitskollege für dich arrangiert. Woran liegt das, Ray? Hast du Angst davor, dich noch einmal zu engagieren? Angst davor, daß du, wenn du dir erlaubst, noch einmal eine Frau zu lieben, sie dann auch verlierst?«

Ray kratzte sich den Kopf. »Ich hätte schwören können, daß ich hierhergekommen bin, um an den Strand zu gehen, nicht um eine Psychoanalyse zu machen. Wenn's dir recht ist, würde ich jetzt gern rausgehen, bevor es zu regnen anfängt.«

»Es fängt nicht an zu regnen, Ray. Heute ist der sonnigste Tag, seit ich hierhergezogen bin.«

»Toll. Dann laß ihn uns genießen, anstatt hier herumzustehen und mein Liebesleben zu zerpflücken.«

»Jetzt bist du sauer.«

»Irgendwie schon.«

»Dann ist das unser erster Streit.«

»Ich will mich nicht mit dir streiten, Deborah. Wir sind doch Freunde.«

»Sind wir das?« Es kam mir seltsam vor, daß er im einen Moment so vertraut mit mir umging und sich im nächsten so reserviert gab. Wollte er sich nur gefühlsmäßig schützen, oder hatte er etwas zu verbergen?

»Das weißt du doch«, erklärte er. »Tut mir leid, daß ich dich angeblafft habe.«

»Es wird dir noch mehr leid tun, wenn du das hier aufgemacht hast.« Ich reichte ihm das schön verpackte Geschenk.

»He. Was ist das denn?« Er hielt es sich ans Ohr und schüttelte es.

»Es gibt nur eine Methode, das herauszufinden.«

Er las die Karte, riß das Einwickelpapier ab und öffnete die Schachtel. Als er das Wetterfähnchen herausnahm und es ans Licht hielt, machte er große Augen. »Es ist herrlich – wirklich phantastisch, Deborah. Aber du hättest mir kein Geburtstagsgeschenk kaufen sollen.«

»Ich *wollte* aber. Ist das in Ordnung, oder wirst du genauso komisch, wenn dir jemand ein Geburtstagsgeschenk macht, wie wenn jemand von dir verlangt, deine innersten Gefühle zu offenbaren?«

Er gab keine Antwort.

»Ray?« hakte ich nach.

»Die Wetterfahne gefällt mir wirklich ausgezeichnet«, sagte er. »Da. Jetzt habe ich eines meiner innersten Gefühle offenbart.«

Ich seufzte. »Ist das typisch Mann – andere Leute auszusperren?«

»Keine Ahnung. Ist das typisch Frau – zu bohren?«

»Warum gehen wir nicht einfach an den Strand?«

»Prima Idee.«

Ich setzte alles daran, den Rest des Nachmittags über unverfängliche Themen zu plaudern. Aber wir redeten ohnehin nicht viel. Wir aßen zu Mittag, sogen die Sonne auf und beobachteten die anderen Strandbesucher. Ich ging ein bißchen Muscheln sammeln, während Ray im Meer schwamm. Gegen vier packte er Handtücher und Wetterfahne ein und erklärte, er ginge jetzt nach Hause, um sich für das Abendessen mit seinem Bruder zu duschen und umzuziehen.

»Ich bin total begeistert von meinem Geschenk«, bemerkte er, als er in sein Auto stieg.

»Wo willst du es hinstellen?« fragte ich.

»Ich dachte ins Wohnzimmer, aufs Bücherregal.«

»Da habe ich es mir auch vorgestellt.«

»Nochmals danke.« Er umarmte mich rasch und ging. Ich spürte, daß ihn das, was sich zuvor zwischen uns abgespielt hatte, nachhaltig verstimmt hatte. Das tat mir leid. Ich wollte nicht, daß irgend etwas – und erst recht nicht etwas, was *ich* getan oder gesagt hatte – einen Keil zwischen uns trieb.

Als er gegangen war, machte ich mich frisch und wollte gerade zu meiner Mutter aufbrechen, als Helen anrief.

»Wie ist das Wetter in New York?« provozierte ich sie, nachdem ich gelesen hatte, daß Manhattan vom dritten großen Schneesturm in diesem Winter überzogen worden war.

»Miserabel«, antwortete Helen. »Da unten ist es vermutlich traumhaft.«

»Ich erzähl's dir lieber nicht.«

»Also, ich rufe an, um dir zu sagen, daß ich mit deiner Popeljob-Chefin von der Hysterischen Gesellschaft gesprochen habe, dieser Melinda Carr.«

»Da bin ich dir wirklich dankbar, Helen. Wann kommt sie denn zur Sendung?«

»In zwei Wochen. Sag mal, redet sie eigentlich immer wie ein wandelndes Wörterbuch?«

»Leider ja. Sie ist ein bißchen steif, aber du kümmerst dich schon um sie, oder, Helen?«

»Klar.«

Ich fragte sie, wie es bei der Serie lief, und sie sprudelte nur so vor Klatsch, wie immer. Das einzig Interessante für mich war, daß sich Philip und die ehemalige Harlequin-Lektorin getrennt hatten, daß die Trennung häßlich gewesen war und daß Philip sich Gerüchten zufolge – über seine Agentin – bei »Zeit der Sehnsucht« anbot.

»Hör mal, Helen. Bevor wir Schluß machen, würde ich gern noch mit dir über den Mord hier unten sprechen, von dem ich dir schon erzählt habe.«

»Ach ja. Ist dir die Polizei immer noch auf den Fersen?«

»Nein, das ist es nicht. Ich möchte nur so gerne herausfinden, wer Jeffrey umgebracht hat. Ich bin schon ganz besessen davon, diesen Mord aufzuklären. Und da bist jetzt *du* gefragt.«

»Ich? Inwiefern?«

»Du schreibst schon lange für Fernsehserien. Länger, als ich es getan habe.«

»Zu lange.«

»Und in all den Jahren hast du doch Hunderte von Handlungen konstruiert, die sich um einen Mord drehen, vor allem den Mord an einem Mann.«

»Und?«

»Welche Figur hat meistens das Motiv für den Mord? Anders ausgedrückt, wer entpuppt sich am häufigsten als Täter?«

»Über die Häufigkeit kann ich dir nichts sagen, weil ich mich nicht hingesetzt und eine Statistik aufgestellt habe. Dafür waren es viel zu viele Morde.«

»Okay. Dann nenn mir einfach aus dem Stegreif ein paar Figuren, die am Ende als Mörder des Mannes entlarvt wurden.«

»Also, da wäre einmal die brüskierte Frau.«

»Toll. Jeffrey hat praktisch jede Frau hier brüskiert.«

»Dann gibt es den brüskierten Sohn oder die brüskierte Tochter.«

»Fehlanzeige. Jeffrey hatte keine Kinder.«

»Wie wär's mit dem brüskierten Außerirdischen?«

»Helen.«

»Sag bloß nicht, du hättest diese Variante vergessen, Deborah. Unsere Zuschauerquoten schnellten in ungeahnte Höhen.«

»Ich meine es ernst. Ich brauche realistische Ideen.«

Sie dachte einen Moment lang nach. »Da wäre noch der brüskierte Geschäftspartner.«

»Der brüskierte Geschäftspartner«, wiederholte ich nachdenklich.

»Ja, du weißt schon. Wir hatten diese Variante vor zwei oder drei Jahren mit George Latham, der als promigeiler Aufsteiger heimlich in illegale Machenschaften verstrickt war – Drogen, Prostitution, was auch immer. Er wollte Billy Olson übers Ohr hauen, den Kerl, mit dem er diese Geschäfte betrieb, aber Billy legte ihn um, tauchte unter und kam erst in der Testwoche für die Einschaltquoten wieder zum Vorschein. Aber obwohl George technisch gesehen tot war, haben wir seine Figur natürlich einen Monat danach wieder ins Spiel gebracht – als Geist –, damit er Billy im Gefängnis heimsuchen und Billys Frau verführen konnte.«

»Langsam fällt es mir wieder ein.«

»Glaubst du, das bringt dich bei deinem Mord weiter?«

»Wer weiß? Ich habe mich noch nicht ernsthaft mit der geschäftlichen Seite von Jeffreys Leben befaßt, außer daß ich die Arzthelferin befragt habe, die seine Praxis organisiert hat, und einen der Ärzte, die mit ihm zusammengearbeitet haben.«

»Vielleicht *solltest* du dich aber damit befassen«, drängte sie.

»Der brüskierte Geschäftspartner, was?«

»Der brüskierte Geschäftspartner«, bestätigte sie.

»Irgendwie wirkt das für mich noch nicht schlüssig. Nicht in diesem Fall.«

»Warum nicht? Du hast doch gesagt, der Typ war ein Frauenheld.«

»Ja, aber in beruflicher Hinsicht hatte er eine blütenweiße Weste.«

»Deborah, als du mir zum ersten Mal von diesem Arzt erzählt hast, hast du gesagt, daß er gleichzeitig mit dir und mit deiner Schwester kokettiert hat. Wenn er in seinem Privatleben unaufrichtig war, kann er genausogut in seinem Beruf unaufrichtig gewesen sein. Oder etwa nicht?«

»Doch. Aber Stuart ist ein so kleines Städtchen. Wenn Jeffrey in irgendwelche illegalen Machenschaften verwickelt gewesen wäre und zugleich seinen Komplizen betrogen hätte, hätte jeder hier davon gehört. Sogar *ich* hätte davon gehört.«

»Vielleicht hast du davon gehört und nur nicht darauf geachtet.«

»Helen. Ich mag ja mitunter ein bißchen schwer von Begriff sein, aber ich bin nicht dumm.«

»Wer hat denn das behauptet? Paß auf, du trägst doch eine Brille, oder?«

»Ja. Zum Lesen. Aber was hat das mit –«

»Bist du noch nie fast wahnsinnig geworden, weil du deine Brille nicht gefunden hast? Du bist dir ganz sicher, daß du sie verlegt hast, und so durchsuchst du jede Schublade, jede Handtasche, jede Jackentasche, und du findest sie trotzdem nicht, verstehst du? Und dann fällt es dir wie Schuppen von den Augen: Du hast sie auf, sie sitzt mitten auf deiner Nase. Begreifst du, was ich damit sagen will, Deborah?«

»Du meinst, daß der Schlüssel, mit dem ich den Mord aufklären kann, direkt vor mir liegt.«

»Denkbar wäre es.«

Meine Mutter und ich gingen zum Essen in den Flagler Grill im Zentrum von Stuart – dasselbe Restaurant, das Jeffrey erwähnt hatte, als er mich zum ersten Mal gefragt hatte, ob ich mit ihm ausginge. Das Flagler ist eines der beliebtesten Lokale in Stuart und bietet wunderbares Essen in lässigem und doch gediegenem Ambiente. Ich war hocherfreut, daß meine Mutter es vorgeschlagen hatte.

»Du bist wirklich wieder ganz die alte«, sagte ich, nachdem wir uns hingesetzt hatten. In der blauen Seidenbluse, die genau zu ihren Augen paßte, sah sie entzückend aus.

»Ich fühle mich sogar besser als früher«, erklärte sie. »Ich habe Rose gesagt, daß sie nicht mehr zweimal die Woche kommen muß, und Sharon, daß sie nicht mehr jeden Mittwoch hochzufahren braucht, und jetzt sage ich dir, daß du dich nicht verpflichtet fühlen mußt, am Wochenende den Babysitter für mich zu spielen, Liebes. Ich bin über den Berg.«

»Vielleicht verbringe ich die Wochenenden gern mit dir, Mom.«

»Ja, aber ich wette, du würdest sie lieber mit diesem jungen Mann verbringen, mit dem du gestern abend ein Rendezvous hattest, dem, der für die Behörde arbeitet.«

»Ray und ich sind nur Freunde. Wir haben keine Rendezvous.«

»Oh. Nun ja, apropos Rendezvous: Der Herr, der ehrenamtlich im Haus der Zuflucht arbeitet, hat mich heute morgen angerufen.«

»Fred?«

Sie nickte schüchtern. »Er meinte, du seist ein liebes Mädchen, und liebe Mädchen hätten meistens liebe Mütter. Er hat mich eingeladen, nächste Woche mit ihm ins Kino zu gehen.«

»Mom! Das ist ja toll!«

Sie zuckte die Achseln. »Mal sehen. Ich habe mich so viele Jahre nicht mit anderen Männern abgegeben; ich habe deinen Vater geliebt, und damit hatte sich's. Aber nach einem Herzinfarkt hat man zwei Alternativen: Entweder verkriecht man sich in einem Loch und wartet auf den Tod, oder man beschließt, den Rest seines Lebens voll auszukosten. Also habe ich diesem Fred gesagt, daß ich mit ihm ausgehen würde. In meinem Alter, kannst du dir das vorstellen?«

»Was hast du schon zu verlieren?« sagte ich und dachte, daß *ich* diejenige wäre, die etwas verlöre, wenn sich die beiden zusammentäten, und die Schreckensvisionen von Freds vier Töchtern drohten mir den Appetit zu verderben.

Meine Mutter aß gegrillten Lachs (die Soße wurde extra serviert), während ich alle Vorsicht in den Wind schlug und mir Lammkeule bestellte. Wir waren mitten beim Essen, als sie sagte, daß sie vergessen hätte, ihre Medikamente zu nehmen.

Sie kramte in ihrer Tasche nach den Pillen und holte das Aspirin Junior, die Betablocker, das cholesterinsenkende Präparat und die Heartily-Hirshon-Vitamin-E-Kapseln heraus.

»So«, erklärte sie, nachdem sie alles mit etwas Wasser geschluckt hatte. »Jetzt kann ich mich weiter über diesen leckeren Lachs hermachen. Wie schmeckt dein Lamm, Liebes?«

Ich gab ihr keine Antwort.

»Ich habe dich nach dem Lamm gefragt, Deborah«, wiederholte sie. »Ist es zart?«

Ich antwortete wieder nicht. Ich war nicht in der Lage. Ich war zu gedankenversunken, zu beschäftigt damit, mein Gespräch mit Helen noch einmal Revue passieren zu lassen, zu fasziniert von der Idee, daß der Mord an Jeffrey etwas mit seiner lukrativen Nebenbeschäftigung zu tun haben könnte, mit seinem Zweiteinkommen, seiner *Vitaminproduktion.*

Herrgott noch mal, schalt ich mich selbst, als ich versuchte, meine Gedanken zu ordnen. Wie hatte ich nur in meinen Bemühungen, den Mörder ausfindig zu machen, so eingleisig denken können? Wie hatte ich mich dazu hinreißen lassen können, mich von Jeffreys kleinen Sünden mit Frauen ablenken zu lassen? Wie hatte ich einen anderen Aspekt seines Lebens komplett ausklammern können – die Firma, die er gegründet hatte, um seine »nach einer Spezialformel« entwickelten Vitamine zu erzeugen und zu verkaufen? Wie hatte ich vergessen können, daß er Sharon und mir erzählt hatte, daß die Pillen seinen Vorstoß in die Welt des Arztes als Unternehmer darstellten und – nun kommt der Teil, dessentwegen ich mir wirklich blöd vorkam – daß er bei diesem Projekt einen *Kompagnon* hatte? War es nicht sehr gut möglich, daß Jeffrey und sein Kompagnon sich gestritten hatten – um die Firma, um das Produkt, um Geld – und es der Kompagnon gewesen war (oder, wie Helen es formuliert hatte, »der brüskierte Geschäftspartner«), der Jeffrey um die Ecke gebracht hatte?

»Deborah«, sagte meine Mutter. »Was hast du denn, Liebes? Geht's dir gut?«

»Blendend, Mom«, versicherte ich ihr. »Ich habe nur gedacht, ich hätte meine Brille verlegt, dabei sitzt sie mitten auf meiner Nase.«

Sie sah mich an. »Du hast gar keine Brille auf, Liebes.«

»Das sollte ich wohl genauer erklären«, sagte ich und erläuterte ihr meine neueste Theorie.

22

Die ganze nächste Woche brütete ich über meinen Verdacht, daß Jeffreys Vitamingeschäft irgendwie den Ausschlag für seine Ermordung gegeben hatte, und sagte mir immer wieder, daß das Motiv dort zu finden sei, wo das Geld saß. Aber meine Versuche, tatsächlich loszuziehen und meine Mutmaßungen zu überprüfen, wurden aus mehreren Gründen vereitelt. Erstens einmal war der Pontiac schon wieder nicht fahrtüchtig, diesmal wegen einer defekten Wasserpumpe, was bedeutete, daß ich kein eigenes Auto hatte. Zweitens war meine Mutter für ein paar Tage mit dem Delta 88 nach Boca zu Sharon gefahren, was bedeutete, daß ich *ihr* Auto auch nicht benutzen konnte. Und drittens war die Holzverschalung hinten am Haus der Zuflucht an einigen Stellen morsch und mußte ersetzt werden, und Melinda bestand darauf, daß ich während der Reparatur anwesend war.

Natürlich leitete Ray die Arbeiten, und so störte es mich eigentlich nicht, daß ich festsaß. Wir aßen an allen drei Tagen, die er mit seinen Leuten auf dem Anwesen war, zusammen im

Cottage zu Mittag und plauderten über alles mögliche. Ray war wie immer eine angenehme Gesellschaft, doch war die Distanz zwischen uns nicht zu leugnen, die Distanz, die eindeutig *er* zwischen uns schuf.

War er immer noch wütend auf mich, weil ich ihn gefragt hatte, weshalb er nicht wieder geheiratet hatte? fragte ich mich. Und wenn ja, was sollte das? Es stimmte, daß wir uns erst knapp einen Monat kannten, aber ich fühlte mich ihm näher als sämtlichen Männern, die ich in New York zurückgelassen hatte. Er war mir in Stuart der erste Freund gewesen, als ich dringend einen gebraucht hatte. Ich hatte ihm Dinge aus meinem Leben anvertraut, die ich noch niemandem erzählt hatte, zum Beispiel wie unerquicklich mein Verhältnis zu Sharon war. Und ich durfte mir keine einzige mickrige Frage über *sein* Leben erlauben?

Nein, diese kleine Frostperiode zwischen uns ging bestimmt vorüber, da war ich mir sicher. Ray war eben mit seiner Arbeit beschäftigt.

Tja, nur daß seine Arbeit offenbar das letzte war, was er im Sinn hatte, als meine Mutter aus Boca zurückkam und ich mit ihr zum Abendessen ins Black Marlin ging. Wir waren gerade mitten beim Essen, als Ray mit einer attraktiven – und sehr jugendlich wirkenden – Frau hereinkam. Nachdem sie etwa zehn Minuten an der Bar gewartet hatten, plazierte sie die Kellnerin in der Nische direkt gegenüber von uns. Natürlich.

Zuerst bemerkte er uns nicht, aber dann sprang er auf und kam an unseren Tisch. Er trug Blue jeans und ein braunes Jeanshemd, war frisch gewaschen und rasiert und hatte sein häufig störrisches Haar ordentlich gekämmt. Eine Mischung aus Cowboy und Ministrant. »Sehr erfreut, Sie kennenzulernen, Mrs. Peltz«, sagte er, nachdem ich ihm meine Mutter vorgestellt hatte.

»Ganz meinerseits«, erwiderte sie und schüttelte ihm die Hand. »Ich habe gehört, Sie waren nett zu Deborah.«

»Nett? Er war wie ein Heiliger«, erklärte ich »Ein *Pfadfinder.«* Meine Stimme klang unüberhörbar bissig; irgendwie stand ich meiner Schwester in nichts nach. »Und, wer ist denn die Glückliche heute abend, Ray?« Ich nickte zu seiner Begleiterin hinüber.

»Das ist Holly«, antwortete er und winkte ihr zu. Sie winkte zurück. Sie hatte kleine Hände. Kinderhände.

»Holly«, sagte ich nachdenklich. »Die Stechpalme. Gehst du also schon wieder mit einem Baum aus.«

Er lachte. »Stimmt, jetzt, wo du's sagst. Alles in Ordnung, Deborah?« Er berührte mich am Arm.

»Mir geht's phantastisch. Meiner Mutter geht's phantastisch. Uns geht's beiden phantastisch. Aber laß dich von uns nicht aufhalten«, sagte ich und scheuchte ihn davon. »Wir wollen ja nicht, daß Holly nervös wird. Du weißt ja, wie kurz die Aufmerksamkeitsspanne bei Kindern ist.«

Meine Mutter warf mir einen mißbilligenden Blick zu.

Ray dagegen schien belustigt. »Darauf bin ich vorbereitet – ich habe Buntstifte und ein Malbuch dabei, falls die kleine Holly zappelig wird. Einen schönen Abend noch, Mrs. Peltz. Dir auch, Deborah.«

Als er außer Hörweite war, lehnte sich meine Mutter über den Tisch und fragte mich, warum ich jemanden, der so nett zu mir gewesen war, so ekelhaft behandelt hatte.

»Ich bin ein schlechter Mensch«, sagte ich und ließ voller Selbsthaß den Kopf hängen.

»Bist du nicht«, widersprach sie.

»Okay. Dann erklär *du's* mir.«

Sie lächelte. »Vielleicht bist du wütend auf Ray, weil er heute abend mit einer anderen Frau ausgeht. Anders ausgedrückt, du bist eifersüchtig.«

»Nein, das verstehst du nicht, Mom. Ray und ich sind nur –«

»Freunde. Das hast du mir schon gesagt.«

»Genau.« Ich hielt inne. »Aber ich gebe zu, daß es mir nicht das Herz brechen würde, wenn er und Holly beschließen sollten, sich nicht wiederzusehen.«

»Diese Bemerkung klingt aber nicht so, wie man normalerweise über einen Freund sprechen würde, Deborah. Freunde wünschen einander Glück.«

»Stimmt, aber Freunde wollen auch das Beste füreinander. Zufällig bin ich nicht der Meinung, daß Holly das Beste für Ray wäre.«

»Kennst du Holly denn so genau?«

»Nein.«

»Wie kommst du dann darauf, daß sie keine geeignete Partnerin für Ray abgäbe?«

Ich zuckte die Achseln. »Weibliche Intuition. Und die Tatsache, daß sie so aussieht, als dürfte sie in den meisten Bundesstaaten noch nicht einmal Auto fahren.«

Meine Mutter schüttelte den Kopf. »Wie gesagt, du bist eifersüchtig, Liebes. Entweder kommst du darüber weg, oder du tust etwas dagegen.«

Etwas dagegen tun. Als ob Ray auch nur das geringste Interesse daran hätte, mehr als mein Kumpel zu sein. Und als ob ich mich nicht um andere, wesentlich dringendere Angelegenheiten zu kümmern hätte.

Nachdem ich am Donnerstag morgen den Pontiac abgeholt und bei dieser Gelegenheit erfahren hatte, daß der Kühlerschlauch, der Keilriemen und die Radlager der fachkundigen Meinung des Mechanikers nach bald »den Geist aufgeben« würden, setzte ich mich hin und plante den nächsten Schachzug bei meinen Ermittlungen im Mord an Jeffrey – meiner nicht besonders ruhmreichen Obsession, wie ich es inzwischen sah.

Helens Theorie vom brüskierten Geschäftspartner im Kopf, ließ ich meine Gespräche mit Joan Sheldon noch einmal

Revue passieren und rief mir in Erinnerung, daß *sie* diejenige war, die Verkauf und Bestellungen von Jeffreys Vitaminen organisierte; daß *sie* diejenige war, die Bargeld und Schecks von den Kunden kassierte und vermutlich die Einnahmen auf die Bank brachte; und daß sie es war, die ihr Verhältnis zu dem Arzt als eine »ganz besondere Partnerschaft« bezeichnet hatte. Aber war sie tatsächlich der *Partner*, den Jeffrey gemeint hatte, als er Sharon und mir von seinem Vitamingeschäft erzählt hatte? War es *ihr* Anteil an den Firmengewinnen, der die »anderen Vorzüge« darstellte? War *sie* der brüskierte Geschäftspartner, der Jeffrey Hirshon erschossen hatte?

Wenn du nicht fragst, erfährst du nichts, dachte ich mir und griff nach dem Telefon.

Ich rief Joan in der Praxis an, da ich annahm, daß sie dort nach wie vor die Stellung hielt.

»Ich wollte Sie fragen, ob Sie sich nach der Arbeit mit mir treffen würden«, sagte ich und kam direkt zur Sache. »An einem ruhigen Ort, wo wir ungestört sind.«

»Warum sollte ich das tun?« entgegnete sie ziemlich feindselig. »Sie und Ihre Schwester werden des Mordes an Dr. Hirshon verdächtigt. Sie erwarten doch nicht im Ernst, daß ich mich allein mit Ihnen treffe und mich selbst in Gefahr bringe.«

»Ach. Dann haben Sie es also noch nicht gehört. Die Polizei hat uns ohne Wenn und Aber entlastet.« Na ja, es kam mir zumindest wahr vor.

»Nein, das habe ich noch nicht gehört. Wissen sie denn jetzt, wer den Doktor umgebracht hat?«

»Noch nicht, und das ist ja einer der Gründe, warum ich mich mit Ihnen zusammensetzen möchte, Joan. Ich hatte gehofft, daß Sie und ich auf ein paar Ideen kommen könnten, da die Polizei keine zu haben scheint.«

»Kommt gar nicht in Frage. Ich sage überhaupt nichts, zu niemandem. Nicht über Dr. Hirshon.«

»Früher haben Sie aber über ihn geredet«, erinnerte ich sie und zitierte ein paar der Anekdoten, die sie mir in ihrer Schwatzhaftigkeit anvertraut hatte, als ich in der Praxis vorbeigekommen war.

»Tja, aber jetzt rede ich nicht mehr über ihn«, erklärte sie bestimmt.

»Warum denn? Hat Ihnen jemand geraten, nicht über den Fall zu sprechen?« bohrte ich weiter und dachte an die Warnung aus Rasierschaum, die ich erhalten hatte.

»Ich habe gesagt, daß ich nicht rede, und dabei bleibe ich.«

Jetzt war eindeutig eine andere Strategie gefordert. Wenn ich nicht an Joans Liebe zur Gerechtigkeit appellieren konnte, würde ich eben an ihre Liebe zu finanzieller Sicherheit appellieren. »Hören Sie, Joan. Worüber ich eigentlich mit Ihnen sprechen möchte, ist Heartily Hirshon.«

Schweigen.

»Sind Sie noch dran?«

»Ja.«

»Ich habe gesagt, ich möchte mit Ihnen über die Vitaminfirma sprechen.«

»In welcher Hinsicht?«

»Wie sie gegründet wurde, ob sie erfolgreich war und dergleichen. Seit ich meinen Job in New York aufgegeben habe, zerbreche ich mir den Kopf darüber, was ich beruflich hier in Stuart anfangen könnte. Dann bin ich darauf gekommen, daß ich mit einem der Ärzte hier selbst eine Vitaminfirma aufziehen könnte und wir Sie als Beraterin einstellen könnten, um das Projekt zum Laufen zu bringen. Wären Sie an einem kleinen Nebenverdienst interessiert? Jetzt, wo der arme Dr. Hirshon nicht mehr lebt?«

Wieder Schweigen.

»Joan?«

»Es bleibt dabei, ich sage nichts.«

Sie legte auf.

Zickige Spielverderberin, dachte ich, während ich das Telefonbuch durchblätterte und hoffte, daß ihre Privatnummer und ihre Adresse verzeichnet wären.

Ah ja, da haben wir's, stellte ich lächelnd fest, als ich den entsprechenden Eintrag fand.

J. Sheldon. Die einzige J. Sheldon im ganzen Buch.

Ich notierte mir die Adresse. Der Zufall wollte es, daß Joan ganz in der Nähe von Ray ein Haus besaß – am Valor Point, einer Sackgasse, die nicht weit von der Klinik vom Riverside Drive abzweigte, einer der Straßen, die wir mit seinem Motorrad hinuntergebraust waren.

Ich beschloß, Joan Sheldon im Lauf des Tages einen Besuch abzustatten – und um sicherzugehen, daß *ich* nicht mit einer Mörderin allein wäre, würde ich Ray bitten, mich zu begleiten. »Ich dachte, du wärst wütend auf mich«, sagte er, nachdem ich ihn in der Arbeit angerufen und gebeten hatte, am Abend um sieben Uhr mit von der Partie zu sein.

»Ich dachte, *du* wärst wütend auf *mich*«, erwiderte ich. »Seit wir am Sonntag an den Strand gegangen sind.«

»Wenn ich es war, bin ich inzwischen darüber weg«, erklärte er. »Also, was deinen Plan angeht, unangemeldet bei Hirshons Arzthelferin aufzutauchen: Hast du dir überlegt, daß so ein Überfall sie tierisch aufregen könnte – und zwar derart, daß sie die Polizei ruft?«

»Wenn sie Jeffrey umgebracht hat, ruft sie nicht die Polizei.«

»Wenn sie ihn umgebracht hat, bringt sie womöglich uns auch um.«

»Deshalb lade ich ja dich zu diesem Ausflug ein«, erklärte ich. »In der Überzahl ist man sicher, oder nicht?«

»Nicht immer.«

»Hör mal, du bist doch angeblich mein Freund. Kommst du jetzt mit oder nicht?«

»Kommt darauf an.«

»Worauf?«

»Darauf, ob du dich für diesen Witz entschuldigst, den du über Holly gemacht hast.«

»Holly. Du meinst das kleine Mädchen, mit dem du gestern abend ausgegangen bist.«

»Sie ist neununddreißig, Deborah. Nicht gerade minderjährig. Sie pflegt sich eben, weiter nichts.«

»Tatsächlich? Badet sie in Formaldehyd oder so was?«

»Du bist ja ein richtiger Giftzahn.«

»Entschuldige. Ich werde versuchen, mich zu benehmen.«

»Das mußt du auch, wenn ich heute abend mit dir zu dieser Arzthelferin gehen soll.«

»Okay. Nur noch eine letzte Frage, weil mich die Neugier plagt. Wirst du Holly wiedersehen?«

»Das weiß ich noch nicht.«

»Ich finde, du *solltest* sie wiedersehen. Ich möchte, daß du jemanden findest, Ray. Ich möchte, daß du dich verliebst und glücklich bist.« Ich wünschte, meine Mutter hätte diese kleine Ansprache hören können. Sie wäre stolz auf mich gewesen.

»Holly wird ein Stein vom Herzen fallen, wenn sie hört, daß sie deinen Segen hat«, erklärte er sarkastisch. »Darf ich jetzt weiterarbeiten?«

Joans Haus war ein typischer Siebziger-Jahre-Bungalow und insofern architektonisch uninteressant, lag allerdings am Wasser. Das Haus wirkte uneinheitlich, als wäre in den letzten Jahren angebaut worden, und in den Gartenanlagen steckte eine Menge Geld. Ich hatte gehofft, Joan überrumpeln zu können, so daß sie, wenn Ray und ich an ihrer Tür klingelten, keine Zeit mehr hatte, aus dem Fenster zu spähen und so zu tun, als wäre sie nicht zu Hause. Doch dank des Auspufftopfes des Pontiac, den der Automechaniker nicht einmal erwähnt hatte, weil er ganz offenkundig ausgetauscht werden mußte, fuhren wir so dezent wie ein Müllwagen in Joans Einfahrt.

Trotzdem schlichen wir auf Zehenspitzen die Stufen hinauf. Ich klingelte.

Wir warteten ein paar Sekunden, bis wir Joan durchs Haus tappen hörten.

»Wer ist da?« rief sie.

Ray und ich schwiegen.

»Ist da jemand?«

Genau wie ich gehofft hatte, konnte sie es nicht lassen, die Tür zu öffnen und den Kopf herauszustrecken, woraufhin Ray die Tür ein wenig weiter aufdrückte, damit wir ins Haus schlüpfen konnten.

Sie sah mich finster an, als wir allesamt in ihrer Diele standen. »Ich habe doch gesagt, daß ich nicht rede.« Obwohl es erst Viertel nach sieben war, hatte sie bereits ihr Nachthemd an, und die Haare hingen ihr anstelle des gewohnten festen Knotens lose um die Schultern. Dazu kamen ihre Hausschuhe – solche von der riesigen, flauschigen Sorte, die wie Plüschtiere wirken; ihre sahen aus wie Katzen, nicht unähnlich ihrem echten Kater Sheldon, einem niedlichen kleinen Stubentiger, der ein graues Fell mit schwarzen Streifen hatte.

»Können Sie nicht ein paar Minuten für uns erübrigen?« bettelte ich. »Ich möchte wirklich unbedingt eine Vitaminproduktion unter eigenem Markennamen gründen und wäre Ihnen für Ihre Informationen unheimlich dankbar.«

»Was macht *er* dann hier?« fragte sie und nickte zu Ray hinüber. Wußte sie, wer er war? überlegte ich. Erkannte sie in ihm den Ehemann von Jeffreys ehemaliger Patientin, der Frau, die während der Geburt ihres Kindes an Herzstillstand gestorben war? Es gab nur eine Möglichkeit, das herauszufinden.

»Das ist mein Steuerberater«, erklärte ich mit unbewegter Miene.

Ray nahm sein Stichwort gekonnt auf. »Bob Kleinfeld«, stellte er sich vor und schüttelte Joan die Hand. »Ich habe eine

Kanzlei in West Palm Beach. Deborah hat mich gebeten, sie über die Steuervorteile zu informieren, wenn sie ihre eigene Firma gründet.«

Joan seufzte. »Mit Steuervorteilen kenne ich mich nicht aus, aber ich kann mir fünf Minuten Zeit nehmen. Mehr nicht.«

»Vielen Dank«, sagte ich.

Sie machte ein paar Lampen an und führte uns in ihr Fernsehzimmer, einen Raum voller Gerümpel, vom Katzenklo ganz zu schweigen. Der Gestank war so schlimm, daß ich versuchte, gleichzeitig zu sprechen und den Atem anzuhalten, was man unter solchen Umständen instinktiv tut, was aber letztlich unmöglich ist.

»Was wollen Sie denn über die Vitamine wissen?« fragte Joan, nachdem wir uns alle drei hingesetzt hatten. »Wie gesagt, ich hatte nichts mit den firmeninternen Vorgängen zu tun. Ich habe die Kapseln lediglich den Patienten verkauft, die sie haben wollten.«

»Ja, aber Sie sind doch geprüfte Krankenschwester, oder nicht?« sagte ich.

»Bin ich«, bestätigte sie.

»Dann könnten Sie uns vielleicht etwas über die medizinischen Vorzüge der Vitamine sagen und warum der Doktor sie so begeistert verordnet hat«, begann ich, als mir klar wurde, daß wir irgendwo anfangen mußten.

»Also, die wichtigste Eigenschaft der Heartily-Hirshon-Vitamine ist, daß es wasserlösliche, *trockene* Kapseln sind – im Gegensatz zu den Softgels auf Ölbasis, die viel verbreiteter sind«, erklärte Joan.

»Weshalb trockene Kapseln?« wollte Ray wissen.

»Weil Dr. Hirshon das Beste für seine Patienten wollte«, sagte sie. »Viele von ihnen sind schon älter und vertragen kein Öl.«

»Sind seine Vitamine deshalb soviel teurer als die, die es in der Apotheke gibt?« fragte Ray. »Weil sie trocken sind?« Das mit dem Preis für die Kapseln sagte er nicht einfach aufs Geratewohl. Ich hatte ihn präpariert. Offenbar ziemlich gut.

»Ja, wobei viele Apotheken gar kein pulverisiertes Vitamin E vorrätig haben«, erwiderte Joan. »Normalerweise gibt es das in Reformhäusern.«

Ray horchte Joan nach den tatsächlichen Inhaltsstoffen der Heartily-Hirshon-Vitamin-E-Kapseln aus. Sie sprach von Tokopherolen, internationalen Einheiten und D-Alpha und schilderte ausführlich, weshalb man die Vitamine mit strenger Regelmäßigkeit Tag für Tag einnehmen sollte. (Kurz gefaßt: weil der eigentliche Vitamingehalt nur kurz im Körper bleibt, bevor er ausgeschieden wird. Faszinierend.)

Mir wurde sterbenslangweilig, als Ray fortfuhr, Joan derartige pseudotechnische Informationen zu entlocken, und so nutzte ich die Gelegenheit lieber, um mich im Zimmer umzusehen, wobei ich wider alle Wahrscheinlichkeit hoffte, irgend etwas zu finden, was in Zusammenhang mit dem Mord an Jeffrey stände.

Abgesehen von dem bereits erwähnten Katzendreck war der Raum mit Krimskrams sowie Fotos in billigen Plastikrahmen vollgestopft. Verstohlen musterte ich die Schnappschüsse, die auf dem runden, altmodischen Tisch neben mir standen.

Es gab Fotos von einem Mann, von dem ich vermutete, daß es Samuel war, Joans heißgeliebter verstorbener Ehemann, sowie Fotos von ihren beiden Kindern – auch eine Vermutung, die auf der Ähnlichkeit der Gesichtszüge beruhte.

Es gab Fotos von Sheldon, dem geliebten Kater, zusammengerollt auf Joans Schoß, zusammengerollt auf ihrem Bett und zusammengerollt auf ihren plüschigen Katzenhausschuhen.

Es gab Fotos von Jeffrey, aufgenommen im Laufe der zehn Jahre, die Joan als seine Arzthelferin gearbeitet hatte; manchmal war er mit und manchmal ohne Bart zu sehen.

Ganz weit weg, hinter all den anderen Bildern, stand ein weiteres Foto – ein etwas verwackelter Schnappschuß – von Joan, Jeffrey und einem Mann, den ich nicht identifizieren konnte, *obwohl* er mir merkwürdig bekannt vorkam.

Ich hätte am liebsten die Hand ausgestreckt und das Bild vom Tisch genommen, damit ich es genauer betrachten und den Mann mustern konnte. Statt dessen kniff ich die Augen zusammen, um schärfer zu sehen.

Ich konnte erkennen, daß es sich um ein relativ altes Foto handelte, aufgenommen vor einigen Jahren, als Joan jünger und dünner und Jeffrey nicht nur glattrasiert, sondern auch noch frei von grauen Strähnen an den Schläfen war. Ich sah außerdem, daß der andere Mann älter war als seine Gefährten. Er hatte einen üppigen silbrigen Schopf, schwere Säcke unter den Augen und ledrige, faltige Haut. Und schließlich konnte ich ausmachen, daß die drei – Joan, Jeffrey und der andere Mann – beieinander standen, Arm in Arm, Joan in der Mitte, an einem weißen Sandstrand mit Palmen und kristallklarem türkisfarbenem Wasser im Hintergrund.

Wo waren sie gewesen, als die Aufnahme gemacht wurde? fragte ich mich, da das Wasser um Florida meines Wissens noch nie ein derart intensives Blaugrün aufgewiesen oder seine Strände aus derart schneeweißem, feinkörnigem Sand bestanden hatten. Und wer war der Mann? War es einer der anderen Ärzte aus der Gemeinschaftspraxis in der Osceola Street? Auf dem Foto hatte es den Anschein, als sei er ganz dick mit Jeffrey und Joan befreundet. War *er* womöglich der stille Teilhaber an Heartily Hirshon?

Nein, sagte ich mir. Ein Arzt würde nie Teilhaber an einer Firma werden, die einem anderen Arzt nutzte, oder? Bei dem gewaltigen Geltungsbedürfnis, das Ärzte haben?

Wenn ich doch nur Joan von mir ablenken könnte, dachte ich, weg von meinem Platz, dann könnte ich mir das dämliche Bild vom Tisch schnappen und mir den Kerl genauer ansehen.

Auf einmal spürte ich, wie sich etwas an meinem Bein rieb. Ich war perplex, bis ich begriff, daß es nur Sheldon, der Kater, war. Ich beugte mich hinab und streichelte ihn. Dabei kam mir eine Idee.

»Sheldon. Du bist ja ein Süßer«, säuselte ich. Ich war nicht direkt ein Katzenfan; von Katzen bekam ich juckende Augen. Trotzdem streichelte ich das Tierchen weiter und flüsterte ihm zärtliche Worte zu, selbst als ich Ray einen Tritt versetzte, damit er Joan weiter über die Vitamine ausfragte. »Komm her, du süßes Kätzchen. Komm zu Deborah, Sheldon.« Ich nahm den Kater auf den Arm, gab ihm ein paar Küsse, drückte ihn und brachte ihn zum Schnurren. Dann, als Joan nicht hersah, setzte ich ihn auf den altmodischen Tisch, wo er prompt sämtliche Fotos umstieß.

»Ach du liebe Zeit! Das tut mir aber leid! Er ist so lebhaft, daß er mir glatt aus den Armen gehüpft ist«, entschuldigte ich mich, als Joan aufsprang, um den Kater wegzuheben und weiteres Unglück zu verhindern. »Ich räume alles wieder auf«, erbot ich mich. »Hilf mit, Ray. Ich meine, *Bob*.«

»Nein. Das mache ich selbst«, entgegnete Joan.

»Aber es war meine Schuld«, protestierte ich, während Ray und ich herumkrochen, um die Plastikrahmen aufzusammeln.

Natürlich versuchte ich, mir mit dem Bild von Joan, Jeffrey und dem geheimnisvollen Dritten Zeit zu lassen, bevor ich es wieder richtig herum auf den Tisch stellte. Wer ist dieser Mensch? fragte ich mich unablässig und dachte krampfhaft nach. Ich *weiß*, daß ich ihn kenne.

Bevor ich darauf kam, *woher* ich ihn kannte, riß mir Joan das Foto aus der Hand und warf es auf ihren Sessel.

»Ich habe Ihnen alles über die Vitamine gesagt«, erklärte sie gereizt. »Ich habe nichts mehr hinzuzufügen. Bitte gehen Sie.«

»Machen wir, Joan«, versprach ich. »Aber ich würde Sie gern noch fragen, wer –«

»Raus«, blaffte sie. »Und zwar auf der Stelle.«

Sie marschierte zusammen mit Sheldon aus dem Zimmer und nötigte uns so, ihr zu folgen. An der Tür angekommen, beschloß ich, aufs Ganze zu gehen.

»Sagen Sie mir nur eines«, drängte ich. »Waren *Sie* Jeffreys Partnerin bei Heartily Hirshon?«

»Nun lassen Sie mal die Kirche im Dorf«, fauchte sie. »Ich war Dr. Hirshons Arzthelferin.«

»Wer ist der Mann auf dem Foto?« hakte ich nach. »War *er* der andere Teilhaber von Heartily Hirshon?«

Joan tat so, als wüßte sie nicht, von welchem Meisterwerk aus ihrer »Bildergalerie« ich sprach.

»Sie und Dr. Hirshon waren mit diesem Mann am Strand«, bohrte ich weiter. »Sie waren nur zu dritt. Vielleicht irgendwo in der Karibik. Da sie anscheinend alle drei miteinander befreundet waren, dachte ich, der Mann könnte womöglich –«

»Jetzt reicht's«, sagte Joan und warf mich aus ihrem Haus. Und Ray-Bob natürlich auch.

23

Nachdem wir bei Joan rausgeflogen waren, holten Ray und ich uns eine Pizza bei Luna's, einem italienischen Lokal neben dem Flagler Grill. Ray erzählte, er werde am Wochenende mit dem Motorrad nach Norden fahren – nach Daytona Beach zu den letzten Tagen des jährlichen Märzrituals namens »Bike Week«. Ich sagte ihm, daß er mir fehlen würde. Er sagte mir, daß ich meine Nase weder in Joans noch sonst jemandes Angelegenheiten stecken solle, bis er wieder da wäre und sich als mein Steuerberater ausgeben könnte.

Am Freitag bat mich meine Mutter, mit ihr ins Treasure-

Coast-Einkaufszentrum zu gehen, damit sie sich für ihr Treffen mit Fred etwas Neues zum Anziehen kaufen konnte.

»Er hat mich für heute abend ins Kino und zum Essen eingeladen«, sagte sie. »Er muß sehr kultiviert sein.«

»Fred? Er ist nett, aber kultiviert – ich weiß nicht.«

»Wenn ein Mann in seinem Alter einen ins Kino und zum Essen einlädt – nicht zum Essen und ins Kino –, ist das kultiviert. Das heißt nämlich, daß es ihm egal ist, wenn er die Billigmenüs am frühen Abend verpaßt.«

Nachdem wir sämtliche anderen Damenbekleidungsgeschäfte im Einkaufszentrum durchstöbert hatten, landeten wir bei Dillard's, wo meine Mutter Dutzende von Sachen entdeckte, die sie anprobieren wollte. Ich ließ sie unter den Fittichen einer munteren jungen Verkäuferin zurück und sauste zur Schuhabteilung hinüber, wo ich ein Paar Sandalen zu finden hoffte. Ich besah mir soeben den Tisch mit den Sonderangeboten, als ich buchstäblich mit einer anderen Frau zusammenprallte.

»Haben Sie sich weh getan, Mrs. Hirshon?« fragte der Verkäufer, der hinter ihr und den Einkaufstaschen, mit denen sie sich abschleppte, hergelaufen war.

Mrs. Hirshon? Mein Kopf schnellte sofort in die Höhe, als ich den Namen hörte.

»Nichts passiert«, antwortete sie auf ziemlich barsche, nüchterne Art. Dann funkelte sie mich an.

»Bitte verzeihen Sie«, entschuldigte ich mich und versuchte ruhig zu bleiben. »Ich habe offenbar nicht auf meinen Weg geachtet.«

»Schon gut. Schon gut. Nichts passiert.« Sie wandte sich zu dem Verkäufer um und ließ einen beigen Pumps von Bruno Magli von ihrem Zeigefinger baumeln. »Haben Sie den in Größe sechsunddreißig, schmal?«

»Ich sehe mal nach, Mrs. Hirshon«, antwortete er. »Kann ich Ihnen irgendwie weiterhelfen, Ma'am?« fragte er mich.

»Ja. Ich möchte das gleiche wie sie«, antwortete ich rasch. Ich hatte seit sechsunddreißig *Jahren* keinen Schuh in Größe sechsunddreißig mehr getragen.

Er warf mir einen befremdeten Blick zu und verschwand im Lager.

»Das ist ein schöner Pumps«, bemerkte ich und folgte ihr, während sie den Tisch umrundete.

»Sie sind alle schön.« Sie seufzte sehnsuchtsvoll und nahm Platz. Ich setzte mich neben sie.

Sie war ein zierliches kleines Ding, von Größe und Gewicht her etwa mit Sharon vergleichbar, und hatte eine dieser extrem kurzen geschlechtslosen Frisuren, wie sie heutzutage viele Frauen tragen. Ihr Haar war ebenso dunkel wie ihre Augen – große braune Augen mit einem traurigen, gequälten Ausdruck. Die Augen einer Süchtigen.

»Verzeihen Sie, wenn ich so indiskret frage«, sagte ich, »aber sind Sie vielleicht zufällig Francine Fink Hirshon, die ehemalige Gattin des verstorbenen Dr. Jeffrey Hirshon?«

»Ja, warum?« entgegnete sie in unbekümmertem Ton, aber mit erstaunter Miene, als hätte sie nicht erwartet, erkannt zu werden, nachdem sie schon vor Jahren aus Stuart weggezogen war. »Kennen wir uns?«

»Ja«, log ich. »Ich bin Cathy Mayer. Ich habe auf Sewall's Point ein paar Häuser weiter gewohnt. Wir sind ab und zu zusammen einkaufen gegangen, als Sie noch mit Dr. Hirshon verheiratet waren. Mein Beileid übrigens.«

Sie starrte mich an. »Ich kann mich nicht an Sie erinnern.«

»Ach, das macht nichts.« Ich zuckte die Achseln. »Ich könnte mich vermutlich auch nicht an mich erinnern. Ich habe mich sehr verändert, seit Sie weggezogen sind. Das Leben hat es nicht so gut mit mir gemeint. Ich hatte selbst Eheprobleme, wissen Sie.«

»Lassen Sie mich raten. Ihr Mann hat Sie verlassen.«

»Wegen einer Zwanzigjährigen.«

»Mein Gott. Ich hoffe, Sie haben ihm den letzten Penny abgeknöpft.«

»Haben Sie das getan, Francine? Ihrem Mann den letzten Penny abgeknöpft?«

Sie lächelte. »Sagen wir einfach, er betrügt mich nicht mehr um das, was mir gehört.«

»Tatsächlich?« Vielleicht war Francine Jeffreys Teilhaberin bei Heartily Hirshon, überlegte ich und fragte mich zugleich, wie ich sie außer acht hatte lassen können. Vielleicht war sie es leid, ihn immer wieder um ihren Anteil an den Gewinnen anbetteln zu müssen. Vielleicht hatte sie wirklich einen Berufskiller engagiert, der ihn umbringen sollte, während sie sich wie gewohnt in Aspen bewegte. Vielleicht war sie zum Abkassieren nach Stuart gekommen – und wo sie schon hier war, ging sie auf einen Sprung zu Dillard's, um sich das ein oder andere Paar Schuhe zu kaufen. »Wie haben Sie es geschafft, Ihre finanzielle Lage zu verbessern, Francine? Ich könnte einige Tips gebrauchen.«

Sie starrte mich erneut an. »Ich kann mich immer noch nicht an Sie erinnern, Carol.«

»Cathy.«

»Sie waren eine Nachbarin?«

»Ja. Meine Kinder sind immer unheimlich gern bei Ihnen vorbeigekommen, vor allem an Halloween. Sie meinten, bei Ihnen gäbe es die besten Süßigkeiten.«

»Ihre Kinder haben ja eine lebhafte Phantasie. Jeffrey und ich haben Halloween regelmäßig auf den Bahamas verbracht. Auf unserem Boot. Beziehungsweise *meinem* Boot. Genau wie es *mein* Haus ist. Genau wie alles aus Jeffreys Nachlaß *mir* gehört.«

Mir blieb der Mund offenstehen. »Er hat Ihnen in seinem Testament alles vermacht? Obwohl Sie geschieden waren?«

Sie beugte sich herüber. »Hören Sie mal, meine Liebe. Tun Sie sich selbst etwas Gutes. Machen Sie sich an den Anwalt Ihres Geschiedenen heran. Schlafen Sie mit ihm, wenn es sein muß. Aber sorgen Sie dafür, daß er kein Wort am Testament Ihres Verflossenen ändert, egal, was Ihr Verflossener wünscht. In Wirklichkeit scheren sich Männer nämlich gar nicht besonders um ihr Testament, es sei denn, sie wollen wieder heiraten. Sie sind viel zu beschäftigt mit Rumbumsen. Dabei denken sie gar nicht mehr an diesen Wisch. Dann sterben sie – und Sie sind reich. Natürlich hatte ich Glück. Ich mußte nicht lange warten. Meiner ist weiß Gott reichlich früh gestorben.«

»Da hatten Sie wirklich Glück«, sagte ich, verblüfft von Francines Herzlosigkeit. Ich konnte es gar nicht erwarten, Detective Gillby davon zu erzählen.

»So, meine Damen«, sagte der Schuhverkäufer und kam mit zwei Schachteln auf uns zugeeilt.

»Haben Sie den Sechsunddreißiger in schmal?« fragte Francine aufgeregt.

»Ich habe *beide* Sechsunddreißiger in schmal«, erklärte er strahlend.

Francine griff nach ihrem Paar und probierte es an. »Oooh«, stöhnte sie hingerissen. »Die passen ja wie angegossen. Die nehme ich.«

»Wissen Sie was«, sagte ich. »Sie können meine auch haben.«

Und weg war ich.

Bevor ich wieder zu meiner Mutter in die Kleiderabteilung ging, suchte ich mir ein Münztelefon und wählte Gillbys Nummer. Er war nicht im Büro, daher hinterließ ich eine Nachricht.

Später am Abend, während meine Mutter mit Fred die Stadt unsicher machte, saß ich allein in meinem Häuschen und versuchte den Mann auf Joans Foto irgendwo unterzubringen. Selbst wenn Francine Jeffreys Nachlaß erbte, selbst wenn sie einen Killer engagiert hatte, um die Testamentseröffnung zu beschleunigen, blieb immer noch die Frage nach Jeffreys heimlichem Geschäftspartner offen, und ich wurde das Gefühl nicht los, daß Joans Strandkumpan der Betreffende war. Irgend etwas mußte faul mit ihm sein, sonst hätte sie nicht so reagiert, indem sie mir das Foto wegriß und so tat, als wüßte sie nicht, wovon ich redete, als ich wissen wollte, wer der Mann sei, und indem sie Ray und mich so plötzlich hinauswarf. Aber was steckte wirklich dahinter? *Ich* wurde jedenfalls nicht schlau aus der Sache.

Am Samstag morgen rief meine Mutter an, um mir von ihrer Verabredung zu erzählen.

»Es war sehr nett«, sagte sie.

»Nett? Weiter nichts?«

»Na ja, es war mehr als nett, aber ich möchte kein Unheil heraufbeschwören, indem ich jetzt in den höchsten Tönen schwärme.«

»Dann fandest du Fred also sympathisch und er dich.«

Sie seufzte. »Er hat mir gesagt, meine Augen hätten die gleiche Farbe wie die Trikots der Florida Marlins.«

»Das ist ja sehr romantisch, aber die Trikots der Marlins sind eher grün als blau«, wandte ich ein.

»Deborah. Er hat blau gemeint, und das weißt du auch.«

»Natürlich. Es freut mich, daß ihr euch gut verstanden habt, Mom. Was glaubst du, wann du dich wieder mit Fred triffst?«

Sie senkte die Stimme zu einem Flüstern. »Gerade eben, Liebes. Er sitzt draußen auf der Veranda, liest Zeitung und trinkt Orangensaft und sein Metamucil. Er ist heute über Nacht geblieben.«

»Mom!« Ich war schockiert.

»Ich kann mir schon vorstellen, was du jetzt denkst«, sagte sie ohne jede Scham. »Daß ich mich aufführe wie Sharon und mich in eine Beziehung zu einem Mann stürze, den ich gerade erst kennengelernt habe. Aber deine Schwester ist schon seit ewigen Zeiten gegenüber Männern geradezu krankhaft impulsiv. Ich dagegen habe allein gelebt und meinen Wunsch nach einem Gefährten immer verdrängt. Das ist ein großer Unterschied.«

»Ja, das stimmt«, gab ich zu, immer noch verblüfft von der Offenheit und Unverblümtheit, die meine Mutter neuerdings an den Tag legte.

»Ein Herzinfarkt verändert einen wirklich«, fuhr sie fort. »Er zwingt einen zu erkennen, daß man das Leben beim Schopf packen soll, weil man sonst selbst gepackt wird.«

»Das kann ich nachvollziehen, Mom, aber – mein Gott, ich weiß nicht, wie ich meiner eigenen Mutter diese Frage stellen soll.«

»Na los, frag mich, Liebes.«

»Also, ich habe gehört, daß es nicht ungewöhnlich ist, wenn Leute, die einen Herzinfarkt erlitten haben, Angst vor Sex haben, weil sie fürchten, das könnte einen zweiten Infarkt auslösen.«

»Ja, aber wer hat denn irgendwas von Sex gesagt? Ich habe nur erwähnt, daß Fred über Nacht geblieben ist.«

»Oh. Dann habe ich dich mißverstanden.« Mann, war ich erleichtert. Nichts gegen Fred, aber es ist schaurig, sich vorzustellen, daß die eigene Mutter Sex hat. Ganz egal, wie erwachsen man ist.

»Jetzt zum zweiten Grund meines Anrufes. Fred läßt fragen, ob du heute abend mit uns essen gehen möchtest, Liebes. Er will uns alle ins 11 Maple Street einladen. Ich habe dir ja schon gesagt, daß er kultiviert ist.«

»Da magst du recht haben.« Die Küche im 11 Maple Street kann mit der der besten Restaurants in Südflorida mithalten. Außerdem ist das Lokal in einem wunderbaren historischen Gebäude in Jensen Beach untergebracht. Ich hatte im Lauf der Jahre bei mehreren besonderen Anlässen dort gegessen und freute mich über die Maßen, wieder dorthin eingeladen zu werden. »Ich bezweifle allerdings, daß wir einen Tisch bekommen. Es ist Samstag und Hochsaison. Meistens sind sie bereits eine Woche im voraus ausgebucht.«

»Fred meint, wir bekämen sicher ohne weiteres einen Tisch. Einer seiner Enkel bedient nämlich dort – der Sohn seiner ältesten Tochter.«

Tja, in dieser Kleinstadt hier war wirklich jeder mit jedem verwandt oder bekannt.

Als ich am Samstag abend aus dem Restaurant nach Hause kam, wo ich mich mit drei üppigen Gängen vollgestopft hatte, die jede einzelne Kalorie wert waren, wartete Detective Gillby auf mich. Zusammen mit einigen anderen Beamten, die allesamt ausgesprochen bissig dreinsahen, stand er am Eingang des Anwesens.

»Sie sind vermutlich nicht hier, um sich zu entschuldigen«, sagte ich und schloß das Tor auf. »Sie haben mich gestern nicht zurückgerufen.«

»Gehen wir rein«, sagte Gillby. Es war eine Anweisung, kein Vorschlag, und er war nicht zum Scherzen aufgelegt.

Er folgte mir in mein Häuschen; die anderen blieben draußen. Ich fragte ihn, ob er etwas trinken wolle, während ich ein Alka Seltzer hinunterstürzte. Er lehnte ab. Wir gingen ins Wohnzimmer.

»Wo sind Sie heute abend gewesen, Ms. Peltz?« fragte er schließlich.

»Warum?«

»Bitte beantworten Sie meine Frage.« Er sprach auf diese monotone Art wie in *Polizeibericht* – genauso, wie er mich an dem Abend verhört hatte, als Jeffrey ermordet worden war. Kein gutes Omen.

»Ich war mit meiner Mutter und Fred Zimsky zusammen, einem ehrenamtlichen Mitarbeiter vom Haus der Zuflucht. Wir haben im 11 Maple Street zu Abend gegessen.«

Er nickte und notierte etwas in sein kleines Notizbuch. »Und Ihre Schwester? Was hat die heute abend gemacht?«

»Normalerweise habe ich keinen Überblick über ihren Terminkalender, aber ich weiß zufällig, daß sie eine Hochzeit für die Familie Traubman organisiert hat.«

»Für wen?«

»Die Traubmans. Denen gehört halb Boca«, sagte ich, indem ich Sharon nachäffte.

Gillby schrieb wieder etwas in sein Notizbuch.

»Ich habe den Eindruck, das hier ist ein regelrechtes Verhör«, sagte ich. »Also wären wir wieder da, wo wir angefangen haben, Frank. Vielleicht könnten Sie mir erklären, was dahintersteckt und weshalb meine Schwester und ich ausgerechnet für heute abend ein Alibi brauchen – Jeffrey Hirshon wurde schließlich schon vor mehr als zwei Wochen ermordet.«

»Er mag ja vor über zwei Wochen ermordet worden sein, aber seine Arzthelferin wurde vor weniger als zwei Stunden ermordet.«

»Was?«

»Sie haben mich schon verstanden.«

»Sie wollen sagen, daß Joan –«

»Genau.«

Ich merkte, wie mein Mund trocken wurde und sich mir der Magen umdrehte. Ich ließ mich auf einen der Futons sinken. »Wie?« stieß ich hervor, während ich immer noch darum rang, diese schockierende Nachricht zu verarbeiten. »Was ist denn passiert?«

»Die Ergebnisse der Autopsie werden noch etwa einen Tag auf sich warten lassen, aber wenn ich raten soll, würde ich sagen, daß Ms. Sheldon mit einer einzigen Kugel vom Kaliber zweiundzwanzig erschossen wurde.«

»Wo?«

»In die Brust.«

»Nein. Wo war sie, als auf sie geschossen wurde?«

»Im Fernsehzimmer ihres Hauses am Valor Point«, antwortete Gillby. »Ein Nachbar hat den Schuß gehört und gemeldet. Als wir hinkamen, konnten wir weder Anzeichen für gewaltsames Eindringen noch für einen Kampf entdecken. Im Grunde das gleiche Szenario wie bei dem anderen Mord.«

Ich hielt meinen Kopf in die Hände gestützt und fragte mich, wie in aller Welt ich in eine solche Seifenoper geraten war. Haha. »Irgendeine Ahnung, wer es war? Jetzt, wo Sie *meine Schwester und mich* von der Liste gestrichen haben?«

»Tut mir leid, aber ich mußte fragen. Wegen des Falls Hirshon.«

»Verstehe. Warum setzen Sie sich nicht, Frank? Sie sehen erschöpft aus.«

Er setzte sich auf den Futon neben meinem und knackte mit den Knöcheln. »Nein, ich habe keine Ahnung, wer es war. Ich stehe vor einem Haufen Sackgassen.«

Ich nickte, da ich mir vorstellen konnte, wie frustriert er sein mußte.

»Haben *Sie* vielleicht eine Ahnung, wer es war, Ms. Peltz? Sie haben doch sonst immer so viele Ideen.«

»Ich muß Ihnen ein Geständnis machen«, sagte ich verlegen.

»Dann gestehen Sie.«

»Ich *war* in Joan Sheldons Haus – und auch in ihrem Fernsehzimmer. Aber das war am Donnerstag abend, nicht heute, und Ray Scalley hat mich begleitet.«

Gillby starrte mich an und schüttelte den Kopf. »Was zum Teufel wollten Sie beide bei ihr?«

Ich erklärte ihm meine – oder vielmehr Helen Mincers – Theorie über den brüskierten Geschäftspartner; daß Jeffreys Vitaminproduktion etwas mit seiner Ermordung zu tun haben könnte und Ray und ich in der Hoffnung zu Joan gefahren waren, daß sie uns etwas über die Firma erzählen würde.

»Sie wollte nicht über Heartily Hirshon an sich sprechen, nur über den gesundheitlichen Nutzen der Vitamine«, sagte ich. »Sie stritt ab, Jeffreys Teilhaberin an der Firma gewesen zu sein, aber ich hatte das Gefühl, daß sie alles darüber wußte, was man wissen kann – auch wer der wahre Partner ist.«

Ich beschrieb ihm den Mann auf dem Foto, der mir entfernt bekannt vorgekommen war.

»Wo stand dieses Foto?« wollte Gillby wissen.

»Auf dem altmodischen Tisch in Joans Fernsehzimmer, ziemlich weit hinten zwischen den anderen.«

Er kratzte sich den Kopf. »Komisch. Als wir am Tatort erschienen, waren in dem Raum überhaupt keine Fotos.«

»Keine Fotos? Die Frau hatte Unmengen davon.«

»Nicht, als wir dorthin kamen.«

»Dann ist das der *Beweis* dafür, daß der Mann, der mit ihr und Dr. Hirshon auf dem Foto abgebildet war, jemand war, den ich nicht sehen sollte! Vermutlich hat Joan dieses und die anderen Bilder versteckt, sobald Ray und ich das Haus verlassen hatten.«

»Oder vielleicht hat der Mörder die Bilder mitgenommen, um nicht mit Ms. Sheldon und Dr. Hirshon in Verbindung gebracht zu werden.«

»Warum hat er dann alle mitgenommen?«

»Vermutlich war er in Eile, Ms. Peltz. Warum sollte er Dutzende von Bildern durchsehen, wenn er genausogut den ganzen Packen einstecken und abhauen konnte?«

»Stimmt.«

»Falls der Mörder und der Mann auf dem Bild identisch sind, hat er vielleicht panische Angst davor bekommen, daß ihn Ms. Sheldon verraten könnte.«

»Sie meinen, er hat sie umgebracht, weil sie zuviel wußte.«

»Und weil sie zuviel geredet hat. Sie haben doch gesagt, daß sie geschwätzig war.«

»Ja, aber wer ist das hier nicht? Ich habe noch nie so viele Leute getroffen, die bereit waren, alles auszuplaudern.«

»Tja, Ms. Sheldon plaudert nichts mehr aus.«

»Die Ärmste. Sie war zwar nicht gerade eine Stimmungskanone, aber den Tod hat sie nicht verdient. Sind ihre Kinder schon verständigt worden? Ich glaube, sie hatte mehrere.«

»Zwei. Wir haben ihnen vor etwa einer Stunde Bescheid gesagt. Sie waren ziemlich erschüttert.«

»Das kann ich mir denken. Ihr Kater muß auch völlig durchgedreht sein. Sie hing sehr an dem Tier.«

»Allerdings war er durchgedreht. Er hat keinen von uns in seine Nähe gelassen. Wir mußten drei unserer Männer einsetzen, um ihn einzufangen und aufs Revier zu bringen.«

»Sheldon aufs Revier bringen? Warum denn das?«

»Wegen der Beweise. Das gute Tier war bis über die Pfoten voller Blut. Das meiste davon stammt zwar von der Toten, aber es könnten auch Spuren vom Mörder vorhanden sein.«

»Falls der Kater ihn gekratzt oder gebissen hat?«

»Genau. Selbst das zutraulichste Haustier kann vom Geräusch eines Schusses verschreckt werden, ganz zu schweigen von dem Anblick, wenn sein Frauchen bewußtlos auf dem Boden liegt. Falls der Kater mit dem Kerl gerungen hat, müßten Spuren vom Blut und/oder der Haut des Mörders unter seinen Krallen zu finden sein. Damit wären wir einen großen Schritt weiter.«

»Hoffen wir's.«

»Noch einmal zurück zu dem Mann auf dem Foto. Wenn er der Partner in der Vitaminfirma des Doktors ist, dürfte es nicht allzu schwierig sein, ihn aufzuspüren. Die Firma muß eine Adresse, ein Lager und ein Bankkonto haben, und es müßte auch Geschäftsunterlagen, Steuererklärungen und dergleichen geben.« Er erhob sich vom Futon und sah schon wesentlich froher aus als zuvor. »Wir finden den Kerl, Ms. Peltz«, sagte er.

»Da bin ich mir sicher, Frank.«

»Wir müssen einfach«, fügte er hinzu, als er auf die Tür zuging. »Sonst verliere ich meinen Job.«

»Noch eines«, sagte ich. »Bevor Sie gehen.«
Er verdrehte die Augen. »Was?«

»Francine, Jeffreys Exfrau. Sie ist wieder in der Stadt. Sie hat gestern bei Dillard's Schuhe gekauft. Deshalb habe ich Sie ja angerufen.«

»Ich bin ein vielbeschäftigter Mann, Ms. Peltz. Sie brauchen mich nicht von den Einkaufsgewohnheiten sämtlicher Leute zu unterrichten.«

»Sie hat mir erzählt, daß sie Jeffreys Geld geerbt hat, Frank. Offenbar hat er tatsächlich vergessen, nach der Scheidung sein Testament zu ändern, genau wie ich vor zwei Wochen schon vermutet habe. Wissen Sie noch?«

Er nickte und knackte wieder mit den Knöcheln.

»Es könnte sinnvoll sein, sie ein zweites Mal zu verhören«, empfahl ich. »Nur der Gründlichkeit halber. Wo das Geld ist, ist auch das Motiv, stimmt's, Frank?«

Als Ray von seiner Motorradodyssee wiederkam und sich bei mir zurückmeldete, erzählte ich ihm von Joan. Er war ebenso schockiert, wie ich es gewesen war – oder wirkte zumindest so. Als ich ihn im Laufe unseres Gesprächs fragte, wie sein Ausflug gewesen sei, äußerte er sich nur vage und wollte nichts Spezielles darüber preisgeben, was mich zu Zweifeln veranlaßte: War er tatsächlich in Daytona gewesen?

Natürlich war er dort, lachte ich mich selbst aus, lachte über die traurige Marotte, daß ich allmählich jeden verdächtigte. Ray war ehrlich und anständig, Herrgott noch mal. Ray war immer für mich da. Ray war mein Freund.

Trotzdem war es interessant, daß er genau an dem Wochenende, als Joan ermordet wurde, verreist war. Interessant, daß er erst zwei Abende, bevor sie umgebracht wurde, in ihrem Haus gewesen war. Interessant, daß er Jeffrey haßte und seinen Haß vielleicht auch auf dessen Arzthelferin ausgedehnt hatte.

Apropos Haß: Ich verachtete mich dafür, auch nur zu erwägen, daß Ray irgend jemandem etwas zuleide tun könnte. Aber angesichts des unheilvollen Chaos, das um mich herum tobte, wollte ich kein Risiko eingehen. Ich beschloß, mich eine Weile von ihm fernzuhalten. Nur bis etwas Licht in die Angelegenheit kam.

24

Es sollte einige Tage dauern, bis ich wieder mit Detective Gillby sprach. Mir war klar, unter welchem Druck er stand, außerdem war mir wieder eingefallen, daß die Ergebnisse von der Gerichtsmedizin eine Weile auf sich warten lassen würden, und so bedrängte ich ihn nicht um Auskünfte. Aber als ich die Spannung nicht mehr länger ertragen konnte, rief ich ihn an.

»Irgendwelche Neuigkeiten?« fragte ich.

»Ja, aber nichts Gutes«, sagte er. »Erstens einmal können wir Francine Hirshon nirgends finden.«

»Verdammt. Wahrscheinlich hat sie sich ihr Erbe geschnappt und ist nach Beverly Hills abgehauen.« Ich malte mir aus, wie sie durch die Ledergeschäfte auf dem Rodeo Drive zog.

»Möglich. Problem Nummer zwei: Heartily Hirshon existiert nicht.«

»Was wollen Sie damit sagen? Natürlich existiert es.«

»Tja, dem Etikett auf den Vitaminfläschchen zufolge wird das Produkt kaum eine Stunde von hier entfernt hergestellt, in Riviera Beach. Wir haben die betreffende Adresse aufgesucht, und man höre und staune: Dort ist keine pharmazeutische Fabrik, sondern ein Waschsalon.«

»Sie machen Witze.«

»Schön wär's. Damit nicht genug, wir haben Dr. Hirshons Praxis durchsucht, sein Arbeitszimmer zu Hause und Joan Sheldons Haus und Büro und konnten nicht ein einziges Schnipselchen finden, das mit der Vitaminfirma zu tun hätte – keine Buchhaltungsunterlagen, keine Einzahlungsbelege, gar nichts.«

»Nicht zu glauben.«

»Glauben Sie's. Es kommt noch dicker. Wir haben Hirshons Steuererklärungen in die Finger bekommen, und raten Sie mal, was wir feststellen mußten: keinerlei Einnahmen aus einer Firma namens Heartily Hirshon. Nicht einmal ein Hinweis darauf, daß es Heartily Hirshon je *gegeben* hat.«

»Also hat er den Staat betrogen«, sagte ich verblüfft. »Jeder Penny, den er mit diesen Kapseln verdient hat, ist in seine eigene Tasche gewandert.«

»Sieht danach aus.«

»Und Joan steckte mit ihm unter einer Decke.«

»Höchstwahrscheinlich.«

»Womit wir wieder bei diesem Teilhaber wären. Gibt's da irgendwas Neues?«

»Fehlanzeige. Im Moment versuchen wir herauszufinden, wo die Vitamine wirklich produziert und wo Bargeld und Schecks aus dem Verkauf eingezahlt wurden. Ich tippe darauf, daß das Geld über ein Konto außerhalb des Landes gegangen ist, zum Beispiel auf den Caymans oder den Bahamas.«

»Die Bahamas«, sagte ich aufgeregt. »Jeffrey ist an langen Wochenenden immer mit seinem Boot dorthin gefahren. Er hat sogar eine Seekarte der Inseln an der Wand seines Sprechzimmers hängen. Außerdem hat mir Francine erzählt, daß sie in glücklicheren Zeiten immer dorthin gesegelt sind.«

»Könnte ein Anhaltspunkt sein. Ich melde mich wieder, Ms. Peltz.«

»Viel Glück, Frank. Sie können auf meine Unterstützung zählen.«

In der nächsten Woche kam Norman, mein Neffe, über die Frühlingsferien nach Hause. Unsere kleine Familie stand wegen seiner Ankunft kopf, da wir ihn seit Weihnachten nicht mehr gesehen hatten. An einem Mittwoch nachmittag brachte ihn Sharon nach Stuart, damit er ein paar Tage bei seiner Großmutter verbringen konnte. Sie reisten in Barrys Rolls-Royce an – chauffiert von einem Fahrer, berichtete meine Mutter, die mir erzählte, daß Barry selbst auch gern mitgekommen wäre, aber mit einem Fall sehr beschäftigt sei und deshalb darauf bestanden hätte, seinen Wagen mitsamt Chauffeur anzubieten, der Sharon und ihren Sohn herbrachte. Würg.

Am ersten Abend von Normans Aufenthalt durfte ich mit der ganzen Familie bei meiner Mutter zu Abend essen.

»Norman«, sagte ich und umarmte ihn. »Du siehst toll aus.«

»Toll« mag ein bißchen übertrieben gewesen sein, aber er sah allemal besser aus als an Weihnachten. Wie seine Mutter seit jeher ein wenig klein und schmächtig geraten (vermutlich einer der Gründe dafür, weshalb er beschlossen hatte, eine Militärakademie zu besuchen – um zu beweisen, daß er trotz seines zarten Körperbaus ein ganzer Kerl war), hatte er im Dezember noch magerer gewirkt. Doch nun hatte er etwas zugelegt, und sein Gang war selbstbewußter geworden. Selbst sein Haarschnitt – sein »Knopfkopf« – war nicht mehr so jämmerlich. »Wie geht's dir, alter Herzensbrecher?« fragte ich lachend, während ich meine Finger über die rasierten Stellen seines Kopfes gleiten ließ.

»Mir geht's prima, Tante Deborah«, antwortete er. »Ich kann gar nicht glauben, daß du jetzt hier unten in einem Haus am Strand wohnst. Das ist echt cool.«

»Für jemanden in *deinem* Alter, Norman, ist es cool«, warf Sharon ein. »Für jemanden im Alter deiner *Tante* ist es merkwürdig.«

»Wenn du morgen Zeit hast, könntest du dir das Auto deiner Großmutter leihen und vorbeikommen«, sagte ich und beachtete meine Schwester gar nicht. »Wir könnten am Strand spazierengehen und ein bißchen plaudern.«

»Klingt gut«, sagte er und hielt mir die erhobene Handfläche entgegen.

Beim Essen erzählte uns Norman Geschichten über das Leben beim Militär. Ich fragte ihn, ob die männlichen Kadetten wirklich so fies zu den weiblichen wären, wie die Medien uns glauben machten. »Nicht fieser, als die männlichen Kadetten zueinander sind«, erwiderte er und hob stolz sein Hemd, um mir seine Kampfnarben zu zeigen.

Nach dem Essen verzog er sich ins Fernsehzimmer, um sich einen alten John-Wayne-Film anzusehen. Meine Mutter ging zum Abspülen in die Küche. Als sie beide weg waren, saßen Sharon und ich auf einmal allein miteinander da – und das war ja immer eine heikle Situation.

»Du bist sicher froh, daß Norman da ist«, sagte ich.

»Überglücklich«, bestätigte sie. »Besonders froh bin ich darüber, daß er sich so schnell mit Barry angefreundet hat.«

»Findest du das wirklich klug?« fragte ich. »Norman hat so viele deiner Männer kommen und gehen sehen.«

Sharon richtete sich auf. »Ich bin keine Hure, Deborah. ›Meine Männer‹, wie du es formulierst, waren keine Kunden. Es waren Ehemänner.«

»Genau. Norman darf sich auf keinen Fall noch einmal emotional an einen Mann binden, der irgendwann wieder geht.«

»Geht? Wie kommst du darauf, daß Barry wieder geht? Er und ich kommen uns von Tag zu Tag näher. Sieh doch nur, wie er dafür gesorgt hat, daß wir hierherkommen, mit seinem Wagen und seinem Chauffeur. Sogar wenn er sich mit Mandanten trifft, kümmert er sich darum, daß mir nichts fehlt.«

»Wer sind eigentlich seine Mandanten?« fragte ich. »Abgesehen von dir natürlich.«

»Das darf er nicht mit mir besprechen«, erklärte sie. »Ein Anwalt hat über seine Mandanten Stillschweigen zu bewahren.«

»Du kennst also niemanden sonst, den er vertritt?«

»Nein. Aber ich weiß, daß er ungeheuer kompetent sein muß, weil er lebt wie ein König – und mich übrigens wie eine Königin behandelt. Kannst du das gleiche über diesen Tischler sagen, mit dem du da angebändelt hast?«

»Er ist kein Tischler«, widersprach ich und wünschte, meine Mutter hätte Sharon nicht von Ray erzählt. »Und ich habe nicht mit ihm angebändelt. Wir sind Freunde.«

»Wie auch immer. Was ich sagen wollte, ist, daß Barry reich, aber auch großzügig ist. Ich glaube wirklich, er könnte der Richtige sein.«

»Der vierte, meinst du.«

»Das ist doch lächerlich, Deborah.«

»Sharon.« Ich seufzte. »Kapier's endlich. Barry ist ein Fiesling.«

»Du wärst froh, wenn du so einen Fiesling hättest.«

»Mir geht's blendend, danke.«

»Mit dem Tischler. Was macht ihr eigentlich in eurer Freizeit? Euch ›Das Haus von Rocky-Docky‹ anschauen?«

In diesem Moment kam meine Mutter herein und musterte uns. »Ich hätte schwören können, daß ich euch streiten gehört habe«, sagte sie. »Aber nachdem ihr mir versprochen habt, euch nicht mehr zu zanken – aus Liebe zu mir und aus Sorge um meine *Gesundheit* – muß ich mich wohl geirrt haben. Nicht wahr, meine Mädels?«

Sharon und ich lächelten und antworteten: »Ja, Mutter.«

Am Donnerstag nachmittag kam Norman mit dem Delta 88 herübergefahren, um mich zu besuchen. Ich kochte ihm ein Mittagessen, führte ihn durchs Haus der Zuflucht, kaufte ihm ein Haus-der-Zuflucht-T-Shirt und stellte ihn Fred Zimsky vor, der ihn an sich drückte und sagte: »Deine Großmutter ist eine sagenhafte Frau, mein Junge.«

Später machten Norman und ich einen Strandspaziergang und sammelten Muscheln. Auf einmal fragte er mich, ob ich ihm einen Gefallen tun würde.

»Sicher. Was denn?«

»Gib acht auf meine Mom.«

»Warum? Will sie sich auf ihrem Besenstiel vom Himmel herab auf mich stürzen?« fragte ich und tat so, als duckte ich mich.

»Nein, so habe ich es nicht gemeint. Ich habe gemeint, paß an meiner Stelle auf sie auf. Hör mal, ich weiß, daß ihr beiden nicht immer miteinander ausgekommen seid, Tante Deborah, und sie kann einem wirklich tierisch auf den Geist gehen, das steht fest, aber sie ist meine Mom, und ich habe sie lieb, und da ich morgen wieder an die Akademie zurückfahre, kann ich leider nicht ...«

»Norman«, unterbrach ich ihn, da ich begriff, daß er es ernst meinte. »Nun mal langsam. Erzähl mir, weshalb du dir wegen deiner Mutter Sorgen machst.«

Er zuckte die Achseln.

»Norman?«

»Okay. Es ist wegen des Kerls, mit dem sie sich trifft.«

»Barry Shiller?«

Er nickte. »Mein Vater war kriminell, und damit muß ich klarkommen, solange ich denken kann. Das letzte, womit ich gerechnet habe, ist, daß ich nach Hause komme, und der nächste Kriminelle dort ein- und ausgeht.«

»Wie kommst du denn darauf, daß Barry ein Krimineller ist?«

Er zuckte erneut die Achseln. »Ich traue ihm einfach nicht.«

»Dafür muß es doch einen Grund geben, Norman. Sag's mir.«

Er dachte eine Weile nach. »Er hängt ständig am Telefon und flüstert irgendwelches Zeug. Und wenn er sich um meine Mutter kümmert, will er immer nur etwas über den Mord hören, in den ihr beide verwickelt worden seid – ob sie sich an den Abend erinnern kann, als der Arzt erschossen wurde, für den Fall, daß er sie verteidigen muß oder so. Er ist so, na ja, irgendwie *besessen* davon, Anwalt zu sein.«

»Deine Mutter hat mir erzählt, daß er sehr ehrgeizig ist, sehr auf seinen Beruf als Anwalt fixiert, und daß deswegen seine Ehen zerbrochen sind. Dadurch ist er egozentrisch und eindimensional geworden, aber das macht ihn noch nicht zu einem Kriminellen.«

»Okay. Was ist dann damit: Er hat eine Schönheitsoperation hinter sich.«

Ich lachte. »Schönheitsoperationen sind kein Verbrechen, Norman. Das verstehst du besser, wenn du erst einmal in mein Alter kommst.«

»Mag sein, aber von den Jungs beim Militär würde das keiner je machen lassen.«

»Nein, die wohl nicht.«

»Jedenfalls hat sich dieser Komiker das Fett aus dem Gesicht absaugen *und* ein – warte mal, wie heißt das doch gleich? – chemisches Pulling machen lassen.«

»Chemisches *Peeling*.«

»Genau. Ach ja, und er färbt sich die Haare. Das ist vielleicht ein weibischer Typ.«

»Seine Haare sind mehr oder weniger schmutzigbraun. Welche Farbe hatten sie denn vorher?«

»Grau. Wie die von Grandma.«

»Woher weißt du denn das alles, Norman? Die Leute reden meist nicht so offen über ihre Ticks und Tricks und Macken.«

»Von meiner Mom. Als sie Barry vor ein paar Jahren auf irgendeiner Hochzeit kennengelernt hat, hielt sie ihn für wesentlich älter. Das muß sie ihm gegenüber erwähnt haben, weil er ihr den Namen seines Chirurgen genannt hat. Die Haare färbt er sich selbst, hat er ihr erzählt. Mit Grecian Formula.«

»Vermutlich ist das Aussehen in seiner Branche wichtig.«

»Dann wird er die Arbeit eine Zeitlang liegenlassen müssen. Sein Gesicht sieht verheerend aus.«

»Warum? Hat er sich wieder ein chemisches Peeling machen lassen?«

»Nein, er hat in seinem Garten einen Ringkampf mit einer Bougainvillea ausgefochten. Das hat er jedenfalls behauptet. Wenn du mich fragst, Tante Deborah, dann hat er Bekanntschaft mit den Fingernägeln einer Frau gemacht.« Norman schüttelte den Kopf. »Der Typ traut sich echt was – einerseits tut er so interessiert an meiner Mom, und dann sieht er aus, als sei er mit einer Katze aneinandergeraten.«

»Mit einer Katze.«

»Ja.«

»Weil Barrys ganzes Gesicht verkratzt ist?«

»Genau.«

»Und er behauptet, die Kratzer stammten von den Dornen einer Bougainvillea?«

»Ja. Unheimlich glaubwürdig, was?«

»Und wie.«

Mittlerweile raste mein Herz dermaßen, daß ich fürchtete, in Ohnmacht zu fallen. Doch ich blieb bei Bewußtsein. Ich riß mich zusammen. Ich mußte einfach. Ich wollte meinen armen, lieben Neffen nicht erschrecken. Er hatte in seinem jungen Leben schon genug mitmachen müssen. Und jetzt kam noch mehr auf ihn zu. Viel mehr. Mir dämmerte nämlich langsam, daß sich seine Mutter mit Barry Shiller nicht nur eine weitere Niete eingehandelt hatte: Diesmal hatte sie einen eiskalten Killer an Land gezogen.

»Tante Deborah? Alles in Ordnung?«

Nein! hätte ich am liebsten geschrien. *Nein!*

Wenn ich doch nur schon früher eins und eins zusammengezählt hätte, schalt ich mich selbst, während sich meine Gedanken überschlugen und mein Atem hastig und stoßweise ging.

Wäre ich doch nur meinem Instinkt gefolgt, dachte ich und fragte mich, weshalb ich, sogar nachdem ich erfahren hatte, daß Barry dasselbe College wie Jeffrey besucht hatte, und selbst nachdem ich Barry deswegen *zur Rede gestellt* hatte, die Verbindung zwischen den beiden Männern immer noch nicht ernst genommen und immer noch nicht in Erwägung gezogen hatte, daß sich Barry lediglich darum in Sharons Leben gedrängt hatte, um den polizeilichen Ermittlungen stets einen Schritt voraus zu sein. Aber jetzt wirkte alles so offensichtlich, so klar, wie es stets der Fall ist, wenn sämtliche fehlenden Teile eines Puzzles plötzlich vor einem liegen. *Barry* war der Teilhaber bei Heartily Hirshon. *Barry* war der grauhaarige Strandkumpan auf dem Foto in Joans Haus. *Barry* war derjenige, der nicht mit einer Bougainvillea oder einer Frau gerungen hatte, sondern mit Joans Kater. *Barry* war derjenige, dessen Blut und Haut Frank Gillby unter Sheldons Krallen finden würde. *Barry* war der Mann, der sowohl Joan als auch Jeffrey in ihren Häusern erschossen hatte. Das wußte ich so sicher, wie ich meinen eigenen Namen wußte. Was ich allerdings nicht wußte, war, warum.

»Tante Deborah?«

»Alles in Ordnung, Norman«, stieß ich hervor. »Mir ist nur von der Hitze in der Sonne ein bißchen schwindlig.«

Sanft, doch bestimmt nahm er meinen Arm. »Komm. Lehn dich an mich«, forderte er mich auf – erstaunlich reif und verantwortungsbewußt. Als wir zusammen durch den Sand aufs Cottage zugingen, sah ich ihn voller Liebe und Stolz an und dachte bei mir: Der »kleine Norman« ist er ganz bestimmt nicht mehr.

»Ich wäre so gern zu deiner Abschlußfeier gekommen«,

sagte ich bedauernd, während wir weiterschlenderten. »Ich hoffe, du glaubst mir das.«

»Sicher. Du hattest doch an dem Tag Fieber«, erwiderte er und führte mich immer noch am Arm. »Du warst zu krank, um zu kommen.«

»Deine Mutter hat mir nie verziehen, daß ich nicht gekommen bin. Aber schließlich hat sie mir ja so vieles nie verziehen.«

»Sie braucht es einfach, dich ab und zu zur Schnecke zu machen. So ist sie eben. Wer weiß, warum.«

»Es spielt keine Rolle, warum«, sagte ich. »Nicht mehr.«

Am Cottage angekommen, sah Norman auf die Uhr und meinte, er müsse los.

»Du vergißt aber nicht, was wir geredet haben, oder?« fragte er. »Du paßt auf Mom auf, wenn ich wieder in der Kaserne bin?«

Ich zog Norman an mich und umarmte ihn fest. »Ich habe deine Mutter lieb«, sagte ich überzeugt. »Und ich passe auf sie auf. Du hast mein Wort.«

Aber leicht wird sie mir das nicht machen, dachte ich, als ich ihn losließ. Nicht unsere Sharon.

25

Sowie Norman gegangen war, rief ich Detective Gillby an und flehte innerlich, daß er diesmal im Büro wäre. Und er war da. So ruhig ich es unter diesen Umständen fertigbrachte, sprudelte ich alles hervor, was ich über Barry wußte. Gillby war mehr als skeptisch.

»Sie glauben, er war der Mann, den Sie auf Ms. Sheldons Foto gesehen haben«, fragte er. »Vor seiner Generalüberholung.«

»Ich glaube es nicht. Ich weiß es.«

»Ja, nur haben wir dieses Foto nie gefunden, also können wir auch nicht beweisen, daß es derselbe Kerl ist.«

»Was ist mit den Kratzern in seinem Gesicht? Können Sie denn nicht den Kater nach Spuren untersuchen?«

»Ich habe keine Proben von Mr. Shiller. Und ich kann weder Blut noch Hautpartikel von ihm unter den Krallen des Katers nachweisen, solange ich keine Proben von seinem Blut oder seiner Haut habe, die ich zum Vergleich heranziehen kann.«

»Wie steht's mit Fingerabdrücken an beiden Tatorten?«

»Wenn Mr. Shiller keine Vorstrafen hat, habe ich dafür auch kein Vergleichsmaterial.«

»Sie behaupten also, daß bei Ihnen nicht die Alarmglocken läuten, obwohl Sie wissen, daß Barry und Jeffrey zusammen aufs College gegangen sind, dann Jeffrey ermordet wird, Barry auf einmal wundersamerweise als Anwalt meiner Schwester in Erscheinung tritt und schließlich Joan auf genau die gleiche Weise ermordet wird?«

»Ich habe nichts vorliegen, was seine Verhaftung rechtfertigen würde, Ms. Peltz. Wo ist zum Beispiel das Motiv? Selbst wenn er sowohl mit Dr. Hirshon als auch mit Ms. Sheldon in Verbindung stand, warum hätte er die beiden umbringen sollen?«

»Wegen der Vitamingeschäfte«, erklärte ich. »Ich bin überzeugt davon, daß Barry und Jeffrey Partner bei diesem Unternehmen waren, einem Unternehmen, von dem wir bereits wissen, wie fragwürdig es ist. Sie brauchen ein Motiv? Vielleicht wollte Jeffrey Barry um seinen Anteil an den Gewinnen betrügen, und Joan hat sich auf Jeffreys Seite gestellt. Vielleicht hat Jeffrey Angst bekommen, daß das Finanzamt ihnen auf die Schliche kommen könnte, und wollte aufhören, aber Barry stellte sich quer. Vielleicht hatten Jeffrey und Joan etwas gegen Barry in der Hand und drohten damit, ihn zu erpressen. Mir kommen tausend Möglichkeiten in den Sinn.«

»Ich kann Leute nicht aufgrund irgendwelcher Spekulationen festnehmen.«

»Ach nein? Meine Schwester und mich hätten Sie beinahe wegen wesentlich weniger verhaftet.«

»Aber ich *habe* Ihre Schwester oder Sie nicht verhaftet, Ms. Peltz. Bitte vergessen Sie das nicht.«

»Sie haben recht, Frank. Es tut mir leid. Ich bin nur –«

»– besorgt um Ihre Schwester.«

»Ja. Kommt Ihnen das seltsam vor, nachdem Sie sogar in Ihrem Protokoll stehen haben, daß wir uns wie die Wahnsinnigen streiten?«

»Meine Frau hat auch eine Schwester, Ms. Peltz, und die beiden streiten sich ebenfalls wie die Wahnsinnigen. Aber wenn ich nur eine einzige Bemerkung mache, einen winzig kleinen Kommentar über meine Schwägerin abgebe, redet meine Frau nicht mehr mit mir.«

»Dann kennen Sie sich ja aus mit Schwestern.«

»Allerdings. Passen Sie auf, was ich tun werde: Ich lasse jemanden Mr. Shillers Vergangenheit durchleuchten, statte ihm einen Besuch ab und lasse mir erzählen, was er weiß. Vielleicht haben wir ja Glück und stolpern über eine handfeste Verbindung zwischen ihm, Dr. Hirshon und Ms. Sheldon.«

»Das wäre prima. Dann könnten wir Barry einkreisen und die anderen Verdächtigen streichen.«

»Die anderen Verdächtigen?«

»Ja. Francine Hirshon.«

»Gut, aber Sie sagten Verdächtige, im Plural. Wen haben Sie denn noch gemeint, Ms. Peltz? Meine Abteilung hat bereits Ms. Walters, Dr. Elkin, Ms. Hornsby, Ms. Kendall, Ms. Orwell und Ms. Ross gestrichen.«

»Ich meinte ...« Nein, ich würde Rays Namen nicht nennen. Es gab keinen Grund dafür. *Barry* hatte Jeffrey und Joan umgebracht, da war ich mir sicher, und Gillby würde einen Weg finden, um es möglichst bald zu beweisen.

»Wollten Sie noch etwas sagen, Ms. Peltz?«

»Nein, Frank. Ich habe mir nur gedacht, daß es die Sache beschleunigen würde, wenn wir mehr über Heartily Hirshon herausfinden könnten. Das einzige, was wir momentan haben, sind die dämlichen Vitamine.«

»Halt, Moment mal. Dr. Hirshon muß Ihrer Mutter doch diese Kapseln verkauft haben. Schließlich war sie seine Patientin.«

»Hat er.«

»Je nachdem, wie sie die Vitamine bezahlt hat, könnte sie womöglich einen Beleg mit dem Namen der Bank haben, bei der der Scheck eingelöst wurde. Dann hätten wir einen Anhaltspunkt.«

Meine Laune hob sich. »Ich melde mich wieder bei Ihnen, Frank.«

Ich rief bei meiner Mutter an. Es meldete sich niemand. Ich fuhr zu ihrem Haus hinüber. Keiner da. Sharons Wagen war weg, daher nahm ich an, daß sie und Norman schon wieder nach Boca zurückgefahren waren. Panik ergriff mich, als ich mir vorstellte, wie sie die Nacht mit Barry verbrachte – nur wenige Stunden, nachdem Norman am nächsten Nachmittag das Flugzeug nach South Carolina bestiegen hatte. Falls ich es nicht schaffte, es ihr auszureden, würde meine ätzende Nervensäge von Schwester sich in die Arme eines Mörders stürzen, völlig ahnungslos, völlig hilflos, und nur ich konnte sie retten. Eine irrwitzige Wendung der Ereignisse!

»Wo in aller Welt ist meine Mutter?« murmelte ich vor mich hin, während ich mit angegriffenem Nervenkostüm vor ihrer Haustür auf und abging.

Vermutlich mit Fred unterwegs, dachte ich mir, und fand es wirklich toll, wie sie sich mit ihren fünfundsiebzig Jahren ins Leben stürzte.

Ich wollte schon aufgeben und nach Hause fahren, als sie in die Einfahrt bog. Sie stieg aus dem Auto, und ich sah, daß sie

Turnschuhe, einen pinkfarbenen Gymnastikanzug und passende Leggings anhatte.

»Mom! Wo warst du denn?« fragte ich und folgte ihr ins Haus.

»Im Fitneßstudio«, antwortete sie. »Beim Training. Dir würde es auch nicht schaden, dich dort mal zu betätigen. Du siehst richtig angegriffen aus. Vielleicht solltest du ein bißchen Yoga machen.«

»Warum nicht?« sagte ich. »Aber zuerst möchte ich mit dir über die Vitamine von Heartily Hirshon sprechen.«

Ich erzählte ihr, was Gillby über die Firma erfahren hatte und bat sie, den Beleg herauszusuchen, auf dem die Einlösung des Schecks vermerkt war, den sie für die Kapseln ausgestellt hatte (von Barry erwähnte ich nichts). Binnen zehn Minuten hatte sie ihn gefunden.

Ich dankte ihr und raste schnurstracks zum Sheriffbüro. Dort legte ich den Beleg Gillby vor, der zu schmunzeln begann, nachdem er ihn studiert hatte.

»Was?« fragte ich. »Sagen Sie's mir.«

»Nehmen Sie Platz, Ms. Peltz.«

Und dann verschwand er und lief den Flur hinunter. Beklommen wartete ich. Wartete. Und wartete. Als Gillby wiederkam, schmunzelte er immer noch.

»Und. Was ist?« fragte ich.

Er teilte mir mit, daß der Scheck meiner Mutter bei einer bahamaischen Bank in Nassau eingelöst und auf das Konto der Blue Waters Corporation gutgeschrieben worden war ... derselben Firma, der der Waschsalon in Riviera Beach gehörte, wo Jeffreys Vitaminkapseln angeblich hergestellt wurden ... derselben Firma, auf die der Besitztitel für Barrys Haus in Boca lautete.

»Yeaah!« rief ich und sprang von meinem Stuhl auf. »Das ist die Verbindung! Er war es, Frank! Barry Shiller ist tatsächlich der Mörder! Jetzt können Sie ihn doch verhaften, oder?«

»Verhaften kann ich ihn noch nicht gleich, aber ich kann ihm auf jeden Fall eine Menge Fragen stellen.«

»Gut. Und wann wollen Sie ihm die Fragen stellen?«

»Sobald Sie aufhören, *mir* Fragen zu stellen, Ms. Peltz.«

Ich sprang in den Pontiac und raste zu Rays Haus hinüber, komplett verwirrt von all den Gedanken und Gefühlen, die auf mich einstürzten. Es machte mir Angst, daß Sharon sich mit einem Mörder eingelassen hatte, aber ich war andererseits unheimlich erleichtert darüber, daß *ich* das nicht getan hatte, sondern Ray unschuldig und es ein Irrtum von mir gewesen war, ihn in irgendeiner Form zu verdächtigen.

Als ich mit dem Wagen vor seinem Haus anhielt, stand er neben dem Briefkasten und blätterte in der neuesten Ausgabe von *Gator Bait*.

»Hey«, sagte er, und seine Augen begannen zu leuchten, als er mich sah. »Wo hast du dich denn verkrochen? Ich bin ein paarmal an deinem Cottage vorbeigefahren, aber ich habe dich wohl immer verpaßt. Bist du mir aus dem Weg gegangen?«

Anstelle einer Antwort flog ich praktisch aus dem Wagen, schlang die Arme um ihn und stieß ihm die Zeitschrift aus den Händen. »Bitte sag jetzt nicht, du bist beschäftigt.« Ich hatte nicht die leiseste Absicht zuzugeben, daß ich ihm aus dem Weg gegangen war und warum. Ich schämte mich zu sehr.

Er lachte und wirkte von meiner offen gezeigten Zuneigung verwundert und erfreut. »Ich bin nicht beschäftigt.«

»Du wolltest nicht gerade eine Runde mit deinem Motorrad drehen?«

»Nee.«

»Oder eine Frau zu einem Date abholen?«

»Kein Date heute abend.«

»Gut. Ich würde gern mit dir reden, mein bester Freund.«

Er nahm meine Hand und führte mich ins Haus.

Wir waren gerade einmal zwei Schritte weit in seine Diele gelangt, als ich an seiner Schulter zu weinen begann und mein Brustkorb von heftigem Schluchzen erschüttert wurde. Plötzlich fühlte ich mich verloren, völlig hilflos, und all die Aufregung der vergangenen Monate setzte mir massiv zu. Es war, als hätten sich meine Probleme von meiner Arbeit bei *Von heute an*, dem Einbruch in meine Wohnung, dem Herzinfarkt meiner Mutter, meinem Umzug nach Florida, meinen Streitereien mit Sharon, meiner Verwicklung in die Untersuchungen in einem Mordfall, meinen Zweifeln in bezug auf Ray und meinen Enthüllungen über Barry zu einem einzigen gigantischen Klumpen zusammengeballt, der zu schwer und zu belastend für mich war. »O Ray«, sagte ich, als ich merkte, daß ich sein schönes, blau-weiß gestreiftes Hemd mit meinen dicken, feuchten Tränen verfleckte. »Das hat dir vermutlich gerade noch gefehlt.«

»Woher willst du wissen, was mir fehlt?« sagte er sanft und strich mir übers Haar. »Setzen wir uns doch mal hin, dann erzählst du mir, was los ist.«

Ich nickte und tappte tränenüberströmt ins Wohnzimmer.

»Ich will nicht, daß meine Mutter jetzt schon davon erfährt«, sagte ich, nachdem ich ihm alles über Barry erzählt und damit geschlossen hatte, daß sich Gillby weigerte, ihn zu verhaften, bevor die Beweislage klarer war. »Das gleiche gilt für Norman. Meine Mutter würde sich zu Tode ängstigen, und Norman wäre hin- und hergerissen, weil er wieder in die Kaserne zurückmuß. Außerdem sollte vor allem Sharon davon erfahren. Ich muß sie unbedingt warnen. Nur leider würde ich durch eine Warnung den nächsten Krieg zwischen uns auslösen.«

»Warum Krieg?« fragte Ray. »Du brauchst doch nur zu warten, bis Norman morgen abreist, dann rufst du sie an und sagst ihr, sie soll sich von dem Kerl fernhalten.«

»Das nimmt sie mir nie ab. Sie wirft mir garantiert vor, ich wolle ihren Männergeschmack kritisieren, so wie sie es immer tut. Sie legt alles, was ich sage, als Attacke, als Verschwörung, als Gemeinheit gegen sich aus. Bestimmt behauptet sie, daß ich Barry nicht schlechtmache, weil er es verdient hätte, schlechtgemacht zu werden, sondern weil ich eifersüchtig bin. Mein Gott, ich könnte das Drehbuch schreiben.«

»Jetzt fällt's mir wieder ein. Ihr beiden habt das gleiche schon mal durchexerziert.«

»Genau das gleiche. Nachdem wir uns das letzte Mal mit Feuereifer hineingestürzt hatten, haben wir zwei Jahre nicht mehr miteinander geredet.«

»Trotzdem mußt du sie anrufen.«

Ich nickte. »Morgen nachmittag. Wenn Norman gefahren ist.«

»Würde es dir helfen, wenn ich neben dir säße, während du mit ihr telefonierst? Als kleine moralische Unterstützung?«

»Darüber wäre ich unheimlich froh, Ray. Ob es etwas nützt oder nicht, sehen wir ja dann.«

Am nächsten Tag um halb sechs ließen Ray und ich uns auf die Futons in meinem Wohnzimmer fallen, bereit, den Anruf zu tätigen.

»Hals- und Beinbruch«, wünschte er mir, als ich mit dem Telefon auf dem Schoß Sharons Nummer wählte.

Lautlos hauchte ich ihm ein »Danke« hinüber und wartete, während es erst einmal und dann ein zweites Mal klingelte. Beim dritten Klingeln nahm Sharons Assistentin ab, die flotte junge Frau, die auf der Geburtstagsfeier meiner Mutter im Zwanziger-Jahre-Fummel erschienen war.

»Hochzeitsservice Sharon Peltz«, sagte sie mit rauchiger Stimme.

»Hi, Paula. Hier ist Sharons Schwester Deborah. Ist sie da?«

»Oh, Deborah. Ich sehe mal nach.«

Ich wandte mich zu Ray um. »Ich muß warten. Die Assistentin fragt gerade Sharon, ob sie den Anruf entgegennehmen will. Sharon tut bestimmt so, als müßte sie würgen, dann sagt sie, sie würde lieber vertrocknete Hochzeitstorte essen als mit mir reden, aber dann geht sie doch an den Apparat, weil ich ja wegen des Gesundheitszustands meiner Mutter anrufen könnte.«

»Du kennst sie ziemlich gut«, meinte er.

»Ja, leider.«

»Sharon kommt sofort«, erklärte Paula, als sie sich wieder meldete.

Ich dankte ihr und hielt Ray den erhobenen Daumen entgegen.

Und dann wartete ich eine Ewigkeit, während die liebe Sharon beschloß, ihre kleine Schwester in der Leitung hängen zu lassen, bis sie schwarz wurde.

Endlich begrüßte sie mich. »Was gibt's denn, Deborah? Ich bin total im Streß. Ich muß in zwei Wochen die Glasserstein-Hochzeit *und* das Probeessen organisieren.«

Ich fragte sie nicht, wer die Glassersteins waren. »Ich muß etwas sehr Ernstes mit dir besprechen, Sharon.«

»Es geht aber nicht um Mom, oder?«

»Nein. Es geht um Barry Shiller.«

Sie schnaubte. »Du bist dahintergekommen, was für ein phänomenaler Fang er ist, und jetzt willst du unbedingt wissen, ob er einen Bruder für dich hat, stimmt's?«

»Nicht direkt. Sharon, es wird ein schrecklicher Schock für dich sein, aber ich habe Grund zu der Annahme, daß Barry womöglich Jeffrey ermordet hat – und Jeffreys Arzthelferin Joan Sheldon.«

»Wie bitte?«

»Du hast mich genau verstanden. Es tut mir ja so leid, daß ausgerechnet ich dir das –«

»Moment. Einen Moment. Hast du jetzt völlig den Verstand verloren, Deborah? Ich meine, laut Mom bist du nach Florida gezogen, weil du kurz vor einem Nervenzusammenbruch standest, aber inzwischen bekommst du doch sicher Medikamente. Prozac? Zoloft? Johanniskraut?«

Ich sprach weiter. »Barry war Jeffreys Teilhaber in der Vitaminfirma. Das hat er dir nie gesagt, was?«

»Natürlich nicht. Weil es nicht wahr ist.«

»Es *ist* aber wahr.«

»Beweis es.«

»Das kann ich nicht.«

»Na also. Siehst du?«

»Ich kann es deshalb nicht, weil er und Jeffrey ihre Gewinne aus Heartily Hirshon auf einem Bankkonto auf den Bahamas deponiert haben. Der Staat kommt genausowenig an das Geld heran. Davon hat er dir vermutlich auch nie erzählt.«

Sharon seufzte und versuchte, gelangweilt zu klingen. »Ich verderbe dir dein kleines Räuber-und-Gendarm-Spiel ja nur ungern, Deborah, aber wenn Barry ein Bankkonto auf den Bahamas hat, dann wahrscheinlich deshalb, weil er ein Haus in Nassau besitzt. In Lyford Cay.«

»Wie heißt der Ort?«

»Lyford. Es ist ein Privatclub. Ungemein exklusiv. Sean Connery hat ein Anwesen dort.«

»Ich bin unsäglich beeindruckt.«

»Solltest du auch. In Lyford leben Filmstars, Industriekapitäne und Mitglieder verschiedener Königshäuser – es ist ein Who's Who der Reichen und Mächtigen. Barry hat bereits seit den siebziger Jahren Besitz dort.«

»Also hortet er schon seit über zwanzig Jahren sein Geld auf den Bahamas«, sagte ich nachdenklich. »Und dann wäscht er es mit Hilfe von Waschsalons, Vitaminfirmen und weiß Gott was allem. Vermutlich war er derjenige, der das Kapital für Heartily Hirshon aufgebracht und den Vorschlag gemacht hat, die Profite der Firma zu verstecken. Warum hätte Jeffrey sonst einen Partner gebraucht? Er war schließlich Arzt. Er hätte seinen Patienten auch alleine Vitamine verkaufen können. Aber er brauchte einen Hintermann, jemanden, der sich mit den Feinheiten der Bankgeschäfte auf den Inseln auskannte.«

»Wovon faselst du da eigentlich?« fragte Sharon.

»Sie müssen nach dem Studium in Verbindung geblieben sein«, fuhr ich fort. »Oder sie sind sich vor ein paar Jahren über den Weg gelaufen, während eines von Jeffreys Bootsausflügen auf die Bahamas, und haben das Geschäft mit den Vitaminen bei ein paar Goombay Smashes ausgeheckt.«

»Das reicht. Ich höre mir diesen lächerlichen Unsinn nicht mehr länger an«, erklärte Sharon. »Ich lasse es nicht zu, daß du Barry beleidigst oder unterstellst, er hätte etwas Unerlaubtes getan, oder versuchst, mein Eheglück zu unterminieren.«

»Eheglück? Sharon, du kannst Barry nicht heiraten. Er ist ein Mörder und nebenbei ein Steuerbetrüger. Er wandert für lange Zeit hinter Gitter. Es wäre schön, wenn er nicht vorher noch dich umbrächte.«

Sie lachte allen Ernstes. »Er ist ein reicher Anwalt, er ist alleinstehend, und er ist in mich verliebt. Das kannst du nicht ertragen, was, Deborah?«

»Sharon. Hör mir zu. Hier geht es nicht um Daddy. Es geht nicht um die Cheerleader-Truppe. Und auch nicht um Geschwisterrivalität. *Begreifst du das?*«

»Ich begreife lediglich, daß du versessen darauf bist, mein Glück zu untergraben.«

»Nein, ich bin versessen darauf, dir das Leben zu retten. Normans Vater war ein Krimineller. Barry Shiller ist ein Krimineller. Da zeigt sich ein Muster. Du bist eine intelligente Frau, die immer wieder die falsche Wahl trifft.«

»Und du bist eine Frau, die sich schlecht kleidet, zuviel wiegt und keinen Mann abkriegt.«

»Bin ich nicht.«

»Bist du doch.«

»Bin ich nicht.«

»Bist du doch.«

Klick.

Hilflos sah ich Ray an. »Sie hat aufgelegt.«

Er nickte. »Ich hatte schon so eine Ahnung, daß sich das Gespräch in diese Richtung entwickeln würde.«

»Ich habe mich von ihr provozieren lassen, Ray. Dabei hatte ich mir doch geschworen, das nicht zu tun.«

»Was gesagt ist, ist gesagt. Jetzt wirst du dich aufrappeln und es noch einmal versuchen müssen. Ich finde, wir sollten Sharon den Rest des heutigen Tages gönnen, um sich zu beruhigen, und dann morgen nach Boca fahren und persönlich mit ihr sprechen.«

»Wir?«

»Ja. Samstags muß ich nicht zur Arbeit.«

»Ich weiß, aber bist du sicher, daß du –«

»Ganz sicher.«

Ich dankte ihm. Und dann, als mich auf einmal das Grauen überkam, fragte ich: »Was, wenn Barry ihr etwas antut, Ray? Falls er ausrastet, wenn er merkt, daß die Polizei ihm auf der Spur ist, und er meine Schwester verdächtigt, ihnen einen Hinweis gegeben zu haben? Was, wenn er ebenso verrückt wie schlau ist?«

»Wir können sie nicht von ihm fernhalten.«

»Nicht?«

»Tja, höchstens, wenn wir sie entführen.«

Ich lächelte erleichtert. »Dann tun wir das doch.«

Dritter Teil

26

Wir wollten eigentlich spätestens um die Mittagszeit in Boca sein, doch an diesem Samstag vormittag waren uns die Götter eindeutig nicht gewogen.

Zuerst wollte mein Pontiac nicht anspringen. Ich rief Ray an, der in seinem Honda herübergefahren kam, einen Blick unter die Motorhaube des Pontiac warf und feststellte, daß die Lichtmaschine hinüber war.

»Kannst du das nicht reparieren?« fragte ich ihn.

»Nein, dafür brauchst du einen richtigen Mechaniker.«

»Ich *habe* einen richtigen Mechaniker«, erwiderte ich. »Was mir fehlt, ist ein richtiges Auto.«

Wir beschlossen, Rays Honda zu nehmen, mußten aber feststellen, daß auch er nicht mehr ansprang.

»Ich habe sonst nie Ärger mit diesem Auto«, murmelte er, als er nicht feststellen konnte, wo das Problem lag.

»Tja, jetzt hast du ihn«, sagte ich und wurde immer nervöser.

Ray schlug vor, meine Mutter anzurufen und zu fragen, ob wir uns den Delta 88 ausleihen könnten. Diese Idee lehnte ich rundweg ab. »Ich will nicht, daß sie irgend etwas davon mitbekommt«, erklärte ich. »Nachdem es schon schlecht für ihr Herz ist, wenn ich mich mit Sharon streite, kannst du dir wohl vorstellen, was passiert, wenn ich sie *entführe*.«

»Es gäbe noch eine andere Möglichkeit«, sagte Ray. »Wir könnten die Indian nehmen.«

»Dein Motorrad?«

»Es ist ein Fahrzeug, Deborah. Damit bin ich letztes Wochenende bis nach Daytona Beach gekommen. Ich gehe jede Wette ein, daß sie es heute bis Boca schafft.«

»Ja, aber schaffe ich es auch?« fragte ich. »Ich weiß nicht, ob ich zu einer anderthalbstündigen Fahrt auf der Indian aufgelegt bin, so schön sie auch ist. Hier in der Gegend herumzudüsen ist eine Sache, aber die I-95 entlangzurasen und Sattelschleppern auszuweichen ist etwas ganz anderes.«

»Dir passiert nichts«, versicherte mir Ray. »Es ist absolut sicher.«

»Okay, aber was ist dann mit Sharon? Wo sollen wir sie hinsetzen, nachdem wir sie entführt haben? Auf den Lenker?«

»Kein Problem. Ich habe einen Beiwagen, den man an der Maschine befestigen kann. Darin könnten wir sie festschnallen. Da hat sie es schön gemütlich.«

»Nein. Unvorstellbar. Wenn Sharon eines nicht ist, dann eine Motorradbraut. Sie würde nie im Leben so einen Helm aufsetzen. Der drückt nämlich die Haare zusammen.«

Ray nahm mich bei den Schultern. »Ich spreche das ja nur ungern aus, aber wenn wir jetzt nicht zusehen, daß wir schnell nach Boca kommen, ist Sharon unter Umständen schon tot.«

Da hatte er recht.

Wir ließen unsere beiden treulosen Fahrzeuge vor meinem Haus stehen, riefen ein Taxi und fuhren zu Ray hinüber, um die Indian zu holen. Als ich den Helm aufsetzte und die Lederjacke anzog, die er mir geliehen hatte, zwang ich mich, weder zu jammern noch zu heulen oder gar zu kneifen. Ich war unterwegs, um meine Schwester zu retten, und wenn ich dazu mein Leben auf dem Rücksitz eines Motorrads aufs Spiel setzen mußte, dann würde ich das eben tun.

Als wir endlich am Eingang zu Sharons protziger Country-Club-Wohnsiedlung ankamen, war es fast drei Uhr. Ich muß sagen, wir lösten einen mittleren Aufruhr aus, als wir die lange, palmengesäumte Einfahrt hinaufratterten, Mr. und Mrs. Easy Rider.

Sowie er uns sah, trat der große bewaffnete Wachmann aus seinem Torhäuschen (das nur geringfügig kleiner war als *mein ganzes* Haus) und fragte, ob wir uns verirrt hätten.

»Nein«, brüllte ich, um den brummenden Motor zu übertönen. »Wir möchten zu Sharon Peltz.«

»Erwartet Mrs. Peltz Sie?« fragte er und beäugte uns argwöhnisch.

»Nein, aber ich bin ihre Schwester«, erklärte ich. »Mein Name ist Deborah Peltz.« Ich griff in die Gesäßtasche meiner Jeans, zog meinen Führerschein aus der Geldbörse und reichte ihn ihm. Als Nachweis.

Er studierte ihn und gab ihn mir wieder. »Ich rufe mal bei ihr an, aber ich glaube, ich habe sie vor drei Stunden wegfahren sehen.«

»O nein«, sagte ich und griff bestürzt nach Rays Hand, während ich hoffte, daß der Wachmann Sharon mit einer der anderen Wasserstoffblondinen aus der Siedlung verwechselt hatte, hoffte, daß sie noch zu Hause war, außer Gefahr, außer *Barrys* Reichweite.

Ray und ich warteten, während der Wachmann in sein Häuschen ging und Sharons Nummer wählte. Kurz darauf kam er zurück und schüttelte den Kopf. »Niemand zu Hause«, sagte er. »Sie ist weggefahren, wie ich schon gesagt habe.«

»Und Sie glauben, sie ist vor etwa drei Stunden gefahren?« fragte ich.

»Ja. Vielleicht auch vier«, sagte der Wachmann.

»War sie allein?« wollte Ray wissen.

»Allein mit einem Fahrer«, antwortete der Wachmann. »Sie saßen in einer schwarzen Lincoln-Limousine. Sah aus wie eine dieser Flughafen-Limousinen.«

»Flughafen-Limousinen?« fragten Ray und ich wie aus einem Mund.

Mittlerweile hatte sich hinter uns eine kleine Autoschlange gebildet.

»Ich muß den Betrieb hier am Laufen halten«, sagte der Wachmann. »Sie können es später noch mal versuchen, aber jetzt fahren Sie bitte.«

»Was sollen wir jetzt tun?« fragte ich Ray.

»Was der Mann gesagt hat«, erwiderte er. »Es später noch mal probieren.«

Wir kurvten durch Boca, gingen Eistee trinken und wählten Sharons Nummer von einem Münztelefon aus, um uns zu vergewissern, daß sie wirklich nicht da war. Leider hatte der Wachmann recht: Sie war nicht zu Hause.

Gegen halb sechs kehrten wir zum Torhäuschen zurück. Der Wachmann versicherte uns, daß er Sharon nicht hatte zurückkommen sehen, war aber so nett, noch einmal bei ihr anzurufen. Es meldete sich nach wie vor niemand.

»Sie könnte auch bei Barry sein«, sagte ich zu Ray.

»Wozu dann die Flughafen-Limousine?« fragte er.

»Okay, dann ist sie vielleicht geschäftlich unterwegs«, mutmaßte ich. »Vielleicht hat jemand sie beauftragt, eine Hochzeit in einem anderen Bundesstaat zu organisieren, und sie ist auf der Suche nach geeigneten Örtlichkeiten.«

»Würde sie deiner Mutter Bescheid sagen, wenn sie länger verreist?« fragte Ray.

»Wahrscheinlich.«

»Dann ruf deine Mutter an.«

Wir fuhren erneut zu einem der Münztelefone.

»Mom«, begann ich, als sie abnahm. »Nur interessehalber: Ist Sharon zufälligerweise verreist?«

Sie kicherte. »Ja, aber ich mußte ihr schwören, nichts zu verraten.«

»Warum?«

»Ich halte meinen Mund.«

»Tja, mach ihn lieber auf, Mom«, bat ich. »Ich muß sie wirklich so bald wie möglich sprechen.«

»Deborah, Schätzchen. Es freut mich ja so, daß du dich deiner Schwester endlich nahe fühlst. Wenn du Sharon sprechen mußt, dann ist es ihr sicher recht, wenn ich dir sage, wo du sie erreichen kannst.«

»Ich muß sie wirklich sprechen«, sagte ich mit Nachdruck.

»Na gut.« Meine Mutter kicherte wieder. »Sie ist mit diesem netten Barry Shiller nach Nassau geflogen.«

Ich griff nach Rays Arm, da mir ganz flau wurde. »Das darf nicht wahr sein.«

»O doch, Liebes, es ist wahr. Offenbar besitzt er ein schönes Haus in Lyford Cay und hat darauf bestanden, daß sie ein paar Tage mit ihm dort verbringt.«

»Aber sie muß doch in zwei Wochen eine Hochzeit für irgendwelche reichen Leute organisieren«, fiel es mir wieder ein. »Kommt diese Reise da nicht ziemlich plötzlich?«

»Ja, aber das ist ja das Beste daran. Sharon vermutet, daß Barry sie auf die Inseln eingeladen hat, weil er ihr einen Antrag machen will.«

»Einen Antrag.«

»Einen Heiratsantrag, Liebes. Ach, ich kann mir gut vorstellen, was du jetzt denkst. Daß sich Sharon schon wieder Illusionen macht. Aber diesmal scheint der Mann, auf den sie ein Auge geworfen hat, ebenso an ihr interessiert zu sein. Eine richtig stürmische Liebesgeschichte. Stell dir nur vor – unsere impulsive Sharon findet einen Partner.«

»Ich stell's mir ja vor.« Was ich mir allerdings vorstellte, war, daß Barry meine Schwester nicht deshalb in sein romantisches Schlupfloch auf den Bahamas geschleppt hatte, weil er unsterblich in sie verliebt war und ihr einen Heiratsantrag machen wollte, sondern weil er von der Polizei in die Enge getrieben wurde und das Land verlassen wollte – *sich dem Zugriff entzog*, wie es im Polizeijargon hieß – und Sharon als Sicherheit und … als Geisel mitgenommen hatte.

»Ich hoffe, ihr kurzer Urlaub verläuft angenehm für sie«, sagte meine Mutter.

»Hör mal, Mom. Du hast nicht zufällig Barrys Telefonnummer in Lyford Cay, oder?«

»Nein. Die hat mir Sharon nicht gegeben. Mußt du sie so dringend sprechen?«

»Allerdings.«

»Wenn du in seiner Kanzlei anrufst, könnte seine Sekretärin vielleicht –«

»Eigentlich will ich die Turteltauben nicht stören«, unterbrach ich sie, da ich Barry keinen Hinweis darauf geben wollte, daß ich ihm auf der Spur war.

»Das ist sehr verständnisvoll von dir, Liebes. Wie gesagt, ich bin ganz begeistert davon, wie du und deine Schwester euch zusammengerauft habt. Ich bin sehr stolz auf meine Mädels.«

Ich erklärte ihr, daß wir auch stolz auf sie seien, und legte auf. Dann wandte ich mich an Ray. »Wäre es irgendwie machbar, daß du dir ein oder zwei Tage freinimmst?«

»Weil?«

»Weil ich dich einladen möchte, mit mir nach Nassau zu fliegen.«

»Warum? Damit wir Barrys Haus stürmen und Sharon retten können? Du hast mir doch erzählt, daß Lyford Cay ein privater Club sei. Die lassen uns nicht einmal in die Nähe kommen.«

»Dann *stürmen* wir sein Haus eben nicht, sondern wir *schleichen* uns hinein und holen Sharon raus. Wir machen uns einen Plan, wenn wir vor Ort sind.«

Er schüttelte den Kopf. »Hier in Stuart in das Haus der Arzthelferin zu platzen war eine Sache. Den weiten Weg nach Nassau zu fliegen, um von einem Privatclub ausgesperrt zu werden, ist etwas ganz anderes.«

»Den weiten Weg nach Nassau? Ich habe inzwischen den Eindruck, daß die Leute aus Südflorida zwischen hier und den Bahamas pendeln wie New Yorker nach Long Island. Es ist nicht besonders aufwendig. Jeffrey ist an langen Wochenenden mit seinem Boot hingefahren.«

Ray wirkte nicht überzeugt.

»Komm schon«, lockte ich. »Zu dieser Jahreszeit ist es in Nassau bestimmt herrlich. Du könntest einen Tapetenwechsel vertragen, oder nicht?«

»Klar, aber warum lassen wir nicht Gillby runterfliegen, damit er Shiller verhaftet? Wenn er ihn hinter Schloß und Riegel hat, fahren wir hin und holen Sharon nach Hause.«

»Gillby kann Shiller noch nicht verhaften. Er sammelt nach wie vor Beweise gegen ihn. Das ist ja das Problem.«

Langsam verlor ich die Geduld. Entweder Ray machte mit oder eben nicht.

»Wenn du nicht mitkommen willst, dann sag's einfach.«

Anstelle einer Antwort streckte er den Arm aus und streichelte mir mit dem Handrücken die Wange. »Ich will nicht, daß du hinfährst, kapierst du das nicht?«

»Nicht direkt.«

»Du bist dermaßen fasziniert von der Dramatik dieser Geschichte, als wäre es nur eine weitere Folge aus deiner Seifenoper, daß du nicht mehr siehst, wie gefährlich es ist. Barry Shiller ist ein übler Typ, Deborah. Ein reicher und mächtiger übler Typ. Wenn du dich mit ihm anlegst, könntest du die nächste sein, die mit einer Kugel in der Brust endet. Darauf bin ich nicht besonders erpicht.«

Ich lächelte und genoß es, seine Finger auf meiner Haut zu spüren, genoß seine Besorgtheit um mein Wohlergehen, um mich überhaupt. »Dann komm eben mit«, bedrängte ich ihn. »Wenn du bei mir bist, passiert mir nichts. Du bist mein Freund, mein Kumpel, mein Gefährte.«

»Ich bin mehr als das, und das weißt du auch.«

»Ja?«

»Falls nicht, überzeugt dich vielleicht das.«

Er beugte sich vor und küßte mich auf den Mund – ein

plötzlicher Kuß, der nur einen Augenblick dauerte, der aber das Wesen unserer Beziehung eindeutig veränderte.

Zuerst war ich von dem Kuß zu verblüfft, um irgend etwas anderes als Verwirrung zu empfinden. »Das war ein seltsames Gefühl – als würde ich meinen Bruder küssen«, sagte ich und fuhr mir mit den Fingerspitzen über die Lippen, als wollte ich mir bestätigen, daß der Kuß tatsächlich stattgefunden hatte.

»Du hast keinen Bruder«, erklärte Ray. »Vielleicht sollte ich es noch einmal versuchen.«

Er küßte mich ein zweites Mal, länger und leidenschaftlicher, zog mich enger an sich und nahm mich in die Arme. Es war dieser zweite Kuß, bei dem es passierte. Als er vorüber war, sah ich Ray weiß Gott nicht mehr wie einen Bruder. Ich war so scharf auf ihn, so aufgeheizt von den Empfindungen, die seine Küsse in mir ausgelöst hatten, daß ich fürchtete, von innen zu schmelzen.

»Und jetzt? Immer noch ein komisches Gefühl?«

»Nein. Überhaupt nicht komisch.«

Und dann ging ich zum Angriff über, nahm sein Gesicht in die Hände, drückte meinen Mund auf seinen Mund und meinen Körper an seinen, als könnte ich gar nicht genug von ihm kriegen, nachdem ich auf den Geschmack gekommen war.

»Ich will nicht, daß dir etwas zustößt«, wiederholte er, während wir uns weiterhin am hellichten Tag befummelten und den Verkehr auf der Yamato Road, einer von Bocas Hauptdurchgangsstraßen, ganz vergaßen.

»Du verlierst mich nicht, Ray«, sagte ich atemlos zwischen kleinen Bissen in seine Lippen. »Bestimmt nicht.«

Er protestierte und murmelte irgend etwas von Beth, doch ich brachte ihn mit einem weiteren Kuß zum Schweigen. Entflammt oder enthemmt oder eine Mischung aus beidem, begann er, mit den Händen meinen Körper zu streicheln, immer weiter abwärts, berührte, rieb, massierte meine Brüste, meinen Bauch, meine –

»Ray«, sagte ich und löste mich gewaltsam von ihm, gerade als seine Hände Kontakt mit meinem Beckenknochen aufgenommen hatten. »Wir sind ja schlimmer als diese geilen Teenager oben auf dem Aussichtsturm. Laß uns das wenigstens ins Auto verlagern.«

»Wir haben kein Auto«, stöhnte er und nickte zu der Indian hinüber.

Ich lachte und stellte mir vor, wie wir versuchten, unsere Orgie auf dem Sitz des Motorrads fortzusetzen.

»Wenn nicht allzuviel Verkehr ist, kann ich uns in einer guten Stunde nach Stuart zurückkutschieren«, sagte er und keuchte regelrecht, während seine Hände wieder Kontakt zu meinem Körper suchten, als bestünde ein starkes Magnetfeld zwischen uns und er könne gar nicht anders.

»Und dann was?« fragte ich ihn durch halbgeschlossene Augen, während ich es nahezu unmöglich fand, mich auf irgend etwas anderes zu konzentrieren, als ihn zu spüren.

»Dann setzen wir das hier fort.« Er küßte mich wieder – und genau wie die vorherigen zeugte dieser Kuß unmißverständlich von seiner Lust auf mich als Frau.

»Was ist mit Sharon und Barry und Nassau?« wollte ich wissen und löste mich von ihm. »Ich habe es ernst gemeint, daß ich rüberfliegen will, Ray. Ich habe Angst um meine Schwester, Angst, daß sie keine Ahnung hat, auf was sie sich diesmal eingelassen hat, und ich kann nicht einfach dasitzen und Däumchen drehen. Ich muß ihr ein für allemal beweisen, daß ich sie gern habe, daß ich sie seit jeher gern gehabt habe und nicht beabsichtige, ihr irgend etwas wegzunehmen. Sie und ich werden nie friedlich miteinander leben können, wenn ich jetzt keine entscheidende Geste mache.«

Ray nickte. »Nach Lyford Cay einzudringen und sie dort rauszuschaffen würde als entscheidende Geste zählen, das steht fest.«

»Dann kommst du also mit?«

»Ich sag' dir was«, erklärte er, nahm meine Hand und führte mich zum Motorrad hinüber. »Wenn wir wieder in Stuart sind, unterhalten wir uns über Nassau und entwerfen einen Schlachtplan.«

Ich schlang die Arme um ihn. »Oh, vielen Dank, Ray. Du wirst es nicht bereuen. Das verspreche ich dir.«

»Aber das erste, was wir tun, wenn wir nach Hause kommen, ist, diese andere Geschichte zu Ende zu bringen, die wir angefangen haben. Abgemacht?« Er preßte sich gegen mich. Er war, wie man so sagt, *erregt*.

Ich grinste. »Du stellst ja ziemlich harte Bedingungen, Süßer.«

27

Wir schafften es in Rekordzeit zurück nach Stuart, nicht zuletzt beflügelt von dem Hochgefühl, das nur eine junge Liebe auslösen kann. Wir bogen in Rays Einfahrt, einzig und allein darauf aus, von der Maschine zu steigen, uns die Kleider vom Leib zu reißen und uns verruchten und unzüchtigen Handlungen hinzugeben. Leider ergab sich ein kleines Problem.

»Holly!« rief Ray, als er sie im Schneidersitz vor seiner Haustür hocken sah. Sie sah sogar noch jünger – und magerer – aus als an dem Abend, als ich sie mit ihm im Black Marlin gesehen hatte. Außerdem war sie ganz in Weiß gekleidet. Eine vestalische Jungfrau. »Was machst du denn hier?«

»Auf dich warten«, antwortete sie und sah auf die Uhr. »Es ist acht Uhr. Du hast mich für halb acht eingeladen.«

Ray sah betreten drein. »Guter Gott, Holly. Ich wollte dir ein Abendessen kochen, stimmt's?«

»Du hast etwas von gegrilltem Thunfisch gesagt«, erinnerte sie ihn. »Mit Nudeln und Knoblauchbrot.«

Das gleiche Essen, das er mir kredenzt hatte, dachte ich – abgesehen vom Brokkoli. Was für ein Zufall.

Von wegen Zufall, mein Gott. Angesichts dieser Wendung der Ereignisse wurde ich wütend. Von einem Moment auf den anderen geriet ich in Rage und rauchte derart vor Zorn, daß mir der Qualm förmlich aus den Ohren quoll. Binnen Nanosekunden war ich von Null auf Hundertachtzig. Ich meine, da stand ich nun, in sexueller Hinsicht absolut turbomäßig aufgeladen und freute mich auf meinen ersten intimen Abend mit einem Mann, den ich wirklich gern hatte, ja, offen gestanden seit Urzeiten meinen ersten intimen Abend mit einem Mann überhaupt. Und was passierte? Ray hatte den Abend bereits verplant – ein Essen bei sich zu Hause mit einer seiner gottverdammten Baumfrauen.

Es spielte keine Rolle, daß ich ihn dazu ermuntert hatte, sich wieder mit Holly zu treffen, sich zu verlieben und glücklich zu werden. Das war *damals* gewesen – bevor ich erkannte, daß die Frau, in die er sich meiner Meinung nach verlieben und mit der er glücklich sein sollte, ich war.

»Es tut mir wirklich leid«, sagte er zu Holly. »Es ist etwas dazwischengekommen, und ich habe unsere Verabredung total vergessen.«

»*Etwas*?« fragte ich und funkelte ihn an. »Na, das ist ja schmeichelhaft.« Ich schlenderte zu Holly hinüber und schüttelte ihr die Hand, da ich nicht unhöflich sein wollte. Dieses Chaos war schließlich nicht *ihre* Schuld. Es war Ray, der mich hatte glauben lassen, er sei nicht besonders erpicht darauf, sie wieder zu treffen; Ray, der mir den Eindruck vermittelt hatte, er stünde nicht besonders auf romantische Treffen; Ray, der sich vor meinen Augen in einen zweiten Jeffrey Hirshon verwandelt hatte. »Ich bin Deborah Peltz«, sagte ich zu Holly. »Wir haben uns neulich im Black Marlin kennengelernt. Wie geht's?«

»Ich habe Hunger«, sagte sie. »Mir knurrt der Magen. Ich

habe heute das Mittagessen ausfallen lassen.« Auch wenn Holly noch so jugendlich aussah, ihre Stimme klang absolut grauenhaft. Eine Art Tröten. »Hast du gehört? Sie hat Hunger, Ray«, sagte ich. »Jetzt aber schnell in die Küche, damit sie was zu Beißen bekommt.«

»Aber ich – wir – sie –«, stammelte er.

»Tja, die Personalpronomen beherrschst du jedenfalls«, sagte ich und marschierte die Einfahrt hinauf in Richtung Straße davon. Ich würde das kurze Stück in den Ort zu Fuß gehen und mir dann ein Taxi rufen.

»Warte! Wo willst du hin, Deborah?« rief Ray und eilte mir nach – mit völlig ratloser Miene. Als ob ich ihm aus der Patsche helfen sollte.

»Ich gehe nach Hause«, erwiderte ich, während ich weiterstolzierte. Um kalt zu duschen.

»Möchtest du nicht wenigstens hierbleiben, bis ich die Lage geklärt habe?« bat er.

»Was gibt's denn da zu klären?« fragte ich. »Drei sind einer zuviel.«

Ray wollte gerade antworten, als Holly mir nachrief. »Freut mich, Sie kennengelernt zu haben, Deb! Einen schönen Abend noch!«

»Ihnen auch, Hol!« erwiderte ich. »Machen Sie keine Dummheiten!«

»Wir müssen über Nassau reden«, sagte Ray, während er mir auf die Seminole Street folgte. »Ich fliege mit dir dort rüber, vergiß das nicht.«

»Grill du deinen Thunfisch«, gab ich zurück. »Ich fliege allein.«

Als ich endlich an meinem Häuschen ankam, war ich so überdreht, daß ich nicht wußte, was ich zuerst tun sollte. Zu Abend essen? Die Fluggesellschaften anrufen? Ein Hotelzimmer buchen? Ein Loch in die Wand schlagen? Außerdem kannte ich mich in Nassau nicht aus, war noch nie auf den Bahamas gewesen und nicht in der Stimmung, zur nächsten Buchhandlung zu laufen und mir einen Reiseführer zu kaufen.

Zudem gab es noch einen weiteren Schönheitsfehler: meinen Job. Die Historische Gesellschaft bezahlte mich, damit ich auf das Haus der Zuflucht aufpaßte, nicht dafür, daß ich mich auf irgendeiner Insel amüsierte. Ich würde Melinda sagen müssen, daß ich wegen einer dringenden familiären Angelegenheit verreisen mußte. Aber dann würde sie zu meiner Mutter laufen und sich erkundigen, um *was* für eine dringende familiäre Angelegenheit es sich handelte, und ich wäre gezwungen, bei Mom über Barry auszupacken, was ich nicht vorhatte.

Natürlich wäre auch Frank Gillby wenig begeistert davon, daß ich zu Barrys Residenz auf den Bahamas aufbrach und mich selbst zum Hüter des Gesetzes erhob. Aber manchmal kann man es eben nicht jedem recht machen. (Manchmal kann man es auch überhaupt niemandem recht machen, was wohl diesmal der Fall sein würde.)

Schließlich beschloß ich, mich Fred Zimsky anzuvertrauen. Er würde mich nicht nur im Haus der Zuflucht vertreten, hoffte ich, sondern auch meine Pläne vor meiner Mutter geheimhalten, weil er sie mochte und nicht wollte, daß sie noch einen Herzinfarkt bekam.

Ja, das ist die Lösung, dachte ich bei mir, als ich seine Nummer wählte und mir selbst die Daumen drückte, daß er da wäre und nicht die Nacht bei meiner Mutter verbrachte, was glücklicherweise nicht der Fall war. Nachdem ich ihm meine Geschichte vorgetragen hatte, willigte er ein, meiner Mutter nicht zu erzählen, wohin ich fuhr, und, solange ich weg war, im Cottage zu übernachten. Ich dankte ihm überschwenglich und versicherte ihm, daß er bei mir etwas gut hätte.

»Legen Sie einfach bei Ihrer Mutter ein gutes Wort für mich ein«, sagte er. »Dann sind wir quitt.«

Ich versprach es ihm, legte auf und rief Helen an.

»Hier ist Deborah«, sagte ich, als sie sich meldete. »Ich brauche Hilfe.«

»O Gott. Sag bloß nicht, die Polizei hat dich verhaftet, und das ist der einzige Anruf, der dir vom Gefängnis aus erlaubt ist.«

»Nein, ich bin zu Hause, Helen. Du hattest recht mit dem Mörder. Es war tatsächlich der brüskierte Geschäftspartner.«

»Na so was.«

»Dummerweise ist dieser brüskierte Geschäftspartner mit meiner Schwester in sein Haus auf den Bahamas geflogen. Sie bildet sich ein, in ihn verliebt zu sein. Ich glaube allerdings, er benutzt sie.«

»Fürs Bett?«

»Nein, als Geisel. Vermutlich hat er sie inzwischen gefesselt und geknebelt.«

»Also benutzt er sie doch fürs Bett.«

»Nein, Helen. Ich habe gemeint, daß er Sharon sozusagen zu seiner eigenen Sicherheit mit auf die Bahamas geschleppt hat. Wenn die Polizei ihm auf den Fersen ist, kann er die Nummer mit dem ›Wenn ich sterbe, stirbt sie mit mir‹ abziehen.«

»Ach, wie die eine Szene, die wir vor ein paar Jahren in der Serie hatten.«

»Welche?«

»Die, in der Dirk Campbell, der Bankdirektor, nach St. Barts floh, um nicht wegen des Mordes an Hector Diaz, seinem privaten Fitneßtrainer, belangt zu werden, und er Hectors Schwester Carmen mit auf die Insel verschleppt hat. Weißt du noch?«

»Eigentlich nicht. Und was ist aus Carmen geworden? Hat sie es lebend zurück in die Staaten geschafft?«

»Carmen? Die war hart im Nehmen. Sie hat sich aus ihren Handschellen befreit, Dirk auf der Veranda seines Hauses überrumpelt und ihn ins Meer geschubst. Er hatte noch sein Martiniglas in der Hand, als sie ihn auf dem Wasser treibend gefunden haben.« Helen kicherte. »An dem Abend haben wir sogar *Schatten der Leidenschaft* geschlagen. Woody war überglücklich. Wie kannst du so etwas nur vergessen?«

»Jetzt fällt mir alles wieder ein«, sagte ich. »Hör mal, Helen, ich habe vor, nach Nassau rüberzufliegen, um meine Schwester dort rauszuholen. Du hast einen besseren Einblick als ich. Kennst du irgendwelche Hotels, wo ich wohnen könnte?«

»Nein, aber selbst wenn, wären sie vermutlich ausgebucht. Wir haben Frühlingsferien.«

»Toll.«

»Keine Sorge. Du kommst garantiert in einer dieser kleinen Pensionen unter, die sie dort haben. Sie sind meistens ein bißchen gammelig, aber für deine Zwecke tun sie's doch, oder?«

Ich dankte Helen und versprach ihr, mich zu melden, wenn ich zurück war.

Als nächstes rief ich bei BahamasAir an. Ich bekam einen Platz in der Maschine, die um neun Uhr morgens von Fort Lauderdale nach Nassau flog. Natürlich kostete die Flughafen-Limousine, die ich dank des kaputten Pontiac dazubuchen mußte, mehr als der ganze Flug, aber was sollte ich denn sonst tun? Zu den Bahamas schwimmen?

Zuletzt rief ich an diesem Abend meine Mutter an. Es war mir zuwider, sie anzulügen, aber genau das tat ich. Ich erzählte ihr, Ray und ich hätten festgestellt, daß wir ineinander verliebt seien (sie quiekte vor Freude), und daß ich die nächsten Tage bei ihm verbringen würde, weil ich es nicht ertragen könnte, von ihm getrennt zu sein (sie quiekte erneut). Ich sagte ihr, sie solle eine Nachricht auf meinem Anrufbeantworter hinterlassen, wenn sie mich erreichen müsse, und ich würde sie bestimmt zurückrufen (sie erklärte, sie sei restlos begeistert davon, daß ihre beiden Mädels endlich das Glück gefunden hätten). O ja, allerdings.

Ich warf ein paar Klamotten in einen Koffer, würgte ein Joghurteis hinunter und ging ins Bett. Sowie mein Kopf aufs Kissen fiel, klingelte das Telefon. Ich beschloß, den Anrufbeantworter übernehmen zu lassen. Der Lautstärkeregler war voll aufgedreht, und so konnte ich hören, wie mir Ray mitteilte, daß er mir alles erklären wolle.

Was gibt's da zu erklären? fragte ich mich, als ich das Telefonkabel aus der Buchse riß. Er hatte eine Verabredung mit Holly, während er mich von oben bis unten betatschte.

Männer.

Die Boeing 737 der BahamasAir war ausgebucht, doch es gab noch ein paar freie Plätze, wie ich bemerkte, als ich an Bord ging. Ich war todmüde und hätte gern ein Nickerchen gemacht, aber der Flug dauerte nur fünfundvierzig Minuten. Im Handumdrehen waren wir gestartet, wieder gelandet und angekommen.

Ich stand am Ausgang des Nassau International Airport und wollte gerade ein Taxi heranwinken, als ich ein bekanntes Gesicht auf mich zueilen sah.

»Wenn du nicht so unvernünftig gewesen wärst, hätten wir im Flugzeug nebeneinander sitzen können«, sagte Ray, erhitzt und außer Atem. »Ganz zu schweigen davon, daß wir uns das Geld für den Wagen zum Flughafen hätten teilen können.«

»Was willst du denn hier?« fragte ich und spielte die Verärgerte, obwohl ich mich insgeheim darüber freute, daß er mir den ganzen Weg in ein fremdes Land gefolgt war. Sehr dramatisch. Besonders freute mich, daß Ray noch dunklere Schatten unter den Augen hatte als ich.

»Ich habe herausgefunden, welchen Flug du nimmst, und meine Tasche gepackt. Ich habe dir doch gesagt, daß ich mitkomme.«

Er küßte mich.
»Laß das«, sagte ich.
Er küßte mich erneut.
»Hast du mich nicht verstanden?« sagte ich mit drohendem Unterton.
Er küßte mich ein drittes Mal.
Genervt und erheitert zugleich stemmte ich die Hände in die Hüften. »Falls es dir nicht bewußt sein sollte: Es gibt so etwas wie politische Korrektheit. Anders ausgedrückt, wenn eine Frau nein sagt, meint sie auch nein.«
»Gut. Sag nein, und ich nehme den nächsten Flug nach Hause.«
»Nein.«
»›Nein, nimm nicht den nächsten Flug nach Hause‹? Oder: ›Nein, küß mich nicht‹?«
»Meine Güte, nun mach aber mal einen Punkt. Du stellst mich hier als die Böse hin, wo du doch derjenige bist, der Spielchen spielt. Zuerst machst du auf Mr. Platonisch, den Kumpel, den Freund, der es nicht wagt, seine innersten Gefühle preiszugeben, weißt du noch? Dann erzählst du mir, ich würde dir viel mehr bedeuten als nur eine Freundin und stürzt dich auf mich wie ein sexuell ausgehungerter Häftling. Und gerade als ich darauf hereinfalle, sitzt eine andere Frau auf deiner Türschwelle und wartet auf dich. Warum spielst du deine Spielchen nicht mit Holly, und ich gehe unterdessen meine Schwester retten?«
Ich machte Anstalten davonzulaufen, aber Ray packte den Riemen meiner Tasche und hielt mich zurück.
»Nicht so eilig«, sagte er. »Du hast mir vorgetäuscht, du wolltest keine Beziehung. Ständig hast du von Hirshon geredet und davon, was für ein unehrlicher Weiberheld er war. Ich dachte mir, du seist nach dieser Erfahrung nicht daran interessiert, etwas Neues anzufangen, daher habe ich nichts forciert. Aber dann hast du mir von deinem Plan erzählt, hier-

herzufliegen, und da konnte ich dich nicht allein losziehen lassen. Ich wußte, daß du mir viel bedeutest, von Anfang an, aber ich wußte nicht, wieviel, bis mir klar wurde, daß ich dich verlieren könnte. Da hat sich zwischen uns etwas verändert, da wurde die Sache zwischen uns wirklich *wichtig*. Das einzige Problem war, daß ich vergessen habe, die Essenseinladung für Holly abzusagen. Ist das ein Verbrechen?«

»Nicht gerade ein Verbrechen, obwohl Holly ein bißchen unterernährt aussah, so als könnte sie ein ordentliches Essen vertragen. Hast du ihr überhaupt noch etwas vorgesetzt?«

»Ja, allerdings. Und beim Essen habe ich ihr von dir erzählt. Von dir und mir.«

»Was von dir und mir?«

»Daß wir fest zusammen sind.«

»Ray, ich bitte dich.«

»Das ist mein Ernst, Deborah. Ich möchte, daß wir unsere Freundschaft auf die nächste Stufe heben. Ich glaube, ich bin in dich verliebt.«

»Aber sicher bist du dir nicht.«

»So habe ich es nicht gemeint. Ich wollte nur sagen – Herrgott, bist du hart.«

»Warum auch nicht? Ich habe das alles schon einmal erlebt. Ich bin nicht mehr das unschuldige Lamm, das ich einmal gewesen bin.«

»Und ich bin nicht der große, böse Wolf.«

»Nein? Es gab mal eine Zeit – und das liegt noch gar nicht so lange zurück –, da dachte ich, *du* hättest vielleicht Jeffrey umgebracht. Und Joan auch.«

Ray ließ meine Tasche los. »Was hast du gerade zu mir gesagt?«

»Ich habe gesagt, daß es mal eine Zeit gab, wo ich mich gefragt habe, ob du es warst. Der sie begangen hat. Die beiden Morde.«

Sein Gesichtsausdruck wandelte sich, sein Lächeln verflog, und sein Gesicht verzerrte sich vor Wut und Ungläubigkeit.

»Wenn du das *wirklich* von mir denkst, dann kannst du allein losziehen, du Wichtigtuerin.«

Wütend begann er davonzumarschieren. Ich packte den Riemen *seiner* Tasche und zog ihn zurück.

»Warte«, sagte ich und wünschte, ich hätte den Mund gehalten. »Versuch es mal von meinem Standpunkt zu sehen. Ich bin nach Stuart gekommen, und außer meiner Mutter waren alle Fremde für mich. Auf einmal tauchst du jeden zweiten Tag bei mir zu Hause auf, erklärst dich zu meinem Freund, lädst mich zu allem möglichen ein und mimst den hilfsbereiten Kumpel.«

»Ist das denn derart abwegig? Daß ein Mann nett ist?«

»Nein, aber du warst ein Mann, der Jeffrey gehaßt hat.«

»Ich war an dem Abend, als Hirshon ermordet wurde, mit Gillbys Nichte essen.«

»Ja, aber ich wußte nicht, wo du warst, bevor du Laurel abgeholt hast.«

»Willow.«

»Gut. Aber damit nicht genug – woher sollte ich denn wissen, ob du an dem Wochenende, als Joan ermordet wurde, tatsächlich nach Daytona Beach gefahren bist?«

»Weil ich es dir gesagt habe!« Mittlerweile schrie er. Die Leute am Flughafen starrten uns an. »Du gibst also zu, daß du mir nicht vertraust?«

»Nein. Ich gebe zu, daß ich durcheinander war. Kaum war ich nach Stuart gezogen, schon hat der Kardiologe meiner Mutter, der zuerst einen anständigen Eindruck gemacht hat, meine Schwester und mich belogen. Dann wurde er erschossen, und wir standen vor seiner Leiche, als die Polizei kam. Um den Verdacht von uns abzulenken, habe ich mich anschließend auf die Socken gemacht, da ich hoffte, ich könnte so herausfinden, wer die Wahrheit sagt und wer nicht. Aber es war schwer, denn ganz egal wieviel auch alle über ihre langweiligen Ehen oder heißen Affären gefaselt haben, hat im Grunde keiner etwas gesagt; keiner hat sein wahres Gesicht gezeigt. Das Auffallende an den Leuten in Florida ist, daß die meisten von ihnen von anderswoher stammen, und wenn sie hierherkommen, fällt es ihnen leicht, sich ein neues Image zu zimmern. Was meinst du, soll ich ihnen trauen oder nicht?«

»Aber ich stamme nicht von anderswoher, und ich habe dir gesagt, wer ich bin, dir gezeigt, wer ich bin. Wie kannst du daran zweifeln, daß ich verrückt nach dir bin? Ich –« Er hielt inne. Seine Gefühle waren verletzt. Ich hätte mir am liebsten die Pulsadern aufgeschlitzt.

»Hör mal, Ray. Offensichtlich war es ein Fehler von mir, dir nicht zu vertrauen. Ein schrecklicher Fehler. Aber das war damals. Jetzt ist jetzt.«

»Ja, und jetzt traust du mir nicht, weil ich mich mit Holly verabredet habe.«

»Am selben Abend, als du so scharf darauf warst, mir an die Wäsche zu gehen!«

Ray warf frustriert die Arme in die Höhe. »Bist du deswegen immer noch sauer?«

»Irgendwie schon.«

Er sah auf die Uhr. »Willst du wirklich hier rumstehen und Paartherapie betreiben, oder willst du nach Lyford Cay fahren und deiner Schwester das Leben retten?«

»Letzteres.«

»Okay. Warum tun wir's dann nicht?«

»Ja, warum tun wir's nicht einfach.«

In diesem Moment wünschte ich mir, Ray würde mich küssen, um zu beweisen, daß wir wieder versöhnt waren, doch das tat er nicht. Natürlich hätte auch ich ihn küssen können, aber ich war immer noch zu aufgebracht wegen Holly.

»Ich hatte vor, einen Taxifahrer zu fragen, ob er mir hier in Nassau etwas zum Übernachten empfehlen könnte«, sagte ich. »Die großen Hotels sind vermutlich ausgebucht, aber er könnte ja irgendwelche kleineren Unterkünfte oder Pensionen kennen, die noch etwas frei haben. Wenn wir erst einmal ein Zimmer haben, können wir darüber nachdenken, mit welcher Strategie wir uns nach Lyford Cay einschleichen.«

»Stets zu deinen Diensten«, erklärte er trocken. »Geh du voraus.«

Wir winkten ein Taxi herbei und stiegen ein.

»Wohin darf ich Sie bringen?« fragte der Fahrer, ein junger Mann mit weichem bahamaischem Akzent.

»Wir hatten gehofft, dabei würden Sie uns helfen«, erwiderte Ray. »Kennen Sie irgendwelche kleineren Unterkünfte oder Pensionen, wo wir ein paar Nächte verbringen könnten? Ein Haus, das sauber und nicht zu teuer ist und in der Nähe von Lyford Cay liegt?«

»Lyford liegt auf der Westseite der Insel«, erklärte der Fahrer. »Etwa fünfzehn Minuten Fahrt von hier. Ich weiß ein Haus, wo Sie übernachten können und das ziemlich nah am Club liegt.«

»Wie heißt es?« fragte ich.

»Reggie's«, antwortete er. »Sehr sauber. Nicht teuer.«

»Und Sie glauben, dieses Reggie's hat noch Zimmer frei?« sagte ich.

»Da bin ich mir sicher«, entgegnete der Fahrer. »Reggie ist mein Onkel. Bei ihm sind Sie in besten Händen.«

Kleine Inseln sind ganz ähnlich wie kleine Städte, dachte ich bei mir. Wo man auch ist, man trifft praktisch immer auf die Verwandten von irgend jemandem.

Reggie's Bahamian Inn, so der offizielle Name, war im Grunde eine Pension für Exzentriker – ein zweistöckiges, mit weißem Holz verkleidetes Gebäude, in dem es intensiv nach Curry roch. Um in unser Zimmer zu gelangen (Ray und ich sahen uns gezwungen, die Koje zu teilen, da sämtliche anderen Zimmer belegt waren) mußten wir die knarrende Treppe hochsteigen und bis zum Ende des Flurs laufen, wo wir eingequetscht waren zwischen einem englischen Paar, das schwerhörig war, und einem deutschen Paar, das schlecht miteinander auskam. Falls wir während unsres Aufenthalts jemals Ruhe und Frieden erlebten, so erinnere ich mich zumindest nicht daran.

»Machen Sie es sich gemütlich«, sagte Reggie höchstpersönlich, als er uns unser Zimmer zeigte – einen winzigen Raum ohne Klimaanlage, der komplett von einem riesigen Bett eingenommen wurde.

»Gibt es ein Badezimmer?« fragte ich, während meine Stimmung sank, genau wie die Matratze des Betts.

»Ja, gnädige Frau«, antwortete er. »Eines für Sie. Eines für den Gentleman. Beide direkt vor Ihrer Tür, draußen im Flur.«

»Toll. Die dürfen wir dann mit unseren Nachbarn teilen, den Hauptgegnern des Zweiten Weltkriegs«, sagte ich zu Ray, nachdem uns Reggie allein gelassen hatte.

»Möchtest du es woanders versuchen?« fragte er und öffnete das Fenster, um den Currygeruch zu vertreiben, ein fruchtloses Unterfangen, da dieser ja von draußen kam.

Ich schüttelte den Kopf. »Wir sind nicht zum Urlaub machen hier. Wir haben eine Mission. Es geht nicht darum, uns zu vergnügen.«

Er unterdrückte ein Lächeln. »Nicht einmal ein bißchen?«

Ich schüttelte den Kopf. »Wir müssen uns einen Plan ausdenken, wie wir Sharon retten können. Etwas ganz Geniales.«

»Tja, da wären zwei Hindernisse, die wir zunächst einmal überwinden müssen. Die erste Frage ist, wie wir überhaupt nach Lyford Cay hineinkommen. Und die zweite Schwierigkeit ist herauszufinden, welches Shillers Haus ist.«

In diesem Moment klopfte es an der Tür.

»Ja?« rief ich und hoffte, daß weder die Deutschen noch die Briten unser Zimmer mit der Toilette verwechselt hatten.

»Zimmermädchen«, piepste ein zartes Stimmchen.

Ray machte die Tür auf.

»Darf ich Ihnen ein paar frische Handtücher bringen?« fragte eine Einheimische, die sich als Sabrina, Reggies Frau, vorstellte.

»Vielen Dank«, sagte ich und nahm ihr die Handtücher ab. Sie waren so weich wie Sandpapier.

»Falls Sie Hunger haben, nebenan ist ein Restaurant«, erklärte sie mit einem liebenswürdigen Lächeln. »Die fritierten Muscheln dort sind sehr gut. Mit ganz viel Curry.«

Was für eine Überraschung. »Sabrina, dürfte ich Sie etwas fragen? Wissen Sie irgend etwas über Lyford Cay?«

Sie kicherte. »O ja, gnädige Frau. Mein Mann und ich haben beide dort gearbeitet, bevor wir unsere eigene Pension aufgemacht haben. Wir waren Köchin und Butler im Haus von Baron und Baroneß Pendleton.«

»Wirklich?« fragte ich interessiert. »Dann kennen Sie den Club sicher in- und auswendig.«

»Ziemlich gut, ja.«

Ich sah zu Ray hinüber. War Sabrina jemand, dem man trauen konnte? fragte ich mich und versuchte, von seiner Miene abzulesen, was er von ihr hielt. Würde sie Mitgefühl zeigen, wenn wir ihr erzählten, warum wir nach Nassau gekommen waren, und uns vielleicht helfen? Oder würde sie uns als verrückte amerikanische Touristen abstempeln und die Polizei rufen?

Ich folgte meinem Instinkt – und allem, was ich im Lauf der Jahre aus der Beobachtung von Seifenopern-Schauspielern gelernt hatte.

Ich holte tief Luft und ließ mich in dramatischer Pose aufs Bett fallen. Als Ray und Sabrina sich beeilten, mir beizustehen, simulierte ich einen Heulkrampf – die gleiche verzweifelte Pose, die bei den Sirenen von Stuart so gut gewirkt hatte.

»Kann ich Ihnen irgendwie helfen, gnädige Frau?« fragte Sabrina, über mich gebeugt und mit sorgenvoll gerunzelter Stirn.

»Es tut mir leid, daß ich vor Ihnen die Beherrschung verliere, Sabrina«, erklärte ich schniefend. »Aber mich hat die Sorge um meine geliebte Schwester übermannt, die gegen ihren Willen in Lyford Cay festgehalten wird.«

»Gegen ihren Willen?«

»Ja«, bestätigte ich. »Sie schwebt in großer Gefahr.«

»Haben Sie die Polizei in Nassau verständigt?« fragte sie.

»Nein« antwortete ich. »Der Mann, der sie festhält, ist ein Irrer. Man kann sich gar nicht ausmalen, was er meiner Schwester antun könnte, wenn die Polizei sein Haus stürmt. Ich möchte die Sache lieber unauffälliger handhaben.«

»Sind Sie sicher, daß dieser Mann in Lyford wohnt?«

»Ja. Er heißt Barry Shiller und ist ein Anwalt aus Florida.«

Sie nickte wissend. »Ich glaube, sein Haus ist das dritte unterhalb des Jachtclubs, direkt am Wasser. Meine Cousine Serena war mal Haushälterin bei ihm.«

»Aber jetzt nicht mehr?« fragte ich.

»Nein, gnädige Frau. Sie arbeitet jetzt bei einem der anderen Bewohner. Der Gentleman, von dem Sie sprechen, hat im Lauf der letzten Jahre mehrere Haushälterinnen gehabt; das Personal bei ihm wechselt ständig. Ich möchte ja über niemanden aus Lyford etwas Böses sagen, aber man sagt, es sei schwer, diesem Mann, diesem Mr. Shiller, etwas recht zu machen.«

»Tatsächlich?« bemerkte ich, während mir eine Idee kam. Eine bescheuerte Idee, aber immerhin eine Idee. »Sagen Sie, Sabrina, da bei Mr. Shiller bezüglich des Personals eine so hohe Fluktuation herrscht, würde doch bestimmt niemand Verdacht schöpfen, wenn heute nachmittag zwei *neue* Mitglieder seines Personals auftauchten, oder?«

»Ich verstehe Sie nicht«, sagte sie.

»Was, wenn Mr. Scalley und ich uns als seine neue Haushälterin und sein neuer Butler ausgäben, um an den Wachleuten von Lyford Cay vorbeizukommen? Würden Sie und Reggie uns dabei helfen? Uns mit den passenden Uniformen ausstaffieren? Uns hinfahren und dort absetzen? *Um meine arme Schwester zu retten?*« Ich rang mir ein paar Schluchzer ab, wischte mir ein paarmal die Augen und sah hilfesuchend drein.

»Aber natürlich, gnädige Frau. Natürlich«, versicherte Sabrina und tätschelte mir die Hand. »Mein Mann und ich tun, was wir können, für Ihre Schwester. Und Serena hilft uns auch.«

»Das ist sehr nett von Ihnen«, sagte ich und sah zu Ray hinüber, der in diesem Moment entweder über meine Schauspielkünste staunte oder wünschte, er wäre in Stuart geblieben. »Ist das nicht reizend von ihr, *Liebling*?«

28

Ein paar Stunden später hatte Ray mir den Vorfall im Flughafen scheinbar verziehen, wofür ich sehr dankbar war. Ich brauchte natürlich länger, bis ich wieder versöhnt war.

»Wie sehe ich aus, gnädige Frau?« fragte er, als er in der Tür unseres kleinen Zimmers stand und mir die Butlerkluft vorführte, die Reggie ihm geliehen hatte.

»Toll«, antwortete ich. »Falls die Butler in Lyford Cay Hochwasserhosen tragen.«

Ray, müssen Sie wissen, war groß. Reggie dagegen nicht. Infolgedessen endeten die schwarzen Hosen, die Ray jetzt anhatte, etwa in der Mitte seiner Waden.

»Wie findest du das Hemd?« wollte er wissen.

Auch das Hemd war ziemlich knapp, aber es war weiß, hatte weder Risse noch Flecken, noch fehlten ihm Knöpfe, und man konnte es lassen. »Es ist wunderbar«, erklärte ich. »Und wie findest du meine Verkleidung?«

Ray pfiff durch die Zähne. »Mann, siehst du heiß aus.«

»Ich meine es ernst. Glaubst du, es geht so?« Ich steckte in einer weißen Mädchenuniform aus Polyester. Oder vielmehr hatte man mich in eine weiße Mädchenuniform aus Polyester *gestopft*.

Sabrina, müssen Sie wissen, war zierlich. Ich dagegen nicht. Infolgedessen platzte ich buchstäblich aus allen Nähten.

»Es ist traumhaft«, schwärmte Ray mit einem Zwinkern in den Augen. »Und die Haare machen sich auch gut.«

Sabrina hatte mir geraten, meine wilde Mähne nach hinten zu kämmen und in einem Knoten zu bändigen. Von den »Perlen« in Lyford, so erklärte sie, wurde erwartet, daß sie ordentlich und gepflegt erschienen. Natürlich paßten weder Ray noch ich in Sabrinas oder Reggies Schuhe, also trugen wir unsere eigenen – Turnschuhe – und hofften, daß es niemandem auffallen würde.

»Wann bringt uns denn Cousine Serena nach Lyford?« wollte Ray wissen.

»Gegen halb acht«, erwiderte ich. »Da kommt sie aus der Arbeit. Es ist geplant, daß sie uns abholt, im Kofferraum ihres Wagens versteckt und noch einmal nach Lyford hineinfährt, weil sie angeblich etwas vergessen hat – das wird sie jedenfalls den Wachleuten erzählen – und uns jenseits der Tore absetzt.«

»Hoffentlich hat sie einen großen Kofferraum.«

»Wir bleiben doch nur zehn Minuten drin. Das überleben wir schon. Sie meint, der Zeitpunkt sei ideal, weil wir genau dann eintreffen, wenn alle vom Strand oder vom Golfplatz kommen und Cocktails kippen. Sie sagt, dann sind sie alle dermaßen angeschickert, daß sie sich gegenseitig nicht mehr erkennen, geschweige denn ein paar Fremde bemerken.«

»Ja, aber ich bin Barrys neuer Butler. Müßte ich nicht die Cocktails *servieren*?«

»Du bist nicht wirklich sein Butler, Ray. Jedenfalls nicht mehr, als ich seine Haushälterin bin. Wir nehmen lediglich für den Fall, daß jemand fragt, die Identität seines neuen Butlers und seiner neuen Haushälterin an. Das letzte, worauf ich Lust habe, ist, diesem miesen Schwein die Fußböden zu schrubben.« Ich hielt inne. Ray hatte den Kopf schiefgelegt und ein albernes Lächeln aufgesetzt. »Was?«

»Komm her«, sagte er und winkte mir mit dem Finger.

»Warum?«

»Weil du in dieser Kluft hinreißend aussiehst. Wie das Stubenmädchen in einem Pornofilm.«

»Ich weiche nicht von der Stelle. Ich bin immer noch wütend auf dich.«

»Jammerschade, denn ich bin immer noch verrückt nach dir, sogar nach dem ganzen Quatsch, den du mir am Flughafen an den Kopf geworfen hast. Weißt du, mein Herz, ich kann verstehen, warum du jeden verdächtigt hast. Das hätte ich vermutlich auch getan.«

»Das sagst du nur, damit ich nachher mit dir ins Bett gehe.«

»*Gehst* du denn nachher mit mir ins Bett?«

»Nein.«

»Gehst du *jetzt* mit mir ins Bett?«

»Ray. Ich bereite mich auf die Rolle vor, die ich heute abend spielen muß. Ich versuche, in die Figur hineinzuschlüpfen.«

Er lachte. »Du hast doch schon eine ganz gute Figur.«

»Die Figur, die ich *spiele*. Das ist ein Begriff aus der Schauspielkunst.«

Ray durchquerte das Zimmer (wozu er ungefähr drei Schritte brauchte, da der Raum nicht größer war als ein Wandschrank) und legte die Arme um mich. Ich wehrte mich nicht. »Du wirst großartig sein. Wir werden beide großartig sein«, erklärte er und küßte mich ab. »Und wenn nicht, dann sterben wir wenigstens in unseren besten Klamotten.«

Ich lächelte. »Jetzt ist mir wohler. Danke.«

Gegen halb acht brachte uns Sabrinas Cousine Serena in ihrem Buick, der ähnlich ramponiert war wie mein Pontiac, aber weder stehenblieb noch klopfte noch heißlief und einen Kofferraum besaß, in den Ray und ich hineinpaßten, ohne größere körperliche Schäden davonzutragen, in das sagenumwobene Lyford Cay. Ich will nicht behaupten, daß es die komfortabelste Fahrt meines Lebens war – ich habe immer noch grüne und blaue Flecken am Po –, aber wir kamen dorthin, wo wir hinwollten.

Während der Fahrt ließ ich mir noch einmal alles durch den Kopf gehen, was uns Reggie und Sabrina über die exklusive Enklave erzählt hatten, in der sie so viele Jahre gearbeitet hatten.

Die weitläufige, vierhundertfünfzig Hektar große, auf einer kleinen Halbinsel am westlichen Ufer der Insel gelegene Villensiedlung Lyford hatte den Hintergrund für den alten James-Bond-Film *Feuerball* abgegeben. Angeblich war der Hauptdarsteller des Films, Sean Connery, von dem Ort dermaßen fasziniert gewesen, daß er sich dort ein Haus gekauft hatte. Aber Connery ist nur einer von vielen internationalen Prominenten, die dem Club angehören (ein weiterer ist Fürst Rainier von Monaco). Die über dreizehnhundert Clubmitglieder stammen aus zweiunddreißig Ländern, und ihr gemeinsamer Nenner ist Geld – viel Geld. Kichernd erzählte uns Sabrina, daß das Paar, bei dem sie und Reggie gearbeitet hatten, der Baron und die Baroneß, sich nichts dabei dachten, zwanzig Millionen für ihr Haus hinzulegen, sich aber bitter beklagten, wenn sie gezwungen waren, vierzehn Dollar für ein Club-Sandwich auszuspucken. Auch mokierte sie sich darüber, wie sich die Mitglieder kleideten: abgetragene, zerlumpte Fetzen unter der Woche; Frack und Ballkleid an den Samstagabenden. Ich versuchte, mir Barry Shiller in etwas anderem als seinen Armani-Anzügen und seinem Goldschmuck vorzustellen und fragte mich, wie er sich in diesen Haufen einfügte.

Irgendwann im Laufe meiner Überlegungen blieb Serenas Buick abrupt stehen, und ich hörte, wie sie ihr Fenster herunterkurbelte und mit jemandem sprach.

»Wir müssen am Torhäuschen sein«, flüsterte Ray. »Sie spricht mit dem Wachmann.«

Ich schloß die Augen und dachte an Sharon.

Wir kommen, sagte ich lautlos. Wir retten dich. Halt durch.

Der Wagen machte einen Satz vorwärts. Ich drückte Rays Hand. »Wir sind drinnen.«

Wir fuhren noch ein paar Minuten, dann hielt Serena an und stellte den Motor ab. Sie stieg aus, ging eilig um den Buick herum und machte den Kofferraum auf.

»Haben Sie's gut überstanden?« fragte sie.

»Bestens, danke«, antwortete ich. Meine weiße Uniform war schweißnaß, genau wie Rays Hemd und Hose.

Serena half uns aus dem Kofferraum und erklärte uns, daß wir genau vor dem Eingang zum Jachtclub stünden und Barrys Haus nur ein Stück die Straße hinunter lag.

»Das da?« fragte ich und wies auf ein riesiges pinkfarbenes Gebäude von den Ausmaßen eines Hotels. Es war mit Abstand das protzigste Haus im ganzen Umkreis. Typisch Barry.

»Ja, gnädige Frau«, bestätigte Serena. »Aber jetzt lasse ich Sie lieber allein. Die Wachleute patrouillieren durch sämtliche Straßen. Wenn sie herausfinden, daß ich Fremde einschleuse, verliere ich womöglich meinen Job.«

»Ja. Ja. Gehen Sie«, sagte ich. »Wir schaffen's schon, Serena.«

»Was ist mit nachher?« fragte sie. »Wie kommen Sie zurück zu Reggie's?«

Ich sah bestürzt zu Ray hinüber. Diese Kleinigkeit hatte ich übersehen, da ich hoffte, wir hätten Sharon gegen Ende des Abends aus Lyford herausgeholt und säßen dann längst in einem Flugzeug nach Florida.

»Könnten Sie es irgendwie einrichten, später noch einmal

vorbeizufahren und uns zu einer festen Uhrzeit abzuholen, Serena?« fragte Ray, der zu seiner Butlerkluft eine Armbanduhr trug.

Sie schüttelte den Kopf. »Es würde verdächtig wirken, wenn ich noch einmal käme, Mr. Scalley, aber Reggie könnte Sie abholen. Er hat immer noch Freunde unter den Wachleuten.«

»Hervorragend«, sagte Ray. »Bitten Sie ihn, uns hier abzuholen, um zehn Uhr vor dem Jachtclub. Wenn wir aus irgendeinem Grund um zehn nicht da sind, soll er die Polizei verständigen.«

»Die Polizei?« wandte ich ein. »Ray, wir waren uns doch einig, daß wir nicht –«

»Was, wenn Barry uns mehr Scherereien macht, als wir denken?« fiel er mir ins Wort. »Vielleicht ist er nicht gerade begeistert davon, daß wir ihm einen kleinen Besuch abstatten wollen. Ich persönlich hätte nichts dagegen, wenn ich wüßte, daß die Polizei im Anmarsch ist, falls etwas schiefläuft.«

»Mr. Scalley hat recht, gnädige Frau«, sagte Serena. »Ich habe bei Mr. Shiller gearbeitet. Wenn er wütend wird, ist er kein Gentleman mehr.«

Ich nickte, da ich einsah, daß sie beide recht hatten. »Wenn meine Schwester wütend wird, ist mit ihr auch nicht gut Kirschen essen.«

Nachdem Serena gegangen war, standen Ray und ich da und planten unseren nächsten Schachzug. Ich schlug vor, zu Barrys Haus hinüberzuschleichen, Sharon aufzuspüren und sie, wenn er gerade nicht hersah, hinauszuschleppen. Ray dagegen gab zu bedenken, was uns Serena gesagt hatte: daß an Sonntagabenden die Köchinnen in Lyford frei haben und jeder (vermutlich sogar kaltblütige Mörder) zum Meeresfrüchtebuffet im Jachtclub geht. Sein Vorschlag war, daß wir abwarten sollten, bis Sharon und Barry das Haus verließen, weil es wesentlich leichter wäre, Sharon zu entführen, wenn Barry dabei war, sich bahamaischen Hummer auf den Teller zu schaufeln.

Ich wollte gerade zugeben, daß seine Strategie plausibler klang als meine, als wir beinahe von einer Prozession Golfwagen überrollt wurden, die allesamt hungrige Clubmitglieder zum Meeresfrüchte-Buffet beförderten.

»Mein Gott, diese Leute sind nach ein paar Cocktails gefährlich«, sagte ich, als mir etwas anderes einfiel, was Serena uns erzählt hatte: daß Golfwagen *das* Transportmittel im Club waren.

»Paß auf. Da kommt noch einer«, warnte mich Ray und zog mich zur Seite. »Und noch einer.«

»Wir befinden uns offenbar in der Einflugschneise«, sagte ich. »Warum gehen wir nicht aus dem –«

»Hallo da drüben! Sie beide!« rief uns eine Frau zu und winkte mit ihrem breitkrempigen Strohhut zu uns her.

Wir erstarrten.

»He, Sie da!« sagte sie und kam auf uns zumarschiert. Sie hatte strähnige blonde Haare mit grauen Wurzeln, einen gebräunten Teint voller Sommersprossen, die sie nicht einmal mit Make-up zu verdecken suchte, und einen derart verkrampften Kiefer, daß sie aus Locust Valley oder vielleicht Darien stammen mußte. Abgesehen von der Perlenkette war sie gekleidet wie eine Obdachlose. Außerdem stank sie nach Gin. »Ich bin Mrs. Croft, die Vorsitzende des Dinner-Komitees. Sie müssen die beiden sein, die man uns heute abend zur Unterstützung geschickt hat.«

Sie wartete keine Antwort ab, sondern nahm einfach an, daß wir ihr in den Jachtclub folgen würden, und wackelte davon. Als sie sich umdrehte, um zu sehen, ob wir hinter ihr herkamen, und feststellte, daß wir das nicht taten, klatschte sie in die Hände und sagte: »Na los. Die Gäste trudeln schon ein.«

Ray und ich sahen einander an und zuckten die Achseln.

»Nach dir«, sagte er. Wir beeilten uns, Mrs. Croft nachzukommen.

»Da wären wir«, erklärte sie und schwankte ein bißchen, während wir weiter auf den Jachtclub zugingen. »Sie sind beide ziemlich hellhäutig, wie ich sehe. Also keine Einheimischen, oder?«

»Nein, gnädige Frau«, sagte ich. »Wir nehmen an einem kulturellen Austauschprogramm zwischen den Bahamas und den Vereinigten Staaten teil.«

»Ah, so eine Art Friedenskorps, oder?«

»Ja, gnädige Frau.«

»Entzückend«, sagte sie und wackelte weiter.

Als wir es zum Buffet geschafft hatten, schmetterte das Calypso-Trio bereits »Matilda«, und ein paar hundert Leute in verknitterten Klamotten kippten ihren x-ten Drink.

»Die Männer sehen alle aus wie George Plimpton«, flüsterte ich Ray zu.

»Die Frauen auch«, flüsterte er zurück.

»Da sind wir«, erklärte Mrs. Croft und bugsierte uns hinter die kilometerlange Buffettafel. »Bitte häufen Sie keine Unmengen von Essen auf die Teller, ja? Das ist unfein. Außerdem sind die Garnelen dieses Jahr entsetzlich teuer.«

Wir nickten und begannen, Teller zu füllen. Zuerst fürchtete ich, daß eines der Mitglieder nüchtern genug sein könnte, um uns zu fragen, was unsere lilienweißen Leiber hinter der Tafel zu suchen hatten, aber niemand tat es. Und die anderen vom Personal waren viel zu beschäftigt damit, Venus- und Miesmuscheln sowie Krabbenomeletts zu verteilen, um auf uns aufmerksam zu werden.

»He, Süße. Wie finden Sie meine rote Hose?« trompetete der Betrunkene, dem ich gerade Erbsen und Reis auftat.

»Die ist wirklich schick, Sir«, sagte ich. »Hat die gleiche Farbe wie Ihre Augen.«

Ray stieß mir den Ellbogen in die Seite.

»Siehst du Sharon irgendwo?« fragte er.

»Noch nicht« antwortete ich. »Aber Barry sehe ich auch nicht.«

»Dann schaufle weiter Futter auf die Teller«, sagte er. »Die Nacht ist noch jung.«

Ich schaufelte weiter »Futter« auf die Teller – bis ich Sharon und Barry erblickte, die sich gerade an einem Zweiertisch niederließen. Mein Puls raste, während ich sie beobachtete. Barry trug, in dem Bemühen, wie ein echter Seemann auszusehen, eine weiße Hose, weiße Lacklederschuhe und ein blau-rot-gestreiftes Hemd mit einem großen goldenen Anker darauf. Sharon – ach, egal, was sie anhatte. Das einzig Wichtige war, daß sie noch lebte und keine Verletzungen, Stichwunden oder posttraumatischen Zuckungen aufwies, die ich ohne meine Fernbrille hätte erkennen können.

»Ray«, sagte ich.

Er reagierte nicht. Er quatschte gerade Sean Connery an.

»Ray«, zischte ich, erstaunt, daß er sich in einem solchen Moment von einem Star blenden ließ.

Als er wieder nicht antwortete, zwickte ich ihn in den Arm.

»Autsch«, jaulte er. »Was ist denn –«

»Da drüben«, sagte ich und nickte zu Sharon und Barry hinüber, die Ray beide nie kennengelernt hatte. »Es sind die beiden, die so übertrieben gekleidet sind.«

Ray versorgte Mr. Connery und seine Frau und wandte sich dann zu Sharon und Barry um. »Willst du einfach an ihren Tisch gehen und sie packen? Wie bei einem Überfall?«

»Nein. Ja. Ich weiß nicht.« Ich steckte mir eine Garnele in den Mund und hoffte, daß Mrs. Croft nicht hersah.

»Ich tue alles, was du willst, Deborah«, erbot sich Ray.

»Ich überlege noch. Iß doch solange eine Garnele. Sie schmecken herrlich.« Ich reichte ihm eine und gönnte mir selbst eine zweite. »O mein Gott. Sieh mal, Ray. Sharon steht auf. Sie geht in unsere Richtung. Sie stellt sich fürs Buffet an.«

»Und Barry blieb aus unerfindlichen Gründen sitzen. Vielleicht ist er allergisch gegen Meeresfrüchte.«

»Nein. Wahrscheinlich stellt ihm Sharon einen Teller zusammen. Sie ist ja so dienstfertig Männern gegenüber.«

»Los, komm. Machen wir uns auf.« Ray nahm mich bei der Hand und führte mich zur Vorderseite der Tafel, wo Sharon gerade eine Serviette und weitere Utensilien an sich nahm und zur Musik des Calypso-Trios summte.

Ray hakte sich auf der einen Seite bei ihr unter, und ich auf der anderen. »Wenn Sie uns folgen, gnädige Frau, dürfen Sie einen Blick auf die Nachtischtafel werfen«, sagte ich, indem ich mich um einen bahamaischen Akzent bemühte.

»Meine Schwester ist der Nachtisch-Freak in unserer Familie«, sagte sie und versuchte sich aus unserem Griff zu befreien. »Ihre Taille ist der beste Beweis dafür.«

Ich packte Sharons Arm fester. »Dann würde Ihrer Schwester sicher der Schokoladenmeringenkuchen à la Concorde schmecken«, erwiderte ich, während mir wieder einfiel, daß diese Kreation laut Sabrina die Spezialität von Lyford war und das Rezept von Maxim's in Paris stammte. »Wir zeigen Ihnen, wo Sie ihn probieren können.«

»Aber ich habe noch nicht einmal gegessen«, protestierte sie, während wir sie weiter und weiter weg von der Menge führten, bis wir zu einem abgeschiedenen Bereich hinter einer Palmengruppe kamen.

»Das Abendessen ist das geringste deiner Probleme, Schwesterherz«, sagte ich mit meiner normalen Stimme.

Sie starrte mich an. »Deborah?«

»Ja, und bitte schrei nicht. Szenen schätzt man nicht in Lyford.«

Sie starrte mich weiterhin an, während ihr Mund auf absolut unvorteilhafte Weise offenstand. »Warum bist du so angezogen?« fragte sie, nachdem sie festgestellt hatte, daß ich es wirklich war. Sie zeigte auf Ray. »Und wer ist das?«

»Er heißt Ray Scalley und ist ein Freund von mir aus Stuart«, antwortete ich. »Er ist mitgekommen, um mir dabei zu helfen, dir klarzumachen, daß der Mann, auf dessen Heiratsantrag du hoffst, ein Mörder ist, der dich genauso umbringen wird, sobald du ihm nicht mehr nützlich bist. Wie ich dir neulich bereits beizubringen versucht habe, Sharon, hat Barry schon Jeffrey und dessen Arzthelferin ermordet. Darüber hinaus steckt er bis zum Hals in Geldwäschegeschäften.«

»Es ist nicht zu fassen«, sagte sie und warf verächtlich den Kopf in den Nacken. »Ich glaube es einfach nicht. Wenn du den ganzen Weg nach Nassau geflogen bist, um mein Glück zu zerstören, dann bist du noch erbärmlicher, als ich dachte, Deborah. Du schreckst offensichtlich vor nichts zurück, um ...«

»Ihre Schwester ist hierhergeflogen, um Ihnen das Leben zu retten, verdammt noch mal«, fauchte Ray. »Sie hat ihre eigene Sicherheit aufs Spiel gesetzt, um Sie zu beschützen. Nach meinen Maßstäben kann ein Mensch kaum liebevoller und selbstloser sein. Also würde ich an Ihrer Stelle mal zuhören. Ich würde auf jeden einzelnen Rat, den sie Ihnen gibt, genau achten. Und außerdem würde ich meinem guten Engel dafür danken, daß überhaupt irgend jemandem genug an Ihnen liegt, um zu verhindern, daß Sie ermordet werden. Können Sie mir folgen, Sharon?«

Sie sah verblüfft drein, als hätte man sie geschlagen.

»Ray hält gern eine Standpauke, wenn er jemanden zum ersten Mal sieht«, erklärte ich in der Hoffnung, die Wogen zu glätten. Ich hatte schon genug am Hals, auch ohne daß sich die beiden in die Haare gerieten. »Du hättest mal die Predigt hören müssen, die er mir wegen meiner defekten Toilettenspülung gehalten hat. Aber er hat recht, Sharon. Ich bin hierhergekommen, um dich vor Barry zu retten. Und das habe ich getan, weil ich dich sehr, sehr gern habe – und weil mich dein Sohn darum gebeten hat.«

»Norman?« stieß sie mit Piepsstimme hervor, und ihre Unterlippe zitterte.

»Ja. Er meinte, Barry käme ihm verdächtig vor, und den Beweisen zufolge, die Detective Gillby gesammelt hat, hatte er dazu auch guten Grund. Ich mußte ihm versprechen, auf dich aufzupassen. Darauf habe ich ihm mein Wort gegeben.«

Nun bekam die dicke Make-up-Schicht auf Sharons Gesicht Risse, und die Tränen tropften auf ihr Versace-Kleidchen.

»Was habe ich getan?« schluchzte sie und stürzte sich in meine Arme. »Wie konnte ich nur einem Mörder mein Herz schenken?«

»Du bist eben eine Romantikerin«, sagte ich und streichelte sie mitfühlend. »Du hast schon immer freizügig dein Herz verschenkt. Zu freizügig.«

»Dir habe ich es nicht geschenkt«, sagte sie reumütig. »Ich habe dich gehaßt.«

»Ich habe dich auch gehaßt«, versicherte ich ihr. »Ich kann meinen Haß gar nicht in Worte fassen.«

»Das kann ich mir vorstellen, obwohl ich dich wahrscheinlich noch mehr gehaßt habe als du mich«, fuhr sie fort. »Ich kann dir nicht einmal ansatzweise schildern, wie sehr ich dich gehaßt habe.«

»Das brauchst du auch nicht«, erwiderte ich, »weil ich dich mit aller …«

»Jetzt beruhigt euch mal, ihr beiden«, warf Ray ein. »Barry steht gerade vom Tisch auf, und er geht nicht in Richtung Meeresfrüchte-Buffet.«

Sharon und ich wirbelten herum.

»Wohin will er …«

Ich hielt inne, als mir klar wurde, daß Barry uns entdeckt und begriffen haben mußte, daß wir ihm auf der Spur waren, und er daraufhin beschlossen hatte, sich aus dem Staub zu machen.

»Er läuft zum Jachthafen«, sagte Sharon und wischte sich die Tränen und die verlaufene schwarze Wimperntusche weg. »Auf seine Jacht.«

»Ich verständige die Wachleute«, erklärte Ray. »Die hetzen ihm die Polizei auf den Hals.«

»Genau«, stimmte ich zu. »Sollen die sich um Barry kümmern. Das einzig Wichtige ist doch, daß *du* in Sicherheit bist, Sharon. Sharon?«

Ihr Blick war auf einmal glasig, als wäre sie übergeschnappt. Sie schüttelte den Kopf, riß sich die Stöckelschuhe von den Füßen und schleuderte sie zu Boden. »In den Scheißdingern kann ich nicht rennen«, murmelte sie.

»Sharon«, sagte ich, da ich mir Sorgen um ihren Geisteszustand machte. Noch größere Sorgen als sonst. »Was treibst du denn da?«

»Ich rücke diesem Arschloch auf den Pelz«, sagte sie. »Ich habe die Schnauze voll davon, daß mich die Männer immer wieder ausnutzen, mir das Blaue vom Himmel versprechen und mich mit rein gar nichts sitzen lassen. *Ich habe die Schnauze gestrichen voll!*«

Ich packte sie. »Du kannst nicht –«

»O doch, ich kann!« fauchte sie und wand sich los. »Ihr zwei könnt euch ja zurücklehnen und warten, bis die Polizei ihn stellt, wenn ihr das wollt. Aber ich nicht. Auf keinen Fall. Bye-bye.«

Barfuß und in ihrem hautengen Kleidchen raste Sharon Barry nach.

Natürlich konnten Ray und ich sie nicht allein auf Mörderjagd gehen lassen. Während wir wie die Wilden hinter ihr herrannten, begann ich mich unwillkürlich zu fragen, wie es dazu gekommen war, daß wir nach Nassau gereist waren, um meine Schwester zu retten und jetzt von ihr in Gefahr gebracht wurden.

29

Zum Glück war der Jachthafen erleuchtet wie der sprichwörtliche Weihnachtsbaum, und so war es relativ einfach, durch den Irrgarten von Liegeplätzen zu finden. Während wir Barry hinterhersetzten, fiel mir trotz allem und sogar in der Dunkelheit auf, wie türkisblau und klar das Wasser war.

Unter den Gästen beim Meeresfrüchte-Buffet kam natürlich ein gewisses Befremden auf, als wir drei auf dem Weg zum Jachthafen zwischen den Tischen hindurchrasten und dabei Teller, Gläser und ein oder zwei Baronessen umwarfen. Als wir an Mrs. Croft vorbeisausten, winkte sie uns mit ihrem Strohhut zu, rief »Gott segne Amerika!« und fiel in Ohnmacht.

Dann stellte sich das winzige Problem mit dem Limbo. Der Leader des Calypso-Trios hatte soeben die Stange gesenkt und den Refrain des beliebten Limbo-Songs (»How *low* can you *go*?«) gesungen, während sich eine Reihe von Leuten anstellte, bis sie an der Reihe waren. Die einzige Möglichkeit, an ihnen vorbeizukommen, bestand darin, sie zu überholen. Ray machte den Anfang und wand sich unter der Stange durch wie ein Schlangenmensch. Ich folgte ihm, indem ich auf allen vieren kroch, was allgemeine Erheiterung auslöste. Und Sharon, die klagte, daß sie Rückenschmerzen hätte, schob die Stange einfach beiseite, was allgemein als Betrug angesehen wurde.

Trotzdem gelang es uns, Barry im Auge zu behalten, obwohl er eindeutig an Vorsprung zulegte.

»Seine Jacht liegt dort drüben!« rief Sharon atemlos und wies auf das enorme Phallussymbol namens *Blue Waters*. Letzteres war außerdem der Name der Firma, der Heartily Hirshon, der Waschsalon in Riviera Beach und Barrys Villa in Boca gehörte.

Frustriert sahen wir zu, wie er weiterrannte und es schließlich auf seine Jacht schaffte. Er kletterte an Bord des über dreißig Meter langen Boots, machte die Leinen los und verschwand im Inneren.

»Wenn Sie wirklich fest entschlossen sind, den Kerl zur Rede zu stellen«, sagte Ray zu Sharon, »dann müssen wir auf das Boot gelangen, bevor er den Hafen verläßt.«

»Allerdings bin ich entschlossen. Das können Sie mir glauben«, erwiderte sie. »Aber so schnell läuft er nicht aus. Er hat dem Kapitän heute nacht freigegeben.«

»Ja, aber offensichtlich hat er die Schlüssel bei sich«, meinte Ray. »Anscheinend hat er vor, das Boot selbst zu steuern.«

Wir rannten weiter, so schnell wir konnten, und waren gerade zum Liegeplatz gelangt, als wir hörten, wie Barry die Motoren anwarf.

»Nein! Er fährt los!« rief ich, ebenso entschlossen wie Sharon, dieser Ratte einen Strich durch die Rechnung zu machen, jetzt, wo mich ein Adrenalinschub beflügelte.

»Aber nicht ohne uns«, schwor Ray und klammerte sich an eine der Leitern der Jacht. »Zuerst steige ich rauf, und dann ziehe ich euch beide hoch.«

»Ich steige nicht auf Leitern«, wandte Sharon ein. »Damit habe ich ein Problem.«

»Was für ein Problem?« wollte ich wissen. *Sie* war schließlich der Grund dafür, daß wir diesen Schwachsinn überhaupt in Betracht zogen.

»Eine Phobie«, antwortete sie. »Ich würde ja ein Xanax nehmen, aber meine Medikamente liegen bei Barry im Haus.«

»Wie sollen wir dann auf die *Titanic* kommen?« brüllte ich.

»Kein Problem«, meinte Ray, packte Sharons Hände und zog ihren zierlichen Körper auf das Deck der Jacht. »Die nächste.« Er streckte die Arme nach mir aus. Da mein Körper nicht so zierlich ist wie der meiner Schwester, brauchte er drei Anläufe, bevor er es geschafft hatte, mich nach oben zu ziehen.

»Und jetzt?« fragte ich, als ich spürte, daß die Jacht sich zu bewegen begann.

»Ich schätze, wir machen eine kleine Seefahrt«, sagte Ray.

»Was heißt, daß wir mit einem Mörder auf einem Boot festsitzen«, führte ich aus.

»Ja, und er sitzt mit uns auf dem Boot fest«, sagte Ray. »Damit sind wir drei gegen einen. Eine schöne Überzahl.«

»Was, wenn er eine Waffe hat?« sagte Sharon, der langsam der Ernst der Lage klar wurde. »Man *weiß* ja, daß er schon Menschen erschossen hat.«

»Zwecklos, sich jetzt darüber den Kopf zu zerbrechen«, meinte Ray. »Wir sind schon unterwegs.«

Und richtig, die strahlend weiße Jacht tuckerte aus dem Liegeplatz, aus dem Hafen und aufs Meer hinaus.

»Ich kann gar nicht glauben, daß wir das wirklich tun«, stöhnte Sharon, während Ray die Tür zum großen Salon öffnete und uns hineinwinkte.

»Allerdings tun wir das«, murmelte ich.

Wir betraten einen Raum, der garantiert der prunkvollste, überladenste Salon war, den ich je gesehen hatte – sogar für jemanden aus Boca. Wände, Decken, Möbel und Fußboden waren allesamt in verschiedenen Schattierungen von Weinrot gehalten – eher Bordell als Boot – und mit genügend goldenen Accessoires versehen, um Fort Knox Konkurrenz zu machen. Dazu kamen weitere aufwendige Details: teure Kunstwerke, Skulpturen, ein gasbetriebener Kamin und sogar ein Stutzflügel. Nebenan befand sich ein großes, festlich wirkendes Eßzimmer mit Platz für zehn Personen und daneben eine »Kombüse« mit Arbeitsflächen aus Granit, einem Kühlschrank mit Gefrierfach und einer Spülküche. Wenn Barry Shiller eins nicht hat, dann ist das vornehme Bescheidenheit, dachte ich bei mir.

»Ich wette, er ist dort oben«, flüsterte Ray, nachdem wir schon zuviel Zeit darauf verwendet hatten zu starren, und nicht genug darauf, Pläne zu schmieden. Nun standen wir am unteren Ende einer mit flauschigen Teppichen belegten Wendeltreppe, die offenbar die drei inneren Etagen der Jacht miteinander verband.

»Vielleicht ist er auch dort unten«, mutmaßte ich und wies zu den Privaträumen hinab.

»Nein, er muß auf dem Oberdeck sein, wenn niemand sonst das Boot steuert«, wandte Ray ein.

»Gut geraten«, erklang eine dröhnende Stimme, die uns alle zusammenzucken ließ. Es war natürlich Barry. »Ich war eigentlich nicht auf Gesellschaft eingestellt, aber kommen Sie doch herauf, und machen Sie es sich gemütlich.«

Wie ängstliche Kinder stiegen wir die Treppe hinauf. Als wir auf der dritten Ebene der Jacht anlangten, erwartete uns dort Barry, in der einen Hand ein Glas mit einer bernsteinfarbenen Flüssigkeit und in der anderen einen schicken kleinen Revolver. Er hatte immer noch Kratzspuren im Gesicht – kleines Andenken von Sheldon. »Willkommen in der Sky Lounge«, begrüßte er uns.

Die sogenannte Sky Lounge entpuppte sich als weitere abenteuerliche Extravaganz und bot einen unbeschreiblich traumhaften Blick. Da sie mit einem zweiten Steuer ausgestattet war, konnte Barry das Boot von dieser luxuriösen Umgebung aus lenken.

Er wies uns an, uns zu setzen. Da er uns den Revolver vor die Nase hielt, folgten wir.

»So, Sharon-Schätzchen. Hat deine Schwester also beschlossen, uns einen Besuch abzustatten, was?« sagte er und ließ den Blick über meinen Körper gleiten. »Dein Modebewußtsein fehlt ihr zwar, aber zu verachten ist sie auch nicht.«

Ray ballte die Faust, und das Testosteron wallte durch seine Adern. »Dann sehen Sie sie sich lieber genau an, Freundchen, denn da, wo Sie hinwandern, gibt's keine Frauen.«

»Ja? Und wo wäre das, Mr. ...«

»Scalley. Ray Scalley. Sie wandern in den Knast, Shiller.« Er sah auf die Uhr. »Die Polizei muß jede Minute in Lyford eintreffen.«

»Zu schade, daß wir sie verpassen werden«, sagte Barry, den das nicht gerade ernsthaft zu bekümmern schien. »Wir sind auf dem Weg zu den Abacos. Dieses süße Schiffchen schafft vierzig Knoten, also werden wir in Null Komma nichts da sein.«

»Sie finden uns, ganz egal wo«, sagte ich, als wäre ich überzeugt davon. »Sie wissen, was Sie getan haben. Jeder weiß, was Sie getan haben, Sie widerlicher ...«

»He, bringen Sie Ihren Busen nicht in Wallung, Deborah«, sagte Barry – wirklich, der Mann hatte Klasse. »Über die unangenehmen Seiten können wir später reden. Jetzt möchte ich erst einmal mit meiner Jacht angeben.« Er tätschelte das Steuerrad. »Ich habe sie vor zwei Jahren gekauft. Hab' sie in Lauderdale nach Maß anfertigen lassen. Natürlich ist sie mit allen Schikanen ausgestattet. Sie hat sogar einen Hubschrauberlandeplatz.«

»Als ob irgend etwas davon dein rechtmäßiges Eigentum wäre«, wandte Sharon ein. »Du hast doch alles mit geklautem Geld bezahlt.«

»Stimmt nicht«, protestierte er. »Ich habe jeden Penny selbst verdient.«

»Sicher, nur haben Sie vergessen, Steuern auf diese Pennys zu zahlen«, erklärte ich.

»Ach, werdet mal erwachsen, alle miteinander«, sagte Barry. »Eine ganze Menge Leute legt ihr Geld auf Konten außer Landes an.«

»Tatsächlich? Und bringen die auch ihre Geschäftspartner um?« wollte ich wissen.

»Ich habe doch gesagt, daß ich darüber nicht sprechen will.« Er dachte einen Moment lang nach. »Wenn schon niemand von meiner Jacht beeindruckt ist, dann reden wir eben über die Bahamas. Habt ihr schon mal solches Wasser gesehen? Es ist das hübscheste blaue Wasser, das es gibt, so klar und sauber, daß man hinunterschauen und die Haie herumschwimmen sehen kann. Ist doch einsame Spitze, was?«

»Sie sind krank«, sagte Ray. »Sie haben zwei Morde begangen, und jetzt tun Sie so, als wären Sie völlig sorgenfrei.«

»Offenbar verdrängt er alles«, flüsterte mir Sharon zu. »Gott sei Dank hatte ich nie Sex mit ihm.«

»Da kannst du wirklich von Glück sagen«, flüsterte ich zurück.

»Wer möchte einen Drink?« fragte Barry und spielte weiterhin den Gastgeber.

»Ich möchte ein Perrier«, erklärte Sharon.

»Die Bar ist da drüben. Bedien dich«, sagte er.

Sharon schenkte sich ein wenig Sprudelwasser ein und kehrte zu ihrem Stuhl zurück.

»Erzählen Sie uns doch, warum Sie Hirshon und seine Assistentin umgebracht haben«, versuchte Ray es noch einmal. »Sie haben sowieso vor, uns alle zu erschießen. Also könnten Sie uns doch bis dahin unterhalten.«

»Sie geben wohl keine Ruhe, was?« Barry seufzte. »Wie weit soll ich denn mit meiner Geschichte zurückgehen?«

»Bis zu dem Tag, als Sie und Jeffrey beschlossen haben, Vitamine zu verkaufen«, sagte ich. »Die schmierigen Einzelheiten, die vorausgingen, interessieren uns nicht.«

Er lachte. »Schmierig vielleicht in Ihren Augen, aber Ihre Schwester hatte nichts gegen das Leben, das ich geführt habe. Oder, Sharon-Schätzchen?«

»Halt die Klappe«, sagte sie.

»Nein, du hältst die Klappe.« Er nahm einen Schluck von seinem Drink und rülpste. Nett. »Hirshon und ich sind zusammen aufs College gegangen, wie Deborah ohne große Schwierigkeiten herausgefunden hat. Wir kannten uns, waren aber nicht eng befreundet, und so hatten wir nach dem Abschluß keinen Kontakt mehr zueinander. Vor etwa zehn Jahren sind wir uns auf den Abacos begegnet, wohin wir auch jetzt unterwegs sind. Ich bin von Nassau aus immer wieder hingefahren, und er ist an langen Wochenenden mit seinem Boot herübergekommen.«

»Also haben Sie diesen Plan ausgeheckt, während Sie ein paar Goombay Smashes gekippt haben«, sagte ich und dachte an meine frühere Theorie zurück.

»Es waren Yellow Birds, aber Sie sind nahe dran«, gab Barry zu. »Hirshon erzählte mir, daß er Kardiologe in Stuart sei. Ich erzählte ihm, daß ich Anwalt in Boca sei. Er erwähnte, daß einige Ärzte aus Stuart Vitamine aus eigener Herstellung an ihre Patienten verkauften. Ich schlug vor, daß er das auch tun sollte. Er meinte, er hätte nicht genug Geld, um Vitamine herzustellen. Ich sagte, warum gehen wir das Geschäft nicht als Partner an und machen Fifty-fifty. Ich war bereit, das Geld aufzubringen, die Herstellung zu überwachen und den Laden über meine Firma laufen zu lassen, wenn er als Aushängeschild fungieren, das Produkt in seiner Praxis anpreisen und den Verkauf der Kapseln an seine Patienten übernehmen würde. Er war begeistert von der Idee.«

»Bestimmt war er besonders begeistert davon, daß die Gewinne direkt auf ein Bankkonto auf den Bahamas gehen würden, wo das Finanzamt keinen Zugriff darauf hat«, sagte Ray.

»Mhm. Das war die Hauptsache«, bestätigte Barry. »Er hatte wirklich keine Lust, sich mit dem Produkt herumzuplagen, wenn er dabei nicht abräumen konnte.«

»*Du* mußt dich ja mit Abräumen auskennen«, fauchte Sharon.

»Wie ist Joan Sheldon in das Ganze hineingerutscht?« fragte ich.

Barry zuckte die Achseln. »Sie war eine Nervensäge und ist Hirshon ständig in den Hintern gekrochen. Aber er mochte sie, sagte, wir könnten ihr vertrauen, und bot ihr eine Beteiligung an seinem Gewinn an. Ich hatte nichts dagegen, solange sie die Klappe hielt.«

»Und was ist schiefgelaufen?« wollte Ray wissen.

»Nichts. Jahrelang zumindest«, antwortete Barry. »Und dann kam Hirshon auf einmal auf mich zu und versuchte, mich dazu zu drängen, die Vereinbarung zu ändern. Der Typ hatte Mumm, das muß man ihm lassen.«

»Inwiefern wollte er die Abmachung ändern?« fragte ich.

»Er fand, wir sollten uns auf sechzig zu vierzig einigen, da *sein* Name auf den Vitaminen stand und die Leute sie nur *seinetwegen* kaufen würden. Geldgieriger Mistkerl. Er sagte, wenn ich nicht einwilligte, würde er der Arzneimittelbehörde sagen, daß die Vitamine Schrott seien, daß ich hinter dem Schwindel steckte und er nur zufällig davon erfahren hätte. Das konnte ich nicht zulassen, deshalb habe ich ihn umgebracht. Und als Joan anfing, mich in die Enge zu treiben, habe ich sie ebenfalls kaltgemacht.«

»Moment mal«, sagte Ray. »Noch mal ein Stück zurück. Hirshon wollte der Arzneimittelbehörde sagen, er hätte *was* zufällig herausgefunden?«

»Ja. Was soll denn das heißen, daß die Vitamine Schrott sind?« fragte Sharon. Wie meine Mutter hatte sie rauhe Mengen davon eingenommen.

»Genau wie ich gesagt habe. Die Vitamine waren Schrott. Vitamin E ist eine fettlösliche Substanz, und normalerweise wird es in transparenten Softgels verkauft. Aber wir haben unseres als Pulver in Kapseln verkauft. Ich wette, ihr kommt nicht drauf, warum.«

»Joan hat behauptet, daß einige von Jeffreys älteren Patienten kein Öl vertrügen, und er nur deren Wohlergehen im Sinn hatte«, sagte ich.

»Joan konnte gut lügen. Wir haben unsere Vitamine in Pulverform verkauft, damit wir die Kapseln mit Sand füllen konnten.«

»*Sand?*« fragten wir alle drei wie aus einem Munde.

»Sand. Vitamine sind teuer, Kinder. Wenn man Sand in die Kapseln füllt, kann man irrwitzige Preise dafür verlangen, einen Riesenprofit machen und sich eine Jacht oder ein Haus in Lyford oder was auch immer kaufen.«

»Willst du damit sagen, daß meine Mutter und ich *Sand* geschluckt haben?« fragte Sharon, während ihr Gesicht eine seltsame Färbung annahm.

»Es ist harmlos«, erklärte Barry. »Kommt in der Schüssel mit allem anderen wieder heraus, was man ißt.«

»Du mieses Schwein«, fauchte Sharon wütend und kippte ihm den Inhalt ihres Glases ins Gesicht.

Das Perrier landete in seinen Augen, und er war dermaßen überrascht, daß ihm der Revolver aus der Hand rutschte und zu Boden fiel.

Ray angelte danach, während Barry sich immer noch die Augen wischte.

»Hoppla. Sieht ganz danach aus, als hätten Sie etwas verloren«, sagte Ray und hielt Barry den Revolver an die Schläfe. »So, vielleicht wenden Sie jetzt diesen Kutter und bringen uns nach Lyford zurück?«

Barry lachte spöttisch. »Ich glaube nicht, Freundchen. Das ist *mein* Kutter, und ich fahre damit zu den Abacos.«

Ray drückte ihm den Revolver fester gegen den Kopf. »Aber nicht, wenn ich Sie vorher erschieße.«

»Nur zu«, höhnte Barry. »Dann sitzt ihr drei aber hoffnungslos in der Scheiße. Du kennst die Gewässer um die Bahamas doch gar nicht, oder, Junge?«

»Was gibt's da schon zu kennen?« sagte Ray. »In Ihrer Jacht steckt mehr Elektronik als in einer Filiale von Radio Shack. Ich wette, daß ich rauskriege, wie ich uns zum Hafen zurückschippern kann.«

Barry wich vom Steuerrad zurück. »Hier. Versuchen Sie's mal.«

»Hinsetzen«, befahl Ray und umfaßte die Waffe fester.

»Geht nicht. Muß erst die Beine ausstrecken.«

Bevor ihn Ray daran hindern konnte, schoß Barry in die Höhe und griff nach dem Revolver. Sie rangen darum, während Sharon und ich hilflos danebenstanden.

Und dann fiel ein Schuß.

Ich hielt den Atem an und wartete darauf, daß einer von ihnen aufstand, wartete, *wer* von beiden auf die Beine kommen würde. Als es Barry war, der sich mit der Waffe in der Hand aufrichtete, rannte ich zu Ray hinüber.

»Mein Gott! Dein Bein!« kreischte ich. »Er hat dich ins Bein getroffen!«

»Das wird schon wieder«, sagte er mit schmerzverzerrtem Gesicht. »Ich bin nur vorübergehend außer Gefecht.«

Auch Sharon kniete sich neben Ray. »Ich habe zwar Advil dabei, aber das liegt in Barrys Haus, genau wie das Xanax«, erklärte sie entschuldigend.

»Frauen«, sagte Barry nachdenklich. »Nutzlose Wesen, was?«

»Sie sind ein durch und durch schlechter Mensch«, fauchte ich und zitterte vor Zorn. Ich wollte mich schon auf ihn stürzen und mit den Fäusten auf ihn einschlagen, Waffe hin oder her, als ich von einem grellen Licht geblendet wurde, das vom Wasser her kam.

»Verflucht, was ist das?« rief Barry und hielt sich eine Hand vor die Augen.

»Die Polizei«, sagte Ray, müde, aber hocherfreut, nachdem er das offiziell aussehende Boot entdeckt hatte, das auf uns zugetuckert kam.

»Es muß schon zehn sein!« rief ich. »Reggie muß sie geschickt haben – Gott segne ihn!«

»Was bedeutet, daß Deborah, Sharon und ich in Sicherheit sind«, sagte Ray und funkelte Barry an. »«Und *Sie* sind erledigt, Freundchen.«

»Irrtum.« Barry stieß Sharon die Waffe in den Rücken und sagte: »Sie sind doch nach Nassau gekommen, um Ihre teure Schwester zu retten, stimmt's, Deborah?«

»Allerdings«, antwortete ich trotzig.

»Dann tun Sie, was ich Ihnen sage, oder sie kriegt eine Kugel durch ihre Bügelbrett-Brust.«

Sharon zuckte zusammen, entweder aufgrund seiner Bemerkung über eine Besonderheit ihrer Anatomie, auf die sie ausgesprochen empfindlich reagierte, oder weil er sie mit dem Revolver bedrohte. Das wirklich Schreckliche daran war, daß die Szene, die ich mir in meiner Phantasie ausgemalt hatte, nun Realität geworden war – nämlich, daß Barry infolge der Ankunft der Polizei alles riskierte, da er nichts mehr zu verlieren hatte, und beabsichtigte, Sharon mit in den Abgrund zu ziehen.

»Ich will, daß beide Frauen mit mir aufs Oberdeck kommen. Sofort!« befahl er. »Scalley bleibt hier. Wo er verblutet, wenn ich Glück habe.«

»Ich lasse ihn nicht allein«, sagte ich und umklammerte Rays Hand.

»O doch.« Barry rammte den Revolver in eine von Sharons Nieren.

»Geh mit«, drängte Ray, dessen Stimme matter klang.

»Ich will aber nicht«, sagte ich, während mir die Tränen in den Augen brannten. »Du hast dein Leben für mich aufs Spiel gesetzt. Ich kann auf keinen Fall …«

»Geh mit, Deborah«, stieß er heiser hervor. »Bitte.«

Da das Polizeiboot immer näher kam, war Barry außer sich und unberechenbar. Er zerrte mich weg von Ray und auf die Beine und drohte, Sharon auf der Stelle zu erschießen, wenn ich seine Anweisungen nicht befolgte.

Ich war wie gelähmt von dem Dilemma – sollte ich mit meiner Schwester gehen oder bei Ray bleiben? – und war daher keinem von beiden eine große Hilfe. Da er meine Beklommenheit spürte, nickte Ray mir zu und versicherte mir so erneut, daß er es schaffen würde, daß wir es alle drei schaffen würden. »Geh«, flüsterte er.

»Ich bin nicht mehr sauer auf dich«, sagte ich. »Wegen Holly.«

»Geh, Deborah.«

»Ich geh' ja schon, ich geh' ja schon«, antwortete ich widerwillig.

Ich sah mich ein letztes Mal nach Ray um, während Barry Sharon und mich aus der Tür der Sky Lounge hinausschubste und auf ein prachtvolles Sonnendeck mit Sitzgruppe am Heck der Jacht bugsierte.

»Und was jetzt, Sie Drecksack?« fauchte ich Barry an, da meine Wut stärker war als die Angst.

»Wir stellen uns direkt da drüben hin, wo die Bullen uns gut im Blick haben.« Er schob uns an das glänzende Messinggeländer der Jacht, hoch über der wogenden See. Ich nahm an, daß Sharons Angst vor Leitern im Vergleich mit dem, was sie momentan durchmachte, ein Klacks war. »Sie da, Sie stellen sich auf diese Seite von mir«, brüllte er und winkte mich zu seiner Linken. »Und du stellst dich an meine rechte Seite. Meine bessere Seite.« Er lachte dämonisch, während er Sharon an sich zog und die Pistole vor ihren Körper hielt, den Lauf auf ihr Herz gerichtet.

»Polizei!« ertönte eine Stimme aus einem Lautsprecher. »Der Besitzer dieses Bootes ist festgenommen!«

»Wenn Sie mich festnehmen, stirbt eine dieser Mistbienen, und ihre Schwester darf dabei zusehen«, brüllte Barry zurück.

»Legen Sie die Waffe weg!« warnte ihn der Polizist. »Ich wiederhole: Legen Sie die Waffe weg!«

»Lecken Sie mich am Arsch!« war Barrys markige Erwiderung.

»Noch einmal: Sie sind festgenommen!« rief der Polizist.

»Noch einmal: Lecken Sie mich am Arsch!« gab Barry zurück. »Ich halte diese Frauen als Geiseln, verstehen Sie mich? Wenn ich nicht einen Hubschrauber, einen Piloten und zwei Kisten Scotch bekomme, sind sie beide tot!«

»Sie sind festgenommen, Mr. Shiller!« war die Antwort des Beamten.

Mein Gott, das kann ja noch Stunden so weitergehen, dachte ich bei mir. Ein lächerliches Tauziehen. Ich mußte etwas tun. Sharon und ich mußten etwas tun. Wir mußten handeln, unser Leben selbst in die Hand nehmen. Nach jahrelanger Entfremdung saßen wir endlich im selben Boot – und zwar im wahrsten Sinne des Wortes. Wenn wir in einer solchen Situation nicht als Team zusammenarbeiten konnten, würden wir es nie können. Die Frage war nur: Was konnten wir als Team *tun*? Wir waren nie als Team aufgetreten. Wir waren Feindinnen gewesen. Das war das einzige, was wir *beherrschten*.

Ich fühlte mich absolut ohnmächtig, bis mich das Wort plötzlich auf eine Idee brachte.

Feindinnen! dachte ich. Bingo!

Rasch begann ich einen Handlungsstrang zu entwerfen, ein Drehbuch, einen Dreh*plan* – eine Szene, für die Sharon und ich keine Probe brauchen würden.

Ja, beschloß ich. Natürlich. Ich würde sie zu einem heftigen Streit provozieren, zum Krach des Jahrhunderts, dem Zank, nach dem sich alle weiteren Zänkereien erübrigten. Die Auseinandersetzung würde immer gewalttätiger werden. Na ja, nicht übertrieben gewalttätig, nur eine kleine Ohrfeige und ein bißchen Haareziehen, etwas in der Richtung. Und dann würde Barry ganz zufällig in unsere Schußlinie geraten und einen Schlag abbekommen, von dem er in hohem Bogen über die Reling flog.

Einen Versuch war es doch wert, oder nicht?

»Sharon«, begann ich, während Barry mit den Cops schacherte. »Dieses ganze Schlamassel ist deine Schuld. Wenn du in puncto Männer nicht so bescheuert wärst, so versessen darauf, wieder einen Ehemann zu ergattern, wäre Ray nicht angeschossen worden.«

»›Bescheuert‹ hast du mich genannt?«

»Bescheuert. Hirnlos. Schwachsinnig. Such's dir aus.«

Ich wartete. Sie sagte nichts. Hätten wir telefoniert, hätte sie schon den Hörer aufgeknallt.

»Ich gebe zu, daß ich zu stark aufs Heiraten fixiert war«, gestand sie, »aber ich schwöre, daß ich mich ändern werde, wenn wir diesen Alptraum überstehen. Ich bin dir und deinem Freund Ray ja so dankbar, und ich schäme mich unsäglich dafür, daß ich euch beide in Gefahr gebracht habe. Ich kann dir gar nicht sagen, wie leid mir das tut, Deborah.«

Hä? Wer wollte denn hören, wie *leid* ihr irgendwas tat? Ich wollte, daß sie einen Tobsuchtsanfall bekäme, sich zu der giftigen Sharon aufplusterte, die ich seit jeher kannte und haßte!

Okay, sagte ich mir. Nur die Ruhe. Laß dir etwas anderes einfallen, was sie auf die Palme bringt.

»Aber Männer sind ja gar nicht dein einziges Problem«, fuhr ich fort. »Deine unangenehmste Eigenschaft ist deine kleinliche Mißgunst in bezug auf mich und meine Errungenschaften. Als ich beim Nachmittagsfernsehen gearbeitet habe, hast du nichts als verächtliche Bemerkungen über *Von heute an* gemacht, obwohl ich stolz darauf war, obwohl ich mich hundertprozentig damit identifiziert habe, obwohl die Serie das Leben von Millionen von Zuschauern bereichert, im Gegensatz zu deiner Firma, die niemanden bereichert außer dich selbst.«

»Du kritisierst mein Hochzeitsunternehmen?«

»Ja, falls man es überhaupt ein Unternehmen nennen kann.« Ich war grausam, aber ich mußte sie irgendwie in Rage bringen. Das Dumme war nur, daß sie nicht hochging.

»Es tut mir leid, daß ich deinen Beruf nicht anerkannt habe, Deborah«, antwortete sie. »Als deine ältere Schwester hätte ich das tun sollen.«

»Es tut dir leid? Was sollen diese ganzen Entschuldigungen?« Offenbar war ich noch nicht grausam genug. »Und dann wäre da noch der arme Norman«, sagte ich. »Sieh dir doch nur an, wie du ihm das Leben vergällt hast.«

»Der *arme Norman*?« Ihre Nüstern wurden weit. Es steckte doch noch Feuer in dem alten Mädchen.

»Ja, Sharon. Du warst nicht gerade eine vorbildliche Mutter.«

»Was?« Sie sah erschüttert drein. »Erzähl du mir bloß nichts übers Muttersein.«

»Was hast du denn? Ist die Wahrheit zu schmerzhaft?« giftete ich, um sie weiter zu provozieren. »Du weißt verdammt gut, daß deine zum Scheitern verurteilten Beziehungen sich katastrophal auf sein emotionales Wohlergehen ausgewirkt haben.«

»Wie kannst *du* es wagen, *mir* vorzuschreiben, wie ich meinen Sohn zu erziehen habe?« gab sie entrüstet zurück. »Du bist eine einsame alte Jungfer und könntest bestenfalls dann ein Kind bekommen, wenn du zur Samenbank marschieren und dich mit der Spritztüte befruchten lassen würdest.«

»Meinst du?« sagte ich. »Tja, mir wäre eine Spritztüte allemal lieber als jeder dieser Windbeutel, mit denen *du* verheiratet warst.«

Das reichte. Sie schlug Barrys Arm zur Seite und verpaßte mir eine Ohrfeige.

Wie auf ein Stichwort holte *ich* aus und schlug *sie* ins Gesicht.

Dann ohrfeigte sie mich.

Dann ohrfeigte ich sie.

Dann ohrfeigte sie mich.

Dann ohrfeigte ich sie.

Und dann ließen wir uns ein bißchen mehr einfallen.

Sie zog mich an den Haaren. »Du eifersüchtige, erbärmliche –«

Ich trat sie gegen das Schienbein. »Du zwanghafte, jämmerliche ...«

Unterdessen hatte Barry angefangen, wild mit der Pistole herumzuwedeln, uns ordinäre Schimpfwörter an den Kopf zu werfen und hin- und herzuhüpfen, um nicht von uns getroffen zu werden.

Er schaffte es nicht.

»Also du –« Sharon richtete sich auf, um mir einen Kinnhaken zu verpassen, aber sie zielte zu hoch, und da ich mich bückte, landete der Hieb direkt und mit voller Wucht auf Barrys Adamsapfel (Sharon war klein, Sie wissen ja) und beförderte ihn in hohem Bogen über die Reling.

»Oh, mein Gott!« kreischte sie, während wir uns über die Seite der Jacht lehnten und gerade noch zu sehen bekamen, wie Barrys Körper aufs Wasser aufschlug. »Ich habe ihn umgebracht!«

»Nein, hast du nicht«, widersprach ich. »Er paddelt noch ein paar Minuten herum, und dann fischt die Polizei ihn heraus.«

»Also habe ich kein Verbrechen begangen oder so etwas?«

»Nein. Du hast uns verteidigt, Sharon. Das gibt dir doch sicher ein Gefühl von Macht.« Ich wollte ihr das Verdienst zugestehen. *Ich* wußte schließlich, wer wen gerettet hatte.

Sie bauschte sich mit ein paar Handbewegungen das Haar auf. »Ja, ich fühle mich wirklich mächtig, jetzt, wo du es erwähnst. Ich hatte das *Gefühl*, ihn umgebracht zu haben, obwohl das gar nicht der Fall war. Natürlich hat er den Tod verdient. Ich wäre jedenfalls garantiert nicht am Boden zerstört, wenn er umkäme.«

»Ich auch nicht. Übrigens, ich wollte dich vorhin nicht beleidigen. Ich hoffe, du bist mir nicht böse.«

»Mich *beleidigen*? Und was war mit den Ohrfeigen, den Hieben und dem Haareziehen?«

»Ich wollte dir nicht weh tun, ehrlich. Ich habe nur so getan – ich wollte dich auf die Palme bringen, damit du

Barry ...« Ich hielt inne und fühlte mich ganz erschöpft, wenn ich daran dachte, was für eine lange Erklärung notwendig war. »Auf jeden Fall sollst du wissen, daß ich dich für eine phantastische Geschäftsfrau und eine wunderbare Mutter halte.«

»Ehrlich?«

»Ganz ehrlich.«

»Das freut mich, Deborah. Aber was hast du damit gemeint, als du mich bescheuert genannt hast? War das auch nur gespielt?«

»Also, darüber sollten wir ein andermal sprechen«, schlug ich vor. »Jetzt können wir uns erst einmal dazu gratulieren, daß wir diesen Alptraum überstanden haben. Winken wir doch Barry zum Abschied zu und gehen Ray erzählen, was passiert ist.«

Sharon und ich spähten über die Reling. Barry planschte wild herum, und seine Arme und Beine flogen in alle Richtungen.

»Mann, mit dem Wasser hier hat er wirklich recht gehabt. Es ist einfach herrlich«, sagte sie.

»Glasklar«, fügte ich hinzu. »Ich kann die Haie herumschwimmen sehen, genau wie er gesagt hat. Ja, sie kreisen sogar direkt um *ihn*.«

»Dann ist es also aus mit Barry«, erwiderte sie.

»Es ist aus mit Barry«, bestätigte ich. »Reich mal die Remoulade rüber.«

30

Ray wurde mit dem Hubschrauber ins Princess Margaret Hospital im Zentrum von Nassau geflogen. Die Kugel aus Barrys Revolver hatte seinen Oberschenkel nur gestreift, und die Wunde mußte zwar genäht werden, aber Gott sei Dank war keine Operation erforderlich. Allerdings riet man ihm, über Nacht im Krankenhaus zu bleiben, wo man ihm per Infusion Antibiotika und Schmerzmittel verabreichte.

»Mir ist inzwischen endlich klargeworden, daß Sie Deborahs Tischler sind«, sagte Sharon, als wir beide an Rays Bett saßen und ihn abwechselnd bemutterten.

»Genau, ich bin Deborahs Tischler«, sagte er und sah mich mit zärtlichem, liebevollem Blick an. Mit schläfrigem Demerol-Blick.

»Meine Schwester ist ein echter Glückspilz«, erklärte Sharon. »Sie hat tatsächlich einen Mann gefunden, der kein Schwein ist.«

Ray lächelte. »Nein, *ich* bin der Glückspilz«, sagte er und dann fiel er in den Tiefschlaf und tat den Rest der Nacht keinen Mucks mehr.

Nicht daß sein schwerer Schlaf mich davon abgehalten hätte, mit ihm zu reden und ihm mein Herz auszuschütten. Kurz nachdem er eingeschlafen und Sharon auf Zehenspitzen aus dem Zimmer geschlichen war, damit wir unter uns sein konnten, erklärte ich ihm, wieviel er mir bedeutete. Es war leicht, »ich liebe dich« zu sagen, da ich wußte, daß er mich nicht hören und sich nicht über mich lustig machen konnte, wußte, daß er nichts sagen oder tun konnte, was mich dazu veranlassen würde, meine Gefühle für ihn in Frage zu stellen. Wir hatten im Verlauf unserer kurzen Freundschaft eine Menge zusammen durchgemacht, und während ich mir schon ausmalte, wie ich in sein Haus an der Seminole Street zog und ein Leben häuslicher Glückseligkeit mit ihm aufbaute, war mir deutlich bewußt, daß ich mich an das halten sollte, was ich Sharon gepredigt hatte: Es mochte zwar romantisch, aufregend und dramatisch sein, sich in eine neue Beziehung zu stürzen, aber es war nicht immer klug.

Irgendwann, während ich an Rays Bett saß und über meine Zukunft nachdachte, schlief ich ein. Sharon weckte mich, indem sie mich sachte an der Schulter rüttelte, und schlug vor, zurück zu Reggie's zu gehen. (Mittlerweile hatte sie alles über Reggie, Sabrina und Serena sowie die Rolle, die die drei bei ihrer Rettung gespielt hatten, erfahren und konnte es kaum erwarten, sie kennenzulernen.)

»Ray möchte auch, daß du dich ein bißchen ausruhst«, sagte sie, während sie versuchte, mich zum Verlassen des Zimmers zu bewegen.

»Woher willst du das wissen?« fragte ich. »Er ist bewußtlos.«

»Ich weiß es daher, wie er dich ansieht, wenn er *nicht* bewußtlos ist«, erwiderte sie. »Den hat's schlimm erwischt, Deborah.«

»Glaubst du?«

Sie nickte. »Ich bin dreimal verheiratet und ein Dutzend mal fast verheiratet gewesen. Keiner von denen hat mich je so angesehen wie Ray dich. Beantwortet das deine Frage?«

Ich erhob mich von meinem Stuhl und umarmte sie. »Danke für das Vertrauensvotum. Ich bin auch ganz verrückt nach Ray, aber ich will nichts überstürzen.«

»Ich auch nicht«, sagte sie. »Nie wieder.«

Ich schmunzelte. »Kann ich das schriftlich haben?«

Bevor wir das Krankenhaus verließen, unterrichtete uns der Polizist, der uns befragt hatte, nachdem er an Bord der Jacht gekommen war, von Barrys Zustand. (Er lag ebenfalls im Krankenhaus, wo er sich von ein paar Haibissen und Herzrhythmusstörungen erholte.) Außerdem schilderte uns der Beamte Barrys Festnahme.

Es stellte sich heraus, daß Reggie zwar tatsächlich die Polizei gerufen hatte, als Ray und ich um zehn Uhr nicht am Eingang des Jachtclubs erschienen waren, aber auch Detective Gillby hatte seine Kollegen verständigt und sie gebeten, einen sogenannten provisorischen Haftbefehl auszustellen.

»Die USA haben ein Auslieferungsabkommen mit den Bahamas«, erklärte er förmlich, aber nicht unfreundlich. »Das heißt, daß ihre Beamten uns verständigen, wenn gegen jemanden, der sich in unserem Land aufhält, in den Vereinigten Staaten ein Haftbefehl ansteht, und wir den Betreffenden dann hier festnehmen. Vier oder sechs Wochen später, wenn die Papiere über die Botschaft und die Internationale Auslieferungsbehörde, beide in Washington D.C., eingereicht worden sind, fliegt ein US-Marshal herüber, um den Gefangenen abzuholen und in die USA zu bringen, in diesem Fall nach Miami. Dann wird er in den entsprechenden Bezirk gebracht, wo er auf seine Verhandlung warten muß.«

»Also kann sich Barry eine Zeitlang im Gefängnis die Wunden lecken«, meinte Sharon. »Das wird ihm Freude machen!«

»Hat Detective Gillby gesagt, was den Ausschlag dafür gegeben hat, einen Haftbefehl gegen Mr. Shiller auszustellen?« fragte ich, immer noch verblüfft vom Zeitpunkt, an dem Gillby beschlossen hatte, Barrys Festnahme in die Wege zu leiten.

»Soweit ich gehört habe, wird Mr. Shiller wegen Mordes an zwei Bürgern Floridas gesucht, einen Arzt und einer Arzthelferin, und ein Brief, den man bei der Bank der Arzthelferin gefunden hat – in einem Schließfach –, hat ihn in beiden Mordfällen belastet.«

»Ein Brief«, wiederholte ich.

»Es muß einer dieser Briefe mit ›Falls mir irgend etwas zustößt, ist Sowieso dafür verantwortlich ... Blablabla‹ sein«, sagte Sharon.

»So war's wohl«, stimmte ich zu.

»Und jetzt würde ich Sie gerne zu Ihrer Unterkunft bringen«, erklärte der Polizist. »Falls ich sonst noch irgend etwas für Sie tun kann –«

»O ja«, fiel ihm Sharon ins Wort. »Mein ganzes Gepäck steht in Mr. Shillers Haus in Lyford Cay.«

»Ich werde veranlassen, daß es Ihnen bis morgen um die Mittagszeit gebracht wird«, versicherte er charmant.

»Um die Mittagszeit?« fragte Sharon ungläubig. »Ich habe drei Louis-Vuitton-Koffer dort stehen. Ich brauche meine Kleider, ganz zu schweigen von meinem Schmuck, meinen Medikamenten und – am allerwichtigsten – meinem Make-up. Ich kann nicht ungeschminkt an die Öffentlichkeit gehen.«

»Du kannst ja einen Schleier tragen«, empfahl ich und bat den Polizisten, uns wegzubringen.

Reggie, Sabrina und Sandra waren noch auf und warteten auf uns, als wir kurz vor Mitternacht in Reggie's Bahamian Inn eintrafen. Sharon reichte allen dreien die Hand, als wäre sie die Königin und die drei ihre treuen Untertanen, und dankte ihnen für ihren Beitrag zu der Rettungsaktion.

»Es war die Idee Ihrer Schwester, gnädige Frau«, sagte Sabrina. »Wir haben nur geholfen.«

»Meine Schwester ist sehr kreativ«, erklärte Sharon. »Sie hat früher für eine Fernsehserie geschrieben.«

Ich lächelte ihr zu und freute mich über den Stolz in ihrer Stimme, als sie von mir sprach, und darüber, daß keinerlei Gehässigkeit mitschwang. Vielleicht hat doch jedes Übel auch sein Gutes, dachte ich.

»Sie sind sicher beide hungrig und müde«, sagte Reggie.

»Völlig ausgehungert«, bestätigte Sharon.

»Ich komme um vor Hunger«, sagte ich und dachte sehnsüchtig an die zwei Garnelen, die ich mir am Meeresfrüchte-Buffet gegönnt hatte.

»Wir holen Ihnen ein Abendessen aus dem Restaurant nebenan«, erbot sich Sabrina. »Sie haben zwar schon zu, aber wir kennen die Besitzer. Bestimmt zaubern sie etwas für Sie.«

»Das wäre himmlisch, Sabrina«, sagte Sharon. »Vielleicht könnten Sie das Essen auf unsere Zimmer bringen. Wenn ich mich nicht bald hinlege, falle ich um.«

»Von welchen *Zimmern* redest du eigentlich, Sharon?« fragte ich. »Sie hatten nur ein Zimmer frei, als Ray und ich uns hier eingemietet haben, und das wollten wir uns teilen. Ich schätze, jetzt werden wir beide uns das Zimmer teilen.«

»Ein einziges Zimmer?« fragte sie und sah betreten drein.

»Und ein einziges Bett«, ergänzte ich und schob sie die Treppe hinauf.

»Das ist alles?« fragte sie, als ich die Tür aufmachte.

»Mhm. Es gibt ein großes Doppelbett, siehst du? Jede Menge Platz für uns beide.«

»Ja, aber wo ist das Badezimmer? Und wo kommt dieser Currygeruch her?« Sie rümpfte die Nase.

»Das Badezimmer ist auf dem Flur. Und der Curry kommt aus dem Restaurant nebenan. Wir sind hier nicht in Lyford, Sharon, aber wir werden uns damit abfinden müssen.«

Sie nickte. »Du hast ja recht. Ich führe mich auf wie eine Prinzessin. Ich sollte eigentlich dankbar sein, daß ich überhaupt noch atme, obwohl ich nicht begeistert davon bin, in einem teuren Versace-Kleid schlafen zu müssen.«

»Ich leihe dir ein T-Shirt.«

Nachdem wir uns umgezogen hatten, klopfte es an der Tür. Serena stand mit einem Tablett davor, auf das sie Servietten, Besteck, eine Flasche Wasser und zwei Gläser sowie zwei mit Aluminiumfolie abgedeckte Teller gestellt hatte.

»Ach, Serena. Es ist ja so aufmerksam von Ihnen, daß Sie uns das alles bringen«, sagte ich. »Ich weiß gar nicht, wie ich Ihnen für alles danken soll, was Sie und Ihre Familie für uns getan haben.«

»Es gäbe schon eine Möglichkeit, gnädige Frau«, meinte sie. »Sie könnten uns bei Ihrer Abreise großzügige Trinkgelder geben.«

Ich versprach es ihr und schloß die Tür. Sharon und ich setzten uns ans Fußende des Betts und verdrückten unser Curryhuhn mit Reis und Erbsen in genau fünf Minuten.

»Das war gar nicht schlecht«, sagte sie. »Oder bin ich schon so müde, daß ich es überhaupt nicht mehr beurteilen kann?«

»Es war wirklich nicht schlecht. *Und* du bist so müde, daß du es nicht mehr beurteilen kannst«, sagte ich lachend.

Nachdem wir das Badezimmer aufgesucht hatten (Sharon war nicht besonders erpicht darauf, die Gemeinschaftsseife dort zu berühren, geschweige denn, sie zu benutzen, und außerdem erklärte sie, daß sie ohne ihre ungewachste Zahnseide »restlos verloren« sei), legten wir uns ins Bett und machten das Licht aus.

Natürlich fing, kaum daß wir das Licht gelöscht hatten, das britische Paar zu quasseln und das deutsche Paar zu streiten an, und die Wände zwischen den Zimmern waren so dünn, daß an Schlaf nicht zu denken war. Infolgedessen lagen wir wach in der Dunkelheit, Rücken an Rücken unter der Decke und so weit voneinander weg, wie wir konnten, ohne aus dem Bett zu fallen.

»Deborah?« sagte Sharon.

»Ja?«

»Denkst du manchmal an Daddy?«

»Klar. Und du?«

»Andauernd. Er fehlt mir. Aber schließlich hat er mir auch gefehlt, als er noch gelebt hat.«

»Ich weiß. Er war ein prima Typ, aber ein bißchen distanziert.«

»Dir gegenüber war er weniger distanziert.«

»Aber nur, weil ich mir ein Bein rausgerissen habe, um ihn zum Lachen zu bringen. Wenn er gelacht hat, war er präsent, wenn du weißt, was ich meine.«

»Schon, aber über *meine* Witze hat er nie gelacht. Einmal habe ich ihn gefragt, warum, und er meinte, es läge daran, daß ich eine andere Persönlichkeit hätte als du. Er sagte, wir seien beide besondere Kinder, aber ich war überzeugt davon, daß er dich mehr geliebt hat.«

»Sharon.« Ich drehte mich im Bett um. Nun starrte ich auf ihren Hinterkopf. »Ich war genauso ausgehungert nach seiner Liebe wie du.«

»Ja?«

»Natürlich. Sogar Mom hat sich gewünscht, daß er mehr Zuneigung zeigt.«

»Woher weißt du das?«

»Sie hatte immer so einen Blick, als würde sie sich nach mehr sehnen, aber lieber sterben, als darum zu bitten. Vermutlich fühlt sie sich deshalb seit ihrem Herzinfarkt so befreit. Sie wäre ja fast gestorben. Jetzt hat sie offenbar beschlossen, sich lieber jemanden zu schnappen, der seine Zuneigung zeigt, bevor es zu spät ist.«

»Du meinst diesen Fred, mit dem sie sich trifft.«

»Er ist ein Schatz, Sharon. Kein jugendlicher Liebhaber, aber ein netter, anständiger, *zugänglicher* Mann.«

»Gut. Sie hat es verdient, glücklich zu sein.«

»Haben wir doch alle.«

»Stimmt. Seit dieser Geschichte mit Barry ist mir klar geworden, daß ich mich aufgrund meiner Beziehung zu Daddy zu einer bedürftigen, klammernden Frau entwickelt habe. Aber das ist jetzt vorbei, Deborah. Ich renne keinem Mann mehr hinterher. Ich werde mich auf meine Familie und meine Arbeit konzentrieren – und auf meine Kleidung und meine Frisur.«

Ich lachte.

Sie bedeutete mir zu schweigen.

»Was?«

»Horch mal.«

»Ich höre nichts.«

»Genau. Unsere Nachbarn machen endlich eine Pause.«

»Halleluja! Vielleicht können wir jetzt doch noch ein wenig schlafen.«

Ich rollte mich wieder in meine ursprüngliche Position an

den Rand der Matratze zurück und schloß die Augen. Aber Sharon war noch nicht fertig.

»Ich freue mich wirklich unheimlich für dich, Deborah. Wegen Ray, meine ich.«

»Danke. Ich weiß, daß du auch jemanden finden wirst, Sharon. Wenn die Zeit gekommen ist.«

»Was glaubst du, wann die Zeit kommt?«

Ich traute meinen Ohren nicht. »Bald, Sharon. Bald. Und jetzt laß uns schlafen, okay?«

Sie gähnte. »Gute Nacht, Deborah.«

»Gute Nacht.«

Ich streckte einen Arm übers Bett und berührte ihre knochige, schmale Hüfte. Ich ließ meine Hand dort liegen.

»Habdichlieb«, murmelte sie mit dem Gesicht im Kissen.

»Was war das?« fragte ich.

»Hab' dich lieb«, sagte sie, nur geringfügig verständlicher.

»Hab' dich auch lieb«, sagte ich und schlief ein.

31

Am Montag nachmittag um ein Uhr hatte Sharon ihr Gepäck wieder, Reggie, Sabrina und Serena hatten ihre Trinkgelder erhalten, und Ray war aus dem Krankenhaus entlassen worden. Man hatte ihn angewiesen, etwa eine Woche lang wenig herumzulaufen, bis die Fäden gezogen wurden, aber mit Hilfe eines Stocks und seiner beiden ungemein besorgten Reisebegleiterinnen schaffte er es, ohne größere Schwierigkeiten ins Flugzeug ein- und auch wieder auszusteigen.

Nachdem uns am Flughafen in Fort Lauderdale die Lincoln-Limousine abgeholt hatte, fuhren wir schnurstracks nach Boca, um Sharon bei sich zu Hause abzusetzen. Als der Wagen vor dem Tor hielt, bemerkte Ray, daß ihn Broken

Sound, ihre noble Golfersiedlung, an BallenIsles erinnerte, die noble Golfersiedlung, in der sein Bruder wohnte.

»Ich sollte Sie mal mit Doug zusammenbringen«, sagte er spontan. »Vermutlich kämen Sie prima miteinander aus.«

Bevor ich ihn zum Schweigen bringen konnte – hatte Sharon nicht geschworen, sich von Männern fernzuhalten, zumindest eine kleine Weile? –, lehnte sie sich schon auf dem Rücksitz des Wagens über mich, ergriff seine Hand und fragte ihn mit unverhohlener Gier: »Sie haben einen Bruder?«

»Klar, hat Ihnen Deborah das nicht erzählt?« fragte Ray, während wir uns Sharons Einfahrt hinaufschlängelten. »Er heißt Doug. Er ist der ›Douglas‹ von ›Douglas' Menswear‹. Wahrscheinlich haben Sie seine Läden schon gesehen.«

»Gesehen? Mein Exmann Lester hat immer dort eingekauft. Jedenfalls bevor er auf Damenkleidung umgeschwenkt ist.«

Ray sah mich an.

»Frag nicht«, sagte ich.

»Also *dieser* Douglas ist Ihr Bruder?« Sharon ließ nicht locker.

»Genau dieser«, bestätigte Ray. »Sie und er haben vieles gemeinsam, wenn ich's mir so recht überlege.«

Ich vergrub den Kopf in den Händen.

»Was denn zum Beispiel?« wollte Sharon wissen. Wir waren bereits an ihrem Haus angekommen, und der Fahrer war dabei, den Kofferraum auszuräumen und ihr Gepäck auf den Stufen abzustellen, aber sie machte keinerlei Anstalten auszusteigen. Jetzt doch nicht.

»Na ja, Sie leben beide in schicken Golfersiedlungen«, antwortete Ray. »Sie sind beide selbständige Unternehmer. Sie sind beide geschieden und haben einen Sohn unter zwanzig.«

»Douglas hat einen Sohn in Normans Alter?« sagte sie und bauschte sich mit den Händen die Haare.

Ray nickte stolz. »Phil ist im ersten Semester an der Duke. Gute Uni. Guter Junge.«

»Das ist aber schön«, sagte Sharon nachdenklich. »Sieht Ihr Bruder aus wie Sie, Ray?«

»Nein, er sieht aus wie ich«, warf ich ungeduldig ein. »Hör mal, Sharon, ich würde jetzt wirklich gern Ray nach Stuart zurückbringen. Er gehört ins Bett. Das verstehst du doch, oder?«

»Oh, vollkommen«, sagte sie und nahm ihre Handtasche und ihren Pullover. »Ich weiß, daß ich euch beiden bereits eine Million mal für alles gedankt habe, was ihr getan habt, aber ich sage es noch zum eine-Million-und-ersten Mal: aus ganzem Herzen vielen Dank.« Sie gab erst mir und dann Ray einen Kuß und stieg aus. »Tschüs!« rief sie durch unser offenes Fenster hinein und warf uns ein paar Kußhände zu.

»Tschü-üs!« rief ich. »Und viel Glück mit der Glasserstein-Hochzeit.«

Und dann sagte ich dem Fahrer, er solle machen, daß wir loskämen.

Als wir endlich an Rays Haus anlangten, hatte dieser den Kopf auf meiner Schulter liegen und schlief fest. Ich weckte ihn, und der Fahrer half mir, ihn ins Haus zu schaffen. Ich bat den Mann, zu warten, während ich Ray auszog und ins Bett verfrachtete.

»Bleibst du nicht hier?« fragte er mit so schweren Lidern, daß er mich kaum sehen konnte.

»Ich kann nicht«, erwiderte ich und streichelte ihm über den Arm. »Ich muß zurück ins Cottage und Fred ablösen. Es war so lieb von ihm, dort die Stellung zu halten, solange ich weg war, aber ich möchte seine Großzügigkeit nicht überstrapazieren – oder mir gar Melindas Zorn zuziehen. Außerdem hoffe ich, daß er mich zu meiner Mutter hinüberfährt, damit ich ihr erzählen kann, was passiert ist, bevor sie es in der Zeitung liest.«

»Hast du dich jetzt entschieden?« fragte er.

»Weswegen?«

»Wegen dir und mir.«

Ich lächelte. »Du meinst, ob wir fest zusammen sind?«

Er nickte. »Ich möchte, daß wir ein Paar sind. Ich möchte, daß wir ganz automatisch jeden Samstag abend zusammen ausgehen.«

»So wie ein wöchentlicher Termin bei der Maniküre.«

»Genau. Den Rest der Woche können wir hier verbringen.«

»Ray. Ich ziehe nicht bei dir ein. Nicht so schnell. Wir müssen es langsam angehen. Wir haben uns erst vor ein paar Tagen zum ersten Mal geküßt. Ich habe noch nicht einmal deine Freunde, deinen Chef und deinen Bruder kennengelernt.«

»Aber du liebst mich.«

»Warum bist du dir da so sicher, du Schlauberger?«

»Gestern abend im Krankenhaus hast du es zugegeben. Ich habe es gehört. Es war eine ziemlich tolle Ansprache.«

»Ray Scalley! Du hast so getan, als würdest du schlafen!«

»Tut mir leid, aber so habe ich immerhin das Wort mit ›L‹ aus dir herausgekriegt, oder nicht? Der Punkt ist, du liebst mich, und ich liebe dich, also warum sollten wir getrennt leben?«

Ich beugte mich hinab und legte meine Wange an seine. Er hatte sich seit Tagen nicht rasiert – ja, es war schon fast ein Dreitagebart –, aber das störte mich nicht im geringsten. »Weil es zwischen uns herrlich werden wird, ganz egal ob wir zusammen oder getrennt leben«, sagte ich. »Es wird herrlich sein, einander kennenzulernen. Herrlich, gemeinsame Erlebnisse zu teilen. Herrlich, eine gemeinsame Geschichte aufzubauen. Und eines Tages, wenn unsere Gefühle dann immer noch so sind wie heute, *ziehe* ich bei dir ein, und wir heiraten und verbringen den Rest unseres Lebens damit, auf deinem Motorrad herumzukurven. Einverstanden?«

Es kam keine Antwort.

Ich hob den Kopf und sah ihn an. Seine Augen waren geschlossen, und sein Mund stand offen.

»Oh, schon kapiert«, lachte ich. »Du spielst wieder dein kleines Spiel, nur damit ich alle möglichen kompromittierenden Äußerungen über ...«

Was mich unterbrach – und übertönte –, war sein Schnarchen.

»Bis morgen dann«, flüsterte ich, küßte ihn auf die Stirn und schlich hinaus.

Fred saß auf meinem Bett und legte eine Patience, als ich gegen halb elf erschöpft ins Cottage gestolpert kam.

»Wer gewinnt?« fragte ich.

»Debbie! Sie sind wieder da!« rief er und sprang auf, um mich zu umarmen. »Wie war die Reise?«

»Na ja, es gab ein paar Komplikationen, aber im Grunde habe ich erreicht, was ich mir vorgenommen hatte. Sharon sitzt wohlbehalten wieder in Boca; Ray liegt verletzt, aber lebendig in Stuart; und Barry muß in einem Krankenhaus in Nassau wegen Haibissen das Bett hüten und wird bald in eine örtliche Gefängniszelle verlegt werden.«

»Klingt nicht direkt nach einer Vergnügungsreise.«

»War es auch nicht, obwohl ich sogar zum Limbo-Tanzen gekommen bin. Und wie lief es hier? Irgendwelche Probleme?«

»Nur eines: Es war gräßlich für mich, Ihre Mutter anzulügen, während Sie weg waren.«

»Dann hören wir jetzt auf der Stelle mit dem Lügen auf. Wenn es Ihnen nichts ausmacht, mich kurz zu ihr zu bringen – mein Auto ist kaputt –, dann erzähle ich ihr persönlich die Geschichte von ›Sharons und Deborahs sagenhaftem Abenteuer‹, dann ist das auch erledigt.«

»Und wenn sie dann wütend auf mich wird?«

»Wird sie nicht. Ich wette, wenn sie erst einmal den Schock überwunden und begriffen hat, wie wichtig Sie dabei waren, ihren Töchtern zu helfen, ist sie ausgesprochen dankbar.«

»Ihr Wort in Gottes Ohr. Wissen Sie eigentlich, daß die Augen Ihrer Mutter die gleiche Farbe haben wie die …«

»Trikots der Florida Marlins, ja, und es ist ein schöner Vergleich, der Ihnen da eingefallen ist, Fred, aber es ist schon spät, und sie geht um elf ins Bett, also würde ich vorschlagen, daß wir uns jetzt auf den Weg machen.«

»Deborah! Fred! Was in aller Welt wollt ihr denn so spät am Abend noch?« fragte meine Mutter und wirkte dabei erfreut, aber ein wenig verwundert über unser Auftauchen.

»Können wir reinkommen?« fragte ich vorsichtig.

»Natürlich.« Sie führte uns ins Wohnzimmer und bot uns Tee an, den Fred im Gegensatz zu mir nicht ablehnte – ebensowenig wie die cholesterinfreien Makronen, die sie ihm hinstellte.

»Tja, ich bin wieder zurück im Cottage«, begann ich. »Und da der Pontiac immer noch nicht wieder fahrtüchtig ist, war Fred so nett, mich herzubringen. Damit ich dich besuchen kann.«

»Deborah, Liebes. Ich sehe dir doch an, daß du ganz aufgelöst bist. Du hast dich mit Ray gestritten, und dann hast du beleidigt sein Haus verlassen, stimmt's?«

»Nein. Ray und ich sind sehr glücklich miteinander. Glücklicher, als ich mir hätte träumen lassen. Aber in Wirklichkeit war ich gar nicht bei ihm …«

»Es ist ja so herrlich, daß meine beiden Töchter gleichzeitig so leidenschaftlich verliebt sind. Ach, da fällt mir ein: Ich habe kein Sterbenswörtchen von Sharon gehört, seit sie mit Barry auf die Bahamas geflogen ist. Ich wüßte zu gern, ob er auf die Knie gefallen ist, um ihr einen Heiratsantrag zu machen.«

»Oh, auf die Knie gefallen ist er garantiert«, sagte ich, als ich mir die Leibesvisitation durch die Polizisten vorstellte, nachdem sie ihn aus dem Wasser gefischt hatten. »Aber die Heiratspläne sind ein für allemal passé.«

»Passé? Hast du mit deiner Schwester gesprochen?«

»Ja.« Ich holte tief Atem. Jetzt oder nie. »Hast du zufällig dein Nitroglyzerin bei der Hand, Mom?«

Sie zog eine Augenbraue hoch. »Warum willst du das wissen? Was ist denn wirklich los, Deborah? Sag's mir offen und ehrlich.«

Ich sagte es ihr offen und ehrlich, allerdings ohne den Teil, wo Sharon und ich uns gegenseitig geohrfeigt hatten. Als ich fertig war, fehlten ihr die Worte.

»Mom? Sag etwas. Bitte.«

»Ja, Lenore. Sag etwas«, drängte sie Fred und fächelte ihr mit seiner Papierserviette Luft zu.

»Ich kann nicht. Ich muß es erst verarbeiten«, erwiderte sie, und ihr Gesicht wurde ganz rot und fleckig. Ich hoffte nur, daß ihr Blutdruck nicht in ungeahnte Höhen schießen würde.

»Du behauptest also, daß Sharon einen Mann heiraten wollte, der zwei Menschen *ermordet* hat?« sagte sie schließlich, während sie zu begreifen versuchte, was ich ihr erzählt hatte.

»Ja, Mom. Das behaupte ich.«

»Und daß Dr. Hirshon, mein Kardiologe, Vitamine verschrieben hat, die aus *Sand* waren?«

»Ja, Mom. Aber Barry hat gesagt – und ich zitiere wörtlich –: ›Es ist harmlos. Kommt in der Schüssel mit allem anderen wieder raus, was man ißt.‹ Ein reizender Mann.«

»Und kein Mensch in Stuart – einer Kleinstadt, wo jeder alles über jeden weiß – hat den Doktor verdächtigt, ein *Betrüger* zu sein?«

»Ich fürchte, er hat eine Menge Leute an der Nase herumgeführt. Gemeinsam mit Barry.«

Sie war erneut sprachlos. Fred fragte sie, ob er den Notarzt rufen solle. »Noch nicht«, sagte sie.

»Paß auf, Mom. Das Tolle ist, daß die Bösen ihre gerechte

Strafe bekommen haben und Sharon und ich in Sicherheit sind«, sagte ich in dem Bemühen, sie zu beruhigen. »Und nachdem wir gemeinsam dieses traumatische Erlebnis durchgestanden haben, stehen sie und ich uns jetzt sehr nahe, näher als je zuvor. Das hast du dir doch gewünscht, oder? Daß wir beide aufhören, uns ständig zu zanken und eine richtige Beziehung zueinander aufbauen? Das haben wir nämlich getan.«

»Und dabei hättet ihr euch beinahe umbringen lassen.«

»Stimmt, aber vielleicht haben wir mehr als nur eine Standpauke von dir gebraucht, um zur Vernunft zu kommen. Vielleicht mußten wir dem Tod ins Auge sehen, um uns darüber klar zu werden, wieviel uns aneinander liegt. Mann, du wärst vielleicht stolz auf uns gewesen da draußen auf Barrys Jacht, Mom. Als es hart auf hart kam – und zwar wirklich hart –, haben wir zusammengehalten.«

Sie seufzte. »Dann gibt es also keine albernen Streitereien mehr zwischen euch?«

»M-m. Mit diesem kindischen Benehmen sind wir fertig.«

»Kein Gekeife mehr über *ihre* Männer und *deinen* Beruf und weiß Gott, worüber ihr euch immer gestritten habt?«

»Nein. Wir haben unsere Unstimmigkeiten beigelegt.«

»Und ich werde nicht mehr angelogen?« Sie funkelte Fred an.

»Es sei denn, Debbie erlaubt es«, erwiderte er und zwinkerte mir zu.

Sie griff nach dem Taschentuch, das in ihrem Blusenärmel steckte, und schneuzte sich.

»Weinst du, Mom?«

»Ja«, sagt sie und tupfte sich die Augen. »Ich habe an Thanksgiving gedacht.«

»Warum denn? Bis dahin sind es doch noch acht Monate.«

»Ich weiß, aber das ist mein Lieblingsfeiertag. Ich habe mir gerade ausgemalt, wie die ganze Familie beisammensitzt und sich den Truthahn, die Füllung, die Soße und den Kartoffelbrei schmecken läßt und die Zwiebeln in Sahne und den ...«

»Der Speiseplan ist mir bekannt, Mom«, sagte ich, inzwischen derart erschöpft, daß ich nicht wußte, ob ich es noch erwarten konnte, bis sie die grünen Bohnen, die Brötchen und den Apfelkuchen mit Vanilleeis aufgezählt hatte. »Worauf willst du denn damit hinaus?«

»Worauf ich *hinauswill*, wie du es ausdrückst, ist folgendes: Wenn Sharon und du euch wirklich versöhnt habt, dann wird das das erste Thanksgiving, solange ich denken kann, an dem meine beiden Mädels miteinander sprechen. Das ist doch Grund genug, sich darauf zu freuen, oder nicht?«

»Allerdings«, bestätigte ich. »Ich freue mich auch darauf.«

»Ich auch«, meldete Fred sich zu Wort. »Bestimmt mögt ihr meine Töchter und ihre Familien und umgekehrt. Und wenn nicht, machen wir eben das Beste aus einer peinlichen Situation.«

Ich schlief bis Mittag. Vielleicht hätte ich sogar noch länger geschlafen, wenn ich nicht den Spektakel vor meiner Tür gehört hätte. Ich spähte aus dem Fenster und sah eine Handvoll Reporter, Fotografen und Fernseh-Übertragungswagen draußen stehen. Offenbar war die Polizei mit der Geschichte von Barrys Festnahme an die Öffentlichkeit gegangen.

Ich schlich mich in die Küche, da ich von den Medien nicht in meinem abgetragenen Morgenrock gesehen werden wollte, und rief Ray an.

»Was macht dein Bein?« fragte ich, als er sich meldete.

»Du fehlst mir«, erwiderte er, ohne auf meine Frage einzugehen. »Wann kommst du denn rüber, um mich zu hüten? Ich habe bereits mit dem Büro telefoniert, um ihnen zu sagen, daß ich den Rest der Woche nicht komme, also steht es mir frei, einfach nur hier zu liegen und mich von dir verwöhnen zu lassen.«

»Was ich mit Vergnügen tun werde. Aber zuerst muß ich mit den ganzen Leuten fertig werden, die um mein Häuschen herumlungern. Hast du zufällig eine Ahnung, ob in der Zeitung heute ein Artikel über unsere Eskapaden erschienen ist?«

»Auf der Titelseite der *Stuart News* und der *Palm Beach Post*. Mein Nachbar hat mir beide Blätter gebracht. Du bist berühmt.«

»Nicht schon wieder.«

»Doch, aber diesmal bist du die Heldin. Frank Gillby und Avery Armstrong werden in den Artikeln damit zitiert, daß sie dich für deine Hilfe bei der Aufklärung des Falls loben. Gillby hebt hervor, daß du sie auf die Verbindung zwischen Hirshon und Shiller hingewiesen hast. ›Eine mutige Frau‹ nennt er dich in der *Post*. ›Und so wißbegierig.‹«

Ich lachte. »Ich werde mich bei ihm und allen anderen, die an den Ermittlungen beteiligt waren, bedanken müssen. Ich hoffe, du wurdest in den Artikeln auch genannt.«

»Klar. Allerdings haben alle beide meinen Namen falsch geschrieben. Im einen hieß ich Roy, und im anderen hat das *e* von Scalley gefehlt.«

»So eine Frechheit. Irgendwelche anderen pikanten Einzelheiten?«

»Die Geschichte mit Joan Sheldon. Daß sie einen langen Brief in einem Bankschließfach hinterlassen hat, in dem der Schwindel mit den Vitaminen, die Verbindung zu den Bahamas und alles weitere von A bis Z beschrieben ist.«

»Die arme Joan. Arzthelferin ist ein so bewundernswerter Beruf. Warum mußte sie nur so geldgierig werden?«

»Wer weiß. Ach, übrigens, in den *Stuart News* steht ein tolles Zitat von einer Krankenschwester aus dem Martin Memorial. Sie wollte nicht namentlich genannt werden, aber als man sie fragte, ob es sie gewundert hätte, daß Jeffrey Hirshon ein Doppelleben führte, antwortete sie: ›Eigentlich nicht. Schließlich war er Kardiologe.‹«

»Sie ist wohl schon ein paarmal mit irgendwelchen Kardiologen aneinandergeraten.«

»Garantiert. Sehe ich dich heute noch?«

»Auf jeden Fall. Allerdings muß ich erst mein Auto reparieren lassen. Und deines steht auch noch hier, vergiß das nicht. Vielleicht kann ich sie beide mit ein und demselben Sattelschlepper abholen lassen, eins neben dem anderen. Wie findest du diese Art Zweisamkeit?«

»Nicht schlecht. Aber es wäre mir lieber, du wärst da und würdest hier neben mir liegen.«

»Dann schlage ich folgendes vor: Wenn meine Mutter ihren Delta 88 nicht braucht, leihe ich ihn mir aus und komme nachher bei dir vorbei.«

»Prima. Ach, bevor du auflegst, möchte ich dir noch etwas sagen.«

»Was denn?«

»Mein Bein tut schweinemäßig weh. Ich falle in der hektischsten Zeit eine volle Woche in der Arbeit aus. Und die Macke an meinem Auto wird mich vermutlich einen ordentlichen Batzen meines sauer verdienten Geldes kosten. Aber – und jetzt kommt der wichtige Teil – ich bin dermaßen glücklich, daß ich völlig aus dem Häuschen bin.«

»Das müssen diese Medikamente sein, die sie dir in der Klinik gegeben haben«, witzelte ich.

»Ich meine es ernst, Deborah. Auf einmal habe ich, wenn ich morgens aufwache, ein albernes Grinsen im Gesicht und das Gefühl im Bauch, daß nach der langen Durststrecke, die hinter mir liegt, jetzt endlich *meine* Zeit gekommen ist.«

Ich lächelte, da ich ganz genau wußte, was er meinte.

Epilog

Zu Thanksgiving erwarteten wir zweiundzwanzig Personen – im Vergleich zu unseren gewohnten Feiertagstreffen eine große Gesellschaft. Sharon fühlte sich davon allerdings nicht im geringsten gestreßt, da an ihren Eßtisch bequem sechsundzwanzig Leute paßten und sie aufgrund der Hunderte von Hochzeiten, die sie im Lauf der Jahre organisiert hatte, hinlänglich Erfahrung mit dem Planen von Festen besaß.

Im Grunde war es sogar einer ihrer Hochzeiten – genauer gesagt, der Teitelbaum-Hochzeit – zu verdanken, daß sie kaum zehn Tage nach unserer Rückkehr aus Nassau Doug Scalley kennenlernte, Rays älteren Bruder. Das Schicksal wollte es, daß sie den Bräutigam auf der Suche nach einer angemessenen Bekleidung für die bevorstehenden Trauungsfeierlichkeiten zu Dougs im Mizner Park in Boca gelegenen Laden begleitete. Während der Bräutigam in der Kabine Smokings anprobierte und sie am Ladentisch stand und sich Kummerbünde besah, kam Doug persönlich in seinem Geschäft vorbei. Da ihr seine Ähnlichkeit mit Ray auffiel, fragte sie ihn, ob er Rays Bruder sei. Als er bejahte, schlug sie zu. Seitdem sind die beiden Feuer und Flamme füreinander.

Zuerst war Ray und mir aufgrund von Sharons früheren Fiaskos ein wenig unwohl angesichts ihrer Beziehung. Doch im Lauf der Wochen fanden wir uns damit ab und zogen uns auf den Standpunkt zurück, daß sie und Doug erwachsen waren und alles, was sich zwischen ihnen abspielte, *ihr* Problem war.

Außerdem waren Ray und ich dermaßen verliebt und so mit uns selbst beschäftigt, daß es uns leichtfiel, nachsichtig zu sein und unsere Geschwister ihr eigenes Leben führen zu lassen. Ich wohnte nach wie vor im Cottage auf Hutchinson Island und Ray in seinem Haus in Stuart, aber langsam begannen wir, Heiratspläne zu schmieden – so sicher waren wir uns, daß wir eine gemeinsame Zukunft hatten, so sicher war ich mir, daß ich meinen Lebenspartner gefunden hatte.

In beruflicher Hinsicht brauchte ich den Job bei der Historischen Gesellschaft nicht mehr, und so konnte ich aus dem Häuschen ausziehen, wann immer es mir beliebte. Ich war nämlich wieder in die alte Branche eingestiegen – in die wahnwitzige Welt des Nachmittagsfernsehens.

Natürlich war es Helen, die das Ganze eingefädelt hatte.

»Es geht um Woody«, begann sie, als sie mich eines Abends anrief. »Unser alter Boß hat gerade als Chefautor bei *Santa Monica* unterschrieben, einer neuen Serie, die in L. A. produziert wird. Gerüchten zufolge soll ein gigantisches Budget zur Verfügung stehen. Im September geht's los. Interessiert?«

Interessiert? Und wie! Ich war mir immer sicher gewesen, daß Woody wieder aus der Versenkung auftauchen würde; es war nur eine Frage der Zeit. Aber zu hören, daß er wieder ganz oben mitmischte, als Chefautor einer neuen Seifenoper, übertraf meine kühnsten Erwartungen. Andererseits übertraf auch Ray meine kühnsten Erwartungen, und ich würde mein Glück mit ihm keinesfalls gegen die erneute Hoffnung auf einen *Emmy* eintauschen. »Die Serie interessiert mich, und es wäre toll, wieder mit Woody zusammenzuarbeiten, aber ich lebe jetzt in Florida, Helen. Ich komme nicht nach New York zurück.«

»Wer hat denn das von dir verlangt? Sag Woody, du möchtest Drehbücher verfassen, keine Drehpläne. Drehbuchautoren leben sonstwo. Unsere haben wir nie zu Gesicht bekommen, weißt du noch?«

»Ja, aber ich habe keine Erfahrung mit Drehbüchern.«

»Also, ich bitte dich. Die schreibst du doch im Schlaf. Und noch etwas solltest du nicht vergessen: Drehbuchautoren verdienen besser als Autoren von Drehplänen. Paß auf, ich gebe dir Woodys Nummer im Studio, Deborah. Du kannst machen, was du willst, aber ich rufe ihn an, sowie wir aufgelegt haben.«

Ich rief ihn am nächsten Tag an. Und am Tag darauf hatte ich den Job. Noch einen Tag später verkaufte ich den Pontiac und erstand am Tag danach einen Lexus.

Meine Mutter hatte genausoviel Glück. Sie fühlte sich wohl genug, um ihre Arbeit als Schlichterin wieder aufzunehmen, und kehrte mit frischem Schwung ans Bagatellgericht zurück. Ihre Freundschaft mit Fred verblüffte und erfreute sie weiterhin. Er war ihr ein so treuer Gefährte geworden, daß sie seine vier Töchter einlud, mit ihren Männern und Kindern aus Michigan herüberzufliegen und Thanksgiving mit uns zu verbringen.

Sogar Norman brachte einen Gast mit – einen befreundeten Kadetten, dessen Eltern alle beide auf Kur waren und daher keinen Truthahn mit Füllung und allen Schikanen kochen konnten.

Ja, wir wären zweiundzwanzig Personen beim Thanksgiving-Dinner. Wir würden uns mit Essen vollstopfen, gegenseitig über unsere Witze lachen und zuviel Football gucken. Ich hatte allen Grund, der Feierlichkeit zur Abwechslung einmal optimistisch entgegenzusehen.

Ray und ich kamen an diesem verhängnisvollen Donnerstagnachmittag als letzte an Sharons McVilla an. An der Tür begrüßte sie uns mit Umarmungen und Küssen und machte mir überschwengliche Komplimente für mein Kleid. (Es war derselbe Fummel, den ich im Februar zur Geburtstagsfeier meiner Mutter getragen und den sie damals mit einer alten Tischdecke verglichen hatte.)

Direkt hinter ihr tauchte Doug auf und begrüßte Ray und mich mit großem Hallo. Er war eine größere, dünnere und lebhaftere Version seines Bruders, ebenso gesprächig, wie Ray lakonisch war – eine Art Ray auf Amphetamintrip. Ich mochte ihn sehr gern, aber er hatte einen Hang zum Provozieren und war ein wenig selbstgefällig – der Typ Mensch, den man am besten in kleinen Dosen genießt.

»Es sieht alles wunderbar aus, Sharon«, sagte ich. Sie hatte das Haus mit Erinnerungsstücken an die Pilgerväter und mehreren Füllhörnern geschmückt.

Sie dankte mir, fragte mich, wie sich mein Job machte, und eilte dann in die Küche, um nach dem Essen zu sehen.

Ray und ich gesellten uns zu den anderen in Sharons großem Zimmer, wo meine Mutter uns mit Freds Verwandten bekannt machte. Seine Töchter wirkten recht sympathisch, obwohl mir eine von ihnen zuflüsterte, daß Freds Testament unanfechtbar sei und weder meine Schwester noch ich auch nur einen Penny bekämen, falls er meine Mutter heiratete und dann ins Gras biß. Ich nickte und ging weiter zu Freds Schwiegersöhnen, die allesamt in das Football-Spiel auf Sharons Großbildschirm-Fernseher vertieft waren und uns nur mechanisch die Hände schüttelten. Freds Enkel vergnügten sich draußen im Swimmingpool, während Norman und sein Freund die Rettungsschwimmer mimten.

»Wer spielt denn?« fragte ich Ray. »Sind das deine Gators, Schatz?«

»Nein.« Er lächelte nachsichtig. »Die Florida Gators sind ein College-Team. An Thanksgiving spielen die Profis. Die Dolphins gegen die Patriots.«

In diesem Moment kam Doug in den Raum gestürmt, schnappte sich die Fernbedienung vom Couchtisch und begann herumzuzappen.

»He!« rief Ray und sah verärgert drein. »Wir sehen uns das Spiel an.«

Doug zwinkerte mir zu. »Mein Bruder und sein Football.«

»Was heißt hier ›mein Bruder‹? Ich bin ja nicht der einzige, den es interessiert.« Ray sah die anderen an, doch die verhielten sich neutral. »Wir wollen alle das Spiel sehen, Doug.«

Doug beachtete Rays Einwand gar nicht und drückte immer wieder auf den Knopf, bis er schließlich auf dem Golfkanal gelandet war, wo gerade ein Turnier im Gange war.

Auf einmal bekam ich Hunger. Ich fragte mich, wie weit der Truthahn wohl gediehen war.

Sowie Doug die Fernbedienung auf den Tisch legte, griff Ray danach und schaltete wieder auf das Footballspiel.

Doug grinste überheblich. »Falls du es noch nicht gehört hast, Bruderherz, Golf ist hierzulande die am schnellsten zunehmende Sportart. Du solltest dir einen Club suchen, spielen lernen und ein paar Kontakte knüpfen. Könnte deiner Karriere guttun.«

Während sich Rays Kinnpartie verkrampfte, malte ich mir den Rest des Essens aus. Hatte sich Sharon für eine einfache Brotfüllung für den Truthahn entschieden oder für etwas Aufwendigeres? Kastanien zum Beispiel? Oder Polenta?

»Mit meiner Karriere steht alles bestens«, erwiderte Ray verbissen. »Ich tue genau das, was *ich* tun will, nicht das, was mein *Vater* für mich bestimmt hat.«

»Aua«, sagte Doug spöttisch. »Das sollte wohl ein Seitenhieb sein. Tja, verzeih mir bitte, daß es für mich keine Sünde ist, wenn man in die Fußstapfen seines Vaters tritt. Ich bin stolz darauf, ordentlich Geld zu verdienen, genau wie er. *Ich* muß nachts nicht wachliegen und mich fragen, wie ich meine Rechnungen bezahlen soll.«

»Ich auch nicht«, gab Ray zurück. »Weil *ich* nicht über meine Verhältnisse lebe.«

Vielleicht tut Sharon heuer Knoblauch in den Kartoffelbrei, überlegte ich. Oder vielleicht macht sie auch ihr Süßkartoffelpüree.

»Hör mal, Ray, mein Junge«, sagte Doug voller Herablassung. »Du machst dich vor den ganzen Leuten hier lächerlich.«

»Tatsächlich?« erwiderte Ray, dessen Tonfall von Sarkasmus troff. »Ich habe eher den Eindruck, den ganzen netten Leuten hier wäre es am liebsten, du würdest einen Geländemarsch machen und uns in Ruhe das Spiel anschauen lassen.«

In Wirklichkeit waren die ganzen netten Leute längst ins Gespräch vertieft und bekamen weder von dem Gezanke noch vom Spiel irgend etwas mit. Alle außer mir natürlich. Ich wußte, was jetzt kam. Und mir *graute* vor dem, was jetzt kam. Nachdem ich mich endlich mit Sharon versöhnt hatte, nachdem sie und ich endlich unsere Differenzen beigelegt hatten, nachdem wir endlich zu liebenden Schwestern geworden waren, worum uns unsere Mutter stets angefleht hatte, standen nun unsere Männer kurz davor, aus lauter Geschwisterrivalität die Beherrschung zu verlieren. Die Ironie war atemberaubend.

»Du willst also, daß ich gehe, ja?« fragte Doug.

»Wenn du dieses langweilige Golfturnier wieder einschaltest, gehe *ich*«, entgegnete Ray.

Mittlerweile waren sie beide aufgestanden und wetterten darüber, wer von beiden denn nun gehen sollte, als Sharon erschien.

»Das Essen steht auf dem Tisch«, zwitscherte sie.

Frohes Thanksgiving allerseits!

Danksagung

Wie Feuer und Wasser ist ein Roman, und daher sind sämtliche Figuren sowie die Situationen, in die sie geraten, ausschließlich meiner Phantasie entsprungen. Schauplatz der Handlung ist allerdings Stuart und Umgebung in Florida, wo ich lebe, und an vielen der im Buch erwähnten Orte bin ich selbst gewesen und habe es dort schön gefunden.

Zahlreiche »Einheimische« waren überaus freigebig mit ihrer Zeit, als ich dieses Buch schrieb, und steuerten Ideen und Informationen bei. Dank an: Patricia Austin; Ginger Smith Baldwin; Steve Bernardi; Eden Cross; Marc »Answer Man« Cross; David Delmas, R.PH.; Kathy Erickson, R.N.C.; Paul Hartnett; Beverly Bevis Jones; Ruth Ross; Cindy Rybovich; James Sospko, Esq.; Mary Anne Tonnacliff, R.N.C. und John Ziegler.

Dank auch an die folgenden Mitarbeiter der Polizei: Lt. Sarah Marich, Abteilung für die Aufklärung von Straftaten, Sheriffbüro Martin County; Lt. Glen Lockwood, Abteilung für Haftbefehle und Auslieferungen, Sheriffbüro Martin County; und Wilbur C. Kirchner, Polizeichef, Sewall's Point. (Entschuldigen Sie bitte, daß ich mir um der Geschichte willen Freiheiten erlaubt habe!)

Großen Dank an Allison Seifer Poole, die jede Recherchenanfrage kompetent und humorvoll bearbeitet hat. Allison: Ich kann mir nicht vorstellen, ohne Sie jemals wieder ein Buch zu schreiben. Außerdem Dank an Jeri Butler, deren Artikel über mich in der *Palm Beach Post* Allison inspiriert hat, mich anzusprechen.

Außerdem waren ungemein hilfsbereit: Henry Spector, M.D., der mich in medizinischen Fragen beraten hat, und Laurence Caso, der klügste (und netteste) Mann, der je beim Nachmittagsfernsehen gearbeitet hat.

Mein besonderer Dank gilt Ellen Levine, die die Hoffnungen, die eine Autorin in eine literarische Agentin setzt, in jeder Hinsicht erfüllt hat; Louise Quayle, die das komplizierte Unterfangen, Rechte ins Ausland zu verkaufen, wie ein Kinderspiel erscheinen läßt; meiner Lektorin und Fürsprecherin Jennifer Enderlin, deren Begeisterung für meine Arbeit für mich nach wie vor eine Offenbarung bedeutet; und Ruth Harris, die nicht nur meine Freundin und mein Testpublikum ist, sondern auch die unangefochtene Königin der Titelideen.

Ach, und Dank an alle Schwestern, die ihre leidvollen Geschichten mit mir geteilt haben. (Ihr wißt, wer gemeint ist.)

Als letztem, aber gewiß nicht Unwichtigstem danke ich Michael Forester, meinem Mann, der meine Bücher kritisiert, bevor es die »Profis« tun, und der in jedem Sinne mein Partner ist.